新潮文庫

魔弾

スティーヴン・ハンター
玉木亨訳

ジェイク・ハンターと
トルカ・ジトミールに

謝辞

本書を準備するにあたって、大勢の良き友人と同僚から助力をいただいた（ただし、すべての責任は著者に帰する）。ここに以下の方々に感謝の意を表したい——ジェームズ・H・ブレディ、カーティス・キャロル・デイヴィス、ジェリ・コブレン、ヘンリー・J・ノック、フレデリック・N・ラスムッセン、マイケル・ヒル、ビニー・シリル・ブラウンスタイン、ビル・オーバック、ジョゼフ・ファンツォーネ・ジュニア、リチャード・C・ハーゲマン、レネ・P・ミラー、ブルース・ボルツ、カールトン・ジョーンズ、そしてドクター・ジョン・D・ブロック。ふたりの友人、ブライアン・ヘイズとウェイン・J・ヘンケルには、とくに感謝している。最後に、ふたりの素晴らしい人物に感謝したい——妻のルーシーと、ウィリアム・モロウ社の編集者マリア・ガーナシエリ。このふたりなくしては、この本が誕生することはなかっただろう。

狙撃兵《そげきへい》は所属部隊の位置に縛られることなく、重要な標的を
目視できる場所ならどこへでも自由に移動してかまわない……

――『ＳｍＫカートリッジと眼鏡照準具付き
ライフルの使用にかんする手引書』（一九一五）

死は ドイツ《ドイチュラント》 からきた名手　その瞳《ひとみ》は青《ブラオ》
死は鉛の弾を撃ちこむ　その狙《ねら》いは正確《ゲナオ》

――「死のフーガ」パウル・ツェラン

魔

弾

主要登場人物

レップ……………………………ドイツ軍武装親衛隊中佐
ジム・リーツ……………………アメリカ陸軍戦略事務局大尉
ロジャー・エヴァンス…………　〃　三等技術軍曹
アントニー・アウスウェイス…英国陸軍特殊作戦局少佐
シュムエル………………………小説家志望のユダヤ収容所囚人
ハンス・フォルメルハウゼン…ドイツの弾道学技術者
スーザン・アイザックソン……アメリカ陸軍看護婦部中尉
マルガレータ……………………レップの恋人

第一部　射撃場《シュッツェンハウス》　一九四五年一月〜四月

I

あたらしい収容所の監視兵は、これまでの監視兵よりも親切だった。

いや、〝親切〟というのとは、ちがう。言葉は正確につかわなくては。何年もひどいあつかいを受けてきたあとでも洞察力に狂いがないのが、シュムエルの自慢だった。監視兵は親切なわけではなく、たんに無関心なのだ。東部のブタどもとちがって、ここの監視兵は感情を表にあらわさず、てきぱきしていた。軍服に誇りを持ち、背筋をぴんと伸ばし、身だしなみがよかった。おなじクズ野郎でも、自尊心のあるクズ野郎だ。より上等なクズ野郎といってもいい。

東部の収容所の監視兵は、化け物と変わりなかった。そして、あの信じられないくらいおぞましい死の工場は、いまだに生なましい悪夢となって蘇《よみがえ》ってきた。〝絶滅〟を生みだし、何千もの燃えあがる死体で夜空をオレンジ色に染めあげていた死の工場。息をするたびに、同胞の灰が肺を満たした。最初の選別でガス室送りにならなかったものは、みずからの汚物にまみれて暮らすこととなった。ユダヤ人は人間以下《ウンターメンシュ》の存在だった。シユムエルはそこで一年半以上、生きのびた。それには運も大きく作用していたかもしれないが、それだけではなかった。

シュムエルには生存本能がそなわっていた。べつに訓練して身につけたわけではない。こんなことになるまえ、自分で〝以前〟と名づけた時代には、彼は厳しい肉体労働と無縁の生活を送っていた。実際、シュムエルは言葉と思索に縁の深い文学者タイプで、詩人であり、将来は小説家をめざしていた。ワルシャワでもっとも影響力のあるイディッシュ語の新聞《ナシュ・プシェグロント》に過激な論評をいくつか発表し、本物の有名人とも親交があった。メンデル・エルキン、ペレッツ・ハーシュバイン、シオン主義の過激な詩人ウリ・ズヴィ・グリーンバーグ、メレケン・ラヴィッチなど。彼らは最高の人間であり、話し手であり、笑いを愛し、女たちを愛していた。そして、おそらく全員が、もはやこの世にはいなかった。

文学のことは、一九三九年を境にいっさい考えないようにしていた。〝以前〟の時代に思いを馳《は》せるのは降伏の最初の徴候にほかならない、とわかっていたからである。考えるのは〝いま〟のことだけ。ことによると、〝あした〟のことも。未来がどうなるかは、誰にもわからないのだ。とはいえ、ひとつだけ忘れていない文学的な習慣があった。ものごとの核心を見抜こうとする心構えだ。それゆえ、シュムエルは数日まえにこの不思議な場所に到着して以来、ずっとひっかかりを感じていた。

彼らはトラックで運ばれてきた。それ自体、異例だった。ドイツ人はふつう、ユダヤ人を家畜のように追い立て、途中の森で何人か――あるいは大勢が――脱落しようと、まったく気にしなかった。だが、シュムエルとほかの囚人たちは、真っ暗で冷たいトラックに何時間も揺られてやってきた。身体《からだ》を丸め、辛抱強くすわっていると、やがてトラックが止まり、後部の荷台にかけられていた帆布がとりはずされた。

「降りろ、ユダ公ども、降りるんだ！　ほら、ぐずぐずするな、おまえたち！」

降り立つと、そこは白銀の世界だった。まぶしさに目をしばたたかせながら、シュムエルはひと目で、ここが強制収容所《コンツェントラツィオーンス・ラーガー》でないことを見てとった。ドイツ語でなんというものなのかは、わからなかった。金網のフェンスのむこうに、雪に覆《おお》われた松と樅《もみ》の陰鬱《いんうつ》な森がぼんやりと見えていた。フェンスの内側には平屋の木造家屋が三つ四つあるだけで、その真ん中に大きめのコンクリート製の建物がたっていた。番犬はおらず、監視塔もなかった。森林監督官のような木立の柄の服を着て自動小銃を手にした、口数のすくない親衛隊の若者たちがいるだけだった。

おかしなことは、ほかにもいろいろあった。仲間の囚人たちは、パンとスープをたっぷりあたえられ、ときにはソーセージまでつくという幸運にしか気がまわらなかったかもしれないが、シュムエルはちがった。すくなくとも、それらをしっかり心にとどめておいた。

実際、自分たちもこの場所の変わった点のひとつであることに、シュムエルは気づいていた。なぜドイツ人は、わざわざこんなしょぼくれた連中を集めたのだろう？ 自分たちの共通点はなんなのか？ このユダヤ人とロシア人とスラブ民族からなる集団の共通点は？ 二十五名の仲間を見まわすと、そこには自分と似た外見をした男たちがいた。小柄で、痩《や》せていて、ほとんどが若く、死と隣りあわせで生きていることからくると思われる、相手の顔色をうかがうような表情を浮かべている。とはいえ、ここへきて以来、彼らがドイツ兵とおなじくらい恵まれた暮らしをしているのは事実だった。食事だけではない。宿舎には暖房があったし、入浴やトイレといったちょっとした特権もいくつか認められていた。国防軍の古い灰色のフランネルの野戦服や、ロシア戦線でつかわれた厚手のウールの野戦用コートまで支給されていた。ここではじめて、シュムエルは失望を味わった。運悪く、銃剣で切り裂かれたコートにあたってしまったのだ。裏地の中身がなくなっていた。この問題を解決するまでは、寒さに震えていなくてはならないだろう。

労働についても、腑《ふ》に落ちないところがあった。シュムエルはイーゲーファルベン社の合成燃料工場で、親衛隊を雇い主にいただいたことがあった。そこでの規則は、休みなしに働くか、さもなくば死か、だった。ところが、ここでの仕事は、防御用の陣地をのんびり掘ったり、コンクリート製のトーチカの土台作りのための掘削作業がほとんどで、それを監督する親衛隊の軍曹は、厳しく目を光らせるでもなく、パイプをくゆらしていた。軍曹は人当たりが良く、煙草《たばこ》と厚手のコートがあって自分を怒鳴りつける将校がいないかぎり、作業の進み具合にはまったく関心がなさそうに見えた。一度、囚人が咳《せき》の発作に見舞われ、シャベルを落としたことがあった。軍曹はその男を見ると、かがみこんでシャベルをひろった。囚人を撃ちさえしなかった。

ある日、囚人たちが雪のなかで作業をしていると、若い伍長《ごちょう》がちかづいてきた。

「力のあるやつを、ふたり貸してもらえるかな？　四番倉庫に重い荷物があってね」シュムエルの耳に、伍長がそういうのが聞こえた。「ユダ公《ハンス・ザ・カイク》ドイツ人の荷物だ」

軍曹は考えこむようにパイプを吸い、香り高い煙をもうもうと吐きだした。「端のふたりを連れてくといい。そのロシア人は馬みたいに働くし、ちびのユダヤ人は身体を温めようとして動きつづける」そういって、軍曹は笑った。

〝ちびのユダヤ人〟というのが自分のことだと気づいて、シュムエルは驚いた。シュムエルとロシア人は、中央の建物のむこうにある倉庫だか貯蔵庫だかに連れていかれた。いたるところに箱があり、ガラス瓶や缶がならんでいた。実験室なのだろうか？　シュムエルは落ちつかなかった。民間人の服を着た小柄な男が、先にきていた。

囚人たちには一瞥《いちべつ》もくれず、伍長にむかっていう。「ここにある箱を積みこんで、いますぐメイン・センターに運ばせてくれ」

「わかりました、技術博士《インジェニエーア・ドクトア》」民間人の格好をした男がいなくなると、伍長はシュムエルのほうにむきなおり、くだけた口調でいった。「やつもユダ公さ。そのうち収容所送りだな」それから、囚人たちを部屋の隅に連れていき、積み重ねてあるふたつの木箱のほうに手をふって、手押し台車に積みこむように指示した。

木箱は、どちらも七十五キロくらいあった。シュムエルとロシア人はそれらをかたし、部屋のむこうの手押し台車のほうに運んでいこうとした。ひとつめの箱をふたりで抱えて、横歩きする。シュムエルの手に液体がゆっくり揺れているような感触が伝わってきたが、中身が動きまわることはなかった。蓋《ふた》には親衛隊をあらわす〝SS〟という芝居がかったルーン文字が刷りこまれており、その横ではドイツの鷲《わし》が力強く鉤《かぎ》十字をつかんでいた。板には〝WVHA〟なる文字もならんでいた。なんの略だろう？　だが、そんなことを考えていたのが間違いだった。荷物を運ぶことに集中しているべきだった。シュムエルのブーツのかかとがすべり、指から木箱が離れていった。シュムエルは必死でつかみなおそうとしたが、手遅れだった。木箱が落下し、シュムエルはおびえた表情を浮かべたロシア人と顔を見合わせた。

木箱が大きな音を立ててセメントの床にぶつかり、壊れた。ロシア人はひざまずき、身も世もなく泣きはじめた。シュムエルは恐怖のあまり、その場に立ちすくんでいた。絶体絶命の危機だった。目のまえが、ぼうっとかすんだ。木箱はセメントの床の上に斜めに横たわり、壊れた箇所からは梱包《こんぽう》の詰め物としてつかうふわふわした木毛が内臓のように大量にあふれだしていた。悪臭をはなつ液体がどろりと流れだしてきて、床にたまった。

民間人の服を着た男が、駆け足でもどってきた。

「この役立たずが」と、シュムエルたちにむかっていう。「それで、箱が落ちたとき、おまえはどこにいたんだ？　間抜けどもが貴重な薬品を台無しにしているあいだ、隅で居眠りでもしてたのか？」

「いえ、そんなことはありません、博士」と、若い伍長は嘘《うそ》をついた。「そばでしっかり見張ってました。しかし、東部のユダヤ人は、あてにならないんです。急いで木箱を救おうとしたのですが――」

民間人の格好をした男は笑い声をあげ、途中でさえぎった。「武装親衛隊から返ってくるのは、いつだって言い訳ばかりだ。こいつらに掃除をさせ、もうひとつの木箱は落とさずに運ばせてもらえるとありがたいんだが。わかったか？」

「わかりました、博士。手違いが起きて、申しわけ――」

「もういい、もういい」民間人の服を着た男はむきなおりながら、うんざりしたようにいった。

男がいなくなると、親衛隊の若い伍長はシュムエルの首のつけ根を上からこぶしで殴りつけた。シュムエルは床に倒れた。脇腹《わきばら》にきつい蹴《け》りを入れられる。自分の命が風前の灯であるのが、シュムエルにはわかった。一九四四年に、強制収容所の監視兵がおなじような状況で年老いたラビを殴り倒すのを見たことがあった。困惑したラビは、さらに殴られるのを防ごうと、両手をねじれた眼鏡のまえにあげた。この僭越《せんえつ》な動作に若く愚かな監視兵は激怒し、拳銃《けんじゅう》をさっととりだすと、ラビの頭を撃ち抜いた。額が割れた死体は三日間、広場に放置され、それから鋏《やっとこ》で片づけられた。

「この胸クソ悪いユダヤのブタめ」と、伍長が怒鳴った。ふたたびシュムエルを蹴飛ばす。伍長はほとんど抑えがきかなくなっていた。「ユダヤのクソ野郎が」怒りで、すすり泣いている。伍長は上体をかがめてシュムエルの喉《のど》をつかむと、そのまま持ちあげて、たがいの顔が数インチのところにくるまでちかづけた。

「いいか、ユダヤのクソ野郎、おまえには驚くようなことが待ってる。靴屋の親方《マイスタアシユースタア》が、お菓子を用意して待ってるんだ」怒りで顔がどす黒く変色し、ゆがんでいた。その顔がひっこめられる。「そうとも、ユダヤのクソ野郎、きっと肝をつぶすぞ」伍長はプロイセン人特有の早口できびきびした口調でまくしたてていたので、もっとゆったりしたバイエルン地方のドイツ語と、そこから派生した簡単なイディッシュ語しか解さないシュムエルには、よく聞きとれなかった。

伍長が手をはなした。顔色がふつうにもどりつつあった。

「よし、立て！　立つんだ！」と怒鳴る。

シュムエルはすばやく立ちあがった。全身がぶるぶる震えていた。

「こいつをきれいに片づけろ」

シュムエルとロシア人は木毛をあつめて新聞紙で包みこみ、モップで床を拭《ふ》いた。それから、割れたガラスを拾いあげ、注意深く木箱を手押し台車にのせた。

「ブラボー！　すばらしい！　見事だ！」伍長は皮肉たっぷりにいった。「それじゃ、そのケツを俺がもう一度蹴飛ばすまえに、さっさと失《う》せろ！」

シュムエルはしばらくまえから、この瞬間が訪れるのを待ちかまえていた。はじめて目にしたときから、ずっと機会を狙《ねら》っていた。どう実行に移そうかと考え、思いきってすばやくやろうと、心に決めていた。大きく息を吸いこんで床に手をのばし、丸めた新聞紙を拾いあげて、コートのなかに突っこむ。

新聞紙のかたまりを腹に押しつけたまま、シュムエルは冷たい外気のなかに出ていった。呼びとめられるものと覚悟していたが、なにも起きなかった。まっすぐまえを見つめたまま、シュムエルはふたたび労働班に合流した。

その晩、遅くなるまで、シュムエルは苦労して手にいれた宝物をしらべようとはしなかった。ゆっくりした規則正しい寝息を耳にして、ようやく安全だと感じた。煙草やチーズひと切れのために告げ口をするやつが、どこにいるかわからなかった。暗闇《くらやみ》のなか、音を立てないように、新聞紙を注意深くひろげる。なかには、もつれて丸まった木毛があった。吸いこんだ薬品で、まだ湿っていた。マットレスの木綿地か馬の毛みたいな感じで、ごわごわとからまりあっている。シュムエルは懸命にふさを指でほぐし、薄くのばしていった。

編むのは問題外だった。織機も、その技術もない。かわりに、シュムエルは暗闇のなかで静かに手早く、木毛を厚地のコートの裏地の下に詰めこみはじめた。夜明けちかくまで作業をつづけ、ようやくすべて詰め終わると、出来上がりをチェックした。でこぼこしていて、見栄《みば》えは良くなかったが、それがなんだというのか？　コートはまえよりずっと暖かくなっていた。

シュムエルはあおむけに横たわった。奇妙な感覚が体内をつらぬいた。ひさしく味わっていなかった感覚だ。はじめは、病気にかかったのかもしれない、と思った。熱が全身にひろがっていくところなのかと。だが、しばらくして、シュムエルはその正体に気づいた。喜びだ。

このとき何年かぶりで、やつらに勝てるかもしれない、という考えがシュムエルの脳裏をかすめた。だが、眠りに落ちたとき、シュムエルの悪夢にはあらたな怪物がくわわっていた。彼の肉体に鋲釘《びょうくぎ》を打ちこむ〝靴屋の親方〟が。

一週間ほどして塹壕《ざんごう》で穴掘りをしていると、上のほうで声がした。ひどく愚かな衝動に駆られて、シュムエルは顔をあげた。

塹壕のすぐそばで、ふたりの将校がおしゃべりしていた。冬の太陽が背後にあったので、顔は見えなかった。若い将校はまえにも見かけたことがあったが、やや年上の男のほうははじめてだった。いや、そうだろうか？　シュムエルは〝靴屋の親方〟とそのお菓子の夢を何度も見ていた。もしかして、この男がそうなのか？　いや、そんなはずはない。のんびりと煙草を吸いながら技術的な問題について論じている物静かな男が〝靴屋の親方〟だとは、とても思えなかった。男は、ほかのドイツ人たちとおなじように色あせた迷彩柄の上着を着て、だぶだぶのグリーンのズボンをはいていた。すねあての上からブーツをはき、頭には骸骨《がいこつ》のマークのついたつぶれた帽子をかぶっている。シュムエルはすばやくシャベルのほうにむきなおったが、顔を伏せたとき、男の目がさっと自分のほうにむけられるのを感じた。

「ユダヤ人《アイナア・ユーデ》か？」男がそうたずねるのが聞こえた。

若い将校が軍曹に問いただした。軍曹が、「はい」とこたえた。

まずいことになった、とシュムエルは思った。

「やつを連れてこい」と、年上の将校がいった。

つぎの瞬間、シュムエルは力強い手にしっかりとつかまれていた。塹壕からひっぱりだされ、将校のまえに立たされる。シュムエルは帽子をとり、足もとに目を伏せて、最悪の事態を覚悟した。

「わたしを見ろ」と、将校がいった。

シュムエルは顔をあげた。なめし革のような顔に埋めこまれた薄い色の目は、ぴんと張りつめていたものの、想像していたよりずっと若かった。

「おまえは〝選ばれしもの〟のひとりなんだな?」

「は、はい、そうです」

「東部の出身か?」

「ワルシャワです」

「インテリだな。弁護士か? 教師か?」

「物書きです」

「それなら、戦争が終わったら、書くことがいっぱいあるだろう、どうだ?」ほかのドイツ人たちが笑った。

「は、はい。おっしゃるとおりです」

「だが、まだいまのところ、ここでのきつい労働に馴《な》れていないわけだ?」

「は、はい、そうです」と、シュムエルはこたえた。どもるのを止められなかった。心臓がどきどきいっていた。ドイツ人の大物とこれほど間近で接したのは、これがはじめてだった。

「ここでは誰もが働かなくてはならない。それがドイツのやり方だ」男の目には感情がなかった。これまで一度も涙を流したことなどなさそうに見えた。

「もちろんです」

「よし」と、男がいった。「もどしていいぞ。連中のひとりを穴蔵からひっぱりだすのも、たまには目新しくていいかと思っただけだ」

笑い声があがり、軍曹がいった。「たしかにそうですね、中佐」それから、シュムエルを突き飛ばし、塹壕にはいつくばらせた。「仕事にもどれ、ユダヤ人。ぐずぐずしてるんじゃない」

男は若い将校といっしょに、きびきびした足どりで去っていった。シュムエルは、その自信たっぷりで落ちつきはらったうしろ姿に一瞥をくれた。このどこにでもいそうな軍人が〝靴屋の親方〟だなんてことが、あるだろうか? とりたてて特徴のない顔だった。やや面長で、目はすばやく動くものの、生気がなかった。ほっそりした鼻。薄い唇。全体に、あまり軍人らしくなかった。とても、戦争ですごい功績をあげそうな男には見えない。

とはいえ、男の指揮官ぶりは板についていたし、ほかの連中がためらうことなく従っているところを見ると、しだいにこの男が〝靴屋の親方〟のような気がしてきた。

ある日、いつも囚人たちを仕事に連れていくドイツ人が姿をあらわさなかった。シュムエルは、のんびりと目をさました。すでに明るくなっていた。光のなかでまばたきしながら、胸が恐怖でしめつけられるのを感じた。四人の生活は決まりきったことのくり返しであり、ちょっとでもいつもとちがうと、恐ろしくてたまらなかった。ほかの囚人たちも、不安をおぼえているようだった。

ようやく、軍曹があらわれた。

「きょうは、なかにいろ。休暇をやる。おまえたちの熱心な働きぶりに対する、第三帝国からのご褒美《ほうび》だ」軍曹は自分のジョークに、にやりと笑った。「お偉いさんがくるんでな」そういって、去っていった。

午後になり、二台の大型トラックが到着した。トラックがコンクリートの建物のそばで停止すると、自動小銃を手にしたいかつい顔つきの男たちが降りてきて、入口のまわりに散開した。シュムエルはひと目見るなり、窓からあとずさった。これとおなじ連中を、まえにも見たことがあった。警察の特別部隊だ。彼らはそのとき、墓穴に立つユダヤ人を射殺していた。

「見ろよ」と、ポーランド人が不安そうにいった。「大物の登場だ」

シュムエルがふたたび目をやると、大きな黒いセダンがトラックの隣にとまるのが見えた。小旗がだらりと垂れていた。泥のはねがいくつかついていたものの、それでも巨大な車体はぴかぴかだった。

別の囚人がいった。「客が誰だか知ってるぜ。連中が話してるのを小耳にはさんだんだ。みんな、えらく興奮して神経質になってた」

「ヒトラー本人か?」

「そこまで大物じゃない。だが、とにかく大物だ」

「くそっ、もったいぶらずに、さっさと教えろよ」

「〝オークの男〟だ」

「なんだって? いまなんてった?」

「〝オークの男〟だよ。そういうのを聞いたんだ。それに、ほかの連中も――」

「アホらしい。聞き間違えさ」

「ほんとうだって」

「かっぺのユダヤ人め。なんでも信じこんじまうんだからな。さあ、もういいかげんにしろよ」

暗くなっても、車と警察の特別部隊の連中はまだいた。その晩遅く、遠くのほうでばりばりという音がした。

「銃声だ」と、囚人のひとりがいった。

「見ろよ！　戦闘だ」

遠方の夜空が明るく点滅していた。つぎつぎと閃光《せんこう》が走り、何百発という銃声が鳴り響く。だが、シュムエルには、これが戦闘だとは思えなかった。火葬場の上空を炎が舐《な》め、火の粉が飛び散る光景が蘇《よみがえ》ってきた。親衛隊の連中がハンガリー系ユダヤ人を炉に放りこんでいたときのものだ。灰と糞《くそ》の匂《にお》いが空を満たし、そのなかを飛ぼうとする鳥は一羽もいなかった。

　突然、銃声がやんだ。

　朝になると、豪華な車の列は消えていた。だが、日課はもどってこなかった。囚人たちは一列にならばされ、わだちだらけの道を歩いて、森へと連れていかれた。二月で、雪はほとんど溶けていたが、まだところどころ残っていた。降りつづいていた雨で道路がぬかるんでおり、シュムエルのブーツに泥がこびりついた。道の両側には鬱蒼《うっそう》と木が生い茂り、冷んやりとしていた。まさに、残酷なドイツのおとぎ話に出てくる森といった感じだ。トロールやこびとや魔女がいっぱいいて、子供たちが消えてしまう森。それほど寒くないにもかかわらず、シュムエルはぶるりと震えた。ドイツ人は、暗い森、闇、複雑にからみあう光と影といったものが大好きだった。

一マイルほど進むと、森が途切れて広びろとした野原にでた。黄色い草におおわれ、うっすらと雪が残っている。片側に盛り土の壁があり、反対側の手前のほうにはコンクリート製の通路が設けられていた。森のなかに、小屋がいくつかかたまって立っていた。

「よし」と、軍曹がいった。「きのうの晩、ここで客のために、ちょっとしたショーがおこなわれた。その片づけを手伝ってもらいたい」

監視兵が囚人たちに木の箱を配り、通路のまわりの土に埋まっている真鍮《しんちゅう》を回収するように命じた。汚れた真鍮をほじくりだしているうちに――それは使用済みの薬莢《やっきょう》だった――シュムエルの膝《ひざ》は感覚が麻痺《まひ》し、指はひりひりしてきた。手に持っている箱にゴシック体の文字が印刷されていることに、シュムエルは気づいた。ここにも大げさな鷲の紋章と鉤十字がついていた。その横のわけのわからない文句は、なんだろう？一行目は〝七・九二ミリ×33（短《クルツ》）〟、その下には〝C・G・ヘーネル、ズール〟とあり、三行目は〝StG-44〟とあった。ドイツ人は、なにごとにも合理主義をつらぬいた。世の中のあらゆるものに、きちんと名称をつけたがった。去年だったか、〝JUD（ユダヤ教徒）〟というしるしをつけさせられたのも、そのせいだろう。

「彼はえらく撃ちまくったようだな」と、軍曹がパイプを吸いながら、監視兵のひとりにいった。

「その一部でいいから、クルスクの前線のほうにまわしてくれてたらな」と、監視兵が苦々しげにいった。「この期《ご》におよんで、お偉いさんのために試し撃ちとはね。あきれて、ものもいえないぜ。アメリカ軍がライン川まで迫ってきてるのも、無理ないな」

こうした演習は、それから数週間のあいだに何度かくり返された。一度、数人の囚人が眠っているところをたたき起こされ、連れていかれたことがあった。翌朝、彼らがみんなに語って聞かせた話は、じつに興味深かった。空薬莢を拾い終わると、ドイツ人たちはやけに親切になって、彼らを同志のようにあつかった、というのである。酒のボトルまで、まわされたという。

「ドイツの酒だ」

「シュナプスか？」

「それだ。すごくきつくて、コートをかけられたみたいに、芯《しん》まで冷えてた身体《からだ》があっという間に暖まった」

その男によると、ビッグ・ボスも――〝靴屋の親方〟のことだ、とシュムエルは思った――そこにいた。彼は囚人のあいだを歩きまわり、食料をじゅうぶんあたえられているかどうかたずねた。そして、ロシアの煙草やチョコレートを配った。

「親切なやつさ。これまでの連中とちがって」と、男はいった。「それに、こっちの目をまっすぐ見るんだ」

だが、シュムエルは考えていた。どうして夜のうちに薬莢を回収する必要があったのだろう？

それから、一、二週間が——時計やカレンダーがないので、確かなことはわからなかった——すぎた。雨の日、晴れの日、夜になって雪がすこしちらついた日もあった。これからも、まだ演習はつづくのだろうか？　夜間射撃は？　〝靴屋の親方〟は、どこにでもいるように思われた。たいていは、例の若い将校といっしょだった。民間人の服を着た男——〝ユダヤ人〟呼ばわりされていた男——の姿を見かけることは、二度となかった。あの若い伍長がいっていたように、強制収容所に送られたのだろうか？　それに、シュムエルは〝オークの男〟のことが気になりはじめていた。〝オークの男〟とは、なにを意味するのだろう？　ひどく胸騒ぎがした。たとえそれが、ほかの囚人がいまの成りゆきに満足しきっていることへの反動にすぎないとしても。

「食い物はたんまりあって、労働はそれほどきつくない。そして、そのうちアメリカ兵があらわれて、すべておしまいになるんだ」

だが、シュムエルの不安は消えなかった。彼は自分の直感を信じていた。とくに、夜が心配だった。恐ろしいのは夜だ。悪いことは、夜に起きた。とくに、ユダヤ人には。

ユダヤ人にとって、夜はとりわけ危険だった。ドイツ人は、不健康なほど夜にとりつかれていた。連中の言葉で、なんといったっけ？　ナッハト・ウント・ネーベル。夜と霧。抹殺の構成要素だ。

宿舎のなかに光が射《さ》しこんできた。シュムエルは寝ぼけまなこで、闇を切り裂く懐中電灯の明かりと人影を見た。親衛隊の連中が囚人たちを乱暴にたたき起こしていた。「みんな」と、いつもパイプをくわえている軍曹が、明かりをつけないまま、小声でいった。「仕事だ。食い扶持《ぶち》を稼ぐんだ。それがドイツのやり方でね」

シュムエルは野戦用コートをしっかり身体にまきつけ、ほかのものたちといっしょに一列になって外に出た。夜の闇に目が馴れるまで、しばらくはなにが起きているのかよくわからなかった。監視兵たちにせきたてられ、泥のなかをとぼとぼ歩いて、収容所をあとにする。列の両側には、つねに自動小銃を手にした監視兵がついていた。シュムエルは樅《もみ》の枝の隙間《すきま》から天をあおぎ見た。星が無機質な冷たい光をはなっていた。繻《しゅ》子《す》のように黒くつややかで魅惑的な夜空に輝く、満天の星。風が吹き抜け、シュムエルはさらにきつくコートを身体にまきつけた。コートがあって、助かった。

射撃場に着くと、大勢の人がいた。全員が顔をそろえていた。シュムエルは彼らの温《ぬく》もりを感じ、息づかいを聞くことができた。親衛隊の連中にまじって、〝靴屋の親方〟

が煙草《たばこ》を吸っていた。例の民間人の服を着た男も、すこしはなれたところで二、三人と話をしているのが見えたような気がした。

「こっちだ」と、軍曹が囚人たちを射撃場に連れだしながらいった。「そこいらじゅうに薬莢が散らばってる。放っておくわけにはいかん。参謀にこっぴどく叱《しか》られちまうからな。仕事が終わったら、前回同様、全員に熱いコーヒーとシュナプスと煙草が支給される」

月は出ておらず、夜は漆黒の闇につつまれていた。囚人たちは一列にならんで、ドイツ人たちのほうにむきなおった。

「おまえたちのまえに、薬莢が山ほど落ちてる。雪が降りだすまえに、そいつを拾うんだ」

雪？　今夜は雲ひとつなかった。

シュムエルはおとなしく、凍った地面に指をはわせた。薬莢が指にあたった。またひとつ。冷えこみが厳しかった。あたりを見まわす。監視兵たちはいなくなっており、射撃場に残っているのは囚人だけだった。遠くのほうに紺青色《こんじょういろ》の森の輪郭が見えた。頭上では星がきらめいていた。塵《ちり》と凍えるように冷たいガスと回転する炎の車だ。遥《はる》か彼方《かなた》にあって、手をのばしても決してとどくことはない。射撃場もまた、無限の世界だった。永遠につづいているように感じられた。そして、そこにいるのは彼らだけだった。

「おい、眠ってるやつがいるぜ」と、誰かが笑いながらいった。

またひとり、ゆっくりと地面に横たわった。両肩が地面についていた。

「おまえらみたいな道化師連中が、みんなをトラブルに巻きこむんだぞ」先ほどとおなじ声が笑った。

またひとり、倒れた。

またひとり。

みんな、がくっと力が抜けたみたいにくずおれた。やや身体をひねり、膝を折ってすわりこんだかと思うと、ゆっくりとまえにのめっていく。

シュムエルは立ちあがった。

「俺たちは撃たれてるんだ」と、誰かが呆然《ぼうぜん》とした口調でいった。「俺たちを――」その言葉は、弾丸によって途中で断ち切られた。

祈りの声が、夜の静寂に響いた。ほかには物音ひとつしなかった。

シュムエルのすぐ隣にいた男の喉《のど》に弾丸があたった。男がうしろにひっくり返る。別の男が急にまえかがみになった。肺から血がどっと流れだし、ごろごろと喉を鳴らし、あえぐのが聞こえた。だが、ほとんどのものは頭か心臓を撃ち抜かれて、音もなく静かに死んでいった。

ついにきた。夜がやってきたのだ。ナッハト、ナッハト、夜が襲いかかり、彼を連れ去ろうとしている。シュムエルはまえからずっと、夜がくるのを知っていた。いまが、そのときなのだ。目を閉じたほうがいいとわかっていたが、どうしてもできなかった。ひとりが駆けだしたものの、撃たれて勢いよく地面に倒れた。ひざまずいていた男が、頭の上半分を吹き飛ばされた。生温い血しぶきがシュムエルにかかった。

立っているのは、シュムエルひとりだった。あたりを見まわす。誰かがうめいていた。呼吸音が聞こえたような気がした。はじまってから、三十秒もたっていなかった。射撃は終わっていた。

シュムエルは死体に囲まれ、射撃場の真ん中に突っ立っていた。いまや、ほんとうにひとりぼっちだった。

暗闇のなか、人影がひとつ動いた。つづいて、ぞろぞろと動きだす。兵士たちが足もとに気をつけながら、ゆっくりとちかづいてきた。シュムエルは微動だにしなかった。ドイツ人たちがひざまずいて、死体をしらべはじめた。

「心臓のど真ん中だ！」

「こっちは頭だ。あのレップって野郎、腕は確かだな」

「こら、静かにしろ」と怒鳴る声がした。軍曹だ。「もうすぐ、お偉いさんがやってくる」

シュムエルから六フィートのところに、兵士がいた。

「おい？　そこにいるのは誰だ？」と、兵士が困惑した口調でいった。

「ハウザー、静かにしろといっただろ。お偉いさんが——」

「生存者だ！」兵士が大声で怒鳴り、銃に手をのばした。

シュムエルは〝走れ〟と心のなかで命じたが、身体がいうことをきかなかった。

つぎの瞬間、やみくもに射撃場を突っ走っていた。

「ちくしょう、囚人が見えたんだ」

「どこだ？」

「やつを止めろ。あの男を止めるんだ」

「撃て。撃ち殺せ」

「どこだ、なにも見えないぞ」

さまざまな声が入り乱れていた。銃声がした。すぐちかくだったので、シュムエルは耳鳴りがした。さらに怒鳴り声があがる。

シュムエルが森に駆けこむと同時に、明かりがついた。ドイツ人たちは白くどぎつい光を浴びて棒立ちとなり、さらに数秒を無駄にした。自動小銃を手にした〝靴屋の親方〟が足早に明かりのなかに入ってくるのが、ちらりと見えた。甲高い警笛が鳴り響き、明かりの数が増えた。サイレンも鳴っていた。

その瞬間、足をとめたシュムエルの頭に、ひらめきが走った。頭のなかがぱっと澄みわたり、この数カ月間、あと一歩のところでつかみそこねていた真実が、ついに明らかとなった。興奮で、胸が高鳴った。

だが、いまは時間がなかった。シュムエルはむきなおると、よろめく足で森のなかに入っていった。駆け足になる。枝がサーベルのように斬《き》りつけてきた。一度、転んだ。うしろのほうで、ドイツ人たちが大騒ぎしていた。大型のアーク灯が夜空を照らしている。飛行機の音も聞こえたような気がした。とにかく、大型エンジンらしき音だ。トラックか、バイクかもしれない。

そのとき、明かりが消された。停電したのか。シュムエルはひどく怯《おび》えていて、わけがわからなくなっていた。それとも、射撃場を逃げだしてから、どれくらいたっただろう？　どれくらい走っただろう？　むかっている先は？　このまま逃げきれるのか？　どうやらまぐれで、生い茂る下生えのなかの小道にでたようだった。休みたくて仕方なかったが、そんな贅沢《ぜいたく》が許されるはずはなかった。食事と労働のおかげで体力がついており、なおかつ暖かいコートがあることを、シュムエルは神に感謝した。おまえはついてるぞ。シュムエルは、ひたすら前進しつづけた。

日がのぼったところで、ようやく身を横たえた。静まりかえった広大な森のなかで、身体が痙攣《けいれん》するように震えていた。丸天井の形にからみあった枝が、森のなかに大聖堂を出現させていた。耳を聾《ろう》するくらいの沈黙がたちこめており、それを乱すのはシュムエルの息づかいだけだった。ようやく眠りが訪れようとしていた。

意識が薄れるまえにシュムエルが考えていたのは、救出のことではなく——それこそ、夢みたいな話だ——自分があらたに発見したことだった。

マイスタァシュースタァ——靴屋の親方。シュムエルの耳には、そう聞こえた。だが、あの若い伍長は北部ドイツ人で、早口でまくしたてていたうえに、状況はひじょうに緊迫していた。いまになってシュムエルは、若者が口にしたのが〝マイスタァシュースタァ〟に子音がひとつ足りない言葉であったことを悟っていた。彼は〝マイスタァシュッツェ〟といったのだ。

すなわち、狙撃の名手《マスター・スナイパー》と。

2

イギリス陸軍少佐のアントニー・アウスウェイスは、濡《ぬ》れたバーバリのコートを優雅に着こなしていた。英国人らしいすらりとした体格で、嫌みなくらいぱりっとしている。うっすらと生えた赤い口ひげが、少年っぽさが残るものの意志の強そうな顔立ちをひきたてていた。少佐は上階のオフィスでタイプライターにかがみこんでいる巨大な目標にむかって、すばやくちかづいていった。

「やあ、きみ《チャム》」相手がそう呼ばれるのを嫌っていることを知りながら、わざという。この習慣は、いまや——一九四五年の冬のロンドンでは——すっかり惰性となっていた。「〝トウェルブランド〟からの挨拶状《あいさつじょう》だ」

声をかけられたアメリカ人が顔をあげた。あけっぴろげな顔に、一瞬、困惑の表情が浮かぶ。そこには狼狽《ろうばい》もかすかに混じっていた。

アメリカ人の名前はリーツといい、戦略事務局の大尉《たいい》だった。オリーブ色のさえないウールの服を着て、銀の線章をつけ、しけた顔をしている。角刈りだった髪はすでにふさふさになっており、顎《あご》のあたりにだいぶ肉がついていた。リーツはちょうど、ロンドンで今月いちばん読まれないであろう書類――FG（降下猟兵《ファルシルムイエーガア》）－42（ドイツの空挺《くうてい》部隊がつかっているショートストロークのカービン銃）の新型グリップの形状にかんする報告書――の最終稿をタイプしていたところだった。

「きみむけの情報だ」と、アントニー・アウスウェイス少佐は自信たっぷりに、上機嫌でいった。自分が相手よりも優位に立っていることを楽しんでいた。彼のほうが小柄で、数歳年上であるうえに、体重は半分くらいしかなかった。より敏捷《びんしょう》で、機知にあふれ、皮肉っぽく、いいコネを持っていた。彼の雇い主であるMI6の特殊作戦局は、リーツの属する戦略事務局よりも優秀だった。それに、結局のところ、アントニー・アウスウェイスはかつて、このアメリカ人の命を救ったことがあるのだ。あれは一九四四年六月の戦闘中のことだった。

リーツが甲高い中西部訛《なま》りで質問した。すでに機先を制されていた。「小火器ってことですか？」

「たしか、それがこの戦争におけるきみの担当ではなかったかな？」と、アウスウェイスがたずねた。

リーツは皮肉を無視して、アウスウェイスがブリーフケースからとりだしたぼろぼろの黄色い紙を受けとった。多くの手をへてきたのか、羊皮紙のような手ざわりだった。

「ずいぶん、いろんなところをまわってきたみたいですね?」と、リーツはいった。

「そのとおり。大勢が目をとおした。それほど面白いものではないが、銃と弾丸がらみなので、きみも見たがるのではないかと思ってね」

「そいつは、どうも。どうやら——」

「テレックスだ」

「ええ、出荷指令書かなにかみたいだ」リーツは書類にざっと目をとおした。「へーネル社か。妙だな。StG-44」

「たしかに、妙だ。だが、はたして重要か? もちろん、きみの意見を聞かせてもらえるだろうね?」

「なにか、わかるかもしれません」

「けっこう」

「急ぎますか?」

「いや、きみ《チャム》。今夜八時までに頼む」

すばらしい、とリーツは思った。だが、どうせほかにやることはなかった。

「わかりました。この銃の仕様書をひっぱりだして——」だが、リーツは空気にむかってしゃべっていた。アウスウェイスはすでにいなくなっていた。

リーツはゆっくりとラッキー・ストライクを一本とりだし、ジッポで火をつけてから、仕事にとりかかった。

大柄で、デブとはいわないまでも、ぽっちゃりしているリーツは、いかにもアメリカ人らしい陽気であけっぴろげな顔をしていた。もうすぐ三十歳で、襟に大尉のしるしである二本の線章をつけていた。大尉のなかでは、年長のほうだった。とりわけ、二十二歳の若者が准将《じゅんしょう》となり、二千の戦闘機を指揮して敵陣深く乗りこんでいく戦時下にあっては。

見た目は、勉強好きな運動家、もしくは運動家タイプの学者といった感じだった。歩くときに足をひきずるのはドイツ軍にやられた古傷のせいで、ときおり不意に脚に激痛が走り、そのたびに顔面蒼白《そうはく》となった。いかめしく、げっそりとした表情は、そこから生まれてきていた。神経質な癖――唇をなめたり、つぶやいたり、手をふりまわしたり、絶えずまばたきしたり――をいくつか抱えていたが、それらは退屈なあまりの気晴らしにすぎず、もともとはむら気とかふさぎの虫とは縁のない、禁欲的な中西部男だった。もっとも、最近では戦争からとり残されたような気がして、むっつりとふさぎこんでいることが多かったが。

オフィスにいるのはリーツひとりで、これもまた彼が不機嫌な理由のひとつだった。若くて元気いっぱいの軍曹が部下としているのだが、こういう重要なときにかぎって、いなくなる癖があったのだ。リーツはテレックスに目をちかづけて、無意識のうちに、いかにも本の虫の知識人といった姿勢をとっていた。謎《なぞ》を解こうと、大げさに目を細める。

それは、ドイツ国防軍輸送司令部に属する第三帝国鉄道局が発行した出荷指令書の淡いカーボン・コピーだった。ドイツ北部のズール近辺にあるＣ・Ｇ・ヘーネル社の工場に対して、十二挺《ちょう》のＳｔＧ（突撃銃《シュトゥルムゲヴェーア》）-44――かつてＭＰ（短機関銃《マシーネンピストーレ》）-44と称されていた銃――を出荷し、それをドイツを横断して、十一号基地《アンラーゲ・エルフ》という場所――リーツの理解が正しければ――に輸送する許可をあたえている。ＳｔＧ-44はロシア戦線で試験的につかわれたいま注目の突撃銃で、最近では西部戦線にいる武装親衛隊装甲擲弾《てきだん》兵《へい》（傲慢《ごうまん》な若者たち）、降下猟兵（強者《つわもの》ども）、装甲部隊長（職業軍人たち）も使用していた。この銃にかんしては、リーツにも思い出があった。〝帝国《ダス・ライヒ》〟という名称の装甲師団の武装親衛隊員たちがＳｔＧ-44を雨あられと撃ちこんでくるなか、燃えあがる戦車隊を見おろす尾根で、背の高い草むらに横たわっていたことがあるのだ。頭のすぐ上をものすごいスピードで飛んでいく弾の音が、いまでも耳に残っていた。この銃の弾はふつうのライフルのものよりも小さく、それゆえ射程距離は短くなっていたものの、初速が高められていた。それだけではない。ＳｔＧ-44は、これまでの銃よりも軽量で、耐久性が高く、フル・オートマチックでの連続発射が可能になっていた。あのときのことを思いだすだけで、リーツの身体《からだ》には震えが走った。草むらに横たわり、脚から流れでた大量の血があたりを染め、まわりには、死んだか、死にかけている男たちがいた。鼻をつくガソリンの燃える匂《にお》い。夏草の香り。そして、下から発砲しながら斜面をのぼってくる、迷彩服姿の武装親衛隊員たち。リーツは喉《のど》の渇きをおぼえた。

煙草《たばこ》に火をつける。一本目がまだ途中だったが、かまうものか。この習慣も、もはや手に負えなくなりつつあった。

オーケイ、どこまでだったかな？

そう、たしかに妙だった。ＳｔＧ－44がヘーネル社の工場から出荷されるのはめずらしいことではなかったが、それはもっと大量にだった。組み立てラインから何百、何千と吐きだされ、ふつうのルートをつうじて地方の指揮官へと配られていくのだ。連合国の戦闘爆撃機の格好の攻撃目標とされている鉄道網をつかってドイツ国内を十二挺のライフルを輸送するのに、なぜこれほど大騒ぎしなくてはならないのか？　さらにおかしなことに、この輸送には鉄道の最優先権があたえられており、最高国家機密として、紫紅色の鷲《わし》の紋章まで書類に押してあった。

まったくもって、おかしな話じゃないか？

ＳｔＧ－44は、何千という単位で生産されていた。そこが、この銃の利点のひとつなのだ。ＭＰ－40やＧｅｗ－41とちがって、ＳｔＧ－44は時間のかかる切削加工なしに、打ち抜き型であらかじめ圧断した部品をつかって手早く組み立てることができた。この工程簡略化が、魅力の一部だった。それがいきなり最高機密扱いに？　わけがわからなかった。

　リーツは黄色い用紙から顔をはなし、この問題をもっとよく考えようと姿勢を変えた。それが間違いだった。脚の奥深くに埋まっているドイツの金属片がおかしな具合に動いて、神経を刺激した。

　激痛が全身をつらぬいた。

　リーツは椅子《いす》から飛びあがり、甲高い悲鳴をあげた。他人がいるときは黙って歯を食いしばり、蒼白になりながら足もとを見つめてじっと耐えるのだが、いまはひとりなので、なんの気がねもいらなかった。

　ようやく、いつものように痛みが去った。リーツは脚をひきずりながら椅子にもどり、慎重に腰をおろした。だが、集中力はすっかり途切れていた（このところ、それが大きな問題となりつつあった）。それに、はやく手を打たないと、あの失敗に終わった作戦がふたたび目のまえに浮かんでくるのがわかっていた。それだけは避けたかった。

　リーツは記憶をさぐって、ジェドバラ・チーム・ケーシーがこてんぱんにやられた日のことを封じこめてくれるものを見つけようとした。フットボールだ。彼はノースウェスタン大学で、一九三八年から四〇年にかけてプレーしていた。ポジションはエンドだった。エンドのおもな仕事は相手を倒すことで、リーツの場合、そばに全米代表に選ばれたタックルのロイ・リードがいたので、楽勝だった。四〇年のシーズン、ロイ・リードはその突進力と破壊力から、春の電撃戦《ブリッツクリーク》にちなんで〝ナチ〟というニックネームを頂戴《ちょうだい》していた。エンドでありながら、リーツは一度、タッチダウン・パスをキャッチしたことがあった。人生最良のときといってもよかった。いま、その栄光の瞬間を蘇《よみがえ》らせることで、リーツは恐怖の記憶を押さえこもうとした。

ダイチ・スタジアムの黄昏《たそがれ》のなかを回転しながらふらふら飛んでくる球を思い浮かべる。球はとんでもない方向にむかっていた。たとえふりまわされる腕のあいだを無事にかいくぐってリーツのもとまでたどり着いたとしても、パスが長すぎた。リーツのほうに球が飛んできたのは、右のハーフバックへのハンドオフが――ハーフバックはタックルのロイ・リードにくっついてエンドゾーンにむかい、勝利のタッチダウンを決める手はずになっていた――どういうわけか、うまくいかなかったからにすぎなかった。でかくて頭の悪いリンドマイヤーという名前のクォーターバック――ファイ・デルタの会員だった――は、唯一《ゆいいつ》、できることをした。すなわち、夕闇《ゆうやみ》のなかでたまたま目に飛びこんできた最初の仲間に球を投げたのである。

球は突きだされた五、六本の手を奇跡的にくぐり抜け、放物線を描きながら地面にむかって落ちはじめた。リーツは、それをキャッチした瞬間をおぼえていなかった。気がつくと、まわりの選手に襲いかかられながら、球をしっかり胸に抱えていた。あとで考えるに、おそらく彼はキャッチしたとき、重力の法則にさからって空中にいたのだろう。そして、ふだんはいうことをきかない不器用なずんぐりした指が、この重大な局面で所有者が思ってもみなかったような見事な働きをしたにちがいなかった。だが、すべては歓喜にまぎれて、ぼやけていた。おぼえているのは、そのときの感覚だけだった。喜びが全身を駆けめぐり、みんなが彼の背中を叩《たた》いていた。

リーツはさらに一本、煙草を手にとった。読書用ランプの角度を調節しなおしてから——痛みで飛びあがったときに、ぶつけて動かしてしまったのだろう——がらくたのあいだにあるはずの灰皿をさがす。散らばった鉛筆、端のめくれたドイツの銃器の説明図、ガム、銃尾のさまざまな部品、冷たくなった紅茶の茶碗《ちゃわん》、咳止《せきど》めドロップ（彼の部下で軍曹のロジャーは、数週間前から風邪をひいていた）。なにをさがしてたんだっけ？　そうそう、灰皿だ。リーツは、がらくたの山のなかから灰皿をひっぱりだした。と、煙草の灰が紫煙のなかにぽとりと落ち、テーブルの上に着地した。

オフィスは、ブルームズベリー広場のそばのフォーズ・パレスにある目立たない建物の上階にあった。一九二〇年代に給湯設備のないフラットを商業用に変えた建物で、ほとんどの内壁が取り壊され、エレベーター——こちらでは、リフト、リフト、リフトだ！　いつも忘れてしまう——がつけくわえられていた。もっとも、リフトはどちらにしろ、動いていたためしがなかったが。天井は雨漏りがした。セントラル・ヒーティングはなく、ロジャーが石炭ストーブに石炭をくべ忘れるので、オフィスはいつでも寒かった。十マイル四方以内にV2号ロケット弾やバズ爆弾が着弾するたびに――最近では、頻繁にそういうことが起きていた――埃《ほこり》があらゆるものにもうもうと降りかかった。リーツはふたたび狙《ねら》いをさだめるような感じで目を細め、書類を見た。すべすべした紙は、なにも明かしてくれなかった。いや、待てよ。斜めに光をあててみる。かすかな痕《あと》が、ふたつ残っていた。誰かが書類の一枚目に、力一杯スタンプを押したのだ。いちばん下のカーボン紙の写しには、スタンプを押した人物の熱意がわずかに、透かし模様よりも薄く残っていた。イギリス人がスコットランド・ヤードの魔術をつかってこの痕《こん》跡《せき》の謎を解明できるであろうことは、まちがいなかった。だが、リーツは紙を平らにのばすと、ボーイ・スカウトのころを思いだして、濃い鉛筆の丸まった先端をできるだけそっと紙のくぼみに走らせた。女性の股《もも》の内側をなでる要領で。そう、正確にはスーザンの太股だ。だが、いまは彼女のことを考えてみても、仕方なかった。問題がひとつ増えるだけだ。

鉛筆の芯《しん》にこすられて、光沢をおびた灰色の背景のなかにふたつのイメージが浮かびあがってきた。ひとつは見覚えがあり、もうひとつははじめてお目にかかるものだった。なじみのあるほうは、WaPrüf2と省略されていた。陸軍兵器局《ヘーレスヴァッフェンアムト》の実験部《プリューフヴェーゼン》第二課（歩兵兵器部門）のことだ。そこの連中は、最近、つぎつぎと驚くようなものを生みだして、リーツの仕事を面白くしてくれていた。たとえば、がらくたでできた一般庶民用の機関銃、国民突撃銃《フォルクシュトゥルムゲヴェーア》。この銃は二十セントぶんの屑鉄《くずてつ》から作られており、一分間に九ミリ弾を三百発撃つことができた。それから、潜入作戦のため——もしくは、戦後をにらんで——製造された、イギリスのステン短機関銃の模造品。さらにすごいのが、曲がった銃身修正機《クルムラオフ》と呼ばれる、ＳｔＧ-44に搭載された曲射装置だ。それをつかえば、角に隠れたまま弾を撃つことができた。ドイツの工学技術は、むかしから想像力に乏しく、杓子《しゃくし》定規だといわれてきたが、リーツはそうは思わなかった。そこには驚くようなひらめきが感じられた。彼らはたいていの分野で、ずっと先をいっていた。ロケットでも、ジェットでも、銃でも。それを考えると、リーツは不安になった。そういったもの——曲がって飛んでいく弾を撃てる銃だ！——を作りだせる連中が、ほかにいったいなにを発明していることやら。

リーツは情報部員で、専門はドイツの火器だった。小火器評価チーム（ＳＷＥＴ）という部署——ほとんど知られておらず、八百ページにおよぶ関係書類にも一度も名前が出てこない——の責任者をつとめており、もっと大きな英米統合技術情報委員会（ＪＡＡＴＩＣ）という組織のなかで働いていた。ＪＡＡＴＩＣのアメリカ側代表がリーツのいる戦略事務局（ＯＳＳ）、イギリス側代表がアントニー・アウスウェイス少佐の属する特殊作戦局（ＳＯＥ）だった。ＳＷＥＴはＪＡＡＴＩＣの下部組織であり、アウスウェイスはリーツの上司にあたった。この埃と青写真だらけのオフィスが、現在のリーツの戦場だった。ロジャーがよくいっているとおり、楽《ノー・スウエット》な仕事場だ（これは実際にはリーツが口にしたジョークだったが、ロジャーは他人のものを拝借するのがうまかった）。

十二挺のライフルをドイツ国内で移送するのに、陸軍兵器局の歩兵兵器部門が関与していた。このライフルのどこがそれほど特別なのだろう？　気になった。ドイツらしくないやり方だからだ。イギリスの諜報部《ちょうほうぶ》用語で〝トウェルブランド〟と呼ばれているドイツは、複雑にからみあった迷路とおなじだった——局、省（ドイツ語だと〝アムト〟）、デスク、サブデスク（このあたりはロンドンと似ていなくもなかった）。だが、それなりにいつでも秩序が保たれていた。たとえ爆弾がふりそそぎ、都市の大半が破壊され、何百万もの人が戦死し、東からはロシアに攻めこまれ、西ではアメリカ軍やイギリス軍と対峙《たいじ》し、国内では食糧不足と燃料不足に悩まされようとも、ドイツでは依然として書類仕事がきちんと処理されていた。ところが、そこへいきなり、リーツを除けばこの街で数人しか耳にしたことのないくらい知名度の低いちっぽけな機関があらわれて、武器の輸送にくちばしを突っこんできたのだ。

どうもひっかかった。だが、もっとひっかかるのが、もうひとつのスタンプの痕だった。WVHA。

なんの略だ？

おそらく、これまたどこかの部局の名前だろう。だが、リーツは聞いたことがなかった。ベルリンの中心部にひっそりと居を構えた、小さくてこざっぱりとしたオフィスにちがいない。

リーツの頭のなかで、ある考えが危険なほどふくらんでいった。つぎの煙草に火をつける。このファイルの山のどこかに、いま問題となっている突撃銃《シュトゥルムゲヴェーア》のＳｔＧ－44を徹底的に分析した書類があるはずだった。ＳｔＧ－44は独創的な銃で、短機関銃の長所（火力があり、軽量）とライフルの長所（精度が高く、射程が長い）を併せもっていた。どうやら、自分でその書類を掘りださなくてはならないらしい。ＳｔＧ－44を手にいれたときのことは、よくおぼえていた。それをばらばらに分解してから、ふたたび組み立て、試射場に持っていって、いやになるくらい標的を撃ちまくり、すばらしい技術評価報告書を作成してから、それをＪＡＡＴＩＣに提出し、いつものように無視されたのだ。

リーツはファイルの山にちかづいて、そのなかをさがしはじめた。だが、報告書を見つけたとき、別のことが頭に浮かんできた。

製造番号。

くそっ、製造番号だ。

いそいでテレックスのところにもどる。製造番号はどこだ？

一瞬、パニックを起こしかけたところで、黄色いテレックスの端が、ぼろぼろになった『トーナメント・テニスとスピン・ボール』(ビル・フィールディング著)――ロジャーのバイブルだ――の下からのぞいているのが目にはいった。本を乱暴に押しのけ、テレックスをつかむ。

製造番号。

製造番号。

すでに灯火管制は終わり、ロンドンは警戒灯火管制の時間帯にはいっていたが、リーツは明かりを消したまま、窓辺に立っていた。すこしまえに落ちたV2号ロケット弾の被害を確かめようと、街を見わたす。火の手があがることもあれば、あがらないこともあった。今回の落下地点は、半マイルほど北だった。小児病院のあるグレート・オーモンド・ストリートの先、コラム・フィールズのあたりだろうか。なだらかに起伏する草地に落ちたのなら、燃えるものはなにもないはずだった。だが、地平線がオレンジ色に染まっているところを見ると、火事が起きているのはまちがいなかった。コラム・フィールズよりさらに北、グレイズ・イン・ロードやロイヤル・フリー病院の近辺だろう。あとで現場に出向いて、この目で確かめておかなくては。

リーツはロケット弾に興味があった。実際、それは巨大な弾丸とおなじで、ドイツ人でさえ、そう認めていた。Ｖ２号――正式名称はＡ４号――はドイツ陸軍のプロジェクトで、親衛隊が管理し、大砲に分類されていた。要するに、弾丸が飛んでいくのだ。それに対してバズ爆弾ことＶ１号は、ドイツ空軍が管理している無人飛行機型の爆弾だった。

考えるだに恐ろしかった。ビルくらいでかい弾丸が、オランダやドイツ本国に設置されたライフルからロンドンの標的めがけて発射されるのだ。リーツはおののいた。無作為に爆撃され、砲撃されるのとは、大違いだ。クソいまいましいドイツの狙撃手《そげきしゅ》が、暗闇と空間を越えてこちらに狙いをつけている。そう考えると、おかしな感じがした。背筋がぞくりとする。だが、それはすきま風のせいにすぎず、つぎの瞬間、ドアがあいていた。

「ノックすべきだったな。失礼」と、アウスウェイスがいった。

「今夜、連中の荷物がどこに届けられたのかを確認したかったんです。どうやら病院のちかくらしい。小児病院の」

「いや、もっと先のイズリントンだよ。ところで、お願いできるかな、きみ《チャム》？」そういってカーテンを閉める動作をしてみせながら、アウスウェイスが明かりをつける。

「はやいですね」と、リーツはいった。朝の七時半だった。

「たしかに、予定よりもすこしはやいな」

「かまいません」リーツは腰をおろすと、テレックスをとりだし、ほかの書類をそろえた。「こいつは変です」

「聞かせてもらおうか」

「連中は十二挺のライフルを、特別扱いで国内移送しています。それとおなじ型のライフルは、一九四三年にヒトラーが生産を認可して以来、おそらく八万挺は生産されているでしょう。そのほとんどは、ズールにあるヘーネル社の生産ラインから出荷されたものです。オーベルンドルフにあるモーゼル社の工場でも爆撃まえに一万挺ほど作られていますが、こちらは刻印がちがっているし、グリップのプラスチックが安物で、欠けやすい」

　バーバリのコートの襟を立て、艶《つや》やかな髪をうしろになでつけたアウスウェイスが、死んだ魚を思わせる目でリーツをじっと見つめた。彼とおなじ階級のイギリス人が、七百年かけて完成させてきた目つきだ。

　リーツはひるむことなくその目を見つめ返し、先をつづけた。「製造番号は八桁《けた》で、それに製造元がくわえられます。ここまではいいですか？」

「もちろんだとも」

「連中はかならず、最初に意味のない数字をふたついれます。そのあとに、どこの工場で作られたかをあらわす五桁の数字がつづき、それから目くらましの数字がひとつはいって、最後に製造元のコードがくる。意味のない数字をいれるのは、その型の銃が何百万挺も生産されていると敵側に思わせるためです。小火器にかんしては、すべてそうなっています。じつにアホらしいやり方だ。まだついてきてますか？　はやすぎやしませんか？」

「置いていかれないように、懸命に努力しているところだ」

「この指令書には」リーツはテレックスを持ちあげてみせた。「数字がどこにもない。製造番号の欄に、線が引かれているんです」

「それが情報関係の大発見だとするならば、どうやらわたしは要点を見逃してしまったらしい」

「ドイツ人は記録を残します。むかしからの習慣です。なんだったら、普仏戦争のころの指令書だって、お見せできます。刻印というプロセスは、彼らの製造工程のなかに、組み立てラインのなかに、しっかり組みこまれているんです。クルップ社、モーゼル社、ERMA《エルマ》社、ワルサー社、ヘーネル社——どの企業でも、事情はおなじです。それは彼らの精神構造、世界観の一部なんです」

「その点にかんしては、異論はないね。ところで、きみは今回の件の重要性について話してくれるのではなかったかな」アウスウェイスはまったく感銘を受けた様子がなかった。

「この十二挺のライフルは手作りです。製造番号がない。すくなくとも、銃身や銃尾といった、番号がついていてしかるべき重要な部分にかんしては」

「だから？」

「大量生産される銃としては、ＳｔＧ－44はたいへん優れています。この戦争でつかわれている最高の銃といってもいいでしょう。四百メートル離れた馬をまっぷたつにできる。ロシアではＰＰＳｈ三挺と交換されています。使用するのは、ドイツ語で〝短い〟を意味する〝クルツ〟という名称のついた七・九二ミリ短小弾です。しかし、大量生産されている銃なので、精度はあまり高くありません。つまり、正確さにおいては、それほど期待できないわけです」

「だが、この十二挺はそうではない」

「そのとおりです。これが最優先プロジェクトとされている点、陸軍兵器局の歩兵兵器部門がＷＶＨＡという聞いたこともない組織と協力している点、そして銃の送り先が南部の十一号基地《アンラーゲ・エルフ》という秘密の場所である点を考慮すると、それらの意味するところはあきらかだと思います」

「なるほど」と、アウスウェイスはいった。だが、それはリーツが望んでいたような反応ではなかった。

リーツは切り札をだした。

「連中は誰かを殺そうとしている。誰か大物でしょう。その人物を狙撃するつもりなんです」

だが、アウスウェイスはまたしてもリーツの上をいった。

「たわごとだ」

3

シュムエルは、いまや完全に森の一部と化していた。びくついて油断なく目を光らせている、夜行性の薄汚れた獣だ。飢餓に突き動かされ、朝になると小さな洞穴や茂みや巨岩のそばで震えながら眠りにおちた。木の根や果実を食べ、静寂のなか、本能だけを頼りにあてどもなくさまよい歩いた。まわりは山で囲まれていた。そのむきだしの斜面には、恐怖をおぼえた。あんなところに出ていったら、みずから死を望むようなものだ。そこで、山を避け、木が鬱蒼《うっそう》と茂るふもとをとおった。逃げだしてから十日がたっていた。いや、十二日か、二週間かもしれない。

だが、彼に勝ち目はなかった。毎日、体力の消耗が激しく、我慢して食べているあのまずい代物《しろもの》だけでは、とうてい栄養を補給できなかった。衰弱が進み、収容所でたくわえた脂肪や耐久力や筋肉が落ちていった。最後には森が勝利をおさめるだろう。最初からわかっていたことだ。衰弱して気を失い、名もないドイツの小川のそばの濡《ぬ》れ落ち葉のなかで息絶えるのだ。

服はぼろぼろになっていた——囚人服ではなく、ドイツ軍のおさがりであるにもかかわらず。ブーツは分解しかけており、ズボンはほつれて、生地がてかてかになっていた。まともに残っているのはコートだけだった。木毛の詰めものが、冷気と湿気をだいぶ防いでくれていた。おかげで、まだ病気にならずにすんでいた。病気は死を意味した。動けなくなるくらい衰弱したら、死ぬしかない。行動は生きている証《あかし》であり、それがここでの教訓だった。とにかく動きつづけろ。神のお慈悲を期待したって、無駄だ。

ある晩、雨が降った。すさまじい暴風雨だった。シュムエルはちぢこまり、動くことができなかった。木々のむこうの地平線に稲妻が突き刺さり、雷が轟音《ごうおん》をたてた。雷鳴は大きくなったり小さくなったりしたが、完全にやむことはなかった。

それから二日間、空気には硫黄にも似たツンとくる匂《にお》いがただよっていた。一度、森のなかのひらけた場所にでた。そこはあふれんばかりの光につつまれていたが、あまりの見通しの良さにシュムエルは怖《お》じ気《け》づいて、じめじめした森のさらに奥深くへとひっこんだ。

気温が零下にならなければいいのだが。零下になれば、シュムエルは死ぬ運命にあった。兵士と遭遇しても。寝過ごしても。

死にいたる状況はいくらでも考えられたが、生き残るシナリオは、ひとつとして思いつかなかった。

何度か道路を横断した。気づかないうちにホテルだか宿屋だかの敷地に迷いこんでいたこともあった。だが、管理人や兵士に出会うかもしれないと考えただけで恐ろしくなり、ふたたび森の奥深くへ逃げこんだ。

体力が急速に衰えつつあった。果実と木の根とコケだけで長いこと頑張ってきたものの、この二日くらいでだいぶ弱ったような気がしていた。

眠りからゆっくりと目覚めたとき、ついに終わりがきたことを悟った。力が残っていなかった。このあたりは風に吹かれてかさかさと音を立てる古木ばかりで、口にいれて吐きださずにいられるようなものはなにもなかった。葉の落ちた白くて節くれだった無数の枝が、手のようにからまりあっていた。

自分は最後の生き残りだ、とシュムエルは思った。最後のユダヤ人だ。

地面は冷たい薄皮のような落ち葉で覆《おお》われていた。土の上で死ぬことさえできないのだ。

あおむけに横たわったまま木の枝を見上げると、円蓋《えんがい》の隙間《すきま》から青い空がのぞいていた。這《は》おうとしたが、できなかった。

ついにつかまったか。どれくらい逃げていたのだろう？　三週間ちかくか。こんなに長くもつとは、ドイツ人も予想していなかっただろう。百キロは歩いたにちがいない。

最期《さいご》の祈りを唱えようとしたが、もう何年も祈りなど口にしていなかったので、ひとつも思いだせなかった。かわりに、詩を暗唱することにした。これは人生の大きな節目だ、ちがうか？　だったら、詩を欠かすわけにはいかない。だが、言葉は浮かんでこなかった。言葉は役立たずだった。それが問題だった。シュムエルは言葉をたくさん知っていた。それらを組み合わせ、さまざまな妙技をさせる術《すべ》を心得ていた。だが、それは一九三九年以来、彼になにひとつ恩恵をもたらしてこなかったし、いちばん必要とされているいまも、彼の期待を裏切っていた。

いよいよ最期のときが訪れようとしていた。作家なら誰でも興味を持っている瞬間だ。このとき頭に浮かぶ疑問の答えを知っている作家は偉大な作品をものにできる、といわれていた。そして、それを実際に試みたのがコンラッドだった。いかにもポーランド人のやりそうなことだ。だが、シュムエルは自分の差し迫った死がそれほど興味深いとは感じられなかった。衝撃に欠けていた。たしかに感極まるものがあったが、それはあらかじめ予想できた。誰にでも想像がつくことだ。いちばん強烈なのは、悲しみだった。それに、苦痛だ。だが、空腹と疲労に耐えて前進しつづけていたときに較《くら》べれば、その苦痛は大したことなかった。実際、この通過儀礼の最後の部分は、きわめて快適だった。身体《からだ》が温かくなりはじめた。というより、麻痺《まひ》してきているのだろう。死は段階的に訪れる、という考えが頭に浮かんだ。手足からはじまって、最後が頭だ。肉体は死んでいるのに何日も脳だけが生きたままだったら、と思うとぞっとした。だが、心は慈悲深くぼやけていって、なにもわからなくなるのだろう。強制収容所で人がそうなるところを、シュムエルは目にしていた。

幻覚がはじまった。

〝オークの男〟が目のまえにあらわれた。そびえるような大男で、古くてひからびた木の顔から芽や小枝や緑の葉が生えている。異教のおとぎ話にでてくる粘土の人形といった感じだ。そこいらじゅうに奇怪な生き物がおり、イムプやゴブリンといった小鬼が跳《ちょう》梁《りょう》していた。それから、例のドイツ人が姿をみせた。〝マスター・スナイパー〟と呼ばれていた大物だ。だが、その顔は疲れていて退屈そうで、はっきりしなかった。シュムエルは自分の過去を回想しようとしたが、もはやその元気は残っていなかった。愛する人たちのことを思いだすのは？　いや、どうせみんな死んでしまっている。唯一《ゆいいつ》、自分が死んで悔やまれるのは、彼らの記憶がどこにも存在しなくなることだった。だが、世の中にはどうしようもないことがあるのだ。闇《やみ》につつまれた射撃場で奇跡が起こり、自分だけ命が助かったのは、神のご意志ではないかと考えたこともあった。だが、それもまた、神のおふざけにすぎなかった。

まるでその考えを裏づけるかのように、ほんとうならシュムエルが死を迎えているはずだったときの場面が目のまえに再現された。兵士たちが影のなかからあらわれ、ちかづいてくるのが、見えるような気がした。ゆっくりと慎重にやってくる。

空が見えなくなった。

ライフルを手にした男に視界をさえぎられたのだ。

シュムエルは銃弾を撃ちこまれるのを待ちかまえた。

かわりに、理解できる言葉が聞こえてきた。英語だ。

「動くな、クソ野郎」

ほかの人影がぞろぞろとあつまってきた。

「なんとまあ、情けない野郎だぜ」と、誰かがいった。

「ねえ、中尉。ネルソンがいままでで最高にみすぼらしいドイツ野郎を捕まえました」

別の人影がいった。「無駄飯食いが、またひとり増えたわけか」

4

リーツの名ばかりの助手をつとめる三等技術軍曹のロジャー・エヴァンスは、上司に実用的な助言をあたえた。

「忘れることです」ロジャーはハンサムで脳天気なティーンエージャーで、当然のことながら態度は傲岸不遜《ごうがんふそん》、声には実際にはありもしない権威が満ちていた。くわえて、着こなしがうまかった。空挺《くうてい》部隊の磨きあげたブーツをテーブルにのせ、椅子《いす》をうしろに傾け、二本の脚であぶなっかしくバランスをとっている。スポーツマンらしい体格を強調すべくきつめに仕立ててあるアイク・ジャケット、いなせに斜めにかぶっている軍帽。リーツはひと目でこの若者を嫌いになったが、数カ月間いっしょに働くうちに――〝働く〟という言葉は、ロジャーの場合、まったくあてはまらなかったが――無害なやつとして相手を受けいれるようになっていた。

ロジャーは頭のうしろで手を組み、椅子を前後に揺らしながら、自分の考えを披露しつづけた。

「そうするしかありませんよ、大尉《たいい》。忘れるんです。そうしたところで、あなたにとっては痛くもかゆくもない」ロジャーが痛痒《つうよう》を感じることなど、決してなかった。いま、こうして真冬の朝に議論を戦わせていてリーツが頭にくるのは、おそらくロジャーのいうとおりだ、ということだった。

リーツはなにもいわなかった。デスクの書類をいじくる。陸軍兵器局の歩兵兵器部門がMP-40短機関銃のために考案したダブル・マガジンの送弾システムにかんする調査報告書だ。この改良により、MP-40は六十四発ぶんの弾倉《マガジン》を装着することが可能となり、七十一発入りのマガジンを使用しているソビエトのPPShと肩を並べるようになった。いまやこの武器は、西部戦線でもつかわれていた。

リーツがいらだっているのは、トニー・アウスウェイスが——ひいては、ロンドンの関係者が——彼のひらめきを認めようとしないからだった。

「おそらく」と、アウスウェイスは尊大な口調でいっていた。「わがほうのアナリストは、きみの意見に賛成しないだろうな。それをいうなら、このゲームではまだほんの駆け出しにすぎないそちら側のアナリストもそうだろうが。正直いって、こういうのはナチのスタイルではない。連中は大量殺人を得意としていて、それを誇りにしているのだ」

「一九四三年に、アメリカは山本元帥《げんすい》の乗った機を撃墜しました」と、リーツは反論した。「イギリスはロンメルの首をとろうと、突撃隊を送りこんだことがあります。ドイツ側がカサブランカでルーズベルトの命を狙《ねら》っている、といううわさもありました。それに、ついふた月ほどまえにバルジの戦いがはじまったときには、スコルツェニーがアイゼンハワーの誘拐をたくらんでいるとささやかれました」

「そのとおり。そうした不愉快なうわさで、この街のさまざまなところで多大なる不都合が生じた。だからこそ、こんな紙切れ一枚で警報を発するわけにはいかないのだよ。いや、理由はもっと単純だ。きみの考えはまちがっている、それだけさ」

「サー」リーツは直立不動の姿勢になっていた。「おそれながら――」

「だめだ。きみにこのつまらん仕事をあたえたのは、ドイツの小火器技術にかんする専門知識を活用してもらうためだった。ドイツ産業界がどれくらい逼迫《ひっぱく》しているのか、手がかりでもあたえてくれるかと思ってね。ところが、きみはそのかわりに、ジェームズ・ハドリー・チェイスばりのおかしな話を持ちだしてきた。期待はずれもいいところだ」

そういって、リーツは追い払われたのだった。

だが、それくらいでリーツの熱意は薄れなかった。ある日の午後、自分の意見への支持をとりつけようと、さまざまな団体にメモを送りつけた。連合国派遣軍最高司令部(SHAEF)、アメリカ防諜《ぼうちょう》部隊(CIC)、陸軍情報部、X‐2と呼ばれる戦略事務局の対敵諜報活動機関、グロスヴナー広場にある戦略事務局のドイツ部門などなど。だが、結果は惨憺《さんたん》たるものだった。

「コネがないからだよ。東部人は、みんな〝なあなあ〟の間柄なんだ。排他的なのさ。ハーヴァード、オックスフォード、イェール」と、リーツはいった。

十九歳ですっかりハーヴァードらしさを身につけているロジャーは、リーツの考えを否定しようとした。

「ハーヴァードはそんなところじゃありませんよ、大尉。ほかの大学とおなじで、みんなで楽しくやってるだけです。誰もあなたの話に耳を貸そうとしないのは、戦争の指揮をとってる道化師連中が自分のしていることをわかっていないからです。出身大学には関係なく。彼らにとって、戦争は最高のものなんだ。生活のために働くより、ずっといい。戦争が終わったら、またソーダファウンテンで働くことになるんだから」ロジャーはソーダファウンテンで一度も働いたことのない男らしく、自信たっぷりにいった。教育のおかげで、彼にはオフィスにすわって空挺部隊のブーツをテーブルにのせ、リーツにむかって社会学の訓戒をたれる権利があたえられているというわけだった。

「ほかにやることはないのか？」と、リーツはいった。

ロジャーはどこ吹く風といった感じで分析をつづけた。いまや分野を越えて、心理学の領域にまで足を踏みいれていた。「どうしていらついてるのか、わかりますよ、ジム。

あなたはもどりたいんだ」ロジャーは心の底から驚いていた。「そうか、これでわれわれふたりはこの戦争を読み解いたことになる。どうしてあなたがもどりたいかというと――」

この若きテニス選手が最近のリーツの行動に面食らっているのは、あきらかだった。リーツは自分でも困惑していた。どうしていまごろになって、いきなり聖戦にのりだそうというのか? 上が〝ノー〟といったからには、〝ノー〟なのだ。

だが、リーツはあきらめきれなかった。〝イエス〟だ。返事は〝イエス〟であるべきなのだ。

数日後、リーツはアウスウェイスのオフィスを訪ねた。

「またかね?」と、アウスウェイスがたずねた。

「はい」と、リーツは笑みひとつ浮かべずにこたえた。

「しかも、ほとんど間をおかずに」

「例の話をあちこちに売りこもうとしましたが、誰からも相手にされませんでした」

「そうか。思ったとおりだ。要するに、論拠が弱いのだよ。それくらい、わかっているはずだが。確かな情報はひとつもない」

リーツはぶっきらぼうにならないように努め、丁寧な口調で説明した。「確かな情報がないのは、それを手にいれられないからです。そして、それを手にいれられないのは、おふれが出まわっているせいです」

「なにをいいたいのかね？」

リーツは小学生にいってきかせるような口調でつづけた。「誰かがわたしに〝へそ曲がり〟、〝変わり者〟のレッテルを貼《は》ったんです。どこか支持を得られるところはないかと、いくつかセクションをまわってみました。ところが、突然、誰もがわたしを避けはじめた。その目つきで、あいつはもうおしまいだ、とうわさされているのがわかりました」

「もちろん」と、アウスウェイスがとりすましていった。「いまのは誇張だろうね」

「おふれを出したのは、あなたですね」

アウスウェイスは目をそらさなかった。彼の身体には、決まり悪さをあらわすことのできる神経繊維は存在しないのだ。面白がっているような表情を目にたたえ、平然とリーツを見つめて、こういった。「その可能性は考えられるな。いや、大いにあり得るといってもいいだろう」

「思ったとおりだ」と、リーツはいった。

「個人的に、きみがどうこういうわけではないのだよ。きみのことは、ひじょうに高く買っている。お気に入りのアメリカ人だ。アメリカ人にしてはめずらしく、自己執着がそれほど強くないからな。カンザスの農場での子供時代のこととか、奥さんや子供の名前を聞かされたりせずにすむ。とはいえ、なにごとにも限度がある」

「アウスウェイス少佐」

「頼むよ。トニーでけっこうだ」

「アウスウェイス少佐、わたしのいまの凍結状態を解除してくださるよう、お願いします」

「とんでもない」トニー・アウスウェイスは落ちつきはらってリーツを見つめた。目に憐《あわ》れみの色が浮かんでいた。これから大いなる真実を――愚鈍なアメリカ人がまだ理解できずにいるゲームの基本的なルールを――明かそうというのだ。「きみにはやるべき仕事があるんだ。たしかに、例の一件をきみのところへ持ちこんだのはわたしだ。したがって、責任はこのわたしにある。わたしはこの英米統合技術情報委員会というつまらん道化ショーの上級参謀だ。そして、きみの小火器評価チームというつまらん道化ショーは、そのすぐ下に位置している。わかったかな。誰もが戦争で重要な仕事をまかされるわけではないのだよ、リーツ大尉。なかには、きみやわたしのように、つまらん仕事、退屈な仕事を、前線から五百マイルも離れた安全なオフィスでやらなくてはならないのだ」

リーツはため息をついた。「サー、これはそういう問題では――」

「どういう問題か教えてやろう。これは成熟の問題だよ。きみは子供のころ、西部劇ごっこをやっただろう。わたしもだ。そいつは、もう終わったのさ。われわれはいまやデスク労働者だ。例のすてきな女性と会ったらいい。映画を観《み》て、仕事をして、鼻や顎《あご》を吹き飛ばされなかったことを神に感謝し、きたるべき民主主義の勝利を楽しむんだ。戦争は終わりにちかづいている。あと数週間か、数カ月といったところだろう。ロケット弾に直撃されないかぎり、きみは生きのびたことになる。あの娘に会いたまえ。名前は――」

「スーザンです。いいえ。つまり、もう彼女とは会ってません」

「そいつは残念だな。だが、この街には女性が大勢いる。別の娘をさがしたまえ」

「サー、あなたからひと言いっていただければ――」

「まだわからないのかね。銃と青写真の世界にもどりたまえ。暗殺計画のことなど忘れるんだ。いまは一九四五年二月のロンドンなんだぞ。一九二六年のシカゴとはちがう」

リーツは、ここで腹を立てるわけにはいかなかった（そもそも、そのエネルギーが残っているかどうかさえ、さだかでなかった）。イギリス人は騒ぎを嫌っていた（だから、アメリカ人は忌み嫌われているのだ）。そして、リーツが必要としているものは遅かれ早かれ、どのような形であれ、トニー・アウスウェイスから手にいれるしかなかった。なぜなら、この街におけるアウスウェイスの影響力は絶大だったからである。リーツを身動きのとれない状態にしたのがアウスウェイスであるならば、それを解除できるのはアウスウェイスしかいなかった。

「アウスウェイス少佐」自分では理性をたたえているつもりの声で、リーツはふたたびはじめた。「わたしはただ、さらなる情報を見つけるチャンスをいただきたいだけです。例の国防軍の輸送指令書以外の証拠が必要です。どんなに奇妙なものであろうとも。そのためには、ほかの情報源や流通機構にあたってみなくてはなりません。公文書、関係書類、そちら側の技術関係者、それに――」

「リーツ、わたしはきわめて多忙なのだよ。きみを除いて、全員がそうだ。きみとあの不作法な若者は、鼻つまみものになりつつあるぞ。この戦争が自分たちのためだけにあるかのように迫害のしるしを背負ったところは、まるでユダヤ人だ。きみの場合は誰に選ばれたのかね？　え？　神でなければ、誰に？」

リーツはなにもいえなかった。イギリス人少佐は赤い口ひげを逆立てながら、彼をにらみつけていた。目はガラスのように冷たかった。

「いきたまえ！」尊大なしぐさで、手首をかえす。国王の軍服に身をつつんだノエル・カワードが、リーツという虫けらを払いのけたところだった。

気がつくと、リーツは肩を落として通りをうろついていた。ベイカー・ストリート八十二番地にある本部——セント・マイケル・ハウスと呼ばれる特徴のない建物——のまえの歩道で、一瞬、足をとめる。彼はこの由緒《ゆいしょ》ある街の歩道を埋めつくす粗野なアメリカ人のひとりにすぎなかった。アメリカ人たちは元気いっぱいで、人を押しのけるようにして歩き、大声でしゃべりながら、たいていが女の子を連れていた。いかにも真冬のロンドンといった感じのどんよりと曇った寒い日だったが、アメリカ人の若い肉体が古びた街の通りを温め、彩《いろど》りとエネルギーをもたらしていた。血色の良いアメリカ人に較《くら》べると、イギリス人は痩《や》せこけて、青ざめて見えた。それに、あまり姿が目立たなかった。ここはいったい誰の国なんだ？　アメリカン・フットボールの観客のなかに——歓迎会といったお祭り騒ぎの群衆のなかに——まぎれこんだような気がした。誰もが幸せそうで、頬をピンク色に染め、パーティにむかおうとしていた。アメリカ人で、生き残る可能性が高く、ポケットに金があれば、ロンドンはパーティ会場と変わりなかった。

空気には勝利と喜びが満ちていた。まもなく、戦術面だけでなく、精神面でも勝利をおさめることになるのだ。彼らのライフスタイル、彼らの文明が、試練をくぐり抜け、その正しさを証明されようとしていた。あたりを見まわすと、アメリカ人であることを満喫する男たちと、彼らのそばにいることを満喫する青白い娘たちであふれかえっていた。戦争は終わりかけていた。遠くのかすかな轟《とどろ》きにすぎなかった。その存在を思い起こさせるのは、戦争には不釣り合いなほど若い爆撃機の乗員たちだけだった。出撃の合間の一日か二日を惜しんで外出している第八航空軍の十代の若者たちが、そこいらじゅうにいた。陸軍航空隊の制服の袖《そで》に縫いつけられた三本の銃手の袖章で、すぐに見分けがついた。まだひげを剃《そ》る必要もなさそうな若者たちが、ガイドブックやカメラを手に、大きな声で馬鹿《ばか》な質問をしている。若すぎて、怖いもの知らずなのだろう。

リーツはぶるりと震えて、コートをさらにきつく身体に巻きつけた。シカゴの冬ほどではないにせよ、冷えこんでいた。おかげで、ふだんは湿っぽいロンドンの空気が乾燥して、古傷がうずくのを防いでくれていたが。

ベイカー・ストリートがオーチャード・ストリートに変わったところで、左に曲がってオックスフォード・ストリートに入り、ブルームズベリー広場のほうへとむかう（イギリスの通りは、まったくわけがわからなかった。歩いているうちに、突然、つぎのブロックでおなじ通りが別の通りに変わってしまうのだ。しかも、それで道を尋ねようものなら、馬鹿にされるのがおちだった）。リーツは、とくに急いではいなかった。オフィスにもどったところで、緊急の仕事が待っているわけではないのだ。ふと気づくと、グロスヴナー広場まであと一ブロックか二ブロックのところにきていた。すぐ先のデュークー・ストリートをいけば、戦略事務局の本部だ。本部に押しかけていってひと騒動起こし、お偉いさんに会わせろと要求してみようか、という考えが頭をよぎった。うわさでは、ドノヴァンは意気込んで提出されたものなら、なんにでも耳を貸すという。ワイルド・ビル・ドノヴァンなら、話を聞いてくれるだろう。だが、リーツの相手をするのは、あの建物を管理する高圧的な大佐か、戦略事務局のロンドン支局のボスか、東部出身の高慢ちきな上層部の男か、その取り巻きのひとりでイギリス人におべっかをつかう小物の主任アシスタントである可能性のほうが高かった。そして、そのいずれもがトニー・アウスウェイスの共謀者であるのは、まちがいなかった。

デューク・ストリートに折れずにオックスフォード・サーカスまできたところで、リーツは自分が本部にねじこむのを忘れていたことに気がついた。そもそも、そういうのは彼の流儀ではなかった。

オックスフォード・サーカスでは、奇妙な形をした黒い小型車がコントロールを失って破滅にむかおうとしている惑星よろしく環状交差路をぐるぐるまわっていた。怒鳴り声、警笛、エンジン音、排気筒から吐きだされる青い煙があたりに充満している。イギリス人はどこでガソリンを手にいれるのだろう？　回転している自動車の姿に、リーツは無意味さの隠喩《いんゆ》を読みとろうとした。永遠にまわりつづけて、どこへもいくことのない機械の群れだ。

忘れろ、いいな？

連中は正しい。

おまえはまちがってる。

アメリカ人曹長——B-17の銃手だろう——が酔った足どりでそばをとおりすぎ、おぼつかない手でリーツに敬礼してみせた。

「サー」若者が中途半端《はんぱ》ににやりと笑った。腕が売春婦の肩にまわされていた。女はしわだらけで、髪の毛が縮れており、胸はなく、いかにもタフそうだった。なんとも奇妙なカップルだった。

リーツはおなじくらいたどたどしい手つきで敬礼を返し、若者とその相手がよろめきながら去っていくのを見送った。夜の帳《とばり》がおりようとしていた。通りに満ちている勝利感を、リーツはまったく感じていなかった。あたりでは先ほどの若者をはじめとする純朴なヒーローたちが自信たっぷりに人生を謳歌《おうか》し、明日にむかって進もうとしていた。若きヒーローたち。

そのうちのひとりを、ドイツ側は殺そうとしていた。リーツにはわかっていた。いまこの瞬間にも、四百マイル東の廃墟《はいきょ》と化したドイツでは邪悪な計画が立てられているのだ。殺す相手は、この街にいる人間かもしれなかった。そして、その計画に気づいているのは、リーツだけだった。

連中は誰を狙っているのか？　なぜわざわざその人物を殺さなくてはならないのか？いまここにV2号が落ちれば、一瞬にして三百人の命が消えるだろう。まったく偶発的な死。産業界の力を結集して、さまざまな技術的問題を解決した結果の死だ。

狙《そ》撃《げき》となると、話はちがった。きちんと標的となる人物がいるのだ。憎んでも憎みきれない相手。それゆえ、みずからが破滅の淵《ふち》にありながら、殺さずにはいられない相手。チャーチルか？　彼の演説がドイツ側の逆鱗《げきりん》にふれた？　それとも、正直そうに見える穏和な笑みをたたえたカンザス男のアイクか？　あるいは、ドイツが得意とする戦車戦で彼らを打ち破ったパットンとか？　それらの人物に負けず劣らず彼らを徹底的に叩《たた》きのめしたモントゴメリーという可能性もある。

だが、それらが筋のとおらない考えであることは、リーツにもわかっていた。もしかすると、アウスウェイスは正しいのかもしれない。リーツがなにもできないようにしたのは、正当な処置だったのかも。

リーツはぐったりしていた。オックスフォード・サーカスは、すでに薄闇《うすやみ》につつまれていた。交通量はそれほど多くなく、いまや車の流れもゆったりしていた。これからどうしようか？

オフィスか宿舎がもっとちかければよかったのだが。これほど疲れていなければ。自分にも戦争がすこし残されていれば。話に耳をかたむけてくれる人がいれば。だが、いちばんの望みは、どこかクッションのきいたところに腰をおろし、イギリス人がビールと呼んでいる薄い液体のはいったマグをあけ、一九四五年をしばし忘れることだった。

深まりゆく闇のなか、見知らぬ迷路のような街を歩いていきながら、リーツは数ブロック手前でひそかにコースを変えていた。自分ではそれを認めていなかったが、彼女のフラットがある建物のまえまでくると、もはや偶然とおりがかったふりはつづけられなかった。

彼はスーザンに会おうとしていた。

もちろん、彼女は留守だった。ルームメイトのひとりのミルドレッドは彼女がもどってくるかどうかはっきり知らなかったが、それほど悲観してはいなかった。そこで、ミルドレッドが洗面所で支度をしているあいだ、リーツは馬鹿みたいに居間にすわって、その晩のミルドレッドのデート相手であるB-24のパイロット——やはり大尉《たいい》だった——といっしょに待っていた。

パイロットは、あまり愛想が良くなかった。

「友だちのひとりが馬鹿げた戦略事務局の作戦で殺された」と、パイロットはいった。

「気の毒に」リーツはそこで会話が終わることを期待して、穏やかにいった。

「エージェントを低空で投下する作戦で、参加者はひとりももどってこなかった」パイロットは険悪な目つきでリーツを見据えていった。

それをいうなら、パニックを起こしたパイロットによって投下地帯から二十マイル離れた地点で貨物みたいに放りだされたエージェントはどうなるのか？ リーツ自身の投下作戦は、一九四一年からおなじようなことをやっているイギリス空軍のクルーによっておこなわれた。そして、彼とふたりの仲間は予定どおりの地点に送り届けられた。だが、接触相手から何マイルも離れた敵陣に落とされ、うろついているうちに捕まったエージェントの話を、リーツはこれまでいくつも耳にしていた。

「戦争では死は避けられない」と、リーツはいった。「たとえ航空隊のパイロットでも」

「そりゃ、戦争でならな」と、パイロットはいった。「だが、あんたらのやってる無茶苦茶なことは、ありゃなんだ？　あれも戦争なのか？　それとも、金持ちのぼんぼんどものゲームか？　これが現実の戦いだって、わかっているのか？」

　興味深い質問だった。リーツには答えられなかった。相手をじっと見つめる。パイロットが本気でリーツに腹を立てているわけではなく、愚かで空《むな》しい戦争に対して怒っているのがわかった。

「ゲームのときもあれば、そうでないときもある」と、ようやくリーツはいった。そのとき、玄関のドアがあく音が聞こえてきた。

　洗面所から出てきたミルドレッドが、最初に彼女と顔をあわせた。

「スーザン、誰がもどってきたかわかる？」

「まったく」というスーザンの声がリーツの耳に届いた。

　彼女が部屋に入ってくると、リーツは立ちあがった。

糊《のり》のきいた制服にはしわが寄り、髪の毛はぼさぼさだった。手に白い靴を持っている。疲れて、さえない表情をしていた。

「やあ、またきたよ、ハハハ」と、リーツはばつが悪そうににやりと笑いながらいった。敵意をこめて自分を見つめているパイロットの視線が気になって、落ちつかなかった。

「スーザン、あたしたちはもう出かけるから」と、ミルドレッドがむっつりしたパイロットといっしょにフラットを出ながら声をかけた。

スーザンは、まだひと言も口をきいていなかった。選別リストにのっている患者でも見るような目つきで、リーツをじろじろ眺めている。彼女は陸軍看護婦部の形成外科部門の中尉で、色白で聡明《そうめい》なボルティモア出身の美人だった。リーツはずっとむかしから――かすかに記憶に残る〝戦前〟と呼ばれる魅力的な時代から――彼女を知っていた。彼女はリーツとおなじノースウェスタン大学の学生で、そこでリーツの友人とデートし、結婚したのだ。その友人はいま、太平洋で艦上勤務についていた。リーツは半年前に脚の怪我《けが》で入院し、彼女とばったり再会したのだった。

「どうやら、きみから離れていられないみたいだ」と、リーツは白状した。「きっぱり決心したんだ。もうおしまいだって。二度ときみには会わない。それがきみにとっても、自分にとっても、フィルにとっても、ベストだと。だが、またきてしまった」

「おなじことをくり返すのは、これで二十回目かしら。うまくできるようになったら、ラジオ番組の《ジャック・ベニー》で笑いをとれるわよ」

「たしかに、滑稽《こっけい》なのは認めるよ」

「それほどでもないわ」

「そのとおりだ。デートの予定とかはないんだろ？」

「デートですって？　あたしには夫がいるのよ、忘れた？」

「忘れてないのは、知ってるはずだ」

「でも、あとで用事があるの。約束したから――」

「まだ、つづけてるのかい？」

「ええ」

「戦争中でもノーベル平和賞は授与してるのかな？　きみには受賞する資格がある」

「脚の具合は、ジム？」

「怪我に感謝すべきだろうな。おかげで、いっしょになれたんだから」病院ではじめて顔をあわせたとき、彼の脚は釣りあげた魚みたいに、天井から紐《ひも》で吊《つ》り下げられていた。

「でも、調子はあまり良くない」と、リーツはスーザンにいった。「あいかわらず出血する。そういうときは激痛が走るんだ」

「金属片が残っているのね？」

「ほんとうにちっぽけなかけらが」

「X線に映らないくらい小さな破片。それが、あなたを悩ませつづけている。ペニシリンは打ってもらったんでしょ?」

「一日に一トンもね」

「あなたから梅毒をうつされる人がいないのだけは、たしかね」

「フィルから連絡は?」

「彼の艦のブリッジに、例の頭のいかれた日本の神風特攻機が突っこんできたんですって。十五人が犠牲になったけど、彼は無事だった。少佐に昇進したそうよ」

「フィルなら、うまくやるだろう。まちがいない。末は大将さ」

「リードからは?」

「連絡はない。だが、スタン・カーターから手紙をもらった。スタンはまだワシントンなんだ。それによると、リードはいまや少佐で、日本の戦闘機をつぎつぎと撃墜してるらしい。やつが少佐とはね! それに較べて、ぼくときたら」

「あなたは野心家じゃなかったけど」

「なあ、なにか食いにいかないか。元気づけが必要なんだ。オフィスで、さんざんな一日だったもんでね。みんなから厄介者あつかいされて。あの間抜けどもが。だから、いいだろ?」

「ジム、ほんとうに時間がないの。今夜は」

「ああ、わかった。なに、ちょっと立ち寄ってみただけなんだ。きみがどうしてるかと思って。なにかニュースがあるかもしれないし」

「いかないで。帰れって、いったかしら？」

「いや、はっきりそうはいってないけど——」

「まったく、もう。さっさと決めたらどうなの」

「スーザン」

「ねえ、リーツ」と、スーザンがいった。「あたしたち、どうなるの？　これから、どうするの？」

「わからない。ほんとうに、わからないんだ」

スーザンは立ちあがって、自分の制服のボタンを外しはじめた。

しばらくして、リーツは暗闇のなかで煙草《たばこ》に火をつけた。

「ねえ、ダーリン、煙草を消して。もういかなくちゃ」と、スーザンがいった。

「センターかい？」

「ええ。送ってくれるでしょ？　たいして歩くわけじゃないから」

「いいよ。気が滅入《めい》るだけなのに、きみも物好きだな」

「誰かがいかなきゃならないのよ。あたしたちの側の人間が。父に約束したの——」

スーザンは明かりをつけた。

「わかってる。みんな聞かせてもらったよ。でも、時間の無駄じゃないかな。この戦争は彼らだけのものじゃないんだぜ。われわれだって参加してるんだ」

「全員にいきわたるぶんは、あるんじゃないかしら」と、スーザンがいった。裸で、衣装ダンスに歩いていく。美しかった。ほっそりした腰、あばらの浮きでた脇腹《わきばら》。小ぶりで形の良い乳房はほどよく垂れており、上品な丸みをおびていた。リーツはふたたび勃《ぼっ》起《き》するのがわかった。身体《からだ》の芯《しん》が熱くなっていた。手をのばして、明かりを消す。

「だめよ」と、スーザンがそっけなくいった。「いまはだめ。お願いだから、起きて」

リーツはふたたび明かりをつけ、ベッドからでると、官給のパンツをはいた。ユダヤ人め。いつだって、あいつらがいちばんに優先されるのだ。

「まったく、やっかいな連中だな」と、リーツはいった。「ユダヤ人ってのは」

「この戦争における彼らの存在は特別よ」

「特別だって！　いいかい、いわせてもらうなら、殺されようとしている人間は誰でも特別な存在さ。ぼくだってフランスにいて撃たれていたときには、特別な存在だった！」

「意味がちがうわ。むし返すのはやめましょう、ね？　いつでも話はそこにもどってくるんだから。いつでも」

スーザンのいうとおりだった。ふたりは、いつでもそこにもどっていた。遅かれ早かれ。

リーツはうなり声をあげ、制服を着た。スーザンのほうは民間人の服を身につけていた。ぶかっこうで野暮ったい花柄の服で、それを着ていると四十歳の主婦に見えた。

「なあ」と、リーツはネクタイを締めながら、唐突にいった。「特別な存在って誰のことをいうのか、教えようか。ほんとうに特別な存在は誰かを」

「誰？ リード？」

「いや。きみさ。フィルと離婚して、ぼくと結婚してくれ。いいだろ？」

「返事はノーよ」ネックレスをとめようとしながら、スーザンがいった。「まず第一に、あなたは本気でいったんじゃない。アメリカの中西部からヨーロッパの大都市にやってきて、ひとりで寂しいだけ。あたしを愛してると思っているけど、ほんとうに愛してるのは、あたしの——いわなくても、ふたりともわかってるわね。第二に、あたしはあなたを愛していない。あたしが愛してるのはフィル・アイザックソンよ。だから、彼と結婚したの。たとえいま、彼は六千マイル彼方《かなた》の船の上にいて、あたしはひどい罪の意識にさいなまれていようとも。三番目に、あなたは、われわれユダヤ人がいうところの異教徒《ゴーイ》よ。気を悪くしないで。べつに、あたしたちより劣っているという意味ではなくて、ちがっているというだけのことなんだから。それで、さまざまな問題が生じてくるわ。ありとあらゆる問題が。それから、四つ目は——四つ目はなんだか忘れたわ」スーザンは笑みを浮かべた。「でも、きっと大きな理由のはずよ」

「どれもみんな大きいよ」と、リーツもにやりと笑いながらいった。「毎回、この質問をしてるけど、最初は十あった理由が、やがて八つになり、いまでは四つにまで減った。いや、実際には三つだな。四つ目は思いだせないんだから。こいつは前進といえるんじゃないかな」リーツは上体をかがめて、スーザンの頰にキスした。

「ここで曲がるんだっけ？」霧のなかでも、リーツは道を思いだせるような気がした。

「そうよ。記憶力がいいわね」と、スーザンがいった。

リーツは一度そこを訪れたことがあったが、ふたたびいくのは、あまり気が進まなかった。自分が場違いな人間だとわかっていたからである。

「人間の心ってのは、おかしなもんだな。あることが頭について、離れなくなる。あの子のこと、おぼえてるよ」

「あの子？」

「赤ん坊さ。ほら、あそこの写真にうつってた」

「ああ、あの子ね。マイケル・ハーシュゾヴィッチよ。生後十五カ月のときに撮られたの。もっと良い時代に。一九三九年八月のワルシャワよ。すべてがはじまるまえ」

「笑っちゃうだろうけど、きょう、アウスウェイスから〝ユダヤ人〟呼ばわりされたよ」

「あまりおかしくないわ」

「そう、そうだな。ほら、ここだろ?」

「ええ」

ふたりは暗い玄関口から入って、薄暗い階段をのぼりはじめた。

「ユダヤ人が亡命政府を持つとはね」と、リーツはいった。

「亡命政府じゃないわ。亡命本部よ」

「これが政治的な団体だってことは、みんな知ってる」

「影響力はゼロよ。それで、どうやって政治的になれるの? ただ、人びとの命を救おうとしているだけ。それが政治的かしら? フィラデルフィアの老女が何人かお金を出してる団体なのよ。それが政治的ですって?」

入口にかかった看板には、のたうつようなおかしな筆跡でなにか書かれていた。そして、その下に〈シオニスト休済本部〉とあった。

「字さえまともに書けないのか」

「哀《かな》しいわね」と、スーザンが苦々しい口調でいった。

彼女は数カ月まえからここを訪れるようになっていた。週に三、四回、夜に。はじめは軽い気持ちからだった。父親から手紙で、自分が何者で、どこからきたのかを忘れるな、と諭されたのだ。自分はボルティモア生まれのアメリカ人だ、とやり返したものの、スーザンはたまたま見かけた入口のイディッシュ語にひかれて、ここに立ち寄った。そして、しだいにのめりこんでいった。

「こんなことして、なんの得があるんだ?」と、リーツはたずねたことがあった。

「なにも」と、スーザンはこたえた。

それでも彼女はかよいつづけ、いまではとりつかれたようになっていた。

だが、彼女が手を貸したところで、それが結果につながるとは思えなかった。苦笑して見守るしかなかったが、もはやリーツは笑うどころではなく、苦りきっていた。フィシェルソンという老人からオフィスにいるヒステリックでびくついた女性たちにいたるまで、ここにいる連中は哀れとしかいいようがなかった。彼らは多くの助けを必要としており、スーザンはできるかぎりのことをしていた。書類仕事、電話の応対、家主との交渉、暖房の管理、文法を無視したイースト・サイドのイディッシュ英語で書かれた新聞発表の校正。誰も耳をかたむけるものはいないと知っていながら、スーザンは活動をつづけていた。

「こいつは共産主義者の団体なんだろ?」と、リーツはいった。

「いいえ、ユダヤ人の団体よ。まったくおなじものではないわ。そもそも、お金をだしてこれを設立したのは、土地と工場を所有する保守的な金持ち貴族よ。銀行家。これ以上、共産主義とかけ離れた人物がいるかしら?」

リーツは疑いを捨てきれずに、「どうかな」といった。

「玄関に飾ってある写真は、彼の子供よ。父親の名前はジョゼフ・ハーシュゾヴィッチ。ヨーロッパでも指折りの金持ちで、マイケルはその息子というわけ。それとも、過去形で語るべきかしら」

「ふたりとも亡《な》くなったのかい?」

「脱出できなかったの。ジム、考えてもみて。ドイツ人はユダヤ人だという理由で、あの赤ん坊を殺したのよ」

「彼らは大勢の幼子を殺そうとしている。あの赤ん坊もふくめて。宗教はなんの関係も――」だが、リーツは途中で口をつぐんだ。また議論をはじめたくなかった。

階段をのぼりきり、ドアのまえまできた。

「きみは時間を無駄にしている」と、リーツは警告した。

「それくらい、わかってるわ」と、スーザンはいった。シオニストは、占領下にあるヨーロッパでいまなにが起きているのか、自分たちの主張を無関心な西側世界に伝えたいと考えていた。スーザンは、大量処刑や死の収容所にかんするおぞましい話をたくさん知っていた。それはプロパガンダだ、というリーツの言葉に対しては、証拠がある、と反論した。写真だ。

「写真に意味はない」と、数週間前にリーツは冷たく言い放っていた。「でっちあげかもしれない。きちんとした証人が必要だ。実際に現場にいた人物が。きみの話に耳をかたむけてもらうには、それしか方法はない。いいかい、きみはやっかいな立場に立とうとしている。アメリカ陸軍の将校なのに、つきあっている相手ときたら――」

スーザンはリーツの唇に指をあて、途中でやめさせた。だが、あとで自分からその話を持ちだした。どうせ誰も信じやしないわ。シオニストのリーダーたちがロンドンの大物のオフィスにいっていろいろ訴えてるけど、彼らは熱心に耳をかたむけてから、体《てい》よくユダヤ人を追い払うだけだもの。

リーツはいま外側のオフィスにいて、彼女を失おうとしていた。頭痛がはじまるのがわかった。この頭痛は、かならず怒りに変わった。

まったく、なんてみすぼらしいオフィスだ！　はげたペンキ、蠟燭《ろうそく》かと思うくらいワット数の低いちかちかする電球。上階にあるのに地下室みたいな匂《にお》いがしたし、いつでも冷え冷えとしていた。それに、みんな顔色が悪く、栄養不足といった感じで、制服姿のリーツをまともに見ようとはしなかった。

「送ってくれて、ありがとう、ジム」と、スーザンがいった。「感謝してるわ。ほんとうに」笑みを浮かべて、離れていく。

「スーザン」リーツは彼女の腕をつかんだ。「スーザン、今夜はいかないでくれ。さあ、いっしょに街にくりだそう」

「ありがとう、ジム。でも、もうお楽しみはすんだでしょ」

「フィルに彼女をとられるのは仕方がなかった。結局はそうなると、わかっていた。だが、これに奪われるのは耐えられなかった。

「お願いだ」と、リーツはいった。

「だめよ。いかなくては」

「こんなのはたんに――」

「たんにユダヤ人の問題ってだけよね、リーツ」と、スーザンはいった。「あたしもそのひとりなの」笑みを浮かべる。「あなたが信じようと、信じまいと」

「わかってる、わかってるさ」と、リーツは抗議した。だが、ほんとうはわかっていなかった。彼にいわせれば、スーザンは自分がこの時代遅れの人種の一員だと思いこんでいるひとりのアメリカ人女性にすぎなかった。

「いいえ、わかってない」と、スーザンはいった。「それでも、あなたを愛してるわ。ときどきね」

そういって、スーザンはドアのむこうに消えた。

翌朝、リーツの頭痛はまだおさまっていなかった。立ったまま、オフィスの窓から灰色の地平線を眺める。

ロジャーはどこにいるんだ？　その張本人が、いつものように遅刻して乱れた制服姿で騒々しく姿をあらわした。

「タクシーがつかまらなくて」と、ロジャーがいった。いつだったかリーツは、第二次世界大戦に毎朝タクシーで駆けつける下士官兵は軍隊広しといえどもきみしかいないだろう、と指摘したことがあった。

「すみません」と、ロジャーはつづけた。

リーツはなにもいわずに、むっつりと窓の外を見つめていた。

「昨夜、誰に会ったと思います？　誰でもいいからあげてみてくださいよ、大尉」

リーツはそうするかわりに、文句をいった。「ロジャー、きのうの晩、掃除していかなかっただろう。ここはサヴォイ・ホテルじゃないが、だからといってヘルズ・キッチンみたいでかまわないってことにはならないんだぞ」

「ヘミングウェイ」

「せめて、たまには屑籠《くずかご》を空にしても罰はあたらないんじゃないか」

「ヘミングウェイです。作家の。パリのリッツ・ホテルから飛んできてたんです。パーティで会いました」

「あの作家の？」

「本人です。正真正銘。大柄で、口ひげをたくわえて、スチール縁の眼鏡をかけて。あの飲みっぷり、見せたかったですよ」

「きみはずいぶん華やかな連中とつきあってるんだな」

「一流人ばかりです。重要なパーティには、かならず顔をだします。軍服を着てるからって、楽しんじゃいけない法律はありませんからね。ヘミングウェイはビル・フィールディングに次ぐ世界的な有名人です」

ドアが勢いよくあいて、トニー・アウスウェイスが劇の主役のようにさっそうと登場した。

「リーツ大尉、この若者を追いだして、壁打ちかなにかさせておきたまえ」と、命令する。

「ロジャー、出るんだ」

ロジャーはあっという間にいなくなった。「用があればスカッシュ・クラブにいます」

アウスウェイスがリーツにむきなおった。「悪いニュースがある。きみにとっては悪いニュースだが、わたしにとっては良いニュースだ」そういって、満足げな笑みを浮かべる。

「わたしをやりこめるのが好きなんだ、ちがいますか？」と、リーツはいった。

「そのとおり。だが、おなじやりこめるといっても、今回のは最高だな」

リーツは身がまえた。ビルマに飛ばされて、ジャングルにいる日本人と戦わされるのだろうか？

「きみはあいかわらず暗殺計画があるとふれまわっているのかね？」

「いちおう。反応はありませんが——」

「すばらしい。では、いまここでそれが間違っていることを証明してみせよう。あたらしい情報だ」

「なんですって？」リーツはすわったまま背筋をのばした。心臓の鼓動がすこしはやくなっていた。

「すぐに興味を示したな」

「どういう情報です？」

「よろしい。昨夜、わたしはPWEに所属する学者肌の人物とばったり出会った。PWEがなにかは知ってるね？」

「イギリスの政治戦争担当機関。一種の——」

「そうだ。とにかく、彼のおかげで例の頭字語の謎《なぞ》が解けたようだ。WVHAの謎が」

「ほんとうに？」

「ああ」アウスウェイスは大いに満足していた。このやりとりを心ゆくまで楽しんでいた。「われわれとはまったく関係がないものだよ。戦争にさえかかわっていない。諜報《ちょうほう》機関、スパイ行為、非合法活動とも無縁だ。残念ながら、きみの負けだな」

「なんなんです？」と、リーツはたずねた。どうして心臓が早鐘のように打っているのだろう？どうしてこんなに息苦しいのだろう？

「WVHAというのは親衛隊の行政部門のひとつでね。ドイツ語でいうと、ヴィルトシャフト・ウント・フェァヴァルトゥングスハオプトアムト。目立たなくて、トウェルブランドのもっと華々しい組織にまぎれて、簡単に見過ごされてしまう部門だ」

リーツは直訳した。「経済・行政本部」むっつりという。「なるほど。金の支払いをつかさどるところだ。事務員とおなじというわけか」

「そのとおり。将軍の命を狙《ねら》って動くような連中ではない、だろう？」

「ええ、ちがいます」

「彼らは現在、ほかにも仕事を抱えている。この事務員たちは、第三帝国がおこなっているもっと興味深いことのひとつにかかわっているのだよ、きみ《オールド・バン》」と、アウスウェイスは満面の笑みを浮かべていった。「すなわち、強制収容所の運営に」

5

フォルメルハウゼンは、例の囚人が逃亡したのが自分のせいでないことを知っていた。誰の責任なのかも。シェーファー大尉《たいい》だ。あの男は無能だった。十一号基地《アンラーゲ・エルフ》で起きた間違いの大半は、彼がかかわっていた。ああいう男は、まえにも見たことがあった。筋金入りの熱狂的な親衛隊のメンバーで、粗野でむっつりした疑り深くて愚かなナチの田舎者だ。フォルメルハウゼンは、耳をかたむけてくれる相手なら誰彼かまわず、そのことをしつこく説明した。もっとも、そういう相手はあまりいなかったが。

いまはレップにむかって、それを説明しようとしていた。

「もしも」と、フォルメルハウゼンははじめた。「シェーファー大尉の部下がきちんと訓練され、すばやく反応していれば、そして今回の任務をホリデイ・キャンプみたいに考えていなければ、囚人が逃げるなどという失態は起こらなかったでしょう。ところが、彼らは茶番劇に出てくるコメディアンよろしく、あわてふためき、たがいに撃ちあい、叫びまわり、明かりをつけて、大騒ぎした。目もあてられないありさまでした。武装親衛隊――とりわけ、あの有名な髑髏《どくろ》師団――は有能さで鳴らしているのかと思いきや、老いぼれと青二才ばかりの無能な徴集兵の集団でも、あれよりましだったでしょう」フォルメルハウゼンは椅子《いす》のなかでそっくり返った。ガツンといってやった。やつらに一発食らわせてやったのだ。

レップは机の奥に腰かけ、なにやらもてあそんでいた。とくに感銘を受けているようには見えなかった。とことん冷静になれる男なのだ。

だが、その場にいたシェーファーは、自己弁護のために立ちあがった。

「もしも」と、レップにむかって直接いう。「あの機械が――」つぎの言葉が相手の胸にぐさりと突き刺さることを知っていて、わざとはっきり発音する。「――失敗作でなければ、博士が例のおもちゃをきちんと仕上げてさえいれば――」

おもちゃだって？

「言い掛かりもはなはだしい！　我慢できない！　黙って聞いていれば、いい気になって！」フォルメルハウゼンは顔を真っ赤にして、椅子から立ちあがった。

レップが手をふって、彼をすわらせた。

「そうであれば、中佐は予定どおり、目標をすべて消せていたはずで――」

「機械に欠陥はなかった」と、フォルメルハウゼンはヒステリックに叫んだ。彼はいつでも中傷され、嘘《うそ》をいわれてきた。陰でユダヤ人呼ばわりされているのも知っていた。

「嘘だ、嘘だ、嘘だ。われわれは徹底的に装置をチェックした。装置は完璧《かんぺき》だった。そう、完璧だ。もちろん、問題はいろいろあった。二十四時間ぶっとおしで働いていたし――武装親衛隊は、その半分でもいいから働くべきだな――重量の問題も残っていた。だが、機械は問題ない。吸血鬼《ヴァムピーア》に問題はないんだ」

「それでも、事実は変わらない」若い大尉は譲ろうとしなかった。世の中には、どうしても敗北を受けいれられない連中がいるのだ。「いくらユダヤ人の屁理屈《へりくつ》をつかったところで、事実は変わらない。ヴァムピーアは二十五の目標をとらえていたが、実際には二十六名の囚人がいた」

その理由は、明々白々だった。「射撃場に着くまえに、ひとり逃げだしたのだよ。そいつがわからないのかね?」とフォルメルハウゼンはいった。「きみの部下たちの目を盗んで、逃亡したんだ。そいつはユダヤ人で、教育があったというじゃないか。きっと、なにかあると感づいて、とっさに――」

「彼は射撃場から逃げだすところを目撃されている」と、レップが静かにいった。「そして、発砲された」

「それは」と、フォルメルハウゼンは唾《つば》を飛ばしながらいった。「こういうことです。やつは実験がはじまるまえに、ほかの連中から離れた。それで、機械の有効範囲からはずれたんです」

「中佐、ユダヤ人は死体のあいだに立っていたと、何人もが証言しています」

「いちばんの問題は」と、フォルメルハウゼンは精神錯乱者のように椅子から飛びだしながら怒鳴った。「どうしてあの一帯にフェンスが設置されていなかったかではないかね？　われわれが夜も眠らずにヴァムピーアに心血を注いでいるというのに、武装親衛隊はユダヤ人を閉じこめておくためのフェンスさえ作れないとは」

「わかった、博士」と、レップがいった。

「フェンスさえあれば——」

レップがいった。「お願いだ」

フォルメルハウゼンは、まだいいたいことがたくさんあった。それを五つか六つ頭に思い浮かべたところで、レップの視線が自分にむけられていることに気がついた。ひどく冷ややかな視線だった。並はずれていた。ほとんど感情のない冷たい目。不自然なくらい落ちつきはらった態度。レップには静止状態を保持する特別な才能があった。

「わたしはただ——いえ、なんでもありません」と、フォルメルハウゼンはいった。

「けっこう」と、レップがいった。

ふたたび沈黙がおりた。レップは沈黙のあつかいに長《た》けており、しばらくその状態をつづけた。部屋のなかの空気は、じっと動かなかった。フォルメルハウゼンは落ちつかなくなって、椅子のなかで姿勢を変えた。レップは部屋の温度を高くしていた。隅のほうで、ストーブが勢いよく燃えていた。色あせた迷彩服に身をつつんだレップは、ふたりを待たせたまま、いつも吸っているロシア煙草《たばこ》を一本とりだし、わざとらしい動作で火をつけた。

それから、ようやく口をひらいた。「例のユダヤ人については、放っておくことにする。いまごろ森のどこかで、くたばっているはずだ。ユダヤ人は肉体的に優秀な人種ではないからな。生きる意欲に欠けている。彼らは破滅を運命づけられており、逃げだしたユダヤ人も、じきに森のなかでその運命をむかえるだろう。したがって、捜索隊を呼びもどす」

「わかりました、中佐」と、シェーファー大尉がいった。「さっそく、そのように手配します」

「けっこう。ヴァムピーアにかんしてだが、博士」そういって、レップはフォルメルハウゼンのほうをむいた。

フォルメルハウゼンは唇をなめた。からからに乾いていた。口のなかも同様だった。いつもの泣き言が頭のなかでまたはじまった。俺はここでなにをやってるんだ？　親衛隊の狂人どもと森のなかに閉じこめられて？　ベルリン郊外にある陸軍兵器局の実験部の試験場とは大違いだ。

「申しわけないが、あの機械はもう一度テストが必要だ」

フォルメルハウゼンは唾を飲みこんだ。やはりそうなのか。ふたたびユダヤ人たちがどこかから連れてこられ、太らされ、撃ち殺されるのだ。

「また囚人をつかうのですね、中佐?」

「残念ながら、それはもうおしまいだ」と、レップはいった。「そう聞いて、ほっとしてるのだろうな、博士」

「たしかに、ああいう形で人を殺すのは、あまり愉快なことでは——」

「この困難な時代にあっては、心を鬼にしなくてはならないのだよ」と、レップがいった。「東部にいれば、死に対する違和感などすぐになくなる。それはともかく、親衛隊長の話によると、収容所ではもはや処分業務をおこなっていないそうだ」

「では、動物をつかいましょう」と、フォルメルハウゼンはいった。「豚でいい。もしくは、牛で。ほかの点については——」

「いや、それではだめだ。ヴァムピーアは動物ではなく、人の位置を突きとめられなくてはならない。四百メートルの距離から。そして、重量は四十キロを越えないこと。それが限度だ」

フォルメルハウゼンはうめき声をあげた。また重量だ。「あと十キロをどこから削ればいいのか、見当もつかないんです。すでに絶縁体はすべてはずしました。解像度を犠牲にすることなく、硫化鉛をぎりぎりまで減らしました」フォルメルハウゼンは追いつめられたような表情を浮かべていた。「足をひっぱってるのは、あのいまいましいバッテリーです」

「きみならなんとかしてくれると信じているよ。なんといっても、きみのところには第三帝国でもっとも優秀な人材と資材がそろっているのだから。クンメルスドルフより、はるかに充実している」レップはしゃべりながら、ふたたびデスクの上の金属片をもてあそびはじめた。意味のない、まったく無意識のうちの行動だった。

「われわれはあらゆることを試みました。バッテリーを小さくすると、必要な電流が得られません。すると——」

「ここですばらしい奇跡が起きることを期待していいのだろうね」レップは大いに楽しみながら、その言葉を口にした。

フォルメルハウゼンは魅入られたように、レップが指でもてあそんでいる物体を見つめた。小さくて黒い金属製の立方体で、心棒が一本とおっていた。それだけだった。

「奇跡は短機関銃とちがって徴用できません、中佐」

「ベストを尽くしてくれるな」

「もちろんです、サー。しかし、四十キロというのは厳しすぎます」

「ここで、今回の件の重要性を説明しておきたい。はっきりさせておきたいのだ。われわれの活動は、ほかの国のエージェントまで巻きこんだ大がかりな作戦の一部にすぎない。とはいえ、もっとも重要なパートだ。われわれが支点となっているのだ。わかるかね？ 大変な責任が、われわれの肩にかかっている。これは兵士がめったにあたえられることのない特権だ。その点を、よく考えてもらいたい」

レップは言葉を切り、いまの説明が相手の頭にしみこむのを待った。

「それゆえ、さらにテストを重ねるわけだ」と、レップはいった。

「わかりました、中佐」と、フォルメルハウゼンはいった。

「標的にかんしては、すばらしい供給源が見つかった。いくらでも用意できそうだ。先ほどベルリンから情報が入ってね。ここから北に百マイルの地点で、アメリカ軍がライン川を渡った。敵がわが国土に足を踏みいれたのだ、博士。はやいところ例の十キロをヴァムピーアからとりのぞいてもらわないとな。それができたら、きみとわたしとで狩りに出かける」

シェーファーが馬鹿《ばか》みたいにくすくす笑った。

レップもほほ笑んでいた。

ふたりがいなくなると、レップは引き出しから銀製の携帯用酒入れ《フラスク》をとりだした。飲酒癖はなかったが、今夜は一杯やらずにはいられない気分だった。蓋《ふた》をはずしてシュナプスを数オンス注ぎ、グラスに口をつけて、燃え立つような液体をじっくり味わう。

夜は更《ふ》け、時間は容赦なくすぎていった。時間、時間、時間。時間こそ、ほんとうの敵だった。ベルリンからのプレッシャーは、ますます厳しくなっていた。頭のいかれた親衛隊長が一日に二度もじきじきに電話してきて、占星術師やマッサージ師や秘書や空の小鳥のお告げについて、たわごとをしゃべりつづけるのだ。ハウスナー将軍はなんといってたかな？「彼は地面から三フィート上に、しっかり足をつけている」そういった意味のことだ。

レップが親衛隊長のヒムラーとはじめて会ったのは、一九四二年のベルリンの社交シーズンのことだった。デミヤンスクの包囲攻撃の直後で、レップは時の人だった。ヒムラーはつぶれたプラムを思わせる匂《にお》いのコロンをつけており、レップの先祖について知りたがった。

レップは返事を心得ていた。

「庶民でした、親衛隊長」

「たいへんけっこう。わが国の強さは庶民にある。国土との神秘的な結びつきに」この文句は産業界の大物の邸宅でひらかれた華やかなパーティのさなかに、ごくまじめな顔で発せられた。美しい女たちが、あたりをいきかっていた。マルガレータも、そのひとりだった。レップは、はっきりとおぼえていた。部屋は暖かく、光にあふれていた。空気にはセックスと富と権力が感じられた。だが、その七十二時間まえには、レップはデミヤンスクの塔のなかにいたのだ。

「そう、小市民だ」と、眼鏡をかけた茄子《なす》のような親衛隊長はいった。

だが、いまは親衛隊長のことなど考えたくなかった。レップはシュナプスをもうひと口やると、マルガレータの姿を思い浮かべた。

あの年の彼女はほんとうに美しかった。レップはめったなことでは感動しないのだが、彼女には感動をおぼえていた。どうしてマルガレータはあのときパーティにいたのだろう？　そうだ、演劇関係者といっしょにきていたのだ。レップはまだ若き中尉だったころにも彼女を見かけていたが、そのときは尻《しり》ごみして、声をかけられなかった。だが、今回は大胆にちかづいていき、マルガレータの手をとった。彼女の目が鉄十字勲章にむけられるのがわかった。

「レップです」と、軽くお辞儀をしながらいう。

「すくなくとも、ほかのみんなみたいに音を立ててかかとをあわせたりしなかったわね」

レップは笑みを浮かべた。「この街のものはすべて自分のものだと考えてかまわない、といわれました。わたしはあなたを選びます」

「それは、ホテルの部屋とかレストランのテーブルとかオペラの席とかパーティの招待状のことだわ」

「しかし、そういったものは欲しくありません。あなたが欲しいんです」

「強引なのね。塔にいた人でしょ？　どこかで読んだ気がするわ」

「三日まえ、わたしは八時間で三百四十五名のロシア人を殺しました。特別扱いされても、おかしくないのではないでしょうか」

「そうね」

「親衛隊長にご紹介したいのですが。彼は現在、わたしの後援者といってもいい人物です」

「彼なら知ってるわ。最低の男よ」

「つまらんブタです。けれども強力な後援者だ。さあ、いきましょう。昨夜、すばらしいレストランにいきました。またいけば、きっと大歓迎されるでしょう。車と運転手もあります」

「わたしの最初の恋人はポーランドで殺されたわ。つぎの恋人はロンドン上空の空中戦で命を落とした。西の砂漠で捕虜になった恋人もいるわ」

「わたしにはなにも起こりません。約束します。さあ、いきましょう」

マルガレータはレップをじっと見つめた。「連れがいるの」

「武装親衛隊の将軍ですか？」

「いいえ、俳優よ」

「なら、問題ない。お願いします。ぜひとも、ごいっしょいただきたい」

マルガレータは一瞬ためらっただけで、こういった。「いいわ。でも、お願いがあるの。戦争の話はしないでちょうだい、レップ大尉」

楽しい夜だった。そう、じつに楽しかった。

レップはシュナプスを飲み終えた。もう一杯やりたい衝動に駆られたが、彼が誘惑に負けて主義を曲げることは決してなかった。

いつ親衛隊長から電話がかかってきても、おかしくなかった。そして、そのときにはしっかりしている必要があるとわかっていた。

レップはフラスクの蓋をしめた。

6

スーザンとリーツは、クラリッジ・ホテルのバーのカウンターにぴったり押しつけられていた。三月中旬の金曜日の夜遅くで、V2号はこの二日間落ちておらず、バーは制服姿の男女でいっぱいだった。リーツはさんざん説得して、ようやくスーザンを正式なデートに連れだすことに成功していた。ふたりはロジャーがお薦めの〈ハンガリア〉でディナーをとってから、ロンドンの美女と大物のたまり場とされているこのにぎやかな場所にきた。これまでのところ、スーザンは映画スターをふたりと有名なラジオ・アナウンサーを見かけていた。リーツのほうは煙草《たばこ》の煙につつまれた人混みのなかに戦略事務局の将校が何人かいるのに気づいていた。すでに二度、無視されたと感じており、一度などは傲慢《ごうまん》で気どった横顔にむかって、もうすこしで突っかかっていくところだった。

だが、スーザンにひきとめられた。

「トラブルはなしよ。約束したのを、おぼえてるでしょ」

「わかった、わかったよ」と、リーツは口のなかでもぐもぐいった。

それ以来ウイスキーを数杯やっていたので、リーツの気分もだいぶほぐれていた。フィルもユダヤ人類すべてが友だちのような気がした。今夜は彼女を独り占めだった。人もいなかった。

「おい、バーテン」と、リーツはマホガニーのカウンターのうしろにいる赤いジャケット姿のボーイを大声で呼んだ。「ここにもふたりいるぞ」

「イギリス人がアメリカ人を嫌うのも無理ないわね」と、スーザンがいった。ふたりのまわりは、あらたな攻撃の話でもちきりだった。連合軍がライン川の向こう岸まで進攻したのだ！　蕾《つぼみ》がほころびるころ、春が訪れるころには、戦争は終わっているだろう。この楽観的な見通しに、リーツは落ちこんだ。

「あなたは楽しむためにきてるのよ」と、スーザンがいった。「お願いだから、すこしは笑ってちょうだい。リラックスするの」

「やけに機嫌がいいじゃないか」と、リーツは驚いていった。ほんとうに、そうだった。スーザンはひと晩じゅう浮き立っていた。地味な茶色い制服を着ていても、とても美しかった。なにを着てもきれいに見える女性は、いるものなのだ。だが、それだけではなかった。かつてのスーザンがもどってきたような感じだった。いたずらっぽくて、冗談好きで、ちょっぴり皮肉がきいていて、茶目っ気たっぷりなスーザンが。

「陸軍の看護婦を一生の仕事とすることに決めたんだな。おめでとう！」と、リーツはいった。

スーザンは笑った。

「フィルと離婚するんだ。そうだろう？　ちがうか？」

ふたたび笑い声があがった。「話せば長くなるわ」と、スーザンはいった。「すごく長く」

だが、彼女がわけを説明するまえに、優雅なイギリス訛《なまり》の声がした。「やあ、きみたち」

今度はリーツが顔をしかめる番だった。

だが、アウスウェイスは自信たっぷりな足どりでちかづいてくると、ふたりのアメリカ人を抱擁するかのように、すぐそばで立ちどまった。

「このふたりにおなじものをもう一杯ずつ」と、アウスウェイスがバーテンに命じた。

それからふり返って、氷のような笑みをリーツにむけた。

「サー」と、リーツは感情をこめずにいった。

「木曜日は長い一日だったようだな？」と、アウスウェイスがたずねた。

リーツはなにもいわなかった。

「三時間、いや、四時間かな？　それとも、五時間か？」

「ジム？　いったい――」スーザンがいった。

リーツはむっつりと人混みのほうに視線をそらした。

「わたしが聞いたところによると、ここにいる大尉《たいい》は大変な一日をすごしたらしい。面会を求めて――今度は誰だったかな？　そちら側？　こちら側？」

「そちら側です」と、リーツはようやく認めた。

「ああ、もちろん、そうだろうな。サー・コリン・ガビンズ少将か？」

「そうです」

「思ったとおりだ。特殊作戦局の局長か。彼と会えなくて残念だったな」

「月曜日の面会リストに載せておく、と受付の女性にいわれました」

「あすのランチの席で、きみのことをほめておくとしよう」と、アウスウェイスが意地の悪い笑みを浮かべていった。

「こん畜生」と、リーツはいった。

「そういう言葉づかいはやめて」と、スーザンが命令した。

「スーザン、きみもサー・コリン・ガビンズ少将とのランチにどうかね――」

「いいかげんにしてください、少佐」と、リーツはいった。

アウスウェイスは笑った。「一部の人間のあいだで、きみはおかしな評判をとりつつあるぞ」と、リーツに警告する。「スーザン、きみも知ってのとおり、この男は突拍子もない計画が進行中だと思いこんで、相手かまわずにそれを売りこんでまわってるんだ。

ドイツの狙撃手《そげきしゅ》か。いったいどこから思いついたのやら」

リーツはいまや最低の気分だった。

「彼の話に耳をかたむけても害はないんじゃないかしら」と、スーザンがいった。「あなたたちイギリス人ときたら、戦争のあいだじゅう、なにをいわれても馬耳東風だった。手遅れになるまで、聞こうとしないのよ」

アウスウェイスはひどくショックを受けたふりをして、わざとらしくあとずさった。

「これは、これは」と、芝居がかった口調でいう。「もちろん、われわれは間違いを犯す。それに、時代遅れの気むずかし屋でもある。それが役どころでね。われわれが有能だったら、どうなると思う？　じつに危険な存在になるのではないかね？」アウスウェイスは頭をのけぞらせ、大声で笑った。

リーツは、少佐が誰になにをいおうと気にしないところまで酔っぱらっていることに気がついた。だが、驚いたことに、その態度にはみじめなアメリカ人とその連れの女性に対する愛情が感じられた。

「そうだ、今夜、すばらしい集まりがいくつかひらかれている。いっしょにどうかね？　遠慮はいらない。インド帰りの大金持ち、共産主義の詩人、ホモセクシュアルの将校、エジプト人の白人売春婦斡旋《あっせん》業者。いまは亡《な》きわが帝国の遺物が勢ぞろいしている。すごい顔ぶれだ。さあ、いこう」

「ありがとうございます、少佐」と、リーッはいった。「しかし、わたしは——」

「トニー。トニーだ。わたしはアメリカの風習に染まってしまってね。きみはわたしを〝トニー〟と呼び、わたしはきみを〝ジム〟と呼ぶ。名前で呼びあうのは、じつに楽しい」

「少佐、わたしは——」

「ジム、おもしろいかもしれないわよ」と、スーザンがいった。

「じゃ、いいだろう」と、リーッはいった。

三人はロンドンの華やかな上流地区にある洞穴のようなフラットを訪れた。第二次世界大戦の同盟国からきたさまざまな人間がつどっていた。リーッは部屋の隅で誰かさんの最高級のウイスキーを飲みながら、ギリシャの外交官とありきたりな挨拶《あいさつ》を交わした。部屋の反対側では、スーザンがつづけざまに声をかけられていた。ひとりは英国空軍の飛行隊長で、スーツを着てネクタイを締めた若い伊達《だて》男だった。もうひとりは大柄なロシア人で、おとぎ話から飛びだしてきたような野暮ったい服を着ていた。

「彼女はすばらしい」と、アウスウェイスがリーッにいった。

「ええ、最高です。文句のつけようがない」と、リーッは同意した。

「とても良い、ちがいますか？」と、ギリシャ人がたどたどしい英語でリーッにいった。

リーッは相手の言葉を理解したかのように、黙ってうなずいた。

しばらくすると、リーツは人混みをかきわけ、彼女のもとへむかった。

「やあ、ぼくだよ」という。

「あら、ジム、素敵なパーティじゃない？　すごく楽しいわ」と、スーザンが満面に笑みを浮かべていった。

「ただのパーティさ」と、リーツはいった。

「ダーリン、きょう、最高にすばらしいことがあったの。あなたに話すのが待ちきれないわ」

「だったら、いま話してくれよ」

「誰があらわれたと思うかね？」と、アウスウェイスがいきなりリーツの耳もとでいった。

「ロジャーだわ」と、スーザンが金切り声をあげた。「まあ、いっしょにいる人を見て！」

「ほんとうだ」と、アウスウェイスがいった。「正真正銘の〝偉大なる男〟じゃないか！　あれは楽しみのために動物を殺す、胸毛をたくわえた小説家だろう？　たしか、そのはずだが」

「あとは、ここにフィルがいればねえ」と、スーザンがいった。

「フィルって誰だい？」と、リーツはとぼけてみせた。彼の部下である若き軍曹は目を輝かせ、酔った勢いで偉大な作家をひっぱってきていた。ふたりともよろけながら、人混みのなかを抜けてくる。惚《ほう》けた笑みを浮かべた大柄な作家は空軍の制服をサファリ風にアレンジした服を着ており、胸もとを大きくあけて、ふさふさした鉄灰色の胸毛をたっぷり見せていた。

「かの有名な胸毛をみんなに披露してくれているわけだ」と、アウスウェイスがいった。

作家は好戦的な口ひげをたくわえ、スチール縁の眼鏡をかけていた。アメフトの十大学ボールに出場できそうなくらいの巨体だったが、いまは酔っぱらって鼻の下をのばしており、誰に対してもやたらと愛想が良かった。途中で何度か立ちどまってみこしを据えそうになったが、そのたびにロジャーにつつかれ、ひっぱられて、先へとうながされていた。

「ミスタ・ヘム」と、ロジャーはリーツたちのそばまでくると、作家にむかって高らかにいった。「第二次世界大戦で最高の将校をふたり、ご紹介します」

「ドクター・ヘムロイドだ、あわれな男の疣痔《ヘムロイド》を治療している」と、作家がごつい手を差しだしながらいった。

リーツは握手した。

「『日はほんとうに昇る』には感銘をうけましたよ」と、アウスウェイスがいった。「掛け値なしに、あなたの最高傑作だ。じつに女々しい。見事なまでに女々しい。優美で、繊細だ。まるで、うら若き乙女の手で書かれたような作品だ」

作家は酔っぱらいらしく、にやりと笑った。「イギリス人は、みんな俺を嫌ってる」と、スーザンにむかって説明する。「だが、気にせんぞ。いいとも、少佐、俺を憎むがいい。ここはあんたの国だ。好きな相手を憎むことができる。看護婦、きみは美人だな」

「彼女は結婚してます」と、リーツはいった。

「落ちつきたまえ、大尉。べつに口説《くど》こうとしてるわけじゃない。かりかりするな。きみたちは戦争で戦っている。尊敬してるよ。どんな問題もあっという間に解決だ。ところで、看護婦、きみはほんとうにきれいだな。この男と結婚してるのかね?」

スーザンはくすくす笑った。

「彼女のご主人は戦艦に乗ってて、いまは太平洋上です」と、ロジャーがいった。

「そうなのか」と、作家がいった。

「ヘム、あそこに会わせたい人がいます」と、ロジャーがいった。

「そうせかすな、ジュニア。こいつは脈がありそうだ」そういって好色そうににやりと笑うと、作家はスーザンの肩に手をかけた。

「おい、あんた」と、リーツがいった。

「喧嘩《けんか》はやめて」と、スーザンがいった。「喧嘩は大嫌い。ミスタ・ヘミングウェイ、お願いですから、その手を肩からどけてもらえないかしら」

「ダーリン、きみのいうところならどこへでもこの手をもっていこう」と、ヘミングウェイはいって、手をどけた。

「自分のケツにでも置くんだな」と、リーツがいった。

「大尉、ほんとうに、きみたちには尊敬の念しか抱いていないんだよ。きみはドイツ野郎を墓に送りこんでる。やっつけてる。だろ、少佐？　くる日も、くる日もな。ジュニア、パパに飲み物をとってきてくれないか？　ウイスキーをツーフィンガー。氷はなしで。温くて喉《のど》ごしのいいのがいちばんだ」

「戦争は地獄とおなじだ」と、リーツはいった。

「何人のドイツ野郎を殺したのかな？」と、ヘミングウェイがリーツにたずねた。

リーツは黙っていた。

「え、きみ？　五十人か？　百人か？　二千人か？」

「最低の会話ね」と、スーザンがいった。「ジム、いきましょう」

「何人だ、大尉？　ここにいる少佐とおなじくらいか？　少佐は数えきれないくらい殺してるはずだぞ。イギリスの特殊作戦局の連中は前線のむこう側に潜入して、敵の腹をナイフで——そうとも、ナイフで——ぐさっと刺して殺すんだ。そこいらじゅう血だらけにして。それで、きみは何人殺したんだ、大尉？　え？」

リーツは、わからないが、そう多くない、とこたえた。「車体が爆発するまで撃ちつづけるだけで、殺しているという実感はないんだ」と、説明する。

「話題を変えてもらえないかしら」と、スーザンがいった。「殺しの話なんて、頭痛がしてくるわ」

「人間を狩るのは、ふつうの狩りとはまったくちがう。武装した人間を長いこと狩りつづけ、それを気に入ったものは、ほかのものには見向きもしなくなってしまう」と、ヘミングウェイが自分のエッセイから引用した。

「そいつはどうかな」と、リーツはいった。苦い思い出が蘇《よみがえ》ってきた。草のあいだを抜け、地面から炎を立ちのぼらせる曳光弾《えいこうだん》。StG-44の銃声。世界を揺るがす戦車の七十五ミリ砲の発射音。「とにかくめちゃくちゃで、狩りとはちっとも似ていなかった」

「まったく、こんな馬鹿げた会話で素敵な夜を台無しにする気はないわ。いきましょう、ジム、ここを出るのよ」そういって、スーザンはリーツをひっぱっていった。

ふたりは夜明けちかくの寒くてじめじめしたロンドンの通りを歩いていた。細い通りを両側から挟みこむように連なっている建物のむこうの地平線を、冷たい光がふちどりはじめていた。またしても霧がでていた。通りに人気はなく、ときおり憲兵のジープや黒いタクシーがとおるだけだった。

「大空襲のさなかでもヒトラーはタクシーを止めることができなかったそうだ」と、リーツはぼんやりといった。

「ねえ、奇跡を信じる？」と、しばらく沈黙していたスーザンが、いきなりいった。

リーツは考えてからいった。「いや」

「あたしもよ」と、スーザンがいった。「奇跡というのは、たんなる偶然にすぎないもの。ある種の事柄は、起こるべくして起きるのよ。そうなるように計画され、運命づけられているんだわ」

「ぼくらの病院での再会みたいに？」と、リーツは半分本気でいった。

「やめて、真面目《まじめ》に話してるのよ」と、スーザンがいった。

リーツは彼女を見た。ほんとうに、別人みたいだ！

「きみの情熱は、あたり一帯を明るく照らしだしてしまいそうだ。上空にドイツの爆撃機がいないことを願うよ」

「話を聞く気があるの？」

「もちろん、あるさ」と、リーツはいった。

「ああ、ジム、ごめんなさい」と、スーザンがいった。「あなたが最低の気分だって、わかってるわ。アウスウェイスは、ほんとうに意地が悪かった」

「問題はアウスウェイスじゃないんだ。ある情報をつかんでいながら、それを誰にも信じさせることのできない自分が歯がゆくてね。でも、ぼくの悩みできみのパーティをぶちこわすような真似《まね》はしないよ。ほんとうに、きみが幸せそうで、ぼくも嬉《うれ》しいんだ。さあ、くわしく話してくれ」

「ついに見つけたの。ひとり脱出してきたのよ。奇跡だわ」

「見つけたって？　なんのことだか――」

「証人よ」

「まだ話が――」

「収容所にいた証人。信じられないような話よ。でも、ようやく一九四五年の三月になって、アウシュヴィッツと呼ばれる場所にいた男が西側にたどりついたの。ポーランドにある人を殺すための収容所よ」

「スーザン、うわさなんてあてには――」

「いいえ。彼はそこにいたのよ。写真は本物だと確認してくれたわ。建物の配置、工場、処理工程についても説明してくれた。すべて、こちらがつかんでいる報告と一致する。なにもかも事実だったのよ。これで証明できるわ。東部のユダヤ人で残っているのは彼だけ。彼が証拠、証人よ。ついに彼らの声が届いたんだわ。すごく感動的でしょ。あたしは――」

「ちょっと待ってくれ。収容所はポーランドにあるといったね？　だとしたら、その男はどうやってポーランドとドイツを横断して西側にきたんだ？　それこそ、信じられないような話じゃないか。どうも胡散臭《うさんくさ》いな」

「彼はドイツの森のなかにある特別な収容所に移されたの。おかしな話よ。まったく筋が通らないんですもの。ほかの囚人たちといっしょにそこへ移送されて、食べ物をあたえられ——豚みたいに太らされた。それからある晩、野原に連れていかれて……」

「処刑のためかい？」

「テストよ。彼はテストだといってた」

それから、スーザンはシュムエルの話をリーツに伝えた。

しばらくすると、リーツは真剣に耳をかたむけはじめた。

7

吸血鬼《ヴァムピーア》はきちんと作動する――その点にかんして、フォルメルハウゼンはほとんど疑いを持っていなかった。なんといっても、彼は出発点にいあわせたのだ。一九三三年、ベルリン大学の研究室でエドガー・クッツァー博士が革新的な発見をしたときに、その場にいた。クッツァー博士は陸軍兵器局との大がかりな契約のもとで自由に研究をおこない、硫化鉛には光伝導性があり、三ミクロンほどで有用な反応を得られることを発見した。その発見により、ドイツはいまだにタリウム硫化物を試しているアメリカとイギリスよりも数年先んじることとなった。大学の黒板にチョークで書かれたそのときの方程式――博士がなした大発見――は、いまフォルメルハウゼンが十一号基地の研究施設で募るプレッシャーや数々の問題と戦いながら改良をくわえている実戦用の機械の基礎となっていた。

あとは細かい問題を解決し、さまざまな決定から生じる技術的な不具合をチェックして調整していくだけだった。そして、それこそが物理学者になりそこねたフォルメルハウゼンが工学技術で気に入っている点だった。機能を発揮できるようにする。機能こそ、すべてだった。吸血鬼《ヴァムピーア》はきちんと作動する。

だが、重さ四十キロではどうか？

そうなると、話はまったく別だった。立場上、フォルメルハウゼンは楽観的であることを求められていたが、内心では強い懸念《けねん》をおぼえていた。

四十キロ以下にしろだって？

正気の沙汰《さた》じゃない。性能を大幅に犠牲にしないかぎり、とうてい無理だ。だが、もちろん、親衛隊に逆らえるはずはなかった。にっこり笑ってベストを尽くし、運に恵まれることを祈るしかないのだ。

だが、なぜ四十キロなのか？　飛行機から投下する計画でも立てているのか？　そんなことをすれば、どちらにしろ銃はばらばらになってしまうだろうし、ショックアブソーバーをつけるようにという注文はなかった。フォルメルハウゼンは、ひとりでレップに会いにいった。

「お願いです、中佐、このような厳しい重量制限は、どうしても必要なのでしょうか」

レップは冷たくこたえた。「すまないが、博士、その点については譲れない。戦術上、そうする必要があるのだ。このいまいましい代物《しろもの》を誰かがひとりで運ばなくてはならないのでね」

「しかし、車をつかえば──」

「博士、四十キロだ」

最近では、フォルメルハウゼンは悪夢を見るようになっていた。食べたものが胃のなかで消化不良を起こし、でんぐり返っていた。彼は憑《つ》かれたように働き、専制君主となってスタッフを駆りたて、不可能なことを要求した。

「あれじゃ」と、スタッフのひとりが冗談を飛ばすのを、フォルメルハウゼンは耳にしていた。「ユダ公ドイツ人《ハンス・ザ・カイク》じゃなくて、フン族のアッティラ王《アッティラ・ザ・フン》だぜ」

一九三三年以来、フォルメルハウゼンはずいぶん長い道を歩んできた。そのあいだには、さまざまなことがあった。スタートでのつまずき、徴候の見落とし、裏切り、落胆、言い掛かり、陰謀、横取りされた手柄。このところ、ひんぱんに一九三三年のことが頭に浮かんできていた。こんなことに巻きこまれるまえ、彼がほんとうに幸せだった最後の年だ。

それは、はじまりの年だった──ヴァムピーアにとって、クッツァーにとって、そしてドイツにとって。だが、それは同時に、おしまいの年でもあった。フォルメルハウゼンが最後に物理学とかかわった年だ。彼は物理学を愛していた。物理学むきの優秀な頭脳を持っていた。だが、翌一九三四年に、物理学は正式にユダヤ人の学問とされた。フロイト主義とおなじ、カバラ（訳注　ユダヤ教の神秘的聖書解釈法）や儀式や五線星形に染まった宗教まがいの学問というわけだ。したがって、フォルメルハウゼンのように若くて聡明《そうめい》なアーリア人は、ほかの分野への転向を余儀なくされた。大勢の物理学者がドイツを去った。ユダヤ人だけではなかった。彼らは運が良かった。フォルメルハウゼンのようにドイツに残ったものは、気の滅入《めい》るような選択をするしかなかった。ディーツェルは空気力学のほうに移り、シュトーセルは化学にもどった。ランゲは完全に科学の世界から離れて、党の幹部になった。フォルメルハウゼンも大きなキャリアの転換を迫られているのを感じ、彼にしてはめずらしく——そして、本人の意にまったくそぐわない——大胆な選択をおこなった。工科大学にもどって、名誉ある科学博士のかわりに弾道学の技術者となったのである。弾道学には、物理学のような挑戦も、世界の秘密を読み解いているという喜びもなかった。だが、いずれ戦争がはじまることは、誰もが知っていた。そして、戦争は銃を、銃は仕事を意味した。フォルメルハウゼンはおそるおそる弾道学に取り組み、才能というよりも不屈の決意でもって、成功をおさめた。ベルトルト・ギーペルが率いるERMA社の設計チームに招かれたとき、この選択は正しかったように思われた。ERMA社とはエアフルトにあるエアフルト機械製作所の略称で、当時、ベルトルト・ギーペルのチームは兵器の設計において世界でもっとも創意にあふれた集団だった。世界中から助手になろうと人が押しかけてきていた。工科大学を出たばかりの若い技術者、オーベルンドルフにあるモーゼル社の兵器工場で修業してきたもの、ミュンヘンのワルサー株式会社にいたことのあるもの、スイスのSIG社やアメリカのウィンチェスター社からきたもの。だが、彼らは全員、不採用となった。なぜなら、ギーペルが召集したすばらしいチームは、自動兵器の分野で革命を起こそうとしていたからである。そうして生まれたのが、短機関銃《マシーネンピストーレ》だった。この銃は、オープン・ボルト／ストレート・ブローバックという基本原理のもとに設計されていた。従来の銃に較《くら》べると製造過程がはるかに簡略化されており、軽量で、信頼性が高かった。それだけではなかった。射撃中にブリーチと銃身内に空気が流通するようになっているため、空冷効果が高く、その結果、発射速度を毎分五百四十発ちかくまであげることができた。端的にいうと、彼らは世界最高の短機関銃、MP-40を作りあげていたのである。

　ERMA社で働く日々は、フォルメルハウゼンにとってすばらしいものとなるはずだった。実際、ある意味ではすばらしかった。だが、物理学をおさめた過去がかすかなイディッシュ語訛《なまり》のように彼にまとわりついており、どうやってもそれをふり払えなかった。同僚たちは彼の陰口を叩《たた》き、悪ふざけをし、容赦なくからかった。かつて科学者になる野心を抱いていたことで、彼を憎んでいたのだ。フォルメルハウゼンは仕事相手の科学者たちからも憎まれた。彼が技術者であるという理由で。その結果、フォルメルハウゼンの性格はややゆがんでしまった。無愛想で、恨みがましく、自己憐憫《れんびん》が強くなった。彼は気むずかしく、陰気で、自己正当化に長《た》け、責任を転嫁《てんか》した。彼の頭のなかは、受けて然《しか》るべきなのにあたえられなかった――まわりの連中が彼の才能に嫉妬《しっと》していたせいだ――賛辞でいっぱいだった。こうしたことから、ユダ公ドイツ人《ハンス・ザ・カイク》というあだ名がついたのである。

一九四三年にクンメルスドルフにある陸軍兵器局の歩兵兵器部門の実験所から仕事の口がかかると、不満を感じていたフォルメルハウゼンは一も二もなく飛びついた。あたらしい計画が進行中だった。ドイツ軍はロシアで夜の恐怖をたっぷり味わわされていた。そこで、いまは亡《な》きクッツァー博士が一九三三年に発見した情報をもとにしたヴァムピーア暗視装置1229モデルの開発契約を発注したのだ。フォルメルハウゼンはこの仕事にうってつけの経歴を持っていた。物理学と弾道学の知識があったからだ。まさに、おあつらえ向きの仕事だった。

陸軍兵器局は賢明にも、ヴァムピーアを搭載するのにもっとも適した銃は突撃銃《シュトゥルムゲヴェーア》の試作品しかないという結論に達していた。この銃はヒューゴー・シュマイザー技師が熱心に開発を進めていたもので、当時はまだMP-43と呼ばれていた。こうして、フォルメルハウゼン博士とシュマイザー（ヒューゴー・シュマイザーは学位を持っていなかった）は陸軍に委託要請されたプロジェクトで、窮屈な共同作業をおこなうこととなった。

シュマイザーは最初から、フォルメルハウゼンの仕事にケチをつけた。

「こいつはでかすぎる」と、あの老いぼれは主張した。「もろすぎる。複雑すぎる」「ヘル・シュマイザー」と、フォルメルハウゼンは愚か者に対して礼儀正しく接しなくてはならないことに大きな抵抗を感じながらいった。「デザインにいくらか修整をくわえれば、あなたの突撃銃とわたしの光学システムを合体させ、もっとも近代的な戦闘兵器を生みだすことができます。そう、それは攻撃用の武器にも、空挺《くうてい》部隊用の武器にもなりません。しかし、これからは防衛的な戦闘が中心になってくるでしょう。急速に領土を拡大する輝かしい日々は過ぎ去り、手に入れたものを維持することに専念する時代になったのです。夜間の固定した戦況下でヴァムピーアをつかえば、敵を完全に無防備な状態でとらえられるはずです」老人の目がしだいに無関心で曇ってくるのがわかった。たいへんむずかしい状況だった。とりわけ、別の一件がからんでいるとあっては。フォルメルハウゼンは名器MP-40を生みだしたERMA社の研究チームの一員だった。だが、どういうわけかMP-40は、シュマイザーとはまったく関係がないのに〝シュマイザー〟というニックネームを頂戴《ちょうだい》するようになっていた。そして、名声と栄光に目のないシュマイザーは、決してその関係を否定しようとはしなかった。

シュマイザーを敵にまわして、フォルメルハウゼンに勝ち目はなかった。突撃銃の修整は認められず、資金はしだいに少なくなり、技術者はほかのプロジェクトに吸いとられていった。オプティコテクナ社ではレンズに問題が起こり——シュマイザーが手をまわしたのだろうか？――ユダ公ドイツ人《ハンス・ザ・カイク》の背後ではさまざまなゴシップや悪意に満ちたジョークが飛びかった。フォルメルハウゼンにはコネがなく、抜け目ないシュマイザーの敵ではなかった。シュマイザーは、どこの馬の骨とも知れない科学者によって発明され、ＥＲＭＡ社のみすぼらしい元研究所員が開発している奇妙な〝夢みたいな機械〟を、自分の突撃銃にくっつけたいとは思っていなかったのだ。

　フォルメルハウゼンはプレッシャーのなかで、自分がしだいに不愉快な人間になっていくのを感じていた。彼が風呂《ふろ》にはいるのをやめ、ひげも剃《そ》らずに、自分の背後にはりめぐらされた陰謀について公然と非難しはじめた時点で、ヴァムピーアはその援護者を失った。ヴァムピーアは初期テストの結果が有望だったにもかかわらず、試作品の域をでることはなかった。たしかに実地試験ではうまくいかない点がいくつかあったが、それは〝陰謀〟によってテストが失敗するように仕組まれていたからに決まっていた。一九四四年五月、陸軍兵器局との契約はうち切られ、フォルメルハウゼンはすぐにクンメルスドルフのつまらない仕事にもどるように命じられた。そして、その直後に解雇された。

　しばらく宙ぶらりの状態がつづき、フォルメルハウゼンはしだいに追いつめられていった。心配の種は尽きなかった。この先のキャリアには希望を持てなかったし、いろいろと質問もされた。人から避けられるようになり、誰も彼と目をあわせようとはしなかった。見張られているような気がした。身体検査のため軍隊から呼びだされ、扁平足《へんぺいそく》で、気管支の感染症があり、難聴で、強度の近視であるにもかかわらず、兵役に適しているとされた。そして、いつ通知がいくかわからないから身辺整理をしておくようにと勧められた。どうやら、東部戦線で〝シュマイザー〟を手に戦うことになりそうだった。

ある日、フォルメルハウゼンは当時いりびたっていたみすぼらしいカフェで友人とばったり出会った。

「ヘーネル社にまだ働き口はあるかな？　なんだっていい。製図工、見習い仕事、模型製作」

「ハンス、あきらめろよ。どうせ老いぼれヒューゴーが邪魔してくるさ」

「あのもうろくじじいめ」

「だが、ハンス、あるうわさを耳にした」友人はひどく神経質になっていた。解雇されてから彼と顔をあわせるのは、これがはじめてだった。実際、こんな場所で出会って、フォルメルハウゼンは驚いていた。

「うわさって？」フォルメルハウゼンは目を細めて髪の毛を両手でかきあげ、顔をなでた。そのときはじめて、しばらくひげを剃っていなかったことに気づいた。

「どうやら親衛隊の連中が、もうすぐでかい契約をもってくるらしい。ヴァムピーアがらみの契約を。ヴァムピーアは復活させられるかもしれない」

「親衛隊だって？　あいつらに興味があるのは——」

「ハンス、俺はなにも質問しなかった。黙って聞いてただけだ。とにかく、ヴァムピーアが関係しているのは確かで……」声がしだいに小さくなっていった。

「なんだって？　はっきりいえよ、ディーテル。どうしたんだ？　きみがこんなに——」

「ハンス。ただの仕事さ。たぶん、武装親衛隊はヴァムピーアを必要としてるんだろう。俺には——」

「どういう話なんだ？」

「特別な任務があるらしい。とても重要な極秘任務だ。それしかわからない。ずっと上のほうからおりてきた任務だって話だ」

フォルメルハウゼンはうんざりしたように口もとをぎゅっと結んだ。さっぱりわけがわからなかった。

「連中はきみに興味があるんじゃないかな。きっとそうだ。だとしたら、参加する気はあるか？　ハンス、よく考えてみてくれ。頼むよ」

親衛隊と聞いただけで、フォルメルハウゼンは怖気《おぞけ》をふるった。彼らについては、いろいろなことを耳にしていた。だが、仕事は仕事だ。それに、もうひとつの選択肢が東部戦線であることを考えると、贅沢《ぜいたく》はいっていられなかった。

「そうだな。ああ、たぶん――」

翌日には、フォルメルハウゼンはベルリンの「オークの木の下《ウンター・デン・アイヒエン》」という名称の通りの地下にある親衛隊の経済・行政本部で、顔色の悪い将校と話をしていた。

「親衛隊長は、シュヴァルツヴァルト（訳注　ドイツ西南部の山岳地帯）でおこなわれる予定の工学技術プロジェクトにえらくご執心でね。単刀直入にいおう。きみのヴァムピーアは、親衛隊の任務の遂行に役立つのではないかと考えられている。そこで、親衛隊長はその開発を推進したがっておられるのだよ」

「なるほど」と、フォルメルハウゼンはいった。

将校は驚くほど正確に、ヴァムピーアのこれまでの経緯と技術について論じていった。とくに、ＳｔＧ－44との合体にかんする情報は詳細をきわめていた。フォルメルハウゼンはあっけにとられた。彼らは――なんといったっけ？　そう、ＷＶＨＡだ――徹底的にしらべあげていた。ＷＶＨＡ。きのうまでは、そんな組織があることさえ知らなかったというのに。

「金の心配はいらない」と、将校は説明した。「資金は潤沢にある。東部産業有限責任会社という子会社が大儲《おおもう》けしているのでね。東部の安い労働力をつかって」

「たしかに、こういったプロジェクトでは予算が重要な要素となります」と、フォルメルハウゼンはあたりさわりのない返事をした。

「レップという男を知ってるかね？」

「あの武装親衛隊の英雄ですか？」

「そう、その人物だ。彼もこの計画の一部で、まもなく合流する。コードネームは〝ニーベルンゲン〟に決まった。ニーベルンゲン作戦だ」

「どうしてまた、そんな——」

「親衛隊長のアイデアだよ。彼はこういうのが好きでね。ジョークさ。わかるだろう？」

だが、フォルメルハウゼンにはわからなかった。ジョーク？

将校はつづけた。「ところで、博士」そういって、書類をめくる。「ヴァムピーアには大きな問題点がある。実地テストによると——」

「テストは失敗するように仕組まれていたんです。彼らはヴァムピーアを調理器具みたいにあつかった。あれは繊細な装置で——」

「ああ、わかっている。実際、われわれが考えている問題点とは性能についてではなく、重量のことだ」

「バッテリー、絶縁体、配線系統、照準器、レンズ、エネルギー変換装置がついているのだから、重くて当然でしょう？」

「ヴァムピーアの重量はいくらかね？」

フォルメルハウゼンは口をつぐんだ。その答えは、決まりが悪くなるようなものだった。

「七十キロ」将校は自分で質問にこたえた。「どうにか持ち運べる重さだ」

「体力さえあれば――」

「雨に濡《ぬ》れ、寒さに震え、飢えに苦しみ、疲労困憊《こんぱい》している前線の兵士は、体力があるとはいえない」

フォルメルハウゼンはふたたび黙りこくった。宙をにらみつける。親衛隊の人間に怒りを見せるのは、安全とはいえなかった。だが、自分がしかめ面《つら》になっているのがわかった。

「博士、重さを四十キロにおさえてもらいたい」

フォルメルハウゼンは耳を疑った。「え？ いまなんと――」

「四十キロだ」

「無茶だ！ 冗談をいってるんですか？ とんでもない数字だ！」

「不可能だと？」

「そんなに減らしたら、ヴァムピーアそのものが存在しなくなってしまう。いいですか、これはおもちゃじゃないんです。将来、あらたな小型化技術が開発されれば、軽くすることも夢ではないでしょう。しかし、現在の状況では――」

「三カ月。いまの時点ではっきりしたことはいえないが、もしかすると四カ月、せいぜい五カ月で実現してもらいたい」

フォルメルハウゼンはまたしても椅子《いす》から飛びあがりそうになったが、相手の冷たい視線が自分にじっとむけられているのに気づいて、どうにかこらえた。

「で、できるかどうか」と、どもっていう。

「きみには最高の設備、最高の人材が提供される。関係機関からも全面的な協力が得られるようにする。親衛隊長以下、親衛隊はすべてきみの思うがままだ。それが今日、どれくらい大きな意味をもっているか、きみにもわかっているはずだが」

「わたしは――」

「われわれはこれにすべてを賭《か》けているのだ。これこそ、われらが総統、わが祖国、わが民族にとって、もっとも重要なことだと確信している。このような状況で、きみが親衛隊長にむかって〝ノー〟ということは不可能だと思うがね。この仕事にえらばれたのは、たいへんな名誉だ。祖国に対する最高の奉仕といえるだろう」

フォルメルハウゼンは、いまの文句にこめられた脅しを正確に読みとった。はっきり口にされないぶん、よけいおそろしかった。

「もちろん」と、弱々しくユダヤ人のような笑みを浮かべながら、ようやくフォルメルハウゼンはいった。「たいへんな名誉です」そのあいだも、頭のなかではこう叫んでいた。いったいどうするつもりだ？　四十キロだぞ？

数カ月がすぎたいま、四十キロまであと十キロというところまできていた。もぎとり、はがし、妥協し、なだめすかし、なんとか対処しながら、血のにじむような努力をして、一グラムずつ削ってきたのだ。これまでの日々を、グラム単位ではかることだってできそうだった。だが、最後の十キロがどうしても減らせなかった。順調なすべりだしのあとで、進展はぱたりと止まっていた。そして、フォルメルハウゼンのもうひとつの心配の種は、はたしてレップがそれに気づいているかということだった。

いつだってこうだ、とフォルメルハウゼンは思った。良い仕事、すばらしい仕事をしても、それが正当に評価されることは決してない。それどころか、またしても自分ではどうしようもない馬鹿《ばか》げたことのせいで、すべてが駄目になろうとしていた。

苦い涙がこみあげてきた。自分がツキのなさといわれのない迫害につきまとわれているような気がした。

たとえば――これはほんの一例にすぎないが――これまでに実現したSｔG‐44の改良で、感謝されたり敬意を表されたりしたことがあっただろうか？　フォルメルハウゼンは、よくできた信頼のおける大量生産のライフル――たしかに銃尾と銃身は手作りだが、それでもふつうの自動火器と変わりないもの――を、一級の狙撃《そげき》用兵器に作り替えていた。弾道学にまったくあたらしい概念を持ちこむことによって、ふたつの重要な問題――発射音と遠距離での精度――を一挙に解決していた。今回の任務では、四百メートル先の標的にむかって三十発の弾丸を音もなく一発必中で撃ちこむ必要があった。それなら、それができるようにしてやろうじゃないか。いまではフォルメルハウゼンの改良によって、ゼロだった可能性が百パーセントになっていた。

だが、それに対する反応はどうだったか？

レップは例の冷たい目でフォルメルハウゼンをじっと見つめると、こう訊《き》いてきただけだった。「ところで、博士、重量のほうはどうなっているのかな？」

きょうのミーティングは、あまり順調とはいえなかった。ミュンヘン工科大学の出身者が大部分をしめる光学部門とバッテリーを担当する動力部門のあいだで、激しい討論が戦わされたのだ。両者は当然のことながら、重量の問題では敵同士だった。一方、エネルギー変換を担当している連中は、むっつりと押し黙っていた。

たちまち議論は収拾がつかなくなった。解決策、指導、判断を求めて自分に注がれるスタッフの視線を感じて、フォルメルハウゼンはじっとしていられなくなった。彼らのむこうには、もっとおそろしいレップがひかえていた。にっちもさっちもいかない状況だった。

「みんな、聞いてくれ。わたしは——」そこで口をつぐむ。頭のなかが真っ白で、話しはじめたときになにをいおうとしていたのかわからなくなっていた。こういうことが、しばしば起きていた。自信に満ちてはじめた文章が途中でコントロールを失い、じょじょに沈黙に変わって、伝えるつもりでいた考えがどこかへ消えてしまうのだ。逃げだしたいという衝動がふくれあがって、生きもののように胸のなかではばたいた。

「わたしは」と、フォルメルハウゼンはつづけた。最後まで言い終わったときには、自分でもスタッフとおなじくらい驚いていた。「散歩に出かけてこようと思う」

　スタッフは困惑の表情でフォルメルハウゼンを見つめた。フォルメルハウゼンはつねに躍起になって問題に取り組み、意志の力でそれをねじ伏せ、エネルギーと不屈の精神をもってすべてを解決しようとしてきた。その彼が散歩だって？　ユダ公ドイツ人《ハンス・ザ・カイク》もついにぶち切れたか、という疑念が数人のまなざしから読みとれた。

「散歩は全員にとって有益だろう」と、フォルメルハウゼンは主張した。「数時間ほど問題から離れて、あらたな目で見直すんだ。ミーティングは午後一時に再開する」

　フォルメルハウゼンは逃げるようにして外に出た。新鮮な春の空気にふれ、暖かい太陽の光を浴びて、驚きをおぼえる。もう春なのだ。日常から隔離されたミクロンと熱量カーブと動力シークエンスの世界にどっぷり浸《つ》かっていたため、彼は時間の流れと季節感をまったく失っていた。つぎに、施設が大きく変化していることに気がついた。いまでは要塞のようになっていた。セメント製のトーチカのあいだに掘られた塹壕に、もうすこしで足をとられそうになった。このまえ、こちらのほうにきたときには絶対なかったものだ。フォルメルハウゼンは砂袋で補強された砲床のあいだをとおり、格子《こうし》状に張られた鉄条網をくぐり抜けた。アメリカ軍はすぐそばまで迫ってきているのだろうか？

突然、恐怖がこみあげてきた。あとで忘れずにレップに質問しなくては。

だが、いま彼が望むのは緑に囲まれた静けさと青空と明るい陽射《ひざ》しであって、戦況ではなかった。そんなものを聞いても、ストレスが増すだけだ。急ぎ足で門を通過し、一マイルほど先の射撃場にむかう。このあたりの森林地帯でひらけている場所といったら、そこしかなかった。あまり楽しいとはいえない道のりだった。暗い森がすぐそばまで迫っており、空は鬱蒼《うっそう》とした枝のむこうに隠されていた。最初のカーブをすぎると、道を歩いているのに迷子になったような気がした。ほかに生きものがいる気配はまったくなく、そよ風が頭上の枝を揺らすこともなかった。陽光が足もとにまだら模様を描いていた。つぎのカーブを抜けると、ようやく木立のむこうに黄色い草地が見えてきた。そこから先、フォルメルハウゼンはほとんど駆け足になっていた。

射撃場には誰もおらず、黄色い草地は四方を木に囲まれていた。ふたたび首のうしろに太陽の温《ぬく》もりを感じながら、射撃場の真ん中へとむかう。そう、いまは三月なのだ。つぎに四月がきて、そのあとに五月がくる。このあたりの五月はとりわけすばらしい、という話だった。晴れた日には百キロほど南のアルプスを望むことができるとか。突然、フォルメルハウゼンは南にむきなおって、希望の光でも探すみたいにアルプスの姿を探し求めた。木立の上にはぼんやりと霞《かすみ》がかかっているだけだった。生命が復活したしるしはないかと、あたりを見まわす。芽、鳥、蜂《はち》、なんでもいい。そのとき、黄色い花が目にとまった。

フォルメルハウゼンはしゃがみこんだ。ずいぶん早起きじゃないか、え？　あまり健康そうには見えない無愛想な花で、かすかに茶色く汚れていた。フォルメルハウゼンはこれまでこうしたものに関心を持ったことはなく、そんな暇もなかったが、いまは多くの同胞が長年楽しんできた単純な喜びをすこし理解できるような気がした。花を根っこからひき抜き、顔をちかづけて観察する。興味深いデザインだった。実際のところ、花びらは簡単に開いたり閉じたりできるように配置された細長い断片の集まりであり、夜の寒さから身を守りつつ太陽光線を最大限に吸収できるように作られた巧妙なディスクといってよかった。同心円からなるちっぽけな太陽装置だ。効率がよく、洗練されていて、精密きわまりない。これこそ工学技術だ！　フォルメルハウゼンの考えの正しさを確認するかのように、首のうしろにあたる陽射しがいっそう強まった。

気分が浮き立った。あらたな発見でもしたような感じだった。花にかんする本を見つけてこよう。花についてはなにも知らなかったが、突然、強烈な好奇心に駆られていた。

この心なごむ考えも、自分がいま人殺しがおこなわれた場所に立っていることに気づいた瞬間、消し飛んだ。

あの晩の記憶がさっと蘇《よみがえ》ってきた。彼らが囚人を射撃の標的につかうつもりだとさとったのは、いつのことだっただろう？　はっきりとはおぼえていなかった。このプロジェクトに参加して数カ月がたつうちに、じょじょにわかってきたことだ。正確に〝いつ〟ということはできなかった。とにかく、全員がそれを知っていて、それをなんとも思っていなかった。騒ぎたてるものは、ひとりもいなかった。レップは当然のことと考えているようだった。どちらにしろ、レップの関与するところではないのだ。ヴァムピーアの試作品がある段階までできたら、おこなわなくてはならないことにすぎなかった。

だが、フォルメルハウゼンはこの件でむかつきと不快感をおぼえていた。

いちばん鮮明に記憶に残っているのは、最初の部分だった。冷たい闇《やみ》のなかで、囚人たちが大儀そうに二列にならんでいた。息づかいが聞こえた。まさに生きているという証《あかし》だ。フォルメルハウゼンはひどく興奮し、神経質になっていた。胃が痛くなるくらい緊張していた。ユダヤ人たちは列になり、死ぬのを待っていた。彼らの顔は見えなかったが、もうすぐはじまるというときになって、フォルメルハウゼンはおかしなことに気づいた。

彼らは小柄だった。

全員が小柄だった。まだ年端《としは》もいかない少年もいた。大人でも背が低く、やせていた。そのあとは、整然と事が運ばれた。ユダヤ人が連れていかれ、姿が見えなくなると、フォルメルハウゼンはもはや彼らのことを考えなかった。

準備は手際《てぎわ》よく静かにおこなわれた。レップは武器をいろいろ調整してから、そのうしろにまわって腹這《はらば》いになり、自分のほうにひきよせた。不自然な体勢をとる。ライフルの下には骨組みしかなかった。余計な肉は一切そぎ落とされ、骨組みだけが銃を支えていた。

「パワーをいれました」と、誰かがレップに声をかけた。

「ああ、わかった」と、レップがいった。銃床で声がすこしくぐもって聞こえた。「じつに見事だ。すばらしい」

「監視兵が退去しました」と、ふたたび声がした。「目標は四百五十メートル先にいます」

「わかった」と、レップがいった。それから、その言葉は弾が発射される鈍い音にのみこまれた。個々の銃声がひとつにつながり、すばやいドラムロールと化した。

その直後に男がひとり生きのびていることが判明し、つづいて、てんやわんやの騒ぎとなった。ライトがつけられ、その明るい場所めがけて、アメリカの戦闘爆撃機が二機突っこんできた。射撃場に弾丸をたたきこんで、穴だらけにしていく。ライトが消えた。

「ちくしょう」と、誰かがいった。「あいつら、いったいどこからあらわれたんだ？」

フォルメルハウゼンはぶるりと身震いした。いま立っている草地に、ずたずたにされた死体が横たわっていたのだ。ヴァムピーアを装着したライフルから発射された弾丸は、肉をごっそりこそげとっていた。あの晩、土は血に染まっていたが、いまは草と太陽と青空とそよ風があるだけだった。

フォルメルハウゼンは木立にむかって歩きはじめた。途中で、太陽が雲のうしろに隠れていることに気がついた。道理で、急に涼しくなったはずだ。

太陽が顔をのぞかせた。ふたたび首のうしろに温もりを感じる。

そうだ、わたしを暖めてくれ。

なだめてくれ。

きれいにしてくれ。

汚れを落としてくれ。

赦《ゆる》してくれ。

そのとき、あと十キロをどうやって削ればいいのかがひらめいた。

8

おかしなふたり連れだった。制服からみすぼらしい私服に着替えたスーザンと、十九世紀から抜けだしてきたみたいな古めかしいピンストライプのスーツにきちんとウイングカラーとスパッツをつけ、やぎひげをたくわえ、鼻眼鏡をかけているドクター・フィシェルソン。これじゃ祖父母の写真にそっくりだわ、とスーザンは思った。

彼女のおかげでドクターはだいぶ落ちついていたが、スーザンはまだ心配だった。いつまた気がふれたような状態になるか、わかったものではない。ポーランド語とイディッシュ語とドイツ語と英語を織り交ぜて怒鳴り散らし、目に涙を浮かべ、乾いた唇をなめながら、狂ったようにわけのわからないことをしゃべりまくるのだ。ドクターは有能な人間ではなかったが、ある一点にかんするかぎり、その意思は鋼《はがね》のように硬かった。そう、ユダヤ人の運命にかんするかぎり。ドクターはそれを重しのように持ち歩いており、日に日に背中が丸まっていくと同時に、頭のほうもおかしくなっていった。

だが、いまはすこし落ちついていた。スーザンがなだめ、話に耳をかたむけ、うなずき、あいづちをうち、ささやきかけたからだ。ふたりはいまロンドン郊外のキルバーンにある個人経営の診療所にいて、消毒液臭い廊下に置かれたふたつのすわり心地の悪い椅子《いす》に腰掛けていた。目のまえのドアの奥では、〝東からきた男〟――ドクターは大げさにそう命名していた――が休んでいた。

もはや危機は去っていた。どうやら、その日の午後遅くに数人の調査官が診療所にあらわれ、ぶしつけな質問をしたらしかった。フィシェルソンはパニックを起こし、ひと騒動もちあがった。逆上したフィシェルソンはスーザンに電話をかけ、スーザンは苦労して遅番を免除してもらうと、できるだけはやく診療所に駆けつけたのだった。だが、すでに調査官は去っており、ぶるぶると身体を震わせるフィシェルソンから支離滅裂な話を聞かされただけだった。

「さあ、さあ」と、スーザンはフィシェルソンをなだめた。「きっと、なんでもありませんわ。移民局か保安局の役人でしょう。それだけです。彼らは確認しなければならないんです」

「ぶしつけだった。ひどく無礼だった。まったく敬意に欠けていた」軍隊が――それをいうなら近代国家が――どのような仕組みで動いているのか、どうやったらこの男に理解させられるだろうか？

「なんでもありませんわ、ドクター・フィシェルソン。心配するにはおよびません。彼らはこういったことを確認しなくてはならないんです」スーザンは腕時計に目をやった。もうこんな時間だ。真夜中ちかい。午後八時からずっとこの老人の相手をして、明日は朝の六時から出勤だった。「もう帰りましょう。すっかり落ちついたみたいですから」

「もちろんだ、帰りなさい。きみは帰るんだ。わたしは老人だから、ここに残る」年老いたユダヤ人は、みんなおなじだった。いまのはスーザンの母親の口調そっくりだった。こちらの罪の意識に訴えかけて、行動をあやつるのだ。いちばん効果があった。まったく、いつになったらそれから解放されるのだろう？

「わかりました。もうちょっといましょう」フィシェルソンにすげない態度などとれるはずがないではないか？　彼はこちらにちょっかいをだしてくる、どこかのスケベ親父《おやじ》とはちがうのだ。だが、スーザンは疲れていた。いま、彼らのもとには目撃者がいた。軍関係の秘密研究所にいたという、好奇心をそそる男だ。驚くべき話だった。それがついに語られようとしている。遅すぎるかもしれないが……いや、そんなことはない。収容所にはまだ大勢の囚人がいて、死と隣りあわせの状態で生きているのだ。もしも当局を説得できれば、いろいろな可能性が考えられた。医師や薬品といっしょに装甲部隊が強制収容所に乗りこんでいけば、何千人というユダヤ人を救えるだろう。しかるべき筋の人間を説得できさえすれば。

ドクターは手を組み、苦しそうな息づかいですわっていた。鼻眼鏡をはずして、下襟でレンズを拭《ふ》きはじめる。長くて骨張った指だった。廊下の黄色い明かりの下では、ドクターは古紙か羊皮紙でできているように見えた。われらがユダヤ人の総指揮官だ、とスーザンは思った。ちょっと頭がいかれていて、墓穴に片脚を突っこんでいる、やたらと怒りっぽい総指揮官。これほど哀れでなければ、笑ってしまうところだった。

フィシェルソンは一九三九年にロンドンにやってきた。博愛主義者のハーシュゾヴィッチがその年の終わりにシオン主義者に転向したとき、まずやったのは、西側でシオン主義者の声を確立することだった。ハーシュゾヴィッチはじつに抜け目がなかった。ユダヤ人の運命は西側諸国の手に握られていることを見抜いていた。そこで、先兵としてフィシェルソンを送りこみ、組織の立ち上げをまかせたのだ。だが、戦争が勃発《ぼっぱつ》し、ハーシュゾヴィッチがナチの絶滅計画で命を落とすと、フィシェルソンがすべてを統括することになった。だが、この老人はまったくその仕事にむいていなかった。繊細さに欠け、機転がきかず、政治的な嗅覚《きゅうかく》を持ちあわせていなかった。ただ愚痴をこぼし、わめきちらすことしかできなかった。

「彼の書類はきちんとしている」と、ドクター・フィシェルソンが訛《なまり》のきつい英語でいった。

「え?」と、スーザンはいった。

「彼の書類はきちんとしている。まちがいない。保証する。捕虜収容所から釈放されたのだ。同胞が難民病院にいる彼を発見した。病気だった。とても重い病気だった。そこで、彼のためにビザをとった。ユダヤ人はおたがい助けあうのだ。彼は列車でフランスを横断し、それから船でこちらに渡ってきた。弁護士が書類をそろえた。すべて正当で、合法だ。きみにもそういった。なのに、どうして調査官がくるのだ？　なぜ調査官が？」

「ドクター、お願いです」と、スーザンはいった。老人は立ちあがり、熱弁をふるいはじめていた。喉《のど》もとのひからびた皮膚の下で血管が脈打っていた。「なにかの手違いに決まってます。さもなければ、手続きの一部です。それだけのことにすぎませんわ。そうだ、情報部に友人がいます。大尉《たいい》です」

「ユダヤ人か？」

「いいえ。でも、根はいい人です。りっぱな人です。彼に連絡して――」

廊下のつきあたりにある両開きのドアが勢いよくあく音がした。はじめは誰がきたのかわからなかった。とりたてて印象に残らない男たちだった。大柄で、がっしりしているというだけで。すこし決まりが悪そうに見えた。スーザンは途中で言葉を失った。彼らは何者だろう？　スーザンの瞳《ひとみ》に浮かんだ困惑の表情を見て、ドクター・フィシェルソンがふり返った。

男たちは音もなく、黙々とちかづいてきた。四人いて、そのうしろに五番目のリーダーがひかえていた。スーザンとフィシェルソンのまえをとおりすぎて、シュムエルの部屋に入っていく。

なんなの？　とスーザンは思った。

「これは何事かね？　どういうことだ？」と、フィシェルソンが叫んだ。

スーザンは心臓の鼓動がはやくなるのを感じた。手が震えはじめ、息ができなくなった。

「落ちついてください」と、リーダーの男がいった。ちっとも粗暴なところはなかった。

「ミス・スーザン、いったいなにが起きてるのかね？」と、フィシェルソンが訊《き》いてきた。

馬鹿《ばか》みたいに黙ってないで、なにかいうのよ。

「ちょっと、これはいったいどういうこと？」と、スーザンはいった。声が割れていた。

「われわれは公安部のものです。申しわけありません。すぐにすみます」

「ミス・スーザン、ミス・スーザン」老人が目にパニックの色を浮かべて立ちあがった。しだいにイディッシュ語に変わっていく。

「なにしてるの？」と、スーザンは叫んだ。「あなたたち、彼をどうするつもりなの？」

「落ちついてください」と、リーダーがいった。あくまでも丁寧だった。「あなたとは関係のないことです。公安部の問題です」

先ほどの四人が部屋から出てきた。担架の上に、毛布にくるまれた例の生存者がのっていた。男はぼうっとした目で、あたりを見まわしていた。

「わたしはアメリカ軍人よ」と、スーザンは身分証明書を探しながらいった。「なんてことを。この人は病気なのよ。なにをしようというの？　どこへ連れていくつもり？」

「さあ、さあ、落ちついてください」と、リーダーがなだめた。相手がこれほど温厚でなければ、もっと簡単に憎めたのに。

「彼は病人よ」

ドクター・フィシェルソンがポーランド語で彼らを罵《ののし》っていた。「どうか興奮しないでください」と、リーダーがいった。

「令状はどこ？」と、スーザンは叫んだ。それくらいしか、いうことを思いつかなかった。

「すみません。あなたはアメリカ人だから、ご存じないんですね？　もちろん、そうでしょう。われわれは公安部で、令状を必要としません。公安部というだけで、じゅうぶんなんです」

「なんてことだ、神様《マイン・ゴッド》、彼が連れていかれた。連れていかれた」ドクターがすわりこんだ。

スーザンが廊下の端に目をやると、すでにユダヤ人は連れ去られたあとで、両開きのドアが前後に揺れていた。

リーダーがむきなおって、立ち去ろうとした。スーザンはその腕をつかんだ。「どういうことなの？　まるで悪い夢でも見てるみたい。なにをしてるの？　なにが起きてるの？」自分の目が大きく見開かれているのがわかった。こわくてたまらなかった。彼らはただやってきて、ユダヤ人を連れ去った。そして、彼らをとどめるものは、なにもなかった。彼女にできることは、なにもなかった。廊下にいる彼女と老人だけでは。

「ミス――」と、リーダーがいった。「お願いです。あなたは制服を着ていない。規則違反です。しかし、名前はひかえていません。われわれのあいだでは、なにも不愉快なことは起きなかった。いいですね。いちばんいいのは、ここから立ち去ることです。この老人を連れていき、紅茶を飲ませて、ベッドにいれてあげなさい。すべて忘れてしまうんです。これは政府の問題です。名前はひかえていません。お願いです、ミス、騒ぎを起こさないでください。名前をひかえたくはありませんから」

男はうしろにさがった。居心地が悪そうだった。大柄でがっしりしており、いかにも警官か軍人といった感じだった。なるべく親切にしようとしていた。彼にとっても、これは不愉快な仕事なのだ。

「誰に会えばいいの？」と、スーザンはいった。「お願い、それだけ教えてちょうだい」

男は不安そうにあたりを見まわした。外で警笛の音がした。男はすばやくコートのポケットに手をいれると、紙をとりだした。ひらいて、目をとおす。

「リーツ大尉です」という。「あなたとおなじ、アメリカ人です。さもなければ、アウスウェイス少佐か。彼らが責任者です」そういうと、男は去っていった。

「ユダヤ人」ドクター・フィシェルソンが椅子にすわりこんだまま、呆然《ぼうぜん》と宙を見つめてつぶやいた。「誰がユダヤ人の運命について語ってくれるというのか？　誰がユダヤ人のことを証言してくれるというのか？」

だが、スーザンにはわかっていた。誰もユダヤ人のことなど気にしていないのだ。

リーツはひとりでオフィスに残って、彼女がくるのを待っていた。彼女がくるのはわかっていた。落ちつかなかった。煙草《たばこ》を吸う。脚が痛んだ。ロジャーは使いに出していた。やることが山のようにあるのだ。一度、アウスウェイスから電話がかかってきた。たなぼたで手にいれた情報からさまざまな手がかりを得て、大至急、意見を交換したがっていた。だが、リーツはそれをあとまわしにした。

「まず、スーザンときちんと話しあわないと」

アウスウェイスの声が冷たくなった。「スーザンと話しあうことはなにもないはずだが。きみは彼女に借りがあるわけではない。ユダヤ人に対しても。きみが責任を持たなくてはならないのは、作戦に対してだけだ」

「それでも、説明しなくてはならないんです」アウスウェイスのような堅忍不抜の男にそんなことをいってみても通用しないのを知りつつ、リーツはいった。

「それでは、さっさとすませたまえ、きみ《チャム》。そして、明日からの仕事に備えるんだ。明日からあたらしい仕事がはじまるんだから。わかったな？」

リーツは少佐がうらやましかった。イギリス人にとって、戦争とは単純なものだった――とことんやって、損失はあとでかぞえればいい。

廊下で物音がした。スーザンか？　いや、古い建物がうめき声をあげただけだ。だが、ほどなくしてドアがあき、彼女が入ってきた。

スーザンは影のなかに立っていた。

「外でお祝いしてるのかと思ったわ」と、スーザンがいった。

「こいつは勝利じゃない。はじまりだ」

「後生だから、明かりをつけてもらえるかしら」

デスク・ランプのスイッチをいれる。不透明な緑色の笠《かさ》の真鍮《しんちゆう》製のランプだった。いまや手の届かない存在になってしまったとわかっているだけに、よけい彼女が美しく見えた。股間《こかん》が熱をおび、固くなるのがわかった。時計の針をもとにもどしたくてたまらなかった。こんなことになるまえ、ユダヤ人などほとんど関係なく、スーザンがときおり会いにいく連中にすぎなかったころ、仕事が単純で、無意味で、ロンドン全体がパーティ会場だったころに。一瞬、それらをとりもどすためならなんでもしよう、という気になった。だが、なによりもとりもどしたかったのは、スーザンだった。彼女さえいればよかった。ふたたび彼女のすべてを知りたかった。肌、手、脚、口もと、笑い声、胸、陰部。

スーザンは閲兵式のように、全身を制服でかためていた。陸軍の褐色の制服を着ると、たいていの女性は身体《からだ》の線が消えてセクシーでなくなるのだが、スーザンはちがった。すばらしかった。ちらつくイギリスの明かりのなかで、真鍮製のボタンが輝いていた。上着の左胸に記章がいくつかとめてあった。襟には線章が光っており、肩には連合国派遣軍最高司令部の袖章《そでしょう》と上向きの銃剣が縫いつけてあった。例の小さな帽子を斜めにかぶり、ハンドバッグのようなものを手にしていた。

「あたしがあなたたちを阻止しようとしたのは、知ってるわね」と、スーザンがいった。

「なんとかしようと、いろんな人に会いにいったわ。知ってる人に。病棟で出会った将校や、将軍にまで。ヘミングウェイにもあたってみようとしたけど、もういなかった。それくらい必死だったのよ」

「だが、どれもうまくいかなかった」

「ええ。もちろんね」

「これはとても大きな問題なんだ。すくなくとも、われわれはそう考えている。きみに止めることはできない。それをいうなら、アイゼンハワーにだって」

「人でなし」

「煙草を吸うかい？」

「けっこうよ」

「吸ってもかまわないかな？」

「あいつらが彼を連れていったとき、あたしはそこにいたのよ。〝公安部〟といわれただけで、こちらはなにもできなかった」

「知ってる。報告書を読んだ。すまない。こんな風になるとは思わなかったんだ」

「わかってたら、ちがっていたというの？」

「いや」と、リーツはいった。「なにも変わらなかっただろうな、スーザン」

「汚《けが》らわしい人でなし」

スーザンはいまにも泣きくずれそうに見えた。だが、一瞬、涙があふれそうになった目は、すぐに鋭い光をとりもどした。

「スーザン――」

「彼はどこ？」

「別の病院だ。イギリス国内の。そこで療養している。すぐに良くなる。彼のことが心配で騒いでいるのなら、どうか安心してくれ。彼はきちんと面倒をみてもらっている。

すごく重要な人物なんだ」

「あの人がどんなことをくぐり抜けてきたのか、あなたには想像もつかないでしょうね」

「たぶん、わかってると思う。とてもつらい体験をしてきたのは確かだ。だからわれわれは——」

「あなたにはわかりっこない、ジム。これっぽっちだって。わかっているつもりだとしたら、自分をだましているのよ。まちがいないわ」

リーツはなにもいわなかった。

「なぜなの？　いったい、どうしてこんな真似《まね》を？　哀れなユダヤ人を誘拐するなんて。まるでコサックみたいにやってきて、なんの説明もせずにいきなり連れていくなんて。どうしてなの？」

「彼は情報源だ。貴重な情報を持っている。ドイツ側が肩入れしている作戦について、われわれに手がかりをあたえてくれるだろう。その情報をたぐっていけば、作戦の全貌《ぜんぼう》がつかめるにちがいない。そうやって、作戦を阻止するんだ」

「人でなし。これにどれだけのものがかかっているか、彼がユダヤ人にとってどれほど大きな意味を持っているか、あなたにはわかってないんだわ」

「スーザン、信じてくれ。選択の余地はなかったんだ。数日前の夜、ぼくはロンドンの通りを愛する女性といっしょに歩いていた。すると突然、その女性がある話をはじめた。ぼくが一月からずっと取り組んできた問題の核心に迫るような話を。きみたちは証拠を必要としていたって？ ぼくもさ。まさか、それがおなじ人物になるとは思ってもみなかったがね」

「あなたと、あのろくでもないイギリス人だったのね。きのう、病院にやってきた調査員というのは。どうしていままで気づかなかったのかしら。ドクター・フィシェルソンが調査員といったので、てっきり警察のことだと思っていた。でも、ほんとうはあなたと、あの嫌みったらしいオックスフォード出のろくでなしだったのよ。連中のためなら、あなたはなんだってするのね、でしょ、ジム？ なんだって！ オックスフォードやハーヴァードを出た連中にとりいるためなら、どんなことでもするんだわ。まったく、ノースウェスタン大学からずいぶん出世したものね」

「すまない。だが、あのユダヤ人をシュヴァルツヴァルトにある十一号基地に送りこんだのは、ぼくじゃない。武装親衛隊や〝オークの男〟やレップ中佐とひきあわせたのも、ぼくじゃない。やったのは、ドイツ人だ。そして、ぼくはその理由を突きとめなくてはならない」

「人でなし」

「お願いだ。理性的になってくれ」

「それが、あなたたちの決まり文句ね。一九三九年以来、あたしたちはずっとそういわれてきた。理性的になれ。誇張するな。落ちつけ。声を低くしろ」

「それで気分が良くなるなら、叫べばいい」

「みんな、おなじ穴のむじなよ。あなたたちも、ドイツ人も、みんな——」

「黙れ、スーザン。きみにそんなことをいう権利はどこにもない」

スーザンは怒りと憎しみのこもったまなざしでリーツをにらみつけた。これほど激しい怒りをあらわにした顔を、リーツはこれまで見たことがなかった。居心地が悪くなって唾《つば》を飲みこみ、煙草に火をつける。手が震えていた。

「あなたに見せたいものがあるの」スーザンがバッグに手をいれた。「さあ。見てちょうだい。ほら、あなたには勇気があるんでしょ。しっかり見なさいよ」

それは選び抜かれた写真だった。ポルノ写真みたいに、ぼけていた。ドイツの兵士たちに囲まれて、野原に裸で立つ女たち。死体であふれかえった穴。なかでも、完全武装したドイツ軍兵士が子供を抱いた女性の頭にライフルを突きつけている写真は、とりわけおぞましかった。

「ひどいな」と、リーツはいった。「ちくしょう、もちろん、こいつはひどい。ほかに、なんていわせたいんだ？　どれもひどい写真ばかりだ。これでいいか？　くそっ、なにが望みだ？　ぼくには、やらなければならない仕事がある。こっちから頼んだわけじゃない。むこうから、やってきたんだ。だから、これ以上、邪魔しないでくれ」

「ドクター・フィシェルソンには興味深い持論があるの。聞きたい？　キリスト教徒は五千年前に良心を発明したユダヤ人のことをいまだに罰しつづけている、というものよ。でも、彼らが気づいていないことがある。それは、われわれを殺すのは自分たちを殺すのとおなじだってこと」

「いまのは意見かい？　それとも呪《のろ》いの言葉かな？」

「呪いだとしたら、ジム、それがあなたにもおよぶことを願うわ。それであなたが死ねばいいと、心の底から願ってる。それが、あたしの望みよ。あなたがその呪いで命を落とすことが」

「もう帰ってくれないか。まだ仕事が残っているんでね」

スーザンはリーツをオフィスにひとり残して去っていった。写真をリーツの机の上に置いたまま。しばらくしてからリーツは写真を引き裂くと、それを屑籠《くずかご》に放りこんだ。

翌朝早く、尋問をはじめるまえに、リーツはつぎのような要請文を書きあげ、アウスウェイスの強力なコネを利用して、大至急、週ごとの情報・状況報告といっしょに回覧してもらった。これで、大隊レベルの情報部と欧州作戦地域にいるイギリス側の情報部にまで通達はいきわたるはずだった。

英米統合技術情報委員会　至急信

あらゆるレベルの情報部／防諜部隊のスタッフは、以下の条件に該当する情報を可及的すみやかに当該本部に報告のこと。

一、敵側——とくに武装親衛隊の部隊——が使用している小火器の著しい進歩。
二、厳重な防衛体制にある射撃場付きの試験場。
三、前記の事項にかかわるようなうわさ、未確認情報。
四、前記の事項にかかわるような捕虜の尋問記録。

「やれやれ。こんな通達を出したら、いったいどれだけのクズ情報が舞いこんでくることやら」と、ロジャーが文句をいった。

9

ユダヤ人が協力しようとしているのは、はた目にもあきらかだった。たくさんの質問にも、辛抱強くこたえていた。とはいえ、ユダヤ人のほうは内心、彼らのことを馬鹿《ばか》ではないかと考えていた。おなじ質問を何度もくり返していたからだ。そのたびにきちんとこたえはしたものの、ユダヤ人は自分の知っていることしか話せなかった。レップが暗闇のなかで、音もなく、遠距離から――リーツは四百メートルと推測していた――二十五名の男を殺したこと。例の施設に〝オークの男〟という正体不明の男が一度ならず訪ねてきたこと。逃げだして行き倒れになっていたところを発見されたのがカールスルーエだったこと。だとすると、彼はシュヴァルツヴァルトの大山塊に沿って百キロちかくを踏破したことになり、十一号基地はその巨大な森林山岳地帯の南の四分円に位置するものと思われた。

それ以外では、細かいことがいくつか判明しただけだった。ある日、ユダヤ人は施設にいた親衛隊の兵士たちが襟につけていた記章を確認した。それによると、彼らは第三武装親衛隊装甲擲弾兵《てきだんへい》師団〝髑髏《どくろ》〟、すなわち髑髏師団の連中だった。戦前の強制収容所にいた監視兵のなかから選び抜かれた精鋭たちで、一九三九年以来、ポーランド、フランス、ロシアで戦い、いまはハンガリーにいると考えられていたが、じつはそうではなかったらしい。ユダヤ人は〝オークの男〟が乗ってきた車の種類も特定していた。メルセデス・ベンツの十二気筒のリムジン——親衛隊のなかでも本部長クラスにしか支給されない車だ。だが、ユダヤ人はこの謎《なぞ》の人物の正体や役割についてはなにも知らなかった。好奇心さえ、あまり持っていなかった。

「やつはドイツ人だった。それだけだ。大物のドイツ人だ」と、ユダヤ人は奇妙な訛《なま》りの英語でそっけなくいった。

ユダヤ人はさらに、配属されていた髑髏師団の兵士たちの基本的な武器がStG-44であることを確認し、施設内の建物の配置や防衛用の構築物について論じ、ユダ公《ハンス・ザ・カイク》ドイツ人と呼ばれていた場違いな民間人についてもできるだけくわしく描写してみせた。

リーツは、これまでの成果とすばやい展開に満足していた。病院ではじめてユダヤ人と出会ってからまだ一週間もたっていなかったが、すでに大がかりな防諜《ぼうちょう》活動がはじまっていた。小火器評価チーム（SWET）は事実上消滅し、レップを捕らえることが唯《ゆい》一《いつ》の使命となっていた。リーツはその責任者であり、報告はアウスウェイスにするだけでよかった。技術的な問題にかんしては、最優先で支援を得られることになっていた。

いつ、どこへいくのも自由で、アウスウェイスが不満の声をあげないかぎり、資金はつかい放題だった。そして、アウスウェイスはまったく声をあげる気配がなかった。保全許可についても、最高ランクをあたえられていた。これほど多くの人間に名前を知られたのははじめてで、すでに三つのパーティに招待されていた。車まで支給された（ただし、運転手はロジャーしかいなかったが）。少佐に昇進するという話まで持ちあがっていた。アイゼンハワー以外なら、誰でも電話で呼びだせた。もしかすると、アイゼンハワーでさえ。

そう、たしかに大きく前進していた。

と同時に、まだ判明していないことがたくさんあった。

「彼がもたらした情報からわかることは、ここまでだな。この場所を実際に見つけるまでは、なにも手の打ちようがない」と、アウスウェイスがいった。

だが、リーツはあきらめなかった。ユダヤ人の証言のなかに、まだ手がかりが隠されているかもしれないではないか。レップとその作戦にかんする秘密を明かす情報があるかも。

施設はシュヴァルツヴァルトにあるのか？　だったら、植物学者、ハイカー、森林学者、地理学者、避暑客に話をきいてみろ。踏査写真を見てみろ。図書館にある本をしらべてみろ――H・W・O・ストヴァル元大佐（空戦殊勲十字章）著『ドイツの森のハイキング』（フェイバー・アンド・フェイバー社）、ドクター・ウィリアム・ブリンカル－アプニー著『落葉樹の森の影の世界』、それに情報の宝庫であるベデカー旅行案内書を忘れるわけにはいかない。

〝オークの男〟と呼ばれている大物ドイツ人？　イギリス情報部のファイルにあたって、木製の義手、義足、義顎――たしかフロイトがそうだったのでは？――をつけているドイツ軍将校をさがしだせ。評判やうわさに目を光らせ、どんなに突拍子もない可能性でも見逃すな。歩き方がぎこちない男？　こちこちの正統派？　ものすごい保守主義者？　動作がゆっくりしている？　髪の毛が薄くなりつつある？　確固たる信念の持ち主？　みんなにどんぐりを助言《アドバイス》をあたえている？

「どことなく間の抜けた名前だな」と、アウスウェイスがいった。「まるで、お国の西部劇に出てくるインディアンみたいじゃないか」

リーツはうなった。〝オークの男〟という名前のインディアンだって？　冗談じゃない。

装置についてはどうだ？

暗闇《くらやみ》のなかで四百メートル離れたところから二十五の標的を正確に射止めた？　不可能だ。だが、アウスウェイスが上層部にかけあうことにしたのは、この点にひっかかったからだった。殺されたユダヤ人の一団を将軍や大臣や王族の死体と重ねあわせて見るのは、そうむずかしいことではなかった。

とはいえ、弾道学の専門家たちは、そんなことはできっこないといっていた。視界がきかない状態でそれほど精度の高い射撃をおこなえる人間は、この世に存在しない。となると、目には見えない照明のようなものが使用されていたにちがいなかった。レーダーか？　それはまずないだろう。まだ未発達なレーダーがいちばん効力を発揮するのは空中で、なにもない空間にいる飛行機の影をとらえるときだった。海軍では音を利用した〝ソナー〟とかいう装置があるという話だった。もしかすると、ドイツ人は標的の音を聞きとる装置を発明したのかもしれない。高感度のマイクロホンだ。

「ひょっとして、そいつはほんとうに暗闇のなかで見えてたんじゃないですかね」と、ロジャーがいった。

「ありがとう、ロジャー。きみの意見はほんとうに参考になるよ」と、リーツはいった。

だが、たとえ暗闇のなかで見えていたとしても、どうやって命中させたのか？　四百メートルといえば、かなりの距離だ。その距離で命中させようと思ったら、高速度で弾丸を発射しなくてはならない。そして、弾丸は音の障壁《サウンド・バリアー》を超えるとき、大きな音を発した。リーツが忘れもしない音だ。そして、問題の男は七・九二ミリ弾をひじょうにすばやく撃っていたことがわかっていた。その音を消すことは可能だろうか？　もちろん、銃そのものを無音にするのは簡単だった。だが、弾丸は無理だ！　弾丸は音を立てた。

やつらはどうやって、その音を消したのだろう？

リーツはぞっとした。

標的は誰なのか？

それが大きな問題だった。狙《ねら》っている人物がわかれば、ほかの謎もすべて解けるだろう。いろいろ考えた結果、ひとつだけ達した結論があった。標的はグループにちがいない。さもなければ、どうしてレップという男は集団を標的にして練習する必要があるのだ？　それに、弾倉に三十発はいるＳｔＧ-44のような兵器をつかったわけも、それで説明がつく。なぜなら、ドイツには十九世紀からモデルを変えながら何百万挺《ちよう》と作られてきたボルト・アクション式で射程距離の長い——ただし、弾倉には五発しかはいらない——Ｋａｒ-98という優秀なライフルがあるのだから。

だが、たとえ誰を殺そうと、彼らが得るものといったら無意味な復讐《ふくしゆう》くらいで、ほかにはなにもないだろう。チャーチルやスターリンを殺したければ、殺せばいい。そんなことをしたところで、戦争の結果が変わるとは思えなかった。イギリスの国会議員、アメリカの連邦議会議員、ソ連の最高会議幹部会とソビエト共産党中央委員会政治局のメンバーを殺しても、なにも変わりはしない。ドイツはこれまでどおりのスピードで叩《たた》きつぶされていく。大勢《たいせい》はすでに決まっているのだ。

それなのに、連中は誰かを殺そうとしていた。それだけではない。死者をあと何人か増やすために、この切羽詰まった状況のなかで、親衛隊はあらゆる手を尽くして作戦を遂行しようとしていた。

なぜそこまでやるのか？　すでに数百万人が無駄死にし、みずからも滅びようというときに、まだ殺したいと思うほど憎い相手とは誰なのか？　いっしょに墓場にひきずりこもうとしている相手とは？

シュムエルの情報からわかったのは、ここまでだった――ひとつのことをのぞいては。

リーツはオフィスにひとりで残って、夜遅くまで働いていた。その日の尋問はうまくいかなかった。ユダヤ人は口が重くなりはじめていた。あたらしい同志をあまり気に入っていないようだった。むっつりと不機嫌で、怒りっぽかった。アメリカ製の新品の服は、まったく似合っていなかった。彼はすでに病院にもどされていた。アウスウェイスは会議で出かけていたし、ロジャーはどこかで壁打ちをしていた。リーツは丸めた紙や本やがらくたや写真や地図に囲まれ、痛む脚を抱えながら、オフィスにすわってスーザンのことを考えまいとしていた。彼女のことを頭から追いだしてくれるものが、ひとつだけあった。

リーツは引き出しをあけ、ファイルをとりだした。〝レップ、名前は不明、ドイツ親衛隊の将校、ル・パラディ村での虐殺《ぎゃくさつ》事件の容疑者〟とあった。中身はどうしても不充分なものにならざるを得なかったが、そこにはほんとうに貴重な情報がひとつふくまれていた。ファイルをひらくと、男が暗い目で見つめ返してきた。それがレップだった。一九三六年に発行された新聞の写真を引き伸ばしたものだ。面長の若々しい顔にとくに目立つところはなかった。みじかく刈りあげられた黒髪。高い頬骨。狙撃の名手《マスター・スナイパー》――ユダヤ人は彼をそう呼んでいた。

リーツはあまり写真を見ないようにしていた。見慣れて、相手がそこらへんにいるふつうの男に思えてきてはまずいからだ。いつでも新鮮な気持ちでこの顔を目にしていたかった。レップをふつうの男と考えるのは、命取りとなりかねない。

シュムエルにもこの写真を見せていた。

彼はひと目見ただけで、写真を返してきた。

「ああ。この男だ」

「レップか？」

「そうだ。もちろん、写真のほうが若いが」

「この男は一九四〇年、フランスでイギリス人捕虜に対して戦争犯罪をおこなったと考えられている」と、ファイルを持ってきたアウスウェイスがいった。「負傷した生存者は、ふたりの名前をあげた。そのうちのひとりがレップだった。調査員が大英博物館のバックナンバーをあさって、これを見つけだしてきた。戦前のナチの写真雑誌、《イルストゥリーテル・ベオーバハタァ》のスポーツ・ニュース欄に載っていたものだ。どうやらこの若者は、ドイツの二二口径小銃のライフル・チームのメンバーだったらしい。生存者は写真で彼を確認した。われわれはこのレップという人物にむかしから興味を持っていたわけだ」

「こいつを逮捕するなりなんなり、してもらいたい」と、シュムエルはいった。レップにかんする質問がつづけられたが、シュムエルが口にしたのはこれだけだった。「やつは兵士だ。冷静で自制心があり、まわりの人間もしっかりコントロールしている。どういう人間なのかは、さっぱりわからない。ユダヤ人には、あの手の男は理解不可能だ。どういう男なのか、どういう考え方をするのか、どういう世界観を持っているのか、見当もつかない。恐ろしい男だ。施設にいたときも、いまこの部屋にいても、そう感じる。悲しみとは無縁の男だ」

シュムエルはレップを知ることに興味を持っていなかったが、いまやそれがリーツの仕事となっていた。写真をじっと見つめる。簡単な説明文がついていた。「わがドイツの優秀なるスポーツマンのひとりであるレップ士官候補生は、射撃競技において輝かしい未来を嘱望されている」

また一日がすぎ、だらだらとつづく尋問が終わろうとしていた。まえの晩、例のドイツ人の写真と遅くまでつきあっていたリーツは、とくにぐったりしていた。アウスウェイスの命令でふたたび調査員が大英博物館に派遣され、そこであらゆるドイツの定期刊行物のバックナンバーがしらべられていた。そこから、なにかあたらしい手がかりが浮かびあがってくるかもしれないからである。とにかく、そちらの方面の問題は、しばらくリーツの手を離れていた。かわりに彼の目のまえには、ユダヤ人がいた。いつにもまして、調子が悪そうに見えた。連合国側に参加して最初の数日間は、口当たりのよい食事をあたえられ、ちやほやもてはやされて、ユダヤ人は元気をとりもどしていた。注目を楽しんでさえいたのかもしれない。だが、時がたつにつれて、しだいによそよそしくなっていった。最近では口もあけずに、うなるようにしゃべった。リーツが聞くところによると、夜中に悪夢にうなされ、「東《オスト》、東《オスト》」と叫ぶことがあるという。よほどつらい目にあってきたのだろう。だが、彼は生きのびた。ちがうか？　リーツはふさぎの虫を評価するようには育てられていなかった。悲観的な人生観など我慢できなかったし、自分が落ちこんだときには強烈な自己嫌悪《けんお》をおぼえた。

とはいえ、ユダヤ人はただ不機嫌なわけではなく、ほんとうに病気にかかっていた。ただの風邪だったが。

「死にそうな顔してるな」と、ロジャーがめずらしく同情をみせていった。もっとも、他人の不幸に対して彼が示してみせる同情には、ほとんど説得力がなかったが。

「イギリス人は部屋を暖めようとしないから」と、ユダヤ人がいった。

「ロジャー、ストーブに石炭をくべるんだ」と、リーツはいらだたしげにいった。きょうの尋問――話題はまたしても〝オークの男〟だった――にはやくもどりたくてたまらなかった。

ロジャーはなにごとかつぶやくと、ストーブにだらだらとちかづいていき、石炭をくべた。

「四十度ちかくあるのに」と、誰にともなくいう。

シュムエルがふたたび鼻をすすった。鼻をかみ、ティッシュを屑籠《くずかご》に投げ捨てる。皮膚が赤くなっていた。

「あのコートが懐《なつ》かしいな。ドイツ製のコートが。すくなくとも、あれは暖かかった。こいつは風をとおす」ユダヤ人はアメリカ製の上着をひっぱってみせた。

「あのぼろぼろのコートかい？　実験室みたいな匂《にお》いがしてたじゃないか」と、ロジャーがいった。

「それじゃ、つづけようか」と、リーツはいった。「この〝オーク〟という言葉に二重の意味がこめられているということはないかな？　語呂《ごろ》あわせ、象徴、ゲルマン民族の神話からとってきた――」

リーツは言葉を切った。

「おい」いきなりふり返っていう。「いまなんていった？　実験室みたいな匂い？」

「はあ」ロジャーが驚いて顔をあげた。

「いまのはどういう意味かと訊《き》いたんだ――」

「言葉どおりの意味ですよ。つまり、実験室みたいな匂いがしたんです」そうとしかいいようがなかった。「ハイスクールで一年間、有機物について勉強させられたもので。それだけの話です」

「どこにある？」

「えーと」と、ロジャーはうなった。「ただの古ぼけたドイツ製のコートですよ。特別なものだなんて、わかるわけないじゃないですか？　そう、たしか……捨てました」

「なんてことを」と、リーツはいった。「どこに捨てた？」

「ねえ、大尉《たいい》、あれはただの汚れた古い――」

「どこだ、軍曹、どこに捨てた？」

リーツがふだんロジャーに対してつかう口調と、まるでちがっていた。ロジャーは面白くなかった。

「病院の裏のゴミ缶に決まってますよ。彼にあたらしい服を用意したあとで。だって――」

「わかった」と、リーツは冷静さを失うまいとしながらいった。「いつだ？」

「一週間ほどまえです」

「ちくしょう」リーツは考えようとした。「そいつを回収しなければならない」それから、受話器をとりあげると、ロンドンにあるアメリカの軍事施設からゴミを収集する係の責任者を探しはじめた。

コートは、テムズ川をはさんでロンドン塔のむかいにあるセント・セイヴィアズ・ドックのそばの穴蔵で発見された。見つけたのはロジャーで、たしかに匂いがしていた——ペンキ、トースト、使用済みのコンドーム、黒こげになった書類、パスタ、錆《さび》、オイル、木の削りくず、そのほかコートに接してきたさまざまなものの匂いが。

「それと、硫化鉛だ」と、リーツは翌日、戦略事務局の研究・開発部から届いた報告書に目をとおしながらいった。

「そいつは、いったいなんです?」ロジャーは知りたがった。ユダヤ人は関心がなさそうだった。

「赤外線装置の基礎を成すものだ。これをつかっていたから、レップは暗闇のなかでも見ることができたんだ。しらべてみたところ、わが国も極秘でこの研究を進めていることがわかった。イギリス側もな。だが、こうしてみると、どうやらドイツは一歩抜きんでているようだ。すでに実戦用の試作品を完成させているということは、われわれの数年先をいっていることになる。こいつは熱エネルギーを光エネルギーに換えるんだ。熱を見えるようにするのさ。人間の体温はだいたい決まっている。装置はその温度にあわせてセットしてあるから、レップは体温をおびたものを目で見て、それに弾を撃ちこむことができたというわけだ。やつには標的がすべて見えていたんだ——」リーツは言葉を切った。「——ひとりをのぞいては」

リーツはシュムエルのほうにむきなおった。

「あんたは正しかった」という。「あんたを救ったのは神じゃなかった。あれは奇跡でもなんでもなかった。硫化鉛は熱を吸収する。だから、光伝導性があるんだ。それにまた、優秀な絶縁物にもなる。そのおかげで体温が維持され、あんたはシュヴァルツヴァルトの寒さを切り抜けることができた。レップにあんたが見えなかったのも、そのせいだよ。あんたはほかの連中と体温がちがってたんだ。だから、レップにとっては透明人間とおなじだった」

シュムエルは投げやりな口調でいった。「あの晩、神がほかに心配事を抱えていたのはわかっていたよ」

「だが、つぎにレップが狙撃《そげき》するとき」と、リーツはいった。「望遠照準器の反対側にいる人間は、あんたほど運に恵まれはしないだろう」

10

フォルメルハウゼンは見るからにそわそわしており、それに気づいたレップはいらだちを覚えた。なぜ、やつが不安がる必要がある？　危険に身をさらすのは自分であって、やつではないのだ。

まだ明るかったので、煙草《たばこ》を吸っても大丈夫だった。四月中旬の気持ちの良い夕暮れだった。レップはシベリア――質の悪いロシアの煙草――に火をつけた。葉の詰め方がゆるくて小枝がまじっているため、ときおりそれが音を立ててはじけたが、レップはデミヤンスクの包囲攻撃のとき以来、この煙草が病みつきになっていた。

「一本どうかな、博士？」と、レップはたずねた。

「いや、けっこうです。吸わないので。どうも」

「そうだったな。もうすぐ夜だ」

「ここが安全だというのは確かなんですか？　つまり、もしも――」

「落ちつきたまえ、博士、気をしっかり持つんだ。なにが起きるのかは誰にもわからないものだが、今夜だけは別だ。ここではちがう。あらわれるのは偵察隊だけで、総攻撃がはじまる心配はない。戦争がこの段階まできたところではな。アメリカ人だって死に急いではいないのだよ」

レップは笑みを浮かべ、ガラスのない農家の窓から戦争の気配などみじんも感じさせない整然とした畑を見やった。

「しかし、われわれは敵に囲まれています」と、フォルメルハウゼンはいった。それは事実だった。攻撃されてはいなかったものの、そこいらじゅうにアメリカ軍の小部隊がいた。フォルメルハウゼンたちはいま、ドイツ軍が最後の抵抗を見せているシュヴァーベン平野のアルフェルトの町ちかくにきていた。

「われわれは無事に潜入した、ちがうかな？　心配しなくても、あの静かで平和な自陣にもどれるさ」

親衛隊の軍曹――迷彩柄の上着を着て、MP-40を手にしていた――が戸口から入ってきた。

「中佐」と、軍曹は尊敬する人物をまえにして、緊張のあまり早口でいった。「ウェーバー大尉からの伝言です。待ち伏せチームは、あと十五分で出発します」

「わかった。ご苦労だった、軍曹」と、レップは愛想良くいった。「それでは」と、フォルメルハウゼンにむきなおっていう。「そろそろいこうか？」

だが、フォルメルハウゼンはその場に立ちつくし、窓から薄暮れの外の様子をうかがっていた。顔がひきつり、血の気が失《う》せていた。彼はこれまで一度も作戦地帯に足を踏みいれたことがなかったのである。

レップは苦労して重たい暗視装置を背負うと、ハーネスのバックルを留めた。フォルメルハウゼンは手を貸そうとはしなかった。レップはテーブルの上にある二脚架からライフル本体をとりあげ、重量のほとんどを支えるようになっている負い革に身体《からだ》をあずけて、あちこち調整した。それから、準備ができたことを宣言した。今夜は、上着もだぶだぶのズボンも迷彩柄だった。歩兵の標準装備品であるウェブド・ベルトとキャンバス製の弾薬入れのついたハーネスを装着し、頭にはもちろん髑髏《どくろ》マークのはいったつぶれた帽子をかぶっていた。

「いっしょにくるかね？」と、レップが軽い調子でたずねた。

「いえ、けっこうです」と、フォルメルハウゼンはその冗談にどぎまぎしながらいった。

「こう寒くてはね」唾《つば》を飲みこみ、身体に腕をまわして、震える仕草をしてみせる。

「寒い？　五度もある。熱帯とおなじだよ。春がきたんだ。では、またあとで。きみの装置がきちんと作動してくれるといいのだが」

「忘れないでください、中佐、装置は三分しか――」

「――もたないというんだろ。おぼえてるよ。それを最大限に利用するつもりだ」と、レップはこたえた。

農家を出ると、レップは荷物の重さに耐えながら、ぎこちない足どりでほかの兵士たちが集合している木立にむかった。正直いって、この奇怪な装置を背負っていると、馬《ば》鹿《か》みたいな気がした。背中にくくりつけられた巨大な箱。その箱と電線でつながれているライフル。でかくて不格好な照準器。ライフル本体も、長く改造された弾倉と変形したグリップと二脚架でふくれあがっていた。だが、自分を笑うものはひとりもいないだろう。レップにはわかっていた。

今夜は、ウェーバー大尉のショーだった。そもそも、ここはウェーバー大尉の防衛区域なのだ。大尉はアメリカ側の偵察パターンを知りつくしており、レップはただ同行して、撃つだけだった。そう、サファリみたいに。

「サー」と、ウェーバーがいった。「ヒトラー、万歳《ハイル・ヒトラー》！」

「親衛隊、万歳《ハイル・シュツッシュタッフェル》」と、レップはこたえて、はでな敬礼をさり気なく決めてみせた。

第十二装甲擲弾兵師団〝ヒトラー・ユーゲント〟の若者たちが恭《うやうや》しい態度でちかづいてきたが、いまの状況では、それ以上の凝った歓迎は不可能だった。そのほうがよかった。レップは儀式めいたことが好きではなかった。

「どうも、ウェーバー。やあ、諸君」そういって、ごくふつうにみんなにうなずきかける。戦争が終わってから語りぐさにできそうな、感じのいい仕草だった。

「サー」と、崇拝者のひとりがいった。「そいつはやけに重そうですね。助けが必要でしたら——」

たしかに重かった。フォルメルハウゼンが最後になって天才的なひらめきを見せ、この数日間、しゃかりきになって改良をくわえたにもかかわらず、吸血鬼《ヴァムピーア》は、銃、架台、照準器、照明光源をすべてあわせると、四十キロ以上になった。正確には、四十一・二キロだ。一・二キロの重量オーバー。だが、それはレップが期待した以上に条件にちかい数字だった。

「ありがとう。だが、けっこうだ。こいつもテストの一部でね。この代物を背中にのせて、どれくらい動けるかを見るんだよ。わたしのような老いぼれでも、どれくらい保《も》つのかを」

レップは三十一歳だったが、ほかの兵士たちはもっと若かった。笑い声があがった。それを聞きながら、レップもにやりと笑った。若い連中の士気を高めるのは、いいものだった。笑い声がおさまると、レップはいった。「では、きみについていくとしようか、大尉」

お決まりの武器の最終点検がおこなわれた。MP‐40の遊底《ボルト》をロックして安全装置を外し、いつでも撃てる状態にする。それから、フィーダー・タブを短機関銃にはめこみ、ハーネスを調節し、ヘルメットの紐《ひも》を締めた。点検がすむと、一行はウェーバーを先頭に、レップを真ん中において、かがみこんだ姿勢で一列縦列になって畑に出ていった。

フォルメルハウゼンは、待ち伏せチームが慎重に音もなく暗闇のなかに消えていくのを見送っていた。レップが喜ばしい知らせ――すべてうまくいき、もう出発できる――を持ってもどってくるまで、どれくらいかかるだろう？　おそらく、数時間は待たされるにちがいない。それでなくても、きょうは大変な一日だった。まず、がたがた揺れながら木のすぐ上をかすめるように飛んでいく偵察機のシュトルヒに乗って、十一号基地から恐怖のフライトを体験してきた。それから長いこと兵士たちのあいだですごし、散発的な砲撃の音を耳にしながら、天気の心配をしてきたのだ。

天気は夕方までもつだろうか？

もしも太陽が隠れてしまったら、つぎの日までここにとどまらなくてはならなかった。空模様が回復しなければ、そのまたつぎの日も。そして、つぎの日も……。

だが、天気は崩れなかった。

「ほら、きみの祈りがつうじたぞ、博士」そういって、レップはからかった。

フォルメルハウゼンは弱々しい笑みを浮かべてみせた。じつをいうと、ほんとうに祈っていたのだ。

数多い彼の敵が見たら驚くような手際《てぎわ》のよさで、フォルメルハウゼンは実戦テストにむけてヴァムピーアを準備していった。特別なレンチとドライバーをつかって、パラボラ型の赤外線ランプのついたエネルギー変換器と照準器を、改造した突撃銃の尾筒《レシーバー》にすばやくとりつけていく。電線をつないで、接続をしらべた。問題はなかった。つぎに、箱をあけてひととおりチェックし、複雑な回路をたどって配線ミスや接続不良や異物をさがした。

「急がないと」と、レップがフォルメルハウゼンの肩越しに熱心にのぞきこみ、点検の手順を観察し、記憶にとどめながらいった。「日が暮れるぞ」

フォルメルハウゼンは——これで何千回目になるかわからないが——説明した。「充電したときが遅ければ遅いほど、それだけエネルギーはあとまでもちます」

ようやくチェックが終わった。日の光は、まだわずかに残っていた。炉や戦闘を連想させる真昼のぎらぎらとした輝きではなく、急速に薄れゆく夕方の弱々しい光だったが、明るさとしてはそれでじゅうぶんだった。

「重要なのは熱ではなく、光です」と、フォルメルハウゼンは指摘した。引き蓋《ぶた》をずらして、電子管の上におおざっぱにスポット溶接されたぶ厚い金属製のディスクの不透明で濃いガラスの表面をむきだしにする。太陽があたって、ガラスがきらめいた。

「十五分でじゅうぶんでしょう。それで八時間後まで、三分間の稼《か》働《どう》が期待できます」

と、フォルメルハウゼンは自分自身を納得させるような口調でいった。

赤外線で問題なのは——フォルメルハウゼンはレップに説明しようとした——可視光線よりもエネルギー量が小さいということだった。では、赤外線にもっと明暗の度合いの強い光線を放射させ、イメージを浮かびあがらせるには（そして今回の場合、それを撃てるようにするためには）、どうすればいいのか？　その答えは、すでに何年もまえにクッツァー博士がベルリン大学で発見していた。電子管に高電圧の電流を流すことで望ましいレベルまでエネルギーを上げ、それによって赤外線像を目に見えるようにしてやればいい。だが、十一号基地で必死に改良をかさねるフォルメルハウゼンには、クッツァーのような贅沢《ぜいたく》が許されていなかった。純粋に軍事的な観点から見た条件が課せられていたからである。それは重量制限だった。装置の重さは、きびしい地形のなかで背負ったまま自由に動きまわれる程度でなくてはならなかった。あらゆる箇所から削りとり、切りとり、はぎとった結果、目標とする重量まであと十キロのところまできた。だが、それ以上減らすのは、性能面で大幅な譲歩をしないかぎり不可能だった。どうしても削れない十キロのうち、大部分は高電圧の電流を生みだすためのバッテリーとその頑丈なシールドによって占められていた。

そのときフォルメルハウゼンの頭にひらめいたのが、太陽エネルギーを利用することだった。照準器に溶接された水膨れみたいな形のディスクはたしかにみっともなかったが、ヴァムピーアに必要なエネルギーを提供できるのは太陽をおいてほかにはなかった。無尽蔵の動力源というわけにはいかないものの、真夜中に数分間、人工的に昼間を作りだすにはじゅうぶんだ。もちろん、バッテリーがまったく必要なくなるわけではなかった。電子管に電流を流すのに、バッテリーは依然として欠かせなかった。ただし、それほど高電圧でなくてもよかった。というのは、電子管の蛍光面に、太陽光からエネルギーを吸収して、赤外線にふれるとそれを放出する特性を持つ燐光体《りんこうたい》をもちいるようにしたからである。その結果、重さ十キロの三十ボルトのバッテリーをつかわなくても、重さ一・三キロの三ボルトのバッテリーでヴァムピーアはきちんと機能するようになった。イメージの鮮明度と輝度を落とすことなく、重量を八・七キロ減らすことに成功したのである。だが、それには時間的な制約があった。燐光体は荷電した状態ではあまり長持ちしないし、いったん赤外線にふれると、すぐにパワーを失ってしまうためである。それでも、レップはたっぷり三分間、暗闇《くらやみ》のなかにいる標的を見ることができた。接眼レンズをのぞきこみ、特別に研磨されたオプティコテクナ社のレンズで十倍に拡大された四百メートル先の標的を、波打つ緑色のかたまりという形ではっきりと確認することができた。

フォルメルハウゼンは腕時計に目をやり、ソーラー・ディスクの引き蓋を閉めた。

「よし。すみました。これでパワーは真夜中までもちます」

「真夜中までとは、おとぎ話とおなじだな」と、レップが陽気な口調でいった。

「特別製の弾薬は？」

「もちろん、用意してある」そういって、レップはベルトにつけた弾薬入れを叩《たた》いてみせた。

いま、フォルメルハウゼンは農家の窓からすっかり暗くなった外を見ていた。そのどこかにレップは潜んでいた。夜は彼のものだった。

そして、それを彼にあたえたのはわたしだ、とフォルメルハウゼンは思った。


レップは二脚架にのせたライフルのうしろで位置についていた。肩と腕に痛みがあったし、紐が鎖骨に深く食いこんでいた。このいまいましい代物はほんとうに重かった。それを背負って、三、四キロ歩いてきたのだ（ニーベルンゲン作戦を実行する日には、二十三キロ歩くことになっていた）。呼吸が乱れているのがわかった。あえぎをコントロールしようとする。静穏は狙撃手の力強い味方だった。意志の力でその状態に自分をもっていき、心と使命をひとつにしなくてはならない。レップは懸命にリラックスしようとした。

四百メートル先で、きちんと耕された畑が小川にむかって落ちこんでいた。河川敷には小さな木立があり、草がぼうぼうと生えていた。ちょうど自然のじょうごといった感じで、土地が窪《くぼ》んでいる。不慣れな土地で、おそらくは恐怖を感じながら、こんなところにいたくないと願っているものは、まずまちがいなくそこにひきつけられるはずだった。

「あそこです、中佐。見えますか?」暗闇のなかでレップの横にしゃがみこんでいるウェーバーがたずねた。

「ああ、見える」

「連中は五夜のうち四夜はあそこをとおります」

「けっこう」

ウェーバーは偉大なる男のそばで神経質になっており、口数が多かった。

「もっとちかづくこともできますが」

「距離は四百メートルくらいだろう。ちょうどいい」

「照明弾もありますが――」

「大尉《たいい》、照明弾はなしだ」

「援護射撃が必要であれば、右側に機関銃チームを配置してあります。分隊長は信頼できる男で、残りの偵察隊員といっしょに左側にいます」

「東部でしっかり修業してきたようだな」

「はい、サー」若い大尉の顔は、レップとおなじように油性の戦闘ペイントで塗りたくられていた。星明かりの下で、目だけが白く輝いていた。

「連中は、いつも十一時頃やってきます。あと数時間です。ここがわがほうの戦線の弱点だと考えているんです。こちらがわざと通過させてやっているとも知らずに」

「明日からは連中もちかづこうとはしないさ！」レップは笑った。「それでは、きみの部下たちに、じっとしているように伝えてくれ。撃ってはならない。これはわたしの作戦だ。わかったな？」

「はい、サー」そういうと、大尉は去っていった。

よし、このほうがいい。レップはできることなら、こういうときをひとりですごしたかった。自分だけの時間だ。頭をすっきりさせ、筋肉をほぐし、ほとんど意識していないさまざまな癖にふけって、ライフルと標的と自分との一体感を高めていく時間。

レップはじっと横たわっていた。寒くはなかった。風が感じられた。ライフルに手をかけたまま、目のまえに広がる闇をじっと見つめる。気分が良かった。だが、いつもこんな風ではなかったことは、決して忘れていなかった。凍てつくように寒い一九四二年二月の記憶が蘇《よみがえ》ってきた。絶望のときだ。

このとき髑髏師団は、瓦礫《がれき》の山と化したデミヤンスクという町の数平方マイルの区域に追いつめられていた。デミヤンスクはロシア北部のイリメニ湖とセリガー湖にはさまれたバルダイ丘陵にある町で、のちにそこでの戦闘は〝冬の戦争〟と呼ばれるようになった。市内では軍事組織が完全に崩壊し、戦闘はさながらひとつの巨大な路上の喧嘩《けんか》と化していた。小さな部隊どうしの戦いがいたるところでくりひろげられ、兵士たちは敵の裏をかこうと瓦礫のあいだをこっそり動きまわっていた。武装親衛隊の大尉だったレップは、そうやって敵に忍び寄る名手だった。ユナートル社の十倍の照準器を搭載した六・五ミリ口径のマンリヒャーシュナウアー銃を手に撃ちあいの現場を渡り歩き、一度に五人、十人、十五人と射止めていった。彼の射撃の腕は抜群で、じょじょに名前が知れ渡るようになっていた。

二月二十三日の朝、レップはレッド・トラクター製造所の工場の瓦礫のなかで、疲労困憊《こんぱい》してしゃがみこんでいた。生温いコーヒーの代用品をすすりながら、まわりの兵士たちの不平の声に耳をかたむける。彼らがぼやくのも無理なかった。まえの晩に対スナイパー作戦で長い夜をすごす羽目になったものの、なんの成果もあがらなかったのである。ロシア人たちは奇妙なほど鳴りをひそめていた。レップは疲れていた。指の先まで疲れきっていた。目が腫《は》れあがり、ずきずきと痛んだ。ブリキのコップのなかの薄い液体を見つめていると、ここ以外でいきたい場所をいくらでも思いつくことができた。あくびをしながら、工場の内部を見まわす。残骸《ざんがい》の迷路だった。ねじれた大梁《おおはり》、煉瓦《れんが》の山、骨組みだけになった天井。そこからのぞいている灰色の空模様からすると、さらに雪が降りそうだった。きのうもまた雪が降って、いまでは六フィートくらい積もっているにちがいなかった。工場のまわりの新雪は黒ずんだ壁に映えてきらきらと輝いており、妙に清潔感があった。気温は低く、零下だったが、レップはもはや気にならなかった。寒さに馴《な》れてしまったのだ。いま望むのは睡眠だけだった。

じょじょに撃ちあいがはじまった。銃声はつねに町の周辺部から聞こえてきた。路地で偵察隊どうしが鉢合わせしているのだ。あまりにも聞き慣れた音なので、もはや耳には入ってこなかった。爆発音も同様だった。だが、ふつうは数秒で終わってしまう撃ちあいが数分つづき、銃声がしだいに激しさを増してくると、レップのまわりにいた兵士たちの何人かが愚痴をこぼすのをやめ、聞き耳を立てた。

「またロシア人どもが撃ちまくってやがる」と、誰かがいった。

「くそっ、あいつら眠らないのか？」

「興奮するなって」と、いさめる声がした。「たぶん若造が自動火器で遊んでるのさ」

「ありゃ一挺《ちょう》じゃないぜ」と、別の男がいった。実際、そのとおりなのがレップにもわかった。銃声が雷鳴のようにとどろき渡ったからである。

「よし、みんな」と、軍曹が冷静な口調でいった。「無駄口を叩くのをやめて、将校があらわれるのを待とう」軍曹は、しゃがんだままのレップに気づいていなかった。

数分後、中尉が早足でやってきて、軍曹の姿を探した。

「全員、出動させてくれ。大がかりな攻撃だ」と、てきぱきという。そのとき、レップの姿に気づいた。ほかに将校がいたことに驚きをみせていう。

「おや？　こんなところでなにを――」

「レップだ」と、彼は名乗った。「ちきしょう！　どうしても寝たかったのに。何人いる？　大がかりといってたが」

「まだはっきりとはわかりません。グロスキ通りの煙と埃《ほこり》がひどすぎて。とにかく、音からして大人数です」

「わかった」と、レップはいった。「こいつらはきみにまかせる。どうすればいいのか、わかってるな」

「はい、サー」

レップはだるそうに腰をあげた。コーヒーの代用品を捨て、一瞬、足をとめる。男たちがあたふたとそばを駆けていった。ヘルメットを頭にのせ、パーカの紐をさらにきつくひき、Kar‐98のボルトを操作しながら、通りに飛びだしていく。レップは白いスモックのポケットを確かめてから、しっかり締めた。弾薬はまだ十分にあった。きのうの晩から一発も撃っていないのだ。マンリヒャーシュナウアー銃は、リボルバーのシリンダーとよく似たスプール・マガジンから弾丸を発射する仕組みになっていた。そして、レップは弾倉をたっぷり持っていた。

ライフルを手に、ようやく通りに出る。外は陽射《ひざ》しがまぶしく、完全なパニック状態におちいっていた。嵐《あらし》の中心にいるような感じがした。グロスキ通りの突き当たりで装甲車が燃えていた。小火器の弾丸が歩道の塵《ちり》と雪を跳ねあげ、物騒な音が駆け抜けていった。親衛隊の装甲擲弾兵たちが煙のなかからあらわれ、廊下を駆けてきた。ひとりが撃たれて倒れた。レップは逃げていく歩兵のひとりをつかまえた。

「無駄だ。どうしようもない。やつらは突破した。何百、何千といる。ほんの一ブロック先に——」

歩兵の言葉は途中で爆音にのみこまれた。ちかくの壁が崩れ落ち、煙と埃が舞いあがった。歩兵はあわててレップの手をふりほどくと、姿を消した。先ほどの若い中尉が部下を通り沿いの廃墟《はいきょ》に配置しているのが見えた。みんな怯《おび》えた表情を浮かべていたが、どこかあきらめているようなところがあった。髑髏師団は決して退却しないという評判をとっていたのだ。その評判が、いまふたたび試されようとしていた。煙に隠れて、通りの端は見えなかった。ただ朦朧《もうろう》としていた。

「ヘル・レップ」と、誰かが叫んだ。レップの名前はすでに知れ渡っていた。「俺たちのかわりに連中をやっつけてください。俺たちはそれほど長生きできそうにないんで」

レップは笑った。これこそ肝っ玉のすわった男の言葉だった。「自分でやるんだな。俺は非番だ」

そういって、ふたたび笑った。

レップはむきなおり、工場のなかにもどった。ロシア兵にも、廃墟にも、爆破された下水管から漂ってくる悪臭にも、瓦礫のなかをうろつき、こちらが寝ているあいだに腹の上を横切っていく猫くらいでかいネズミにも、もううんざりだった。それに、どうせ自分がこの戦争を生き残れるとは思っていなかった。だったら、きょうで終わりにして、なにが悪い？　いつ死のうと、変わりはなかった。工場の隅になぜか階段が残っているのが目にとまった。それをのぼって、がらんとした上階にいく。階下からすさまじい音が聞こえてきた。髑髏師団の連中が工場にもどってきて、そこを拠点にしようとしているのだ。これで決まりだな。このレッド・トラクター製作所が終点だ。レップは二十八歳のまま、これ以上一日も年をとることなく、最後の日をボルシェヴィキの百姓どもがトラクターを——そして最近では戦車を——作っていた工場ですごすことになるのだ。あまり望ましい最期《さいご》ではなかったが、しびれた感覚が全身に広がるにつれて、それも悪くないという気がしてきた。さっさと終わらせてしまいたかった。

てっぺんまでのぼると、そこは時計塔のようなところだった。当然のことながら砲弾の洗礼を受けており、残っているのは降り積もった雪と古い木材と煉瓦だけだった。壁のひとつは半分吹き飛ばされ、残りの壁も砲弾で穴だらけになっていた。大きな穴のひとつからは、グロスキ通りを一望のもとに見渡すことができた。煙に包まれた通りは、ずたずたにされた壁に挟まれた峡谷のようだった。破壊されつくした街並みに目を走らせていると、いきなり景色が命をおびた。白いスノースーツを着て、丸い茶色のヘルメットをかぶり、短機関銃を手にしたロシア兵たちが、ぞろぞろとちかづいてきたのだ。照準器レップはライフルをそっと肩にあてると、煉瓦の出っ張りにのせて固定した。照準器がひとりのロシア兵をとらえた。ネズミのように、障害物から障害物へとすばやく移動している。レップは慎重に頭をあげ、まばたきすると、ロシア兵の喉《のど》を撃った。鮮血がまえに吹き出し、つぎの瞬間、兵士は倒れた。四百メートルほどの距離だった。レップはマンリヒャーシュナウアー銃のボルトを動かして——Ｋａｒ－98のようにごつごつしていない、バターナイフ型の柄だ——スプリット・ブリッジにいれた。そのあいだも、目はユナートル社の驚異的な十倍の照準器にしっかりあてたままだった。まるでベルリンの映画館にいるみたいに、巨大で鮮明なイメージが目のまえに浮かびあがっていた。十字線は三本の線からなっており、左右と下からのびてきた線が中央で交わる直前で途切れ、小さな円形の空間を生みだしていた。要は、つねにその空間を満たしておくことだ。レップはつぎに赤軍の将校に狙《ねら》いをつけると、引き金をひいた。

ロシア兵はそこいらじゅうにいたので、レップは撃つスピードをあげた。塔の煉瓦の隙間《すきま》に身体を押しこんでいると、かなり楽な体勢をとれた。撃つたびに、ライフルはわずかな衝撃とともに鋭い銃声を発した。Ｋａｒ－98の骨が砕けそうな跳ね上がりとちがって、やさしくそっけない反動だった。撃たれた兵士たちは、瓦礫のなかにそのままくずおれた。血が出るだけで、身体の一部が吹き飛んだりはしなかった。口径六・五ミリの銃は、衝撃ではなく、速さで相手を殺すのだ。弾丸は肉を突き抜け、骨や脊柱《せきちゅう》にあたってむきを変え、そのまま飛びつづける。身体から一瞬にして力が抜けていくところから、レップは彼らが痛みをまったく感じていないにちがいないと確信していた。ライフルをそれほど動かす必要さえなかった。そのまま固定しておくだけで、つぎつぎと照準器に標的が飛びこんできた。それくらい、敵は大勢いた。レップはすでに五個の弾倉を撃ちつくしていた。二十五発だ。そして、二十五人を射止めていた。なかには、撃たれたときにびっくりした表情を浮かべるものもいた。怒りの表情を浮かべるものも。だが、たいていは表情を浮かべるひまさえなかった。レップは胸を狙った。失敗する危険は犯さなかった。はでなことはなしだ。

レップの位置は敵に突きとめられていた。弾丸がまわりの煉瓦にあたって鈍い音を立て、細かい埃や雪を巻きあげる。だが、レップは魔力を感じており、そのまま敵を倒しつづけた。白い死体が山積みになっていった。

背後で音がしたので、レップはくるりとむきなおった。階段のてっぺんに袋を手にした若者がしゃがみこんでいた。

「あなたの所持品です、サー。階下に置きっぱなしでした」

「ああ」誰かが気をきかせて、届けさせてくれたのだ。なかには弾薬が詰まっていた。

あと六箱あって、それぞれに特別注文の弾が五十個はいっていた。先端部がニッケル製の百八十グレーンの鉛玉だ。ベルダン型雷管――最高の雷管――で、伝火孔がふたつついていた。

「そいつに弾を込めてもらえると助かるんだが。きみたちのライフルとおなじで、着脱式なんでね」デグティアレフから発射された曳光弾《えいこうだん》が瞬《また》きながら飛んできて壁に命中するのを横目に、レップは穏やかにいった。彼が指さした先には、足もとの空薬莢《からやっきょう》のあいだに転がる空のスプール・マガジンがあった。「頭をあげるんじゃないぞ。連中は本気で腹を立ててるからな」

レップは午前中ずっと撃ちつづけた。ロシア側の攻撃は頓挫《とんざ》し、グロスキ通りで身動きがとれなくなっていた。レップは敵の将校をかたっぱしから片づけていった。いま撃ったのは大佐にちがいなかった。殺した数は百人ちかくになるだろう。弾倉を十九個撃ちつくし、いまのやつには二発残っているから、二時間ちょっとで九十八人を殺したことになる。ライフルが熱をおびてきたので、レップは一、二度手を休めて、銃身にオイルをすこし垂らした。二分ほどかけて布を巻いた洗い矢を銃身に差しこみ、なかを掃除する。布はねっとりした汚物で真っ黒になった。若者はレップの足もとにしゃがみこみ、空になったスプール・マガジンが落ちてくるたびにそれを拾いあげ、ひとつひとつ真鍮《しんちゅう》製の弾を込めていった。

ロシア兵は、今度は別の方角からも攻めてきた。挟み撃ちしようというのだ。だが、彼らは階下にいる連中から激しい銃火を浴び、それを生きのびたものもレップにやられた。とはいえ、レッド・トラクター製作所に対する攻撃はしだいに激しさを増していた。戦況はふたたび白熱しつつあった。こうした戦いにつきものの旋律が、レップには聞きとれるような気がした。

その日の朝に顔をあわせた中尉が、埃だらけで階段の吹き抜けにあらわれた。

「まだくたばってなかったのか？」と、レップはたずねた。

だが、中尉はレップの冗談につきあう気分ではなかった。「彼らはもうすぐ突破してきます。わがほうの火力では、これ以上、敵を食い止めておくことは不可能です。すでに連中は工場の翼棟まできています。さあ、逃げましょう、大尉。まだ生きて脱出できるチャンスがあるうちに」

「ありがとう。だが、わたしは残るよ」と、レップは陽気な口調でいった。自分が防弾になったような気がしていた。いや、ドイツ語の防弾《シュスフェスト》には、もっと深い意味が——魔法のような意味が——こめられていた。不思議な力で守られている不死身の状態だ。

「大尉、ここに残れば命を落とすだけです」

「ひとりでいってくれ」と、レップはいった。「こんなに楽しくては、とても離れられない」

レップはより遠方にある標的を狙うようになっていた。たなびく煙ごしに、数ブロック先の小さな人影を見つける。十倍の照準器で確認すると、ふたりのロシア人将校が戸口で地図をはさんで話しあっているところだった。驚くほどちかくに見えた。耳毛さえわかりそうだった。レップはひとりの心臓を撃ち抜いた。それを見たもうひとりの将校は、目を隠せば自分は救われるとでもいうように背中をむけた。レップは首を撃った。

七ブロック先の狙撃兵《そげきへい》も片づけた。

別の通りを走っていたトラックの運転手も射止めた。フロントガラスが粉々に砕け散り、トラックは暴走して瓦礫の山に突っこんだ。荷台から兵士たちが飛びおりてきて、あわてて隠蔽物のかげに逃げこんだ。七人のうち三人を倒した。

階下でつづけざまに手榴弾《しゅりゅうだん》が爆発し、閉ざされた空間で短機関銃が発射される音がした。音は室内で反響し、拡大されていた。

「敵が建物のなかに侵入してきたようだな」と、レップはいった。

「残っている弾は、すべて弾倉に込めました」と、装甲擲弾兵がいった。「九個あります。つまり、あと四十五発ということです」

「それじゃ、きみもいきたまえ。手伝ってくれて、ありがとう」

若者はおどおどと顔を赤らめた。十八歳か十九歳といったところで、ほっそりしたハンサムな顔立ちだった。

「あとでまた会うことがあったら、きみの上官に一筆書いてやろう」と、レップはいった。近代戦のさなかだというのに、妙に礼儀正しい一瞬だった。いまや、あらゆる方向から塔にむかって弾が飛んできていた。若者は階段を駆けおりていった。

グロスキ通りの突き当たりで、ロシア兵たちが夜のとばりがおりるまえにもう一度攻撃を仕掛けようと、態勢を整えていた。レップは、くすぶっている装甲車のむこうから愚かにも顔をのぞかせた兵士を撃った。ライフルはストーブなみに熱くなっており、銃身の金属部分に指をのせないように気をつけなくてはならなかった。一度ふれてしまい、皮膚に水膨れができていた。だが、ライフルの精度はまったく落ちていなかった。オーストリア人は銃の作り方をしっかり心得ているのだ。これはウィーンちかくのステア社の工場で製造された銃だった。ダブル・トリガーで、金属部分に渦巻き装飾がついている。かつての帝国時代の——チロルの丘陵地帯に狩猟用の城があり、緑の革の半ズボンにハイソックス姿の山番が森で最高の雄鹿《おじか》がいるところに連れていってくれた時代の——遺産だ。

光のかたまりがつぎつぎとレップめがけて飛んできた。たるんだロープのような軌跡を描いて、ふわふわとちかづいてくる。曳光弾だ。いくつもの煙の筋が見えた。がつんという奇妙な音を立てて、煉瓦に命中する。あとは時間の問題だった。そもそも、街じゅうでロシア兵が銃をぶっ放しているなか、ここまで生きのびられたこと自体、統計的にみて奇跡にちかかった。だが、それもうすぐおしまいだ。心残りはあるか？　いや。きょうのような純粋な狙撃戦のためなら、命を捨てても惜しくはなかった。彼は一日中、撃って撃って撃ちまくった。見晴らしが良く、しっかりと守られた場所から、塔を中心に四方にのびる通りにむかって三百発以上撃った。弾は腐るほどあったし、それをスプール・マガジンに込めてくれる若者もいた。標的はいたるところにあった。通りを押し寄せてくるもの、廃墟のあいだを這《は》ってくるもの、側溝に潜んでくるもの。だが、目に見える標的はすべて始末することができた。

レップは火炎放射器を背負った兵士を撃った。

あと四十四発。

残り三十六発となるころには、階下にいた仲間たちは撤退するか殺されるかして全員いなくなっていた。こそこそ動きまわる音がしていた。ロシア兵どもが下水溝をとおって入りこんだにちがいない。通りからきたのでないことは確かだった。

二十七発。

その直前に、階段の下にいた兵士が七十一発入りのドラム・マガジンを階上にむけて撃ちつくしていた。レップはたまたま煉瓦の壁のへこんだところに立っており、遮蔽物に守られていた。だが、塔の板張りの床には穴がいくつもあき、ずたずたになった。木《き》屑《くず》が宙に舞った。レップは手榴弾を持っていた。引鋼を取っ手から抜いて、階段の吹き抜けに投げこむ。手榴弾が階段を転がり落ちていく音がした。照準器にふたたび目をあてると、爆発音といっしょに複数の悲鳴が聞こえてきた。

あと十八発。

戦車だ。数ブロック先の建物のあいだを一台の戦車が急いで抜けてくるのが見えた。どうしてもっと早く戦車をつかわなかったのだろう？　そうすれば、こんな面倒なことにならずに、兵士を死なせることもなかっただろうに？　そのとき、ソ連の戦車隊もドイツの装甲部隊とおなじ問題を抱えているのがわかった。残骸だらけの通りは、迂回《うかい》しながらでなければ進めないのだ。廃墟のなかをここまでこさせるために、ロシアの工兵たちは死に物狂いで働かなければならなかったにちがいない。爆破作業をくり返して、なんとか道を切り開いてきたのだ。

十一発。

階下で声がしていた。ロシア兵たちは音を立てないようにしていたが、階段ですべて筒抜けだった。レップはライフルから離れるとP－38をとりだし、吹き抜けに身を乗りだした。全員、射殺した。

あと五発。

最後の弾倉だ。先頭の戦車が視界に入ってきた。がたがた揺れながら、グロスキ通りの交差点をゆっくり曲がってくる。よお、でかぶつ、おまえか？　数人の兵士が戦車のうしろに身をひそめて、こっそりついてきていた。レップは落ちつきはらって、ひとりを射止め、ひとりを逃した。戦車の窓から男の顔がのぞいていたので、喉もとを撃った。先ほど戦車のうしろで撃たれた兵士が這って物陰に隠れようとしていたので、とどめを刺した。

残りは一発。

戦車の回転砲塔がむきを変えようとしていた。戦車はスターリンではなく、七十六ミリ砲を搭載したKV－1だった。レップは魅入られたように、その怪物を見つめた。筒先がゆっくりとレップのほうに動くにつれて、砲口が大きくなっていくような気がした。連中はじっくり時間をかけて狙いを定めようとしていた。戦車が止まった。砲塔はまっすぐ塔にむけられていた。レップとしては、できれば最後まで弾を撃ちつくしておきたかった。気分はそう悪くなかった。戦車のハッチの留め金がはずされる音がした。乗員が外をもっとよく見ようとしているのだ。蓋《ふた》が一、二インチほどあがった。レップは最後の一発で、隙間からのぞいた男の額のど真ん中を撃ち抜いた。

これ以上、できることはなにもなかった。レップはライフルを置いた。見事な狙撃だった。まるでこれが合図であったかのように、ロシア兵がいっせいにグロスキ通りを一列縦列になって進みはじめた。レップは腕時計に目をやった。朝の九時半から撃ちつづけて、いまは午後四時五十分。八時間労働だ。しかも、たっぷり働いていた。残されたわずかな時間で、レップは総数を計算した。三百五十発撃って、外したのはほんの数発だ。だいたい十発として、三百四十人射止めたことになる。それから、拳銃《けんじゅう》で倒した階段の三人がいた。手榴弾で、ふたりは始末しただろう。全部で三百四十五人だ。三百四十五人を殺した。三百四十五――。

レップのいるところから四十フィート下の塔に、砲弾が命中した。ロシア人どもは、レップもろとも塔を倒すことを思いついたのだ。メロドラマよろしく、因果応報を狙っているのだろう。塔がふたつに折れ、世界がかしいだ。地平線が斜めになり、埃がもうもうと舞いあがる。重力にひっぱられて勢いがつくなか、レップはなにかにしがみついた。

塔は轟音《ごうおん》とともにグロスキ通りに倒れていった。埃と雪があたりを覆《おお》いつくす。だが、先端がむかいの建物の屋根にひっかかったため、塔は途中でぽきりと折れた。気がつくと、レップはばらばらになった煉瓦の山のなかにいた。まごついていたものの、とにかく無傷だった。まるで飛行機事故から自力で脱出したような感じだった。

撃たれることを覚悟しながら、平坦《へいたん》な屋上を横切っていく。砲撃がはじまったが、砲弾はレップのいる位置より後方に着弾した。あたり一面に煙がたちこめており、ほかには誰もいなかった。砲弾で屋上に穴ができていた。そこから下をのぞきこむ。博物館に展示されていてもおかしくないような、典型的なソ連の労働者階級のアパートメントだった。部屋に飛びおりてドアをあけ、暗い廊下を進んでいく。階段があった。階段をおりて左に曲がり、玄関から表に出た。ロシア兵の姿はどこにもなかったが、遠くのほうに小さな人影が見えた。安全策をとって、レップは路地に入った。

　その晩、レップは将軍とシュナプスを酌《く》み交わしていた。

「きみの名前は」と、感傷的な老人は思い入れたっぷりにいった。「これから世界中に知れ渡るだろう」ドクター・ゲッベルスはそれを実現しようと、やる気満々だった。

「サー」と、誰かがささやいた。

「わかってる」と、レップはいった。

　照準器のスイッチを入れる。映像があらわれた。最初のひとりが見えた。人間の形をした光のかたまりが、緑の暗闇を背景にゆらゆら揺れている。さらにまたひとり、そのうしろからあらわれた。つづいて、またひとり。

　病原菌とおなじだ、とレップは考えた。やつらは病原菌、細菌、病気なのだ。汚物だ。レップはボルトをロックし、ヴァムピーアの十字線を先頭のかたまりにあわせた。

「汚物だ」と、レップはくり返した。

　そして、それらを処理した。

11

「今回の吸血鬼《ヴァムピーア》のテストは大成功といっていいだろう」と、レップはいった。うわのそらで、良かった点をひとつずつ指を立ててあげていく。「照準の映像は最後まで途切れなかった。イメージは鮮明だった。重量も問題なかった。全体に、じつにうまくいった射撃だった」

フォルメルハウゼンは驚いていた。ほめられるとは思っていなかったのだ。とはいえ、射撃がうまくいったことは、ふたりの下士官兵の興奮したおしゃべりを耳にしていたので、すでに知っていた。

レップの話はまだ終わっていなかった。「実際」と、彼はさらにつづけた。「きみは大きなプレッシャーのもとで、すばらしい仕事をしてくれた。公式に業績が認められるように手配できれば、と考えているくらいだ。とりあえず、わたしからおめでとうをいわせてもらいたい」レップは黒い金属製の立方体の物体をもてあそんでいた。フォルメルハウゼンがまえにも気づいていたものだ。おそらく、お守りかなにかだろう。「ここですばらしい奇跡が起きたというわけだ」そういって、レップは笑みを浮かべた。

「た、たいへん光栄です」と、フォルメルハウゼンはどもりながらいった。つらい飛行機の旅をへて、ふたりはふたたび安全なシュヴァルツヴァルトの十一号基地にもどっていた。

「しかし、ときとして、もっとも重要な任務は決して誰にも知られることがないものだ。ちがうかね？」と、レップがいった。

名前が知れ渡った人物の口から発せられるにしては奇妙な言葉だ、とフォルメルハウゼンは思ったが、黙ってうなずいた。突然のレップの賛辞に、まだ面食らっていたからである。そのとき、過去の恨みがいっきに吹きだしてきた。あのシェーファーのアホをここに連れてきて、狙撃の名手《マイスタアシユッツェ》がじきじきに自分をほめちぎるところを聞かせてやりたかった。だが、この賞賛は当然だった。切羽詰まった状況のもとで短期間のうちにヴァムピーアを完成させたのは、まさに離れ業といってよかった。自分でもまだ信じられずに、ほんとうの喜びを味わっていなかった。ついにやったのだ。

もっとも、解決すべき細かい問題や改良点はいくつか残されていた。それに、テストのあとのチェックや手入れもあった。自分がひどくへりくだって見えるにちがいないことを意識しながら、フォルメルハウゼンは質問を口にした。「中佐、おたずねしたいのですが、作戦の開始まであとどれくらいあるのでしょうか？　わたしのほうは、どのような準備をすれば？」

「当然の質問だな」と、レップはてきぱきといった。「この任務には、まだ不確定な要素がいくつかある。情報部の報告待ちだ。標的を確認し、戦略を練り、政治的な配慮をしなくてはならない。あと一週間といったところだろう。もしかすると、もっとかかるかもしれない。細心の注意を要する任務なのでね。わたしにもコントロールできない要素がいくつかからんでいるのだ」

「わかりました」と、フォルメルハウゼンはいった。

「あとふたつ、いっておくことがある。武器とわたしはべつべつに出発する。別のチームがヴァムピーアをここから運びだすことになる。目標地点までは、彼らが責任をもって運搬する。優秀な連中だというお墨付きだ」

「はい」

「そこで、運搬用の容《い》れ物を用意してもらいたい。箱、トランク、形態は問わない。すべて固定して、揺れても大丈夫なようにしてくれ。見た目はどうでもいい。これまでの仕事に較《くら》べれば、なんということはないと思うが」

「問題ありません」

「もうひとつは――そう固くならなくてもいい。やけに緊張しているようだが」

実際、フォルメルハウゼンは緊張していた。すわってはいたものの、プロイセン人の士官候補生みたいに背筋をぴんと伸ばしていた。

「どうやら、わたしはまわりのものを神経質にしてしまうらしい」と、レップは諦観《ていかん》した口調でいった。「どうしてなのかな？ わたしは秘密警察の人間ではなく、ただの兵士にすぎないというのに」

フォルメルハウゼンはリラックスしようと努力した。

「よかったら、一服してくれ」

「煙草《たばこ》はやりません」

「ああ、そうだったな。わたしは吸わせてもらおうか」レップは例のロシア煙草をとりだすと、火をつけた。けさははでな迷彩服に身をつつみ、やけに機嫌が良かった。「それでは、率直にいわせてもらってかまわないかな？」フォルメルハウゼンが気になっていた黒い立方体の物体を、ふたたび指でもてあそぶ。

「ドイツはこの戦争に負けるだろう。それも、そう先の話ではない。いまは四月の第三週だが、五月の中旬にはすべて終わっているはずだ。きみは、まだ勝利の可能性を信じている愚か者のひとりではあるまい。さあ、正直にいってくれ」

フォルメルハウゼンはまたしてもレップに驚かされていた。それが表情にあらわれているのに気づいて、ぽかんとあけていた口を急いで閉じた。

「ええ、心の底では負けを認めています。みんなわかっていることです」と、フォルメルハウゼンは肯定した。

「あたりまえだな。これだけはっきりしているのだから。ベルリンにいる頭のいい連中も、わかっている。きみは実際的な男だ。現実主義者だ。だから、この仕事にも選ばれた。だが、わたしがいまこんな話をしているのは、つぎのことをわかっておいてもらいたいからだ。ニーベルンゲン作戦はつづけられる。ベルリンでなにが起きようと、イギリス軍の特殊奇襲部隊やアメリカ軍の戦車がこの敷地内に侵攻してこようと。とくに、後者のような場合には。きみはロシアにいたことがないな？」

「ええ、わたしは——」

「かまわんさ。ほんとうの戦争がおこなわれているのは、そこだ。ここでのアメリカ人やイギリス人との戦いは、添え物にすぎない。ロシアでは四百万人が戦死した。信じられないくらい巨大な数字だ。人類史上、類をみないほどの犠牲だ。だからこそ、任務は続行されなくてはならない。この世代の人間には、それしか残されていないのだから。銅像も、記念碑も、歴史書を飾る輝かしい一章も、われわれとは無縁だ。歴史を書くのは相手側の人間で、そこではわれわれは悪人にされるだろう。考えてもみたまえ、フォルメルハウゼン！　このわたしが悪人になるんだぞ！　信じられないような話ではないかね？」

レップはまっすぐフォルメルハウゼンを見つめた。

「たしかに、信じられないような話です」と、フォルメルハウゼンはこたえた。

レップは演説をぶっているわけではなかった。そこには、雄弁家のような弁舌も、熱意もなかった。ただ、疲れた口調で淡々と事実を語っているにすぎなかった。まるで、フォルメルハウゼンではなく彼のほうが技術者で、青写真を読んでいるような感じだった。

そのとき、別の考えがフォルメルハウゼンの頭に浮かんだ。この男は完全に狂っている。いかれている。すべてが終わろうとしているときに、いまだに記念碑とか献身について話しているのだから。フォルメルハウゼンとちがって、レップにとって生き残ることは問題ではないのだ。レップに〝戦後〟はなかった。いつまでも戦うだけだった。地面にあいた砲弾の穴や前線がなくなろうとも、どこかの公園やにぎやかな交差点や納屋《なや》やオフィス・ビルで戦いつづけるのだ。

「ほ、ほんとうに信じられないような話です」と、フォルメルハウゼンはおどおどとくり返した。いまになってようやく、レップがどれほど危険な男かがわかりはじめていた。

12

「この時点ですでに彼は狙撃の名手《マイスタアシユッツェ》と呼ばれている。いいか、もう一度いうが、ドイツ語で〝狙撃兵《そげきへい》〟を意味する正確な狙撃者《シヤルフシユッツェ》ではなく、狙撃の名手《マイスタアシユッツェ》だ。この言葉の意味するところを、きみたち聡明《そうめい》なアメリカ人のどちらが説明してくれるのかな？」

アウスウェイスが手にしているのは、その週の彼の掘り出し物だった。親衛隊の写真雑誌《黒い部隊《ダス・シユヴァルツェ・コーア》》の一九四二年三月五日号——大英博物館に所蔵されているドイツの定期刊行物のバックナンバーをしらべにやらされた調査員が見つけてきたものだ。巻頭記事は、その直前にあったデミヤンスクの戦闘におけるレップの活躍だった。

リーツは咳払《せきばら》いした。

「マイスタアシユッツェ——直訳すると、射撃の名手《マスター・ショット》になる」

「ああ、きみ《チャム》、きみにはまだわかっていないようだな。心で感じていない。そのニックネームの意味さえ理解できない相手を、いったいどうやって追跡できるというのかね？」

「まだ終わってませんよ」と、リーツはうなるようにいった。

「マイスタァシュッツェは、たしかに射撃の名手《マスター・ショット》という意味だ。相手が軍人であるのはあきらかだから、例のユダヤ人がやったように狙撃の名手《マスター・スナイパー》と訳しても、なんの差し支えもないだろう。実際、なかなか見事な意訳といっていい。あの男には文才がある。たしか物書きだったな？ それはともかく、肝心なのは〝マイスタァ〟という部分だ。より高度な修辞法だ。あらたまっていて、組合《ギルド》や徒弟制度や職人といった古き良きドイツの伝統をほうふつとさせるものがある。〝心に響く〟とでもいったらいいかな」

アウスウェイスの冷たい笑みは、部屋の温《ぬく》もりをすべて消し去っていた。小賢《こざか》しいクソ野郎め。自信たっぷりで面白がっているような気どった表情を浮かべた、嫌みな切れ者だ。

だが、講義はまだ終わっていなかった。

「レップがこれだけ持ちあげられている理由を推測するのは、そうむずかしくはあるまい？」

「もうひとつの戦いのせいです」と、リーツは説明した。その点については考えてあった。「武装親衛隊と国防軍は対立関係にあります。ナチと、軍を牛耳っているプロイセン人たちからなる旧勢力のあいだの争いです。武装親衛隊にとって、レップは格好の人物でした。貴族とはまったく関係ない平民出身の田舎者で、目にするものはなんでも殺すことができるのですから。賞品は、当時開発されたばかりの新型戦車ティーガーでした。両陣営ともヒトラーの気をひいて相手より先にティーガーを手にいれるために、喉《のど》から手がでるほど英雄が欲しかったんです。ちがいますか？」

「そのとおりだ」と、アウスウェイスは認めた。

「しかし、もっと重要なのは、これによりレップが親衛隊にとっていかに大切な存在となったかということでしょう。つまり、これ以降、レップは親衛隊の一員というだけでなく、親衛隊そのものとなったのです。彼らの正式な代弁者、彼らの意思をあらわす人物に。彼は——」リーツは自分の考えを適切に伝える言葉を見つけようとして口ごもった。「——彼は——彼はひとつの概念となりました」

アウスウェイスは顔をしかめた。「まるで学監のような話し方だな。学監がいくらいても、戦争には勝てない」

「この件は、もっと高い次元で見る必要があります。象徴的な次元で」リーツは自分でもなにをいっているのかよくわかっていなかった。内側からわき出る声が勝手にしゃべっていたのだ。心の一部がどこかで飛躍して、突破口を見いだしていた。「この件を解決したあかつきには、ひとつだけ確かなことがあります。そこでわれわれが目にするのは、純粋なナチ、純粋な親衛隊でしょう。彼らの哲学は、レップという肉体をあたえられ、歩きだしたのです」

「へえ、フランケンシュタインみたいだ」と、部屋のむこうからロジャーがいった。「きみたちアメリカ人は想像力がありすぎて困ったものだな。映画の見すぎだ」

アウスウェイスはさらにつづけた。

「わかったことがある」という。「〝オークの男〟の正体だ」

リーツはふり返ったが、イギリス人の表情を読みとることはできなかった。尊大で、平然とした表情だった。

「誰なんです？」と、リーツは勢いこんでたずねた。

「われわれがずっと知っていたことに、ふと思いあたったのだよ。知ってのとおり、例の謎《なぞ》めいたＷＶＨＡという組織の住所は東ベルリンになっていた。リッヒテンフェルトと呼ばれる郊外だ。だが、そのあたりはもっと古くからある伝統的な名称でも知られている。ウンター・デン・アイヒェンだ」

この情報がもたらす劇的効果を狙《ねら》って、アウスウェイスは言葉を切った。

「それを、そのまま訳してみたまえ」しばらくして、リーツの顔に浮かんだけげんそうな表情を見たアウスウェイスが、そうアドバイスした。

リーツは英語に直した。

「〝オークの木の下〟」という。

「そのとおり」

「ちくしょう、そうか！」と、リーツはいった。

「そうだ。これをシュムエルに伝えたユダヤ人は、おそらく〝オークの木の下〟からきた男について誰かが口にするのを耳にしたのだろう。それは、〝ワシントンからきた男〟とか〝ロンドンからきた男〟とおなじような意味で、権力者をあらわしていた。しかし、そのユダヤ人はドイツ語があまり得意ではなかった。イディッシュ語が中心で、最低限のドイツ語しか解さなかった。それで曲解してしまった。受けを狙って、誇張したのかもしれない。それで、シュムエルが聞いたような〝オークの男〟となったわけだ」

「ちくしょう」と、リーツはふたたびいった。「どこかの将校か監督者のことだったのか。だが、それがわかったところで、なんの意味もない」

「そう、収穫はゼロだ。またしても期待はずれだったな。すでにわかっていることが確認されただけだ」

そのとおりだった。シュムエルの尋問で勢いこんでいたときには、情報がなだれこんできているような気がしていた。やることが山ほどあった。事態が進展しているという幻想さえおぼえた。だが、謎の解明にとりかかった時点で、すでに幻想はさめかけていた。リーツはほかの誰よりも先にそれに気づいていた。そしていま、アウスウェイスが彼に追いついたというわけだった。さまざまな関係や背景があきらかになってきていたものの、問題の核心は依然として謎のままだった。レップという男の存在と、彼のライフルについてはわかっていた。基本的だが、注目すべき事柄だ。だが、もっと重要な点にかんしては、見当もついていなかった。彼らは誰を撃とうとしているのか？　実行はいつなのか？　その目的は？

「きみはあのユダヤ人の証言から手がかりを得られると考えていたようだが、無駄だったな」と、アウスウェイスがいった。

「十一号基地が見つかりさえすれば……。あの地域の航空偵察を増やしてもらうことはできませんか？　フランス軍の機甲部隊が、あのあたりに迫ってるんでしょう？　彼らに森に突入するように指令をだせば、もしかして――」

「とんでもない。シュヴァルツヴァルトは広大な森だ。その点については、何度も説明したはずだが」

「ちくしょう。なにかが必要なんだ。突破口となるものが」

それは、翌朝あらわれた。


一九四五年三月十一日付けのJAATICの要請文に関連して、当司令部は第四十五歩兵師団第二大隊第三分隊が偵察中に多数の死者を出した旨《むね》を報告する。事件の発生時刻は四月十五日二十二時ごろ。場所はアルフェルト近辺。闇《やみ》のなか、音もなく十一発が撃たれ、十一発が命中した模様。陸軍死体処理部隊施設の情報部は、この地域に武装親衛隊ヒトラー・ユーゲント師団がいることを確認。助言求む。

ライアン
歩兵師団　少佐
第二大隊　情報部

「どうやら」と、リーツは沈黙を破っていった。「例のいまいましい作戦は着々と進行しているらしい。欠陥の洗いだしをしたんだ」
「そのようだな」と、アウスウェイスがいった。
「これで連中は、いつでも好きなときに計画を実行に移せるわけだ」

リーツとアウスウェイスはつぎの日の朝早く、パイパー社の小型飛行機で第四十五師団の防衛区域に飛び、アルフェルトからそう遠くないところにある師団本部に到着した。だが、ライアンの仕事場はさらに前線のちかくにあった。そして、それは古典的な意味での前線だった。最後の戦いで決まった配置のもと、ふたつの軍隊が荒涼とした穴だらけの中間地帯をはさんで、油断なくにらみあっていたのだ。アメリカ軍は何度となくこのむきだしの地を横断し、そのたびにヒトラー・ユーゲント師団の装甲擲弾兵《てきだんへい》にこっぴどくやられて撤退を余儀なくされていた。したがって、リーツとアウスウェイスはライアンの情報部が設置されている吹き飛ばされた農家に着いたとき、むっつりと不機嫌な出迎えをうけても驚かなかった。ふたりは前線にいくということで、新品の不慣れな戦闘服を着ていた。ぱりっとした身なりの部外者というわけだ。見知らぬ将校がふたり、しかも片方はいかにも後方梯団《ていだん》にいそうな外国人——風変わりなイギリス人——とあっては、反感を抱かれても仕方がなかった。観光客が地元の人間に毛嫌いされるのとおなじことだ。そして、まさしく彼らは観光客とおなじだった。

「あんなのを見たのは、はじめてだった」と、ライアン少佐がいった。うす茶色の髪にそばかすのある男で、鼻をいつもぐずぐずいわせていた。「全員、胸の真ん中を一発ずつ撃たれていた。出血はなし。彼らを発見した偵察隊は、眠っているのかと思ったくらいだ」

「夜にやられたんですね？　まちがいなく夜に？」と、リーツは念を押した。

「夜といったのが聞こえなかったのかね、大尉《たいい》？」

「いいえ、聞こえました。ただ——」

「言い訳はけっこう。わたしが夜といったら、夜なんだ」

「はい、わかりました。現場にいけるでしょうか？」

「そこは作戦地帯だ、大尉。客を見学ツアーに連れていくひまはない」

「方角を教えてくださるだけでけっこうです。自分たちで見つけますから」

「くそっ、どうしても見たいというんだな。それじゃ、仕方がない。ヘルメットをかぶりたまえ。ドイツ兵どものど真ん中にいくんだからな」

ジープは現場のすぐそばまでしかちかづけなかった。そこからは、太陽に照りつけられながら歩くしかなかった。木の残骸《ざんがい》に打ちつけられた標識が、そこから先がいきなり危険地帯になることをそっけなく告げていた――「この地点から五百ヤードは砲兵観測射撃地域」。アメリカ軍規格の刷り出し文字で、どの文字も真ん中できれいに途切れていた。誰かが機知を働かせて、文句に改良をくわえていた。子供っぽいぞんざいな文字で、〝砲兵〟のかわりに〝狙撃兵〟と書き換えられていたのである。ここまでくると、いたるところに戦争の爪痕《つめあと》が残っていた。戦闘に参加している男たちの用心深いすばやいまなざし。あちこちに点在する装甲車の黒こげの残骸。どんよりとたちこめ、あらゆるものにこびりついている煙。そして、その下に潜むもうひとつの鼻をつく匂《にお》い。

リーツは鼻を鳴らした。

「作戦地帯に足を踏みいれたことは、大尉？」と、ライアンがたずねた。

「ここのように膠着《こうちゃく》状態におちいったところは、はじめてです。去年の夏、前線の後方をいくらか駆けまわったことはありますが」

「この匂いなら嗅《か》いだことがある」と、アウスウェイスがいった。「あそこに死体があるんだな。有刺鉄線のむこうに」

「そうだ」と、ライアン少佐が肯定した。「やつらの死体だ。敵が埋葬のためにそれを回収しに出てくるところを、こちらは待ってる」

「父が」と、アウスウェイスがいった。「手紙のなかで書いていた。一九一四年から一九一八年にかけて、ソンムでもおなじことがあった。あとで読んだんだ」

　前線のすぐそばまでくると、歩兵の姿が目につくようになった。料理用の火のまわりでくつろぐもの。半装軌車やジープのかげで、ただうとうとしているもの。あたりは静まりかえっていたが、実際には男たちが大勢いた。このだらけた集団になんらかの規律があるのだとしても、リーツにはわからなかった。監督者は誰なのか？　そんなものはいなかった。戦い方を心得てるやつはどこにいるのか？　みんな心得ていた。だが、リーツに関心を持つものは、ひとりもいなさそうだった。リーツは自分の制服に染《し》みひとつついていないことを強く意識し、こちらに飛んでくる弾丸の音にびくびくしながら、急ぎ足で進んでいった。完全に無視されていた。彼はドイツ兵ではないし、兵士を偵察や攻撃に送りだすことのできる将校でもないからだ。疲れた顔の十代の兵士がふたり、自分たちの二倍はあるブローニング自動ライフルを抱えて、ぼんやりとリーツを見ていた。敬礼するのを忘れていたが、リーツのほうも敬礼を求めるのを忘れていた。さらにいったところで、どこかの賢明な男が警告した。「ケツをあげるんじゃないぞ」

最後の百ヤードは匍匐《ほふく》前進で進まなくてはならなかった。威厳もへったくれもなかった。むきだしの隆起部を越え、農家の庭をとおって、低い石壁にたどりつく。

ここにもアメリカ兵が大勢いて、家庭的な雰囲気のなかでくつろいでいた。石壁にうがたれた穴や壁の隙間《すきま》に積まれた砂嚢《さのう》の上に武器が設置してあり、壁の上にはぎざぎざでシュールな形の有刺鉄線がはりめぐらされていた。これだけ戦場の小道具がそろっているにもかかわらず、リーツは浮浪者の集会にでもまぎれこんだような気がした。不精ひげをのばした男たちが愚痴をこぼしたり屁《へ》をこいたりしながら、思い思いの格好でだらしなく寝ころがっている。服は悪臭を放ち、黒ずんだ淡緑褐色の靴下からはつま先が大きく飛びだしていた。壁の割れ目やＹ字型の展望鏡で敵の様子をじっとうかがっている兵士も何人かいたが、ほとんどは上機嫌でなにも考えずに、のんびりと束《つか》の間《ま》の休息を楽しんでいた。

小隊長――ライアンよりもさらに疲労困憊《こんぱい》しているように見える若い中尉――が這《は》ってきて、壁のかげで話し合いがはじまった。

「トム」と、ライアンがいった。「こちらの紳士がたは、ロンドンから特別任務で飛んできた。特ダネを追って」どうやら新聞業界用語がライアンの十八番らしかった。「いつもの担当地区からは外れているが、とにかくこうしてお越しいただいてるわけだ。彼らが遅版に間にあわせようとしている記事は、第三分隊にかんするものだ」

「誰が彼らの命を奪ったのか《ライト・アウト》はわかりません」と、中尉がいった。

正確にいうと、誰が彼らに光をあてたのか《ライト・オン》だ、とリーツは思った。

パトロールの晩に壁で見張りについていた軍曹が、すぐに呼びにやられた。目やにが残っているところを見ると、どうやら寝ているところを叩《たた》き起こされたようだった。軍曹は冬に支給されるビーニー帽と呼ばれるウールのヘルメット型つばなし帽をかぶり——この暖かさのなかでは、飾りものとして以外、なんの役にも立たなかった——火のついていない葉巻をくわえていた。いつ死ぬかわからない状況のなかで暮らしている男たちは、かならずその他大勢の兵士ではなく、なにか強烈な個性をもった人物になろうとした。したがって、兵士たちがおなじように見えるのは最初のうちだけで、すぐにそれぞれの癖で識別できるようになった。

「お話しするようなことは、ほとんどありません、サー」四人の将校のうち誰にむかってしゃべればいいのかわからないまま、軍曹はいった。「なんでしたら、自分でごらんになってください」身ぶりで壁のほうをしめす。

リーツは借り物のヘルメットを脱ぐと、危険をおかして、そろそろと頭を半分ほど壁の上にだした。春の陽射《ひざ》しの下で整然と実りのときを迎えようとしているドイツの大地が広がっていた。

「あの木立のすぐ左です、サー」

ポプラの木立が見えた。

「鉄をさがしにやったんだ」と、ライアンが説明した。〝鉄〟が〝装甲車〟を意味する隠語であることは、わざわざ説明されなかった。「ヒトラー・ユーゲント師団は、正式には装甲師団だからな。もっとも、つかいものになる鉄がまだ残ってるかどうかは怪しいもんだが。ここにくるまで、一台もお目にかからなかった。だが、こっちもきちんと目を光らせてたわけじゃない。とにかく、バルジのときみたいに自陣のど真ん中に敵がいきなりあらわれるなんて事態は、ごめんこうむる」

「よろしいでしょうか」と、若い軍曹がつづけた。「新任のウクレイ中尉は分隊をつれてあの丘をくだり、それから牧草地を横断しました。ずっと這ったままで。そこまでは無事でした。あとでチューインガムの包み紙が見つかりましたから。あの木立に着くと、彼らはあそこの小さな涸《か》れ谷に入っていきました」

リーツのところからも、地面のくぼんでいる箇所が見えた。わずかに隆起した地面にはさまれた、峡谷のような場所だった。

「だが、音は聞こえなかったんだな？　なにも見えなかった？」

「はい、サー。なにもなしです。彼らはただもどってきませんでした」

「第三分隊の兵士たちの遺体は回収したのかね？」と、アウスウェイスがたずねた。

「もちろんです」と、中尉が鋭い声でいった。「翌日、発煙弾と焼夷弾《しょういだん》の援護を要請して、自分が回収してきました。別の偵察隊をひきつれて。彼らはその場に倒れてました。ひとり残らず、心臓を撃ち抜かれて。最後尾のものまで、そういう状態でした。逃げるひまさえなかった。それくらい、手際《てぎわ》がよかったんです」

リーツはライアンのほうにむきなおった。「遺体は死体処理部隊施設に？」

ライアンはうなずいた。「墓地にまだ移送されていなければ」

「しらべなくてはなりません」

「けっこう」

「サー」と、軍曹が声を発した。

リーツはふり返った。「なにかな」

「敵はなにをつかったんです？」

「暗視装置のようなものだ。相手にとっては、昼間とおなじだったんだよ」

「そいつを追ってるんですね？」

「そうだ」

「俺も」と、軍曹がいった。「やつを探しにいきました」十八歳か十九歳くらいですでに軍曹になっているのだから、タフな若者にちがいなかった。射撃戦に天賦《てんぷ》の才能を持つ、有能な兵士なのだろう。「ブローニング自動ライフルと挿弾子を二十個持って」

「だが、運に恵まれなかった」と、リーツはいった。

きみは運が良かったんだ。レップに遭遇しなかったのだから。まだ生きてるのだから。

「ええ」

「あの分隊には友だちが何人かいました。いい連中でした。こいつを捕まえたら、焼き殺してください。いいですね？　焼き殺すんです」

ここの死体処理部隊施設は簡易寝台が四十脚はいる病院用テントがつかわれていて、前線の数マイル手前に設置されていた。正気でこのテントに足を踏みいれようとするものは、めったにいなかった。リーツとアウスウェイスとライアン少佐と軍医は、ずらりとならんだ遺体に囲まれた薄暗い場所に立っていた。遺体はどれもマツ材の棺《ひつぎ》におさめられ、きちんと整理されて、移送されるのを待っていた。雰囲気を明るくしようと手がつくされていたが、どれも失敗に終わっていた。前線からリーツの鼻について離れない例の匂いが、ここには濃厚にたちこめていた。もっとも、すぐに馴《な》れてしまったが。

「まだそれほど暑くない時期で助かったな」と、アウスウェイスがいった。

最初の遺体は役に立たなかった。レップが撃った弾は、心臓を守る——徒労に終わったが——カップ状の胸骨の中心を突き抜け、骨とその奥にある心臓を砕き、ほかの器官も傷つけていた。おそらく弾のほうも無傷ではないだろう。

「だめだな」と、軍医がいった。「この男は解剖しても仕方がない。いろんなところに飛び散った小さな破片しか見つからないだろう。別のやつにしてくれ」

死体処理部隊施設の係官たちはふたたび積みあげられた棺のあいだをうろつき、第四十五師団本部から提供されたリストの名前を手がかりに、つぎの候補者を探していった。ふたつ目の遺体も期待はずれだった。レップの狙いは先ほどよりもずれていたが、軍医は棺のなかの死体袋をあけてのぞきこむと、ただちに却下した。

「肋骨《ろっこつ》をかすってる。それで弾道が変わってるだろうから、弾がどこへいったか見当もつかない――脚か、腰か。かくれんぼにつきあってる時間はないからな」

ようやく三人目で、つかえそうな遺体が見つかった。ダートマス大学出身で、肉厚のきれいな手を持ち、いらついた熊《くま》みたいなしぐさをするがっしりした体格の無愛想な軍医がいった。「大当たりだ。三番目と四番目の肋骨のあいだを貫通してる。これなら、ひらいてみる価値がありそうだ」

棺が死体仮置き場のテントに運びこまれた。

軍医がいった。「よし、それじゃあ、遺体を袋からだして、切り開くとしようか。一時間ほどで看護兵を用意できるし、いますぐはじめてもいい。ただし、その場合はここにいる誰かに手伝ってもらわなきゃならない。戦死者はまえにも見たことがあるな？ こいつはそれとは較べものにならないぞ。死体袋に一週間おさまってたんだ。とても人間のものとは思えないような状態になってるだろう」

軍医は同行者たちの顔をすばやく見まわした。きびしい目をしていた。何歳くらいだろう？　リーッとおなじ、二十七歳といったところか。だが、目つきは非情で鋭く、顔には好戦的で挑みかかってくるような表情が浮かんでいた。きっと有能な男にちがいない。軍医が自分たちを挑発して誰かひとり残らせようとしていることを意識しながら、リーッは思った。

「わたしが手伝おう」と、リーッはいった。

「けっこう。残りのものは出てくれ」ほかのものたちは出ていった。リーッと医師だけが、棺におさめられた死体袋といっしょに残された。

「なにか着たほうがいい」と、軍医がいった。「汚れるだろうから」

リーッはコートを脱ぎ、手術着を羽織った。

「マスクも。マスクがいちばん重要だ」と、軍医がいった。

緑色のマスクで鼻と口をおおいながら、リーッはふたたびスーザンのことを考えていた。これが彼女の生活の一部なのだ。

「オーケイ」と、軍医がいった。「死体を安置台に移そう」

ふたりは棺のなかに手をいれ、袋に詰まった死体を持ちあげて安置台にのせた。

「よし」と、軍医がいった。「開けるぞ」

死体袋がひらかれた。

「どうだ」と、軍医がいった。「腐敗の進んだ死骸の特徴がよくわかるだろう」リーツはマスクの下で、小さく弱々しい声をあげた。なにも頭に浮かんでこなかった。安置台の上のひらいた死体袋のなかで、遺体は見事なまでに腐っていた。

「ほら、この穴だ。リベットであけたみたいに、きれいなもんだ。胸の中心から、ちょっと左にずれてる」

軍医はてきぱきとした確かな手つきで、胸をY字型に切り開いた。肩からみぞおちにむかってメスを走らせ、そこからまっすぐ恥骨まで、皮膚と肋骨をつなぎとめている軟骨組織と皮下組織をまとめて切っていく。それから、胸の中央部をひらいて余分な皮膚を折り曲げ、なかがよく見えるようにした。

「臨床的にみていくと」と、軍医が整然とした内臓をのぞきこみながらいった。「弾丸はおよそ七十五度の角度で胸骨の左側に命中し、左肺の前腹側をとおって――」てかかした手袋につつまれた指で胸の奥をまさぐる。「――心臓のまわりの嚢を貫通し、心臓本体を断裂し、大動脈を通過した。それから、食道をとおって胸管をもぎとり、最後に――ほら、ここだ」長広舌は終わりにさしかかっており、軍医は陽気な口調でいった。「脊柱《せきちゅう》に達して、脊髄を切断した」

「見つかりましたか?」

医師は若者の奥深くまで入りこみ、破壊された器官のあいだを探っていた。隣に立っていたリーツは、吐きそうだと考えていた。マスクをとおして匂いが鼻をつき、頭ががんがんした。幻覚を見ているような気がした。熱にうなされて見る、血だらけの生なましい悪夢だ。

「ほら、大尉。おみやげだ」

リーツの大切なおみやげは、茶色い軟骨のこびりついたつぶれた鉛のかたまりだった。こぶしのような形をしていた。

「弾はこんな風に先端がひらくものなんですか？」

「ふつうは、なにかにあたると粉々になるか、そのままの形で貫通する。その弾は、ホロー・ポイントとかソフト・ポイントといった類《たぐい》のものだ。命中すると体内で膨らんだり拡張したりして、弾が変形するんだ。たしか禁止されてるはずだが」

軍医は鉛玉をガーゼにくるむと、リーツに渡した。

「さあ、大尉。それにこめられたメッセージを、きみが読みとれることを祈っているよ」

宝物を手にいれて意気揚々とひきあげてきたリーツは、どうしてもあと一カ所、作戦地帯のツアーの最後に寄りたいところがあると言い張った。ライアンから、アルフェルトの町に師団の兵器整備部の作業場が設置されていると聞いていたのである。アルフェルトは死体処理部隊施設からそう遠くなく、彼らはいまそこへむかっていた。
リーツはひとりで天井の低い薄暗い部屋に入っていった。作業台がいくつもならんでいた。壊れたアメリカ軍兵器の部品が、そこいらじゅうにあった。三〇口径の空冷用の孔のあいたジャケット・スリーブのブレース、ブローニング自動ライフルのレシーバー部分、ガランド・ライフルのイジェクター・ロッド、トンプソン短機関銃の負い紐《スリング》のスイベル、カービン銃のブリーチ・ボルト、新型の短機関銃までいくつかあった。三脚架にのせた五〇口径の銃を、ふたりの兵士が解体しようとしていた。楽な作業ではなかった。そして、奥のほうでは別の兵士——三等技術軍曹——が小さな部品の上にかがみこみ、やすりで磨いていた。

　みんなから無視されたリーツは、ついに自分から口をひらいた。「失礼」ようやく、技術兵が顔をあげた。

「サー？」

「部隊長はいるかな？」

「先週、破片を食らって、いまごろは本土です。わたしが臨時でここを仕切ってます」

「そうか」と、リーツはいった。「ドイツの兵器にはくわしいかな？」

「つまり、ルガーを調達できるかってことですか？　返事はこうです——三十五ドル用意できますか？」

「いや、訊《き》きたいのは、こいつがなにかってことだ」

リーツはつぶれた弾を差しだした。

「あなたの身体《からだ》から摘出されたものですか?」と、技術兵がたずねた。

「いや。撃たれたのは前線にいた若者だ」

「オーケイ。こいつはドイツ軍のあたらしい自動カービン銃の弾です。44型。捕虜にした親衛隊の連中がその銃を持ってるでしょう?」

「ああ」

「七・九二ミリのクルツ弾。短小弾ってことです。われわれのカービン銃の弾とおなじで」

技術兵は弾をリーツの手からとると、目のまえに持ってきた。

「いいでしょう」と、技術兵はいった。「その44型には百ドル、予備の弾倉を用意してくれたら、一個につき五ドル払います」

おい、ちょっと待ってくれ、とリーツは思った。

「百五十ドル」と、技術兵が言い値をあげた。「状態が良くて、すぐにつかえて、ひどいへこみや湾曲がない、という条件で。例のクルムラォフ修正機って曲射装置がついてたら、二百ドルまであげましょう。それが精いっぱいです」

「いや、ちがうんだ」と、リーツは辛抱強くいった。「こっちに興味があるのは、この弾にだけでね」

「そいつには一ペンスの価値もありませんよ、サー」と、軍曹が気分を害していった。

「欲しいのは金じゃなくて、情報だ！」

「すみません、こっちはビジネスの話をしてました」と、軍曹はいった。「あなたが客かと思ったもので、サー」

「わかった、わかった。とにかく、このいまいましい弾を見て、わかることを教えてくれ」

「フランク、ちょっときてくれないか？ フランクは専門家なんです」

フランクは五〇口径の銃との格闘を中断して、ゆっくりとやってきた。技術兵がビジネス面でのリーダーだとするならば、フランクは審美面の担当といってよさそうだった。いかにもインテリらしい侮蔑《ぶべつ》の表情を浮かべている。彼のような人間にとって、ここは程度が低すぎるのだ。まわりはアホばかりだし、もっとましな人生はいくらでもあるはずだ、というわけである。

フランクは弾を手にとると、ざっとしらべた。

「重さを量ってみよう」弾を作業台に持っていき、微量分析計の皿にのせて分銅をいろいろ動かしてから、ようやくいう。「こいつは面白い」フランクは作業台をかきまわして、油染みのできた小冊子をとりだした。薄緑色の本で、『一九四四年欧州作戦地域における枢軸国《すうじく》の武器仕様書』とあった。それを乱暴にめくっていく。

「やっぱりそうだ」と、しばらくしてからフランクがいった。「短小弾はふつう、重さが百二十グレーンで、軟鋼のジャケットにギルディング・メタルのメッキがほどこしてあります。ジャケットの内側は鉛のスリーブになっていて、それが鋼鉄の弾芯《コア》を覆《おお》っています。つかわれている火薬はあたらしいタイプのものです。だが、こいつは重さが百四十三グレーンもあって、しかも鋼鉄がまったくつかわれていない。すごくやわらかい弾です。昔風に純粋に鉛だけで作られている。これでは物に命中しても、なんの役にも立たない。貫通せずに、つぶれるだけです。ところが、やわらかいもの、人体に対しては、最大限のダメージをあたえることができます」

「いまは一九四五年だというのに、どうしてわざわざ昔みたいに純粋な鉛弾を作ったりするのかな?」と、リーツはたずねた。

「この鉛のかたまりを、銃身の溝がすごく深くて、しっかり弾に食いこむようになっている銃で撃てば、たとえ弾の速度は遅くても、たっぷり回転をかけることができます。つまり――」

「精度が高くなる?」

「そうです。自分の仕事を心得てる男がそういう銃でこの弾を撃てば、遠く離れた十セント硬貨にだって命中させられます。たとえ発射速度が遅くて、勢いがまったくなくても。スピードではなく、回転でコースを維持するんです」

「それじゃ、この弾は秒速七百フィート以下で飛んでいくんだな？　わがほうの四五口径よりもゆっくりした速度で？」

「そのとおりです。そして、秒速七百フィート以下なら、音の障壁を破らずにすみます」

「つまり、発射音がほとんどしなくなるわけだ。消音器《サイレンサー》よりも効果的じゃないかね？」

リーツは興味津々《しんしん》でたずねた。

「はい、サー。防音システムをつかうと、どうしても弾のスピードが遅くなって、精度と有効射程距離が落ちますから。こいつを考えだしたやつは、ほんとうに頭が切れます。こんなのは、はじめてだ」

これでどうやったかがわかったぞ、とリーツは思った。

「ねえ、大尉。その銃についてなにか耳にしたら、知らせてください」と、技術兵がいった。「すごく良さそうな銃だ。それになら、千ドル出しますよ」

ロンドンに帰還するための飛行機を待つために一行が情報部にもどったところで、ライアン少佐がなにげなく質問を口にした。

「そうだ」という。「ところで、アンラーゲ・エルフとはなにかね？」

リーツははっとした。背筋がのび、目つきがけわしくなり、息が止まるのがわかった。

「きみの部隊長だよ」と、ライアンがリーツの大げさな反応にとまどいながらいった。

「彼が最優先のテレックスを送ってきた。ついさっき師団からまわってきたところでね」

「部隊長？」と、リーツはいった。

「エヴァンス大佐だ」

あの野郎――

「大至急もどってこい、とのことだ。なんでも、アンラーゲ・エルフを見つけたんだとか」

第二部　すべての解《ゲサムトレーズング》

一九四五年四月〜五月

13

レップは特別な注文を用意していた。

「博士」と、ある朝レップはいった。「何事もなければ、きみの発明品は見事な働きをしてくれるだろう。これはテストとほとんど変わらない。標的は正面にあり、わたしは見通しが良くて安全な場所から撃つのだから。ちがうかね？　だが、もしもちょっとした邪魔がはいったら、どうなる？」

「なにをおっしゃっているのか——」

「つまり」レップはほほ笑んでいた。「わたしを止めようとするものがあらわれる可能性がある、ということだ。そういった連中と至近距離から撃ちあう羽目になるかもしれない。銃撃戦の経験は？」

「いえ、もちろんありません」と、フォルメルハウゼンはいった。

ふたたびレップはほほ笑んだ。「きみが用意してくれた武器は、暗闇《くらやみ》のなかで遠距離から撃つぶんにはひじょうに優れている。だが、銃撃戦は、相手の虫歯の治療の痕《あと》や舌に朝食のミルクがまだ残っているかどうかがわかるくらいの距離でおこなわれるものだ」

フォルメルハウゼンはすぐにレップのいいたいことを理解した。今回の任務のために、これまで誰も手にしたことがないような特別な装備を身につけるレップは、ふつうの戦闘では武装していないも同然なのだ。電子管とエネルギー変換器と赤外線ライトのついたずんぐりした暗視装置が邪魔で、標準的な鉄製の照準をつかえないのだから。

「夜中なら、わたしは四百メートル先の黴菌《ばいきん》にでも命中させられる」と、レップはいった。「しかし、五十メートルの距離では、鳥打ち銃を持った男にも劣ることになる。その点を解決してもらえないかな？　突発事故でこの件が残念な結果に終わるというような事態は、なんとしても避けたい」

フォルメルハウゼンはこの問題に頭を悩ませ、すぐに、もうひとつの照準器をいまから スポット溶接でつけることは可能だ、という結論に達した。筒のようなものを吸血鬼《ヴァムピーア》のそばにつけて、簡単な照準にしてやればいい。ただし、照準器は銃の中心線から外れた、横に平行するような位置にとりつけることになるし、当然、調整も必要となってくるだろう。フォルメルハウゼンはK－43照準器のキャリング・ケースをつかうことにした。重さも長さも許容範囲内の、きれいに研磨された筒だ。のぞき穴となる筒のうしろを中心線からやや右側にずれた位置に、ブレードとなる筒のまえを中心線からすこし左にずれた位置につける。頭をすこし横に移動させたレップは、ブレードとのぞき穴の中心を一直線にそろえることで、百メートル先の目標に照準をあわせたことになる。そこで彼の視線と弾道が交差するのだ。じつに単純な仕掛けだった。原始的といってもよかった。それに、まちがいなくグロテスクで醜かった。

StG-44の流線型の外見は、さまざまな改造——上についたチューブ類、造り直されたグリップ、円錐形の消炎器《フラッシュハイダー》、二脚架——の結果、ほとんど原形をとどめていなかった。

「じつに醜い」と、レップは首を横にふりながら、ようやくいった。

「じつに美しいともいえます。現代美術が一部の権力者のあいだであまり高く評価されていないのは知っていますが——」フォルメルハウゼンは危険をおかしていった。レップとのあらたな結びつきを考えれば、これくらい過激な発言は許されると感じたのだ。

「——そこでは、美とは機能を追求した形態のことであるとされています。ヴァムピーアに見た目の心地よさはありません。逆に、それだからこそ美しいのです。無駄な線、わざとらしい装飾は、どこにもない」

「機能を追求した形態か。そういったのは、たしかユダヤ人ではなかったかな?」レップはまたしても例の奇妙な黒い物体をもてあそんでいた。小さな金属製の立方体だ。

フォルメルハウゼンはよく知らなかった。「かもしれません」と、認める。

「そう、やつらはじつに頭がいい。利口な人種だ。それが問題だな」

この不穏な会話が交わされてからあまりたたないうちに、またしても奇妙なことが起きた。というか、正確には起きなかったというべきか。フォルメルハウゼンはしぶしぶながら、自分が用済みになったことを認めはじめた。最後の改造が終わっただけでなく、すべてが終了したのだ。ヴァムピーアは完成していた。

あとは搬送チームが銃をとりにくるまで、なにもすることがなかった。

この思いがけない休暇を利用して、フォルメルハウゼンは基地内やちかくの森を散歩した。一方、スタッフはあまった時間で、自分たちの住居の改善にとりくんだ。技術畑の人間は、いろいろいじくりまわすのが好きなのだ。彼らはもっと効率的な給湯システムを作りだし、食堂の換気を良くし、自分たちの兵舎の施設をふたつ星のホテルに変えた(戦争が終わったら、ここに〝ひどい基地《バッド・アンシラーゲ》〟という名前の保養ホテルをひらいてもいいな、という冗談まで飛びだした)。プレッシャーがなくなったいま、彼らの士気は大いに高まっていた。もうすぐ出発できるという喜びで、いっぱいだった。フォルメルハウゼンも、できるだけはやく撤退についてレップに質問するつもりでいた。一度、散歩の途中で、かつての仇敵《きゅうてき》シェーファーとすれちがった。シェーファーは二日間の戦車戦コースに参加した兵士たちが持ち帰ってきたあたらしい迷彩服をびしっと着こなしており、フォルメルハウゼンをほとんど無視した。

そのあいだも、さまざまなうわさが飛び交っていた。あきらかに馬鹿馬鹿《ばかばか》しいものから、ほんとうであってもおかしくないくらい理路整然としたものまで。総統が亡《な》くなり、ベルリンは中心部の三ブロックをのぞいて赤軍に占拠された。アメリカとイギリスはべつべつに第三帝国と講和条約に調印し、いっしょになってロシアと戦うことにした。ウイーンが陥落し、ミュンヘンも陥落まぢかだ。最後の反撃のため、あらたな軍隊がアルプスに集結している。第三帝国はスイスに侵攻し、そこで最後の抵抗を試みる。降伏したあとも戦争を続行すべく、巨大な地下組織が作られた。ユダヤ人はすべて強制収容所から釈放された、もしくは殺された。どれも、フォルメルハウゼンがまえに聞いたことがあるものばかりだった。だが、いまではあたらしいうわさも耳にするようになっていた。レップにかんするうわさだ。レップはヴァチカンという聖域に総統が逃げこむことを認めようとしない法王を殺そうとしている。アホらしい！　レップは親衛隊を裏切ったとしてヒムラーが選びだしたグループを狙《ねら》っている。レップは報復のためにイギリス国王を殺すつもりだ、もしくはロシアの鋼鉄の男スターリンを。もっと馬鹿げてる！　レップがここからどこへいけるというのか？　いけるところなど、どこにもない。そう、南の国境をのぞいては。よせ、考えるんじゃない。フォルメルハウゼンは、とうのむかしに疑問を持つことをやめていた。親衛隊のちかくで好奇心を持つのは危険だと、かねてから知っていたのである。その危険は、レップのそばにいると二倍にふくれあがった。

彼が知っているのは、レップが山にいくということだけだった。

そのとき、あることに思いあたって、フォルメルハウゼンは不意に落ちつかなくなった。ヒトラーの隠れ家があるベルヒテスガーデンは、山のなかだ。しかも、ここからそう遠くない。だが、総統はベルリンにいるはずだった。どの報告書でも、彼はベルリンにいることになっていた。

突然、フォルメルハウゼンは悪寒《おかん》がした。もう二度と、この件については考えまい。

フォルメルハウゼンは基地の外にいた。すばらしい春の日だった。この季節にしては暖かく、森の緑はあふれんばかりで、生命に満ちていた。空はダイヤモンドのように、めったにないくらい澄み渡っていた。あたりにはトウヒとシナノキの香りが漂っていた。彼が留守のあいだに、武器の搬送チームが到着していた。もどったときには搬送チームの姿は見えなかったが、レップの兵舎のまえにとめられたぼろぼろのオペルで彼らがきているのがわかった。戦前に造られた民間車だった。あとになって、遠くからチームのメンバーを目にする機会があった。彼らは制服を着ていなかったが、それでもある種の雰囲気をたたえていた。コート姿で薄汚い帽子をかぶり、その冷静で無表情な顔からは隠しきれない暴力志向がうかがえた。ゲシュタポなら、まえにも見たことがあった。もしかすると、保安防諜部外国局の連中かもしれない。あるいは、ほかにもたくさんある秘密警察のような組織からきたのかも。彼らが何者であれ、その不気味な倦怠感《けんたいかん》にフォルメルハウゼンは恐怖をおぼえた。

朝になると、彼らは消えていた。おそらく、ライフルといっしょに。朝食のまえに、スタッフが二度もフォルメルハウゼンのもとにやってきた。

「博士？　これでわれわれも出発できるのでしょうか？」

「どうかな」と、フォルメルハウゼンはこたえた。「わたしにもわからないんだ」わかっているのはレップだけだ、とつけくわえる必要はなかった。

その直後に、レップから呼びだされた。

「やあ、ハンス」と、レップはやってきたフォルメルハウゼンにむかって、あたたかく声をかけた。

「中佐」と、フォルメルハウゼンはこたえた。

「もちろん、昨夜の訪問客は見たな？」

「敷地の反対側から、ちらりと」

「荒っぽそうな連中だっただろう？　だが、信頼できる。この仕事にはうってつけだ」

「ヴァムピーアを持っていったんですね？」

「ああ。きみに隠しておいても仕方がない。ヴァムピーアはもうここにはない。きちんと荷造りされて、運びだされた」

「そうですか」と、フォルメルハウゼンはいった。

それから、彼らは情報を持ってきた。標的にかんする最後の確認と技術的なデータ、それにニュースだ」

フォルメルハウゼンは顔を輝かせた。「ニュース？」

「そうだ。戦争は終結にちかづいている。だが、そのことなら知ってるな」

「はい」

「そう。そして、わたしの旅は今夜はじまる」

「そんなにすぐに。長い旅になるんですか？」

「それほど遠くまでいくわけではないが、込みいっている。ほとんどは徒歩だ。実際、どちらかというと単調でつまらない旅になるだろう。細かい話をして、きみを退屈させるつもりはない。ハンブルクの路面電車に乗っていくのとはわけがちがう、とだけいっておこう」

「そうでしょう」

「それよりも、きみには撤収の件について話しておきたい」

「撤収——」

「そう、撤収だ。いいニュースだろう」レップは笑みを浮かべた。「きみたちがはやく人間社会にもどりたがっていることは承知している。ここはあまり快適な場所とはいえないからな」

「お国のためですから」と、フォルメルハウゼンはいった。

「そうだな。とにかく、撤収はあすだ。わたしが出発したあとになる。急な話で申しわけないが、ここにとどまる時間が長びけば、それだけ発見されるチャンスも大きくなりそうなのでね。わたしの部下たちが火薬を仕掛けているのに気づいたかな」

「はい」

「ここにはなにも残していかない。敵の手に渡るようなものは、なにも。手がかりも、痕跡《こんせき》も、すべて消していく。きみたちは休暇が終わって帰るところだと考えてほしい。シェーファー大尉《たいい》と部下たちは、ふたたびハンガリー戦線にいく。そして、わたしはこの世から存在しなくなる。すくなくとも、公式には。レップは死ぬんだ。わたしは別人となる。任務は変わらないが、実行者は生まれ変わるというわけだ」

「とてもロマンチックですね」

「馬鹿げてるよ。身元を変え、他人になりすますなんて。だが、必要なことだ」

「スタッフは大喜びします!」

「そうだろう。あとひと晩で、すべてが終わるのだから。きみたちと髑髏《どくろ》師団は、それぞれの役割をはたした。あとは、わたしのパートが残っているだけだ。作戦の最後の部分が」

「はい、中佐」

「細かい点を詰めておこう。荷造りは今夜じゅうにすませておくように。あすの朝十時にバスが到着する。ダッハウまでは数時間だ。そこから先は各自に旅行許可書と遡及《そきゅう》賃金が支給され、それぞれが望む目的地にむかうことが認められる。もっとも、東にむかうものが多いとは思えないが。ところで、ここから百キロ以内ではまだ連合軍の存在は確認されていない。したがって、移動にはなんの問題もないはずだ」

「すばらしい。ありがとうございます。わたしからも感謝します、中佐」フォルメルハウゼンは手をのばし、思わずレップの手をつかんだ。

「さあ、いきたまえ。みんなに知らせてやるんだ」と、レップが命じた。

「はい、わかりました、中佐」フォルメルハウゼンはそう叫ぶと、よろめきながら部屋を出た。

明日！　こんなにはやく、世界に——ほんとうの世界に——もどれるとは。フォルメルハウゼンは、サハラ砂漠を歩いて横断してついに海が見えた瞬間のように、喜びがこみあげてくるのを感じた。

その晩、みんなが撤収の準備であわただしく動きまわっているときに、ある考えがフォルメルハウゼンの頭に浮かんだ。それを打ち消すのは、そうむずかしいことではなかった。まわりでは技術者たちがにぎやかに駆けまわり、兵舎を快適にするために設置した手の込んだシステムを解体し、身の回りの品をトランクに詰めこみ、歌いだすものさえいたのだから。酒瓶が何本も登場した。絶対禁酒主義者のフォルメルハウゼンとしては容認しかねたが、かといってやめさせることもできなかった。ようやく戦争が正式に終わり、ドイツが勝ったような騒ぎだった。だが、夜が更《ふ》けて闇のなかに横たわっていると、ふたたびフォルメルハウゼンの頭にその考えが浮かんできた。忘れてしまおうとした。そうしてかまわない理由は、いくらでも思いつくことができた。だが、どうしても無視できなかった。ほんとうに些末《さまつ》な点が気になっていた。

　フォルメルハウゼンはベッドから出ると、熟睡している――酔っぱらっているのか？――スタッフの寝息に耳をすませた。腕時計を確かめる。四時過ぎじゃないか！　レップはもう出発してしまっただろうか？　おそらく。だが、まだ間にあうかもしれない。

　フォルメルハウゼンがひっかかっていたのは、銃身にたまる残留物についてレップに警告したかということだった。細かいことがたくさんありすぎて、これについては言い忘れていた！　それとも、注意しただろうか？　いや、残留物がひき起こす銃の奇妙な癖についてレップと会話を交わした記憶は、どこにもなかった。特別製の弾丸を五十発ほど撃つと、銃身内にひじょうに多くの残留物がたまり、それが精度をひどく落とすことになるのだ。だが、レップならそれくらいのことは知っているだろう。なんといっても、銃にかんしてはプロなのだ。とはいえ……。

フォルメルハウゼンは部屋着を羽織ると、急いで兵舎を出た。暖かい晩だった。基地を横切り、小走りで親衛隊の兵舎にあるレップの部屋にむかう。いったいなにが起きてるのだろう？　暗闇のなかを大勢の人間がいききする気配がした――親衛隊の兵士たちが夜間演習か訓練で動きまわっているのだ。

「軍曹？」

軍曹のパイプが闇のなかで輝いていた。「なんでしょう」と、軍曹がこたえた。

「中佐はまだおられるかな？　もう出発してしまったかな？」

「えー――いえ。まだ部屋にいると思います」

「よかった。ありがとう」フォルメルハウゼンは喜び勇んで駆けていった。兵舎には誰もいなかったが、ドアの奥のレップの部屋には明かりがついていた。フォルメルハウゼンは薄暗い室内に整然とならんでいる寝台のあいだを歩いていき、ドアをノックした。

返事はなかった。

やはりレップはすでに出発してしまったのだろうか？

「中佐？」

フォルメルハウゼンは決心がつかないまま、いらだちと不安をおぼえた。この馬鹿げた一件は忘れてしまうべきなのか？　それとも、思いきってなかに入り、レップがもどってくるのを待って確認すべきなのか？　ままよ！

フォルメルハウゼンはドアを押して部屋に入った。部屋は空っぽだった。そのとき、兵卒の袖章《そでしよう》をつけた古い厚地の大外套《がいとう》が椅子《いす》の背にかけてあるのが目にとまった。レップの〝あたらしい身元〟の一部だろうか？　フォルメルハウゼンは奥に進んでいった。机の上に野戦用の装備が積んであった。丸めた毛布、ハーネスに付けた六箱のＫａｒ－98の弾丸、溝付きのガスマスク・ケース、ヘルメット。隅にはライフルもあった。レップがまだ出発していないのはあきらかだった。

だが、ここでふたたび不安がこみあげてきた。招かれてもいないのに他人の部屋にいるのは、落ちつかないものだった。外に出て、ドアのそばで待っているべきかもしれない。フォルメルハウゼンはジレンマにおちいった。間違ったことはしたくなかった。いったん外に出ようと、むきを変える。いきなり身体《からだ》を動かしたせいで淀《よど》んだ空気がかき乱され、デスクの上にあった一枚の紙が魔法のように浮かびあがった。大きくいったりきたりしながら床に落ちていく。フォルメルハウゼンは急いでちかづくと紙を拾いあげ、もとにもどそうとした。

部屋のなかは不快なほど暑かった。ストーブでは火が燃えさかり、空気中にはレップが好んで吸っているロシア煙草《たばこ》の匂《にお》いがこもっていた。フォルメルハウゼンの目がページのいちばん上に乱暴に押してある〃秘密司令部物件《ゲハイメ・コマンドザッヘ》〃という文字の上でとまった。題名は〃ニーベルンゲン〃となっていた。強調するため、わざとおかしな感じに字間をあけてある。その下に副題がついていた――〃最新状況報告一九四五年四月二十七日〃。

フォルメルハウゼンは一行目を読んだ。報告書は無味乾燥で抽象的で仰々しく堅苦しい軍隊用語で書かれており、内容をきちんと把握するのはひと苦労だった。

わけがわからなかった。修道女？　修道院？　理解できなかった。動悸《どうき》がして、集中するのがむずかしかった。ここは暑すぎる。髪の生え際《ぎわ》に汗がにじんできた。いますぐ報告書を置くべきなのはわかっていたが、どうしてもできなかった。最後まで読みつづけた。

胃のなかで痛みが大きくなっていった。自分はこれに参加しているのか？　どのような形で？　なぜ？

レップの声がした。「面白いかね？」

フォルメルハウゼンはむきなおった。すでに驚く段階は超えていた。

「こんなこと、いけません。戦う相手が――」

「われわれは敵と戦う」と、レップがいった。「どこであろうと、どのような相手であろうと。きみも東部にいれば、こうしたことに対処できるくらい強くなっていただろうに」

「あなたは平気でこんなことができるんですか?」フォルメルハウゼンは泣きたかった。気分が悪くなりそうだった。

「誇りをもってな」と、レップがいった。彼は兵卒の汚れた制服を着て、無帽で立っていた。

「いけません」と、フォルメルハウゼンはいった。それは、自明の理であると思われた。

レップがワルサーP-38をとりだし、フォルメルハウゼンの左目の下を撃った。技術者の頭が勢いよくうしろにのけぞり、顔のほとんどが陥没した。フォルメルハウゼンはレップの机にもたれかかり、机もろとも大きな音をたてて床に倒れた。

レップは自動拳銃《けんじゅう》を制服の下のショルダー・ホルスターにもどした。死体には目もくれなかった。床から報告書を拾いあげ——フォルメルハウゼンが絶命した瞬間、それは彼の指をすり抜けて、ひらひらと床に落ちていた——小型ストーブにちかづいていくと、ストーブの扉をあけ、報告書を押しこんで、それが炎に焼きつくされるのを見守った。

短機関銃の音が聞こえてきた。シェーファーと部下たちがフォルメルハウゼンのスタッフを始末しているのだ。

しばらくして、レップはシェーファーの仕事の手際の悪さに気がついた。あとで注意しておかなくては。銃声はまだつづいていた。

レップの部屋の窓に弾があたって、ガラスが砕け散った。基地のいたるところから銃声があがった。曳光弾《えいこうだん》が飛んでくるのがちらりと見えた。
レップは床にふせた。その瞬間、アメリカ軍がやってきたことを悟っていた。

14

ロジャーは上官たちから甘言をひきだそうと質問をのらりくらりとかわしていたが、五分ほどしてリーツがこぶしをお見舞いしそうな様子を見せはじめると、途端にぺらぺらとしゃべりだした。いよいよ、ロジャーが製作、監督、主演をつとめる——神童オーソン・ウェルズの再来だ——アメリカ情報部の傑作映画のはじまりというわけだった。

「さっさとはじめたまえ」と、アウスウェイスがいった。

「オーケイ、わかりました」ロジャーは気どった笑みを浮かべてから、真面目《まじめ》な顔になった。ミルクを飲んだ子供がつけている白い口ひげのように、にやにや笑いが口もとに残っていた。

「簡単です。ひと言ですみます。きっと膝《ひざ》を打ちますよ」若者は気持ちよさそうに、にやりと笑った。「飛行機です」

「それがいったい——」

「そうです」と、ロジャーは大声でいった。「われわれは例のユダヤ人が逃げてきたルートを検証し、それを逆にたどって基地を見つけようと、さんざん努力してきました。けれども、それは間違いだったたんです。飛行機の音が聞こえたような気がする、とユダヤ人がいっていたのをおぼえてますか。トラックかバイクの音かもしれないが、おそらく飛行機だった、というのを。ところで――」ロジャーはここで芝居気たっぷりに言葉を切ると、ありもしない分別、厳粛さ、眉間《みけん》のしわを顔に貼《は》りつけてみせた。「ぼくは週に一度、陸軍航空隊の男にテニスのレッスンをしています。戦闘機による軍事行動に参加している大佐です。ちょっとした小遣い稼ぎですよ。それはともかく、彼に質問してみたんです。奇妙な夜間活動に――原野のど真ん中で、明かりを煌々《こうこう》と灯《とも》しておこなわれる夜間活動に――遭遇した部下はいないか？　時期は二月の終わりから三月にかけてで、そういった報告が書類に残っている可能性はないか？」

リーツはその着想のすばらしさに感心した。

「じつに見事だ、ロジャー」という。と同時に、それに気づかなかった自分は銃殺ものだな、と考えていた。

ロジャーは褒め言葉に笑みでこたえた。「その結果が、これです」といって、〝戦闘報告書、戦闘機による軍事行動、第一〇三三戦術戦闘機群、第八航空軍、シャロワ・シュール・マーン〟と題された書類のフォトスタット・コピーを差しだす。

リーツは、その夜の活動を綴《つづ》ったパイロットの味気ない文章をむさぼるように読んだ。

二機の戦闘爆撃機が朝駆けのためにミュンヘンの操車場をめざしていたときに、地図ではなにもないことになっている荒野の上空を飛んでいて、ライトに照らされた野原を発見した。野原ではドイツ兵たちが駆けずりまわっており、パイロットが編隊から離脱して現場に急降下すると、ライトが消えた。

「この場所を特定できるか？」

「そこにある数字が――パイロットの推測した位置です」と、ロジャーがいった。

「三十二分南東ザール、百八十六？」

「出発点のザールブリュッケンから南東に三十二分飛んだ地点ということです。コンパスでいうと百八十六度の方向に」

「写真は手に入るかな？」

「そうですね、ぼくは専門家じゃありませんけど――」

「一時間で、イギリス空軍の写真撮影用のスピットファイアを手配できる」と、アウスウェイスがいった。

「ロジャー、研究開発所にいって、彼らが作成中の十一号基地の模型をとってくるんだ、いいな？」

「了解」と、ロジャーがいった。

「なんてこった」と、リーツはいった。「もしもこれが――」

「あまり先走らないほうがいいぞ、きみ《チャム》」

「わかってます。けれども、もしも確認がとれたなら……」リーツは語尾を濁した。

「そう、もちろんだ」と、アウスウェイスがいった。「だが、まずスピットファイアを手配しなくては。きみは例のユダヤ人と会ってくれ。当然のことながら、彼もこの件では重要な働きをしてもらうことになる。どこかの時点で合流してもらわなければならないからな。必要な人物なのだ」

「そうですね。会ってきます」

「それでは、わたしは失礼する」と、アウスウェイスがいった。

「ねえ」自分にあたっていたスポットライトがこんなにも早く消滅したことにがっかりしながら、ロジャーが質問した。「いったいなんの話をしてるんです?」

リーツには、その言葉が聞こえていないようだった。妙に興奮して見え、自分にむかって狂ったようになにかつぶやいていた。興奮してかさかさになった唇を、手でこすっている。一瞬、ロジャーはリーツが神経衰弱になりかけているような印象を受けた。自分にしか理解できないビジョンと予言を頭にいっぱい詰めこみ、猛烈な勢いでひとりごとをいう神経衰弱患者に。

「サー」と、ロジャーはもっと大きな声でくり返した。「いったいなにがはじまろうとしてるんです?」

「こういうことだよ」と、リーツはいった。「こちら側としては基地を閉鎖させなくてはならない。だから、そのために現地に人を送りこむんだ」

人を送りこむ。ロジャーは口のなかがからからに乾いた状態で唾《つば》を飲みこもうとした。こうたずねようとする自分を抑えつけなくてはならなかった。それには、ぼくもふくまれてるんですか？

異教徒の女たちは、彼のことをまるでおぞましい黴菌《ばいきん》のようにあつかった。お情けから助けてやっている不愉快な異邦人、というわけだ。その見返りとして期待していた愛情が彼から返ってこないと知ると、彼女たちは憤慨した。戦場で勇敢に戦って負傷した同胞の若者たちが廊下の先の大部屋に詰めこまれて苦しんでいるのに、彼が個室を占領しているというのも、彼女たちの気に入らなかった。彼はほんとうの怪我人《けがにん》とさえいえないのだ。それに、異教の慣習に固執して十字架をとりはずさせたのも、反感を買った。だが、いちばん軽蔑《けいべつ》されていたのは、お偉いさんが彼に興味を持っているという点だった。

シュムエルはひとりで横たわっていた。頭ががんがんした。天井で光が踊っていた。うっすらと汗をかいていた。目を閉じると、煙突が見えた。炎を噴きだし、ぎらぎらとオレンジ色に輝く地平線に灰をまき散らしている。目をあけても、そこにはおなじくらい満たされない現実があるだけだった。彼が移送されてきたイギリスの病室は緑色に塗りこめられており、寒々として、消毒液の匂いがした。夜になると、悲鳴が聞こえた。自分が二十四時間監視されているのは、知っていた。そして、この病院は彼が逃げてきた西側世界を象徴しているにすぎなかった。ほかにどこへいけばよかったのか？　哀れなユダヤ人にとって、ほかにどこがあるというのか？　多くの点で、ここはそれまでいた場所とおなじくらいひどかった。まえにいたところでは、すくなくともほかのユダヤ人たちがいて、共同体意識を持つことができた。だが、ここには彼のことを気にかけてくれるものはおろか、話に耳をかたむけてくれる人さえいなかった。異教徒たちは、なにかわけのわからないことのために彼を必要としていた。連中を信用していいものかどうか、彼には確信がなかった。

どうでもいいことだ。彼は自分の旅が終わりにちかづいているのを知っていた。それは、ワルシャワから強制収容所、十一号基地、そしてシュヴァルツヴァルトの森をへてロンドンに至る地理的な旅を意味しているのではなかった。もっと内面的なものだった。それぞれの段階に哲学があり、それを理解し、真実をつかまなければ、先へと進めない旅だ。ついに彼は生ける屍《マサルマン》――運命を受け入れ、それゆえ、もはや人づきあいができなくなって、のけ者として強制収容所をうろついていた連中――の仲間入りをしようとしていた。死はいまや意味を持たなかった。それはたんなる生物学上の問題であり、適応しなければならない最後の些末な過程にすぎなかった。

彼は死を受け入れていた。死者も。したがって、死者のほうが好ましかった。

なぜなら、みんなすでにこの世にいないのだから。ブルーノ・シュルッは一九四二年にドロホビチで殺された。ヤヌーク・コルチャックはアウシュヴィッツで、ペルレはワルシャワで、ゲビルティグはクラコフで、カッツェネルソンはヴィテルの強制収容所で、グリックはヴィリニュスで、シャイヴィッツはウージで、ウリアノバもウージで。

もちろん、このリストはもっと長かった。百万倍も。

彼は最後のユダヤ人だった。ユダヤ人地区が、石油ランプが、曲がりくねった通りが、むずかしい教課が、懐《なつ》かしくてたまらなかった。

おやすみ、電気にあふれた傲慢《ごうまん》な世界よ。

彼は晴れ晴れとした足どりで窓にちかづいた。

彼のいる病室は四階にあった。

シュムエルは毛布にくるまり、窓辺に立って外を眺めていた。薄暗い明かりのなかでも、ぼんやりとした表情を浮かべているのがわかった。

「たいして見るものはないだろう?」と、リーツは病室にすべりこみながら声をかけた。

シュムエルがはっとふり返り、リーツを見つめた。やけにどぎまぎして見えた。

「大丈夫か?」と、リーツはたずねた。

シュムエルは気を取り直したようだった。黙ってうなずく。

リーツは時間に追われていた。シュムエルに対する自分の接し方がひどく間違っていることに気づいていたが、どうしようもなかった。神経質になっていると、自分の行動をうまくコントロールできないのだ。それに、病院は大嫌いだった。もとから嫌いだったが、スーザンを思いださせられるので、よけい嫌いになっていた。

「そうか、よかった。大丈夫ならいいんだ」

リーツは言葉に詰まって、黙りこんだ。やり方はひとつしかなかった。なにをするにも、やり方はひとつなのだ。リーツは何度も自分に言い聞かせなくてはならなかった。さあ、全部ぶちまけろ。

「じつは、さらに手を貸してもらいたい。とても重要な件で」

リーツはユダヤ人の反応を待った。シュムエルはベッドに腰掛け、黙ってリーツを見返していた。落ちつきはらっていて、なんの関心もなさそうだった。それに、疲れているようにも見えた。

「いまから二日後に――ほんとうはもっとはやくしたいところなんだが、準備が込みいっていて、どんなにがんばっても四十八時間はかかるんだ――アメリカ空挺《くうてい》部隊の大隊がシュヴァルツヴァルトに飛ぶ。見つけたんだよ――十一号基地、レップ、射撃場を。

真夜中すぎに急襲する。わたしは空挺部隊に同行する。アウスウェイス少佐はあのあたりで軍事行動をとっているフランス軍の機甲部隊といっしょに地上からいく」

リーツは言葉を切った。

「われわれの狙《ねら》いはレップを殺すことだ。端的にいうと、そうなる。だが、彼を見たことがあるものはひとりしかいない。古い写真はあるが、われわれとしては確実を期したいんだ。そこで——きみがきてくれると助かるんだが」リーツはこの件全体にひっかかりを感じていた。

「計画はこうだ。きみは戦闘に参加しない。きみは兵士ではないのだから。それはわれわれの仕事だ。基地を制圧したあとで急いでメッセージを送るから、前方区域でロジャーといっしょに待機していてもらいたい。ここから現地までは、軽飛行機で一、二時間で着くだろう。レップを確実に仕留めるには、これしかない」リーツはふたたび言葉を切った。「以上だ。きみは危険にさらされるが、計算された安全な危険だ。どうかな?」

リーツは顔をあげてシュムエルを見たが、相手がこちらの話をまったく理解していないような印象を受けて困惑した。「ほんとうに大丈夫か? 熱かなにかあるんじゃないのか?」

「飛行機から飛びおりる? 夜間にパラシュートで? そして収容所を襲撃する?」シュムエルがたずねた。

「そうだ」と、リーツはいった。「大変そうに聞こえるが、そうでもない。良く撮れた写真が何枚かあって、それを参考に降下地点を決めた。きみが逃げだした射撃場だよ。そこから三マイル手前の基地にもどって——」だが、ふたたびシュムエルの目が興味なさそうに曇るのがリーツにはわかった。

「なあ、おい？」リーツはもうすこしで相手の顔のまえで指を鳴らしそうになった。

「連れてってくれ」と、シュムエルがいきなりいった。

「え？　連れてく？　飛行機は——」

「わたしが現地にいる必要があるといったな。けっこう。きみといっしょにいこうじゃないか。飛行機からパラシュートで飛びおりて。ああ、そうしよう」

「自分がなにをしようとしてるのか、わかっているのか？　戦闘がおこなわれて、人が吹き飛ばされるんだぞ」

「かまわない。どうでもいいことだ」

「どうでもいい？」

「肝心なのは——あんたには理解できない。とにかく、わたしはいかなくてはならない。そうでなければ、この話は断る。それが条件だ。わたしは馬鹿《ばか》ではないから、技術なら習得できる。二日あるといったな？　それだけあればじゅうぶんだ」

リーツはすっかり混乱して、動機をいろいろと考えてみた。そして結局、単刀直入にこうたずねた。「なぜだ？」

「旧友たちのため、といっておこうか。旧友たちに会う絶好の機会だからだ」

おかしな答えだ、とリーツは思った。だが、釈然としないまま、こういった。「いいだろう」


空挺部隊の隊員は、全員ががっしりした十代の若者のようだった。押し黙り、はやりたち、虚勢を張り、荒々しさを全身からただよわせていた。手間ひまかけて自分を飾りたて、映画館で学んだことを忠実に服装に反映させていた。焼きコルクで顔を黒く塗っているため、寄席《よせ》演芸で黒人に扮《ふん》する白人みたいに白い目とピンクの舌が浮きあがって見えた。いたるところにぶらさげたがらくたが、甲冑《かっちゅう》のようにがちゃがちゃと音を立てていた。がらくたといっても、ただのがらくたではなかった。ショルダー・ホルスターの拳銃は最高の品で、格好良さの象徴だった。派手な飾りはほかにもあった。テープで逆さまにブーツにとめた鞘《さや》入りのナイフ、弾薬入れ、手榴弾《しゅりゅうだん》、きつく巻いたロープ、弾薬の箱、水筒、そしてずんぐりしたふたつのパラシュート。ほとんどの隊員はヘルメットに救急セットをテープで貼りつけており、多くのものが規則違反と知りつつDデイのときのアメリカ国旗をまだ肩につけていた。ほんとうにいかれた数名はモヒカン刈りにしていた。

彼らのあいだでおとなしくすわっていたリーツは、ハイスクールの試合前の激励会にまぎれこんだような気がしていた。代表チームが本番をまえに気勢を上げているところだ。ワイルドキャットのフットボール選手だったリーツは、そわそわした若者たちの身体のなかを猛然と駆けめぐる憎悪《ぞうお》と恐怖とはらわたがよじれそうな興奮がよく理解できた。搭乗直前に軍用飛行場の部隊集結地域でリラックスしているいま、彼らは押しあったり、ひやかしあったりしていた。歌っているものさえいた。そのまえには誰かがフットボールを持ちだしてきて、タッチ・フットボールが元気よくおこなわれていた。将校たちはこのエネルギーの発散を気にしてはいないようだった。彼らは隊員たちよりもすこし年上なだけだったが、リーツにはすぐに見分けがついた。みんな手首が太く、無愛想で、スポーツ選手のようだった。がっしりした骨格、みじかく刈りあげた髪、つぶれた顔。ここにあるのはすべて馴染《なじ》みのあるものばかりだったが、同時に違和感もおぼえた。リーツにとって戦争とは、男たちがひとりで偵察機のライサンダーに乗りこみ、あるいはイギリスの大型爆撃機の空っぽの隔室にうずくまり、コーヒーを飲むものだったからである。すくなくとも彼の戦争はそうであり、こういうロッカールームの馬鹿騒ぎとは無縁だった。

リーツは手首を返して時計を見た。ブローヴァの虹色《にじいろ》の針が二十二時を指していた。あと十五分か二十分で出発だ。ラッキー・ストライクを一本とりだして火をつけると、これで五十回目になるが、自分のがらくたを点検した。のどの渇きをいやすための水筒、方角を知るためのコンパス、地面を掘るためのシャベル、飛びおりるときのためのパラシュート。残りは殺すための道具だ。破片手榴弾が三個、銃剣、三十発入りの弾倉が十個(腹にきつく巻きつけたベルトの弾薬入れにはいっていた)、そして腹部につけた予備のパラシュートの下に不格好に斜めに挿してあるトンプソン短機関銃(空挺部隊の将校に支給されるM-1と呼ばれるアメリカ軍用制式銃)。すべてひっくるめると、リーツは五百ポンドはあるにちがいなかった。まぢかにせまった馬上槍《やり》試合がはじまったら、中世の騎士よろしくクレーンで持ちあげてもらわなければ立てないだろう。

リーツは乾いた唇に舌を走らせた。経験者の自分が恐怖を感じているのなら、彼はどうなるんだ?

シュムエルはリーツのとなりの草の上に寝そべっていた。おなじように大きな荷物を背負わされていたが、武器は持っていなかった。リーツが拳銃くらいは持たせようとしたのだが、そもそもシュムエルは使い方を知らなかったし、主義として武器の携帯を拒んだのだ。

それでも、シュムエルはやけに落ちついて見えた。

「調子は?」と、リーツは無理に平静を装《よそお》ってたずねた。実際には、腹の底に鉛のような重みを感じていた。

シュムエルの黒く塗られた顔には、まったく表情がなかった。空挺部隊員のひとりといっても、とおりそうだった。闇《やみ》にまぎれた顔のなかで目だけを浮かびあがらせ、口もとをきつく締め、呼吸しようと鼻の孔《あな》をかすかにふくらませて、夜の静寂に耳を澄ましながら出撃を待ちかまえている空挺部隊員だ。

シュムエルは質問にこたえて、そっけなくうなずいた。「大丈夫だ」という。

「けっこう」と、リーツは自分もおなじようにいえたらと思いながらいった。リーツは疲れきっていたが、おかしなことに、エネルギーと恐怖を感じて、興奮してもいた。じつに奇妙な感覚だった。ひとつ良かったのは、疲れるとずきずきと痛んで出血しはじめる脚が、おかげでおとなしくしていることだった。暗すぎて誰だかわからない男が、かがみこんでいった。「大尉《たいい》、大佐からです。飛行機はあと五分で用意できる、搭乗開始は十分後、とのことです」

「わかった、ありがとう」と、リーツはいった。空挺部隊員は去っていった。

リーツはそわそわとあたりを見まわした。暖かい日で、あたりは薄暗く、男たちは飛行場の草の上でのんびりと横になっていた。彼らがダコタに乗りこむためにここに集結したのは、三時間前のことだった。長く感じられる三時間だった。そのあいだに日がかたむき、ゆっくりと闇がおりてきた。飛行基地のむこうに広がるイギリスのくすんだ畑がしだいに見えなくなっていった。この男たちは第二大隊の第五百一落下傘《らっかさん》歩兵連隊の連中で、もっと有名な第八十二空挺師団に属していた。タフな若者たちで、イタリアやノルマンディ、それに悪運つづきのバルジで降下を経験していた。最後に参加したのは三月に実行されたヴァーシティ作戦で、このときはライン川のむこう側の敵陣のうしろに降り立った。前線から離れてひと月がたっており、南イングランドの休養基地でぜい肉をつけ、怠惰な生活を送っていたが、トニー・アウスウェイスが然《しか》るべき筋を説得した結果(「ドイツ南部でおこなわれる夜間の接近戦で、ひと暴れしてくれる連中が必要なんです」)、彼らの出番となったわけだった。

飛行機のなかは寒かった。シュムエルは震えながら、丸みを帯びた機体にもたれかかってすわっていた。とはいえ、気分は爽快《そうかい》だった。ついに彼の旅は終わろうとしていた。あと数時間だ。機内の薄暗い明かりの下にはシュムエルのほかに二十四名の男たちがいたが、みんなとおなじように、彼もまたひとりで隔離されていた。エンジン音がうるさすぎて、人間同士の接触がいちばん必要なときに、それが不可能となっていたからである。空気はぴんと張りつめており、とくにリーッ大尉の緊張感はひしひしと感じとれた。シュムエルは同情をおぼえた。生ける屍《マサルマン》になると、人間の感情から切り離され、自分だけの世界に入ってしまうので、なにも感じずにすむのだ。シュムエルはふり返って、ぼんやりと背中をまるめてすわっているリーッを見た。煙草《たばこ》の火に照らされて、薄汚れた顔がオレンジ色に染まっていた。顔に塗ったコルクが固まってひび割れており、抽象画のようになった顔の表情を読みとることはできなかったが、宙を見つめる目には、はっきりと恐怖の色があらわれていた。

それこそ、シュムエルが受け入れるのを拒否した感情だった。彼はいまや恐怖を超越し、あらたな領域を発見していた。死を受容し、歓迎するようにさえなると、怖いものはなにもなくなった。アメリカ軍のパラシュート訓練所の半日コースでとんでもないことをやらされても、なんということはなかった。ロジャー・エヴァンスという若者の指導で、彼はさまざまな離れ業に挑戦した。高さ十フィートの台からおがくずの穴に飛び降り、着地すると同時に横に転がった。地上五十フィートのところにあるパラシュートに紐《ひも》でしばりつけられ、誰かが調整についてわけのわからないことを怒鳴るのを聞きながら、地面に落下していって激突した。

「心配ありませんよ」と、ロジャー・エヴァンスはいった。「自動曳索《えいさく》で、なにもしなくてもパラシュートは勝手にひらいてくれますから。ほんと、楽勝です。地面に着いたら大尉がやってきて、面倒をみてくれます」若者は楽観的ににやりと笑ってみせた。自分がいくわけではないから、いくらでも楽観的になれるのだろう。

それからシュムエルは兵站《へいたん》部に連れていかれ、装備を支給された。こんなにいい服を着るのは生まれてはじめてだ、という考えが頭をよぎった。なんだか詐欺師《さぎし》になったような気がした。服はどれも大きかったが、見まわしてみると、ぶかぶかに着るのがアメリカ流だとわかった。彼らの豊かさを象徴しているように思われた。ありあまる布から作られた、大きくてだぶだぶの服。倉庫には、こうした支給品が山のように積んであった。天まで届きそうなズボンの山！　仕上げはモスクワの大聖堂みたいな形をしたヘルメットだった。六トンはあるかと思われるくらい重たい代物《しろもの》で、首に力をいれていないと頭が横に倒れてしまいそうだった。

シュムエルは自分の格好を点検した。この戦争における三着目の制服だ。なんとも奇妙な変身をとげてきたものだった。四人用の丈夫な亜麻布から、ドイツ国防軍のフランネルへ。そして今度は、厚手でごわごわしたアメリカの綿だ。おまけに頭には、鐘よろしく鋼《はがね》がのっていた。

刻一刻とドイツにちかづいていく飛行機のなかにすわりながら、シュムエルは運命のいたずらに思いを馳《は》せずにはいられなかった。

自分にふさわしい特別な死に方を見つけなくてはならなかった。そう、焼却炉で焼かれるのでは、ひどすぎる。アメリカからきた十代のカウボーイやインディアンやギャングといっしょに、飛行機から飛び降りるのだ。

リーツに一瞥《いちべつ》をくれたシュムエルは、そのすわり方に気がついた。片方の脚をまっすぐまえに投げだしている。顔はこわばり、目はあいかわらず遠くを見つめていた。そして、煙草から最大限の喜びをひきだすことに全神経を集中していた。

準備ができたことを示すライトが点灯したのを見て、リーツは問題がないほうの脚で煙草を踏み消した。悪いほうの脚は鈍痛がしていた。寒い飛行機のなかで脚をのばしたまま動かさなかったので、こむらがえりを起こしていたのだ。いらいらと脚をマッサージして、血のめぐりを良くしようとする。指が濡《ぬ》れていた。出血しているのだ。

いまいましい膝《ひざ》め。

肝心なときだというのに。

リーツははじめてのパラシュート降下を思いだした。銃を持った生身のドイツ兵がうろつき、本物の弾丸が飛びかうところへ降りていく、ほんとうの意味でのパラシュート降下をはじめておこなったときのことだ。あのときはランカスターに乗っていたが、このC-47より大きかったにもかかわらず、頼りなく感じられたものだった。それに、巨大な爆弾倉には無愛想な降下長のほかに三人しかおらず、孤独感がただよっていた。交代要員つきのフットボール・チームがふたつできるくらい大勢の兵士が参加している今回とは大違いだ。そして、このドア。すばらしいアメリカ機のドア。これぞアメリカ人の創造力の勝利だった。イギリス人はどういうわけか、爆弾倉の床にあけたハッチから飛びだしていった。冷水風呂《ぶろ》とか上級生の雑用係といった、誰でも通過しなくてはならないパブリック・スクールの試練のようなものなのかもしれない。とにかく、そのときのリーツは頭をぶつけずにハッチを通過することだけに神経を集中させていた。不思議なことに、なぜかアメリカ人は飛びだすときに下を見る癖があった。自分が落ちていく方向に目をむけ、もろに顔をハッチに打ちつけるのだ。リーツは戦略事務局の任務で戦地に赴くのに備えてイギリス式の落下傘降下訓練を受けたことがあり、秘密訓練所でそういう現場を目撃していた。そこでは、こんな風にいわれていた。相手がアメリカ人かどうかは、顎《あご》の骨折を見ればすぐにわかる。

別のランプが点灯した。赤。あと三分。みこしを上げる時間だ。

シュムエルは通路に立っていた。宝石店街のそばのグリンカ・ストリートを走るワルシャワの混みあった路面電車を思いだした。押し合いへし合いしながらつかまるつり革まであったし、ほかの連中の息が自分にかかるのが感じられた。一瞬、思いがけず恐怖を味わったばかりだった。飛行機が左にかたむき、あたらしい装備で動作がぎこちなくなっていたシュムエルは、もうすこしで倒れそうになったのだ。バランスを失い、それと同時に身体《からだ》のコントロールがきかなくなるのがわかった。つかまるものはなにもなかった。倒れるしかない。そのとき、リーツが彼をつかんだ。

「大丈夫だ」と、リーツが小声でいった。飛行機の通路を新鮮な風が荒々しく駆け抜けていった。暗闇の端に、かすかだが自然の光が見えていた。ドアが開けられたのだ。

やがて、劇場にはでなショーを見にきた観客がようやく入場を許されたような感じで、行列が動きはじめた。この先にはそう悪くないものが待ち受けているのではないかと思われるくらい、すばやい動きだった。

シュムエルの番がきた。ドアロに紐で身体を固定したアメリカ人が、いきなりシュムエルの肩をたたいた。シュムエルはおのれの無礼さに驚きながら、見も知らぬそのアメリカ人を怒鳴りつけた。そして、あてつけるように自分で足を踏みだした。

重力にひっぱられ、シュムエルはユダヤの痩《や》せこけた鶏みたいにぶざまに手足をばたつかせた。鋲《びょう》止めされた水平尾翼が数インチ先をかすめていった。悲鳴をあげながら、巨大で暗く冷たい沈黙へと落ちていく。ありがたいことに飛行機はいなくなり、それといっしょに騒音も消えた。ひとりだった。身体が回転しはじめる。そのとき、いきなりぐいとひっぱられたかと思うと、つぎの瞬間には、大きな白い傘の下でふわふわと浮いていた。あたりを見まわす。まず最初に気づいたのは、空が幻影で満ちているということだった。水中をゆっくり泳いでいるクラゲ、若い娘のスカートの下の絹のペティコート、洗濯紐ではためいている枕《まくら》カバーとシーツ。つづいて、この壮大な眺めに目を奪われていたにもかかわらず、地面が急速にちかづいてきているのに気づいた。何千フィートもの高さから飛びおりたような気がしていたので、もっと時間がかかるのかと思っていた。だが、もちろん、彼らはできるだけ低い高度で飛びだしたのだ。空中にいる時間がみじかければ、それだけ散らばらずにすむ。すでにシュムエルは自分が地平線の下にいるのを感じていた。巨大で黒い地面が急接近してきた。着地のときに、なにかしなくてはいけないのではなかったか？　どうでもよかった。黒い壁が特急列車のように迫ってきていた。これが彼の運命なのだ。シュムエルは喜んでそれを迎えいれた。痛みはないだろう。解放感だけだ。シュムエルは強烈な衝撃とともに地面に叩《たた》きつけられ、頭のなかに稲光が走った。そして、なにも感じなくなった。

これで死んだ。シュムエルはほっとして、そう思った。

だが、気がつくと軍曹が彼を見おろして、英語でまくしたてていた。「ほら、さっさとケツをあげろ、ジャック、ぐずぐずするな」そういうと、軍曹は駆けていった。

シュムエルは立ちあがった。身体のあちこちが痛んだが、骨は折れていなかった。自分の体重を支える脚ががくがくしていた。頭のなかには、まだ着地のときの反響が残っていた。野原がひどくざわついているのが、じょじょにわかってきた。男たちが、一見、ばらばらに駆けずりまわっていた。シュムエルは自分のすべきことを思いだそうとした。そうだ、パラシュートのハーネスを外さなくてはいけないのだ。突然、そばに男があらわれた。

「大丈夫か？　怪我は？」

「え？　ああ、大丈夫だ。すごい体験だった」

「よかった」

シュムエルは力なくハーネスをひっぱった。指がうまく動かなかったし、どうやればいいのかも、よくわからなかった。そのとき、リーツがシュムエルを縛りつけている複雑なハーネスの要《かなめ》ともいうべき頑丈なクリップをつかんだ。つぎの瞬間、シュムエルは紐から解放されていた。

すばやくあたりを見まわす。暗い野原のあちこちに男たちが散らばっていて、そのむこうに巨大な松林があるのがわかった。天高く星が輝くなか、あたりは静まりかえっていた。こうして見ると、なにもかもちがっていた。目印、手がかり、助けとなるようなものを探す。突然、自分が役立たずになったような気がした。

「こっちだ」と、リーツが小声でいった。自動小銃をいつでも撃てる状態にして、駆けていく。シュムエルはそのあとを追った。

そうだ、まちがいない。ここはあの射撃場だった。目のまえに小屋があらわれ、コンクリート製の通路に出た。それから、木立のなかにランプの明かりが見えた。そう、忘れるものか。もうすこしであいつらに殺されるところだったのだ。

リーツが男たちの一団にくわわって密談しているあいだ、シュムエルは隅のほうに立っていた。すぐそばを人影がとおりすぎていった。グループが形成されつつあり、まだどこにも属していない男たちにむかってリーダーが指示をあたえていた。銃を点検し、打ち金を起こし、装備を調整する音が聞こえてきた。

リーツがもどってきた。

「気分は？」

「おかしな感じだ」と、シュムエルはいって、中途半端《はんぱ》な笑みを浮かべた。

「ぴったりついてくるんだ。離れてはいけない。ひとりでどこかへいくのもなしだ」

「わかってる」

「銃撃がはじまったら、とにかく伏せろ。いいな？」

「了解、ミスタ・リーツ」

「オーケイ、じゃ、いこうか」

兵士たちが道路を進みはじめた。

見覚えのある風景だった。子供のころは光り輝いて見えたのに、成長して大人の目をとおすと安っぽくて偽物《にせもの》のように見える、というのと似ていた。シュムエルが脱出したあとで建物には春向けの偽装がほどこされており、壁は森を思わせる陰影模様で覆《おお》われていた。だが、それをのぞけば、十一号基地はまったく変わっていなかった。

シュムエルは基地そのものよりも、あたり一帯の静けさのほうに驚いていた。基地を取り囲む暗い森のなかで何百人という男たちがうごめいているとは、とても信じられなかった。

　横にいたリーツがささやいた。「あの真ん中にあるのが研究所か？」

「そうだ」

「そして、左手にあるのが親衛隊の建物？」

「ああ」シュムエルは、リーツがわかっていて質問しているのに気がついた。ふたりで何百回とくり返し確認してきたことなのだ。リーツは落ちつかなくて、あるいは興奮して、ただしゃべっているだけだった。

「もうすぐだ」と、リーツが腕時計を見ながらいった。

　もうすぐ基地を取り囲む輪が投げ縄のように狭められるという意味だろう、とシュムエルは推測した。全員配置について、抜け道が完全にふさがれるのだ。

　リーツは興奮のあまり、もみ手をしながら闇《やみ》をのぞきこんでいた。懸命に自分を抑えようとしているのがわかった。

　最初の銃声があまりにも唐突だったので、シュムエルはぎょっとした。思わずたじろぐ。ほんとうに銃声か？　こもった音で、よくわからなかった。いや、やっぱり銃声だ。まるで痛みが走ったかのように、リーツがはっと息をのみ、そのまま止めていたから。

　しばらくすると、さらにカタカタという音がした。銃声は基地のなかから聞こえてくるようだった。わけがわからなかった。木立にいるほかのものたちを見まわすと、みんなも怪訝《けげん》そうな表情を浮かべ、説明を求めて顔を見合わせていた。罵《のの》り声があがり、誰かが乱暴にささやいた。「待て、待つんだ――!」すぐそばでぱんという大きな音がして、命令は途中でさえぎられた。「ちくしょう、まだだ――」と誰かが叫んだが、その声はつづいて起きた射撃の波にのみこまれた。

大失敗だった。どう見ても軍人とはいえないシュムエルにさえ、それがわかった。射撃は散発的で統制がとれておらず、ためらいがちだった。弾丸は狙いが定まらないまま、暗闇に消えていった。

とはいえ、それは美しい光景だった。シュムエルはうっとりと眺めた。暗闇のなか、閃光《せんこう》が異国の蘭《らん》のように花開き、一瞬にして散っていく。そのはかなさゆえに、よけい素晴らしかった。木立のあいだで光の花が踊り、明滅した。銃声が激しさを増し、地面から轟《とどろ》きがわき起こると同時に、空中が光のあられで満たされたように見えた。うっすらと色のついた光がふらふらと筋を描き、夜空でよろめき、砕け散る。シュムエルは自分が馬鹿みたいに口をぽかんとあけているのを意識した。

リーツがふり返った。「なにもかもめちゃくちゃだ」と、暗い口調でいう。「どこかのアホがフライングしやがった」

ちかくで年輩の男が受話器にむかって怒鳴っていた。「全員、攻撃開始、突撃チームで乗りこめ！」

シュムエルは、機が熟さないうちに戦闘がはじまり、はやくも膠着《こうちゃく》状態におちいってしまったことをさとった。

リーツがふたたびふり返った。

「いってくる。ここにいて、トニー・アウスウェイスを待つんだ」

そういうと、アメリカ人は一斉射撃のなかに駆けこんでいった。

リーツが飛びだしたのは、勇気があるからというより、怒りと不満から逃れるためだった。純粋に肉体的な必要からだった。なぜなら、じっとしているほうが、もっと苦痛が大きかったからである。このドラマに、十一号基地に、レップに、そして〝オークの男〟にふさわしい幕引きになると彼が考えていた作戦――手際《てぎわ》の良い外科手術のような作戦――はいまや永遠に失われ、見境のない銃撃戦からなる混沌《こんとん》にのみこまれてしまった。スーザンは彼の死を願った。ならば、いまここで彼女の呪《のろ》いの言葉を頭のなかで聞きながら、それに挑戦してやろうじゃないか。

リーツは地獄絵のなかに身を投じた。彼自身のアドレナリンで、イメージがよりいっそう鮮明になっていた。狂ったように動きまわる光、轟音《ごうおん》、熱い突風、肌を刺す土埃《つちぼこり》。呼吸しようとすると、すぐに肺が痛くなった。目に飛びこんでくる光景が、しだいに雑然としてきた。感覚だけがどっと押し寄せてきて、まったく意味をなさなかった。煙がたなびき、曳光弾が好き勝手に飛びまわり、どこからともなく聞こえてくる悲鳴や衝撃音があたりを満たした。絶望を描いた巨大なキャンバスのなかに迷いこんだような気がした。部分部分ははっきりしているが、全体としてはぼやけた模様にしか見えない絵だ。

気がつくと、リーツは有刺鉄線のうしろにしゃがみこんで、ドイツの機関銃MG－42――ブリーチ・ロックのダブル・フィードの歯止めとローラーが、空気を切り裂くような甲高い音を立てて弾帯をとりこんでいた――がアメリカ兵をつぎつぎと倒していくのを目にしていた。彼らは眠るようにぐったりと地面にくずおれた。ぼうっとしていると、それが死を意味していることさえ忘れてしまいそうだった。曳光弾が頭上を飛びかうなか、リーツはさらに地面に身体をのめりこませようとした。舌と唇に泥がこびりついているのに気づく。駆けていくドイツ兵がつづけざまに三人、トンプソン短機関銃を手にしたワイルドな髪型の若いアメリカ兵に殺《や》られるのが見えた。炎上した建物から、炎につつまれた男たちが半狂乱で飛びだしてきて駆けずりまわった。リーツは無我夢中で穴だらけの地面を這《は》っていき、ぶざまな格好で安全なくぼみのなかに転がりこんだ。おなじように安全を求めてきていた先客が、半分吹き飛ばされた顔に滑稽《こっけい》なにやにや笑いを浮かべていた。この戦闘になんらかの流れや意思があるのだとしても、リーツにはそれを読みとることができなかった。実際、彼はほんとうの意味で戦闘に参加しているとさえいえなかった。まだ一発も撃っていなかったし、間近で見たドイツ人といえば死体だけだった。誰からも注意を払われていなかった。ここでも彼はお客さんだった。撃たれないことを願って、ほとんど泥のなかを転げまわっているだけだった。とくに勇敢なことをするでもなく、ただ走りまわっていた。

やみくもに這いずりまわって何時間もすぎたかと思われるころ、リーツは吹き飛ばされたトーチカのかげで震えている空挺《くうてい》部隊員たちに合流して、いっしょにしゃがみこんでいた。カタカタと銃声が鳴り響き、弾が壁に命中した。とても正気とは思えない軍曹がどこか上のほうで、そこから出てきて射撃しろ、と彼らにむかって怒鳴っていた。

「おまえ、いけよ」と、リーツのそばにいた若者がいった。

「いや、おまえがいけばいいだろ」と、若者の友人がいった。

「おい、このドイツ製のかっこいい銃を見てみろよ」と、誰かがいった。

「へえ、値打ちもんみたいだな」

「すげえじゃないか」

トーチカから這いだしてきた男が手にしていたのは、ＭＧ-42だった。

「おい、そいつは壊れてるぜ」と、誰かがいった。

「いや」と、リーツはいった。「この銃は発射速度がすごく速いので、過熱した銃身をまるごと換えるんだ。壊れているように見えるのは、交換の最中に放りだされたからだ」

銃身は冷却用スリーブのベントのところで折れ曲がっているように見えた。

「もう一度トーチカのなかを探してみてくれ。どこかに革のケースがあるはずだ。長さ二フィートくらいで、大きな垂れぶたがついている」

男はトーチカのなかにひっこみ、ケースを手にして出てきた。

「オーケイ」と、リーッはいった。銃身入れを受けとり、あたらしい銃身をとりだす。「銃をくれ。直せると思う」

リーッはあたらしい銃身をソケット・ガイドにはめこみ、固定した。それから、ベントを閉じた。銃身がかちっとはまる音がした。銃をさかさまにする。ブリーチに土が詰まっていた。フィード・カバーをこじあけ、油でべとべとしているアクションからもっと大きなかたまりを払いのけた。

「弾はあるか?」と、リーッはたずねた。

「ここに」といって、誰かが丸めた弾帯を手渡した。

リーッはそれを銃に差しこみ、フィード・カバーを閉じた。それから、オペレーティング・ハンドルをひき、まえに押しだした。

「すこし撃ってみようか」と、リーッはいった。「誰かいっしょにきて、弾帯を送りだしてくれないか」

若者たちはリーツを見た。ひとりがいった。「ええ、いいすよ。けど、俺にもすこし撃たせてもらえますか？」

「もちろん」と、リーツはいった。

ふたりは身をくねらせながら前進し、盛り土の縁にたどりついた。前方をのぞくと、親衛隊の兵舎が船のように大きく迫って見えた。兵舎で閃光がひらめき、弾丸が甲高い音をたてて頭上を飛んでいった。

「まだなかに何人か残ってます」と、軍曹がいった。「われわれは押しもどされたんです。こちらには再突入するだけの人員も火力もありません」

「ここには中尉がいるはずでは？」と、リーツはたずねた。

「中尉は撃たれました」

「そうか、わかった。ここにドイツ製の銃がある。こいつで、あの建物を撃ちまくってやろう」

「どうぞ。たっぷり弾を浴びせてやってください。とことん撃ちまくって」

リーツは前方の三脚架に銃をのせ、銃尾を肩に押しあてた。すぐそばに若い兵士の温《ぬく》もりが感じられた。

「弾帯をもつれさせないようにしてくれ」と、リーツはいった。

「大丈夫です。でも、撃たせてくれるって約束したのを忘れないでくださいよ」

「すんだら、こいつをきみにやる。それでどうだ？」

「そいつはすげえや」と、若者はいった。

兵舎の建物は、淡紅色に染まった空を背景に黒く浮かびあがっていた。

「そこにいるのか、レップ？　俺はここだ。おまえがそこにいるといいんだが。ここに七・九二ミリ弾が五百発ある。そのうちの一発を、おまえに撃ちこんでやりたいんだ。それから、〝オークの男〟、おまえはどうだ？　このクソ野郎」

「誰に話しかけてるんです？」と、若者がたずねてきた。

「誰でもない」と、リーツはいった。「狙《ねら》いをつけてるところさ」

リーツは引き金をひいた。三発ごとに曳光弾が発射された。弧を描いて飛んでいき、わずかに落下しながら建物のなかに吸いこまれていく。ときおり弾がなにか硬いものにぶつかって、空にむかって跳ね返された。ネオンのショーでも見ているような感じだった。華麗なる光のカーテン、闇を切り裂く光のチェーンだ。無煙火薬《コルダイト》の匂《にお》いが、建物にむかって二十発ずつ連続発射するリーツの鼻をついた。空薬莢《からやっきょう》が山となり、ときおりそれが崩れた。汚れて熱をおびた真鍮《しんちゅう》のかたまりが、音を立てて斜面を小さな滝となって転がり落ちていく。

「もっとお願いします」と、軍曹がいった。

リーツはふたたび建物にむかってつづけざまに弾丸を撃ちこんだ。目標にあてるのは簡単だった。建物の端から端にむかって、胸の高さで銃口を移動させてやるだけでいい。建物は我慢強く弾を受けとめていたが、ついに一発の曳光弾で火がつき、燃えはじめた。なかにいた男は自分の身体に火がつくまでこらえてから、外に出てきた。リーツは男に弾を撃ちこみ、まっぷたつにした。そのころには兵舎ははでに燃えあがっており、射撃の対象となるものはほとんど残っていなかった。

シュムエルはひと晩じゅう、腹這いになって見知らぬ連中のあいだで身を伏せていた。彼に注意を払うものはひとりもいなかった。落下傘兵がちかくに前線応急手当所を設営したので、戦闘の閃光のほかに負傷者も目にすることになった。ひとりで、あるいはふたりで連れだって、兵士たちがよろよろともどってくる。戦友を運んできて手当所に送り届けると、そのまま戦いにもどっていくものもいた。あちこちで悲鳴がしていた。

夜明けとともに、基地で火の手があがった。建物が燃えているのだ。そのうち朝になり、埃まみれの戦車ががたがたと音を立てながら道路をやってきた。負傷兵たちは精一杯、歓声をあげたが、最初に見えたときはあれほど力強そうだった戦車隊も、そばをとおるころには、くすんでぼろぼろに見えた。オイル漏れを起こして煙をあげている傷ついた車両からなる、みすぼらしい隊列――これよりましな救世主は、いくらでも思いつけそうだった。アウスウェイス少佐は先頭の車両の砲塔のうしろに陣取っており、煙突掃除人のように真っ黒で煤《すす》だらけになっていた。

戦車は基地に入っていき、煙の幕のむこうに消えていった。しばらくして、これまでに負けないくらい激しい爆発音がした。

「最後のトーチカを吹っ飛ばしてるんだな」と、負傷兵のひとりが仲間にいった。

やがて、兵士がシュムエルを迎えにきた。

「失礼します。リーツ大尉がお呼びです」

「ああ」と、シュムエルはいった。汚れて血だらけの兵士たちのなかで自分だけが清潔なので、決まりが悪かった。

だが、すぐにそれはまごつきに変わった。いま目のまえにある光景は、自分の記憶にあるものとはあまりにもかけ離れていた。その徹底した破壊ぶりに、シュムエルは圧倒された。世界は文字どおり、切り裂かれていた。瓦礫《がれき》、くすぶっている木材、大きく口をあけた地面、弾痕《だんこん》だらけの建物。それらをいっそう現実ばなれしたものにしているのが、この戦いを生きのびたアメリカ兵たちがそのなかで淡々とおこなっている日常生活のちょっとした行為だった。彼らは日光浴をし、だらしなく煙草《たばこ》をくわえ、手紙を書き、ウェスタン小説を読み、冷たい朝食をとっていた。

迎えにきた兵士は、ドイツ人の死体が一列にならべられた穴にシュムエルを案内した。死体にはハエが黒いかたまりとなって群がっていた。シュムエルはまえにも死体を見たことがあったが、それらは種類がかぎられていた。まず、ユダヤ人だ。だが、もっと重要なことは、がりがりに痩せこけ、白く、しなびていたという点だった。指人形か木片みたいな感じで、とても本物とは思えず、おぞましさが軽減されていた。それに対して、いま目のまえにある死体が本物であることは疑いようがなかった。青白い骨、黒ずんだ赤い脳髄、黄緑色の内臓、むっとくる匂い、いたるところについた血糊《ちのり》。シュムエルの頭には、祭日まえの儀式のことしか浮かんでこなかった——捧《ささ》げられたぶ厚い牛肉のかたまり、湯気をたちのぼらせている内臓の山、冷たく白い胃。だが、儀式ならばきちんと整頓《せいとん》されており、目的があった。ここは乱雑で、いい加減で、まったくまとまりがなかった。

「あまりいい眺めではないな。たとえ敵の死体であっても」と、リーツは穴の縁に立ってむっつりといった。「彼らは髑髏《どくろ》師団の兵士だ。ここに全員いる。といっても、残っている部分だけだが。申しわけないが、確認してもらわなくてはならない」

「もちろん。それしか方法はない」と、シュムエルはいった。

死体の列に沿って歩いていく。死んでしまえばドイツ人もただの肉のかたまりにすぎず、憎むのはむずかしかった。むごたらしい死がもたらした吐き気を催すような細部に対する不快感以外、なにも感じなかった。排泄物《はいせつぶつ》の匂いがしており、ハエがたかっていた。ならべられた死体は鮮やかな色の迷彩服のジャケットを着ていた。茶と緑の地に灰褐色のまだら模様が規則正しくついている。場違いなくらい色彩豊かで、陽気な感じさえした。シュムエルはすぐに知った顔を見つけた。

いつもパイプを吸っていた男だった。やあ、身体の真ん中にバケツくらいでかい穴をあけられて、あまり嬉《うれ》しそうには見えないな。でも、これが異教徒の殺し方なんだ。徹底的にやる。死の生産に真剣に取り組む。われわれが相手だと、彼らは餓死させるか、弾丸を節約するためにガスをつかう。弾丸を撃ちこんでいたときもあったが、それは無駄だと考えるようになってね。けれども、同類同士で殺しあうときは、金を惜しまず、弾丸や爆弾をつかうんだよ。

おつぎは、倉庫でシュムエルを殴った若者だった。おまえは意地が悪くて、俺のことをユダヤのクソ野郎と呼び、蹴《け》りを見舞ったっけ。若者は青ざめ、下半身がない状態で地面に横たわっていた。どうして、そんなひどいことになった？　彼はまちがいなく、いちばんひどく切断された死体だった。おまえは俺を殴った。もしもあの瞬間、いまの光景——ユダ公のシュムエルが五体満足でぬくぬくとアメリカ軍の制服におさまり、半分になったおまえの死体を黙って見おろす光景——が頭に浮かんだとしても、おまえはきっと冗談だと思って笑い飛ばしたことだろう。だが現実に、おまえはいま地面に横たわり、俺はこうして立っている。その怒りに満ちたまなざしからすると、きっとそれがわかっているにちがいないな。おや、そこにいるのはシェーファーじゃないか。シェーファー大尉。ほとんど傷ひとつなく、着衣も乱れていない。そのぱりっとした色鮮やかな迷彩柄のコートを着て、あそこで戦って死んだのかな？　ちがうな。上唇にちっぽけな黒い穴があいてるから。

「いや」と、シュムエルは最後の死体を見てからいった。「彼はここにはいない」

リーツはうなずくと、かつてフォルメルハウゼンの部下の研究者たちが暮らしていた弾痕だらけの兵舎にシュムエルを連れていった。ドアは蝶番《ちょうつがい》から外れ、屋根は片方の端が落ちていたが、シュムエルが寝台の血まみれのシーツのなかにあるたくさんの死体を見るのに支障はなかった。

「民間人だ」と、シュムエルはいった。「彼らまで殺すことはなかったのに」

「われわれがやったのではない」と、リーツはいった。「それに、これは事故でもない」

リーツは床にかがみこみ、手のひらいっぱいの空薬莢を拾いあげた。

「こいつがそこいらじゅうに落ちてた。九ミリ弾。MP－40の空薬莢だ。親衛隊の仕業さ。究極の保安措置だな。さあ、もう一カ所いくところがある。こっちだ」

ふたりは砲弾の穴と瓦礫の山を避けながら敷地を横切り、親衛隊の兵舎にむかった。兵舎はまだくすぶっており、日の出あとに崩れ落ちていたものの、片側は面影をとどめていた。リーツは横手にシュムエルを連れていき、撃ち抜かれた窓からなかを指さした。

「見えるかな？　床の上だ。遺体は焼けこげているし、顔はほとんど吹っ飛んでいる。

バスローブ姿だ。あれがレップだということはないな？」

「ああ」

「そうか。レップがバスローブ姿でいるところをつかまるとも思えんしな。技術者だ、ちがうか？ フォルメルハウゼンという？」

「そうだ」

「そうか。これでおしまいだ」

「彼を取り逃がした」

「そうだ。やつは脱出した。どうにかして。あん畜生」

「これで手がかりはなくなった」

「かもしれない。この瓦礫のなかからなにか掘りだせるか、やってみよう。それから、これがある」リーツはシュムエルにあるものを差しだした。

「こいつがなにかわかるか？」と、リーツはたずねた。

シュムエルは、リーツの手のひらの上の金属製の物体に目をやった。笑いだしそうになった。

「もちろん、わかる。でも、いったい――」

「あそこで見つけた。フォルメルハウゼンの遺体の下で。きっと机の上にあったのを、彼が倒れる拍子に払い落としたんだろう。表面に書いてあるのはイディッシュ語じゃないか？」

「ヘブライ語だ」と、シュムエルは訂正した。「これはおもちゃだ。ドレイデルという駒《こま》だよ。まわして遊ぶ」シュムエル自身、子供のころ、何百回、何千回とやっていた。「子供向けのおもちゃだ。駒をまわして、少額の賭《か》けをする。四つの文字のうち、どれがでるかを賭けるんだ。ハヌカー祭のときによくやる」それは真ん中に軸のついたサイコロのような格好をしており、たくさんの小さな指にこすられて、刻みこまれた文字が消えかけていた。「すごく古いな」と、シュムエルはいった。「おそらく、とても高価なものだろう。低く見積もっても、家宝になるくらいの」

「そうか。四つの文字はなにを意味している？」

「聖句につかわれている単語の頭文字だ」

「というと？」

「〝ここですばらしい奇跡が起きた（nes gadol haya po）〟」

15

レップは空腹感をおぼえて足をとめた。いまパンを食べるか、それともあとまでとっておくべきか？　そう、いま食べてなにが悪い？　夜半過ぎからほとんど一日じゅう、疲れた身体《からだ》にむち打って歩きつづけてきたのだ。あとすこしで森を抜けて、バイエルンの平原に出られるはずだった。かなり距離を稼いでおり、予定よりもだいぶ先行していた。出発のあわただしさを考えると、順調といっていいだろう。

レップは草地にある倒木に腰をおろした。ようやく針葉樹林帯をあとにして、楡《にれ》やポプラが生えているところまできていた。レップは木にくわしく、ポプラはお気に入りだった。とくに、きょうみたいによく晴れた春の日の午後、薄日を浴びて魔法のように輝いているポプラは最高だった。薄暗い木立を背景にレモン色の光に包まれたところは、かすかに透き通っていて、じつに神秘的だ。完全な静寂が、この景色をさらにすばらしいものにしていた。すがすがしい美しさ、純粋で汚《けが》れのない、ありのままの姿だ。レップはほほ笑んだ。その笑みには、こうしたことに対する感覚が戦争によって鈍っていないことへの喜びもふくまれていた。レップは自然を高く評価していた。自然は健全な肉体と精神にとって重要なものだと考えていた。とりわけ、こういう困難な状況下にあるときには、彼の人並みはずれた本能に大きな慰めをあたえてくれた。とはいえ、自然の美をこんな風にすなおに満喫できる機会はめったになかった。たいていは、もっと殺伐とした必要性——射界とか自動兵器の配置とか地雷パターンといった問題——がついてまわっていた。

レップはパンにかぶりついた。ぱさぱさで固かったが、それでもうまかった。アメリカ軍がやってきたとき、パンがすでに荷造りされていたのは運が良かった。荷物をひっつかんで肩にかけ、トンネルにむかう時間しかなかったのだ。レップは遮蔽物《しゃへいぶつ》のなにもない場所を這って進んだ。アメリカ兵の撃った弾がすぐそばの地面にあたった。トンネルに着くと、入口のそばの溝のなかで身体をちぢめた。

実際には、トンネルは六本あった。レップがそれだけ用意するようにと主張したのだ。彼はあらゆる可能性を考慮する用心深い男だった。一九四五年の晩春のドイツで、敵の軍隊に攻撃されずにすむ場所はどこにもないことを知っていた。そういう事態になったとき、みすみす袋の鼠《ねずみ》になるつもりなどなかった。レップはトンネルの入口にかけてあるカムフラージュの覆《おお》いをどけ、狭い穴に身体をねじこんだ。そのまま身体をすべらせて進んでいく。トンネルは狭く、痩《や》せた男がようやくひとりとおれるくらいしかなかった。閉所恐怖症になりそうだった。背中が天井にこすれて、土がぱらぱらと落ちてきた。真っ暗で、なにも見えなかった。強烈な孤独感に襲われた。どんなに勇敢な男でもこういった下水溝のなかでは簡単にパニックに陥る恐れがあることを、レップは知っていた。そもそも、どんな動物がこの場所を巣がわりにつかっているか、わからないではないか？　じめじめして、粘土の匂いがした。嫌なところだ。墓場みたいで。死者の世界だ。

気をつけろ、とレップは自分に警告を発した。想像力を働かせすぎるのは、敵の弾丸とおなじくらい危険で命取りとなりかねない。だが、レップは広びろとした場所で働くのに馴れていた。ここには闇《やみ》しかなかった。目のまえ一インチのところに手をかざしても、なにも見えないだろう。虚無だ。

レップはひたすら這いつづけた。長いこと戦争に参加してきたが、まちがいなくこれが最悪のときだと思われた。なんとかして肉体の動きに神経を集中しようとする。腕を突きだし、脚で蹴り、身体をすべらせる。両肩が天井につかえていた。いつ崩れてきてもおかしくなかった。レップは身体をくねらせながら進んだ。あと数フィートだ。

何年も地中にいたかと思われるころ、ようやく出口にたどり着いた。残りの数フィートを移動する。ここでレップはぎょっとさせられた。フクロウとおぼしき鳥が狂ったように羽をばたつかせたのだ。冷たい空気がえもいわれぬ香水のように感じられた。歓喜のあまりトンネルから飛びだして踊りまわりたい衝動に駆られたが、どうにかそれを抑えこんだ。用心深く、ゆっくりと地上にもどる。急な動作は禁物だった。出口は木立に数フィート入ったところに設けられていた。激しい戦闘はまだつづいていたが、ここからだと、ぼんやりした光と音でしかなかった。レップにそれを観察しているひまはなかった。荷物とライフルをひきずりながら、そのまま這って木立を抜ける。一度か二度、ちかくで人の動く気配を感じて凍りついた。まわりに誰もいないと確信できてから、ようやく立ちあがった。そして、すばやくコンパスで方角を確認してから出発した。

行く手には射撃場があった。迂回《うかい》する。まだ暗かったが、ひらけた場所をいく危険はおかしたくなかった。突然、声がした。騒々しいアメリカ人の声だ。レップはさっと伏せると、荒い息づかいでじっとしていた。アメリカ人？　基地からこんな離れたところに？

茂みを押しのけ、闇に目を凝らす。男たちが動きまわるのが、ぼんやりと見えた。パトロールかなにかしているのだろう。用心のため、ここまで出向いてきているのだ。だが、目が闇に慣れてくるにつれ、男たちが長くて白い布を集めているのがわかった。いったいなにをしているのか――

パラシュートだ。

その瞬間、レップは今回の襲撃が偶然ではないことを悟った。アメリカ軍の威力偵察がたまたま彼のいるところを見つけたわけではないのだ。落下傘兵《らっかさんへい》たちは特別な目的をもってここへやってきた。

そう、レップを求めて。


レップは自分が追われていることを知った。胃がずっしりと重たくなった。これが射撃だけのことなら、こちらの技術とあちらの技術のぶつかりあいですんだ。だが、今回の作戦はそれよりはるかに複雑で、彼はその中心につうじるルートのひとつにすぎなかった。ほかにもさまざまなところで計画は危険にさらされていた。たとえレップが完璧《かんぺき》に動き、すべてを見事に成し遂げても、作戦は失敗する可能性があった。

自分が相手よりも先んじているのはわかっていたが、その差はどれくらいあるのだろう？　彼らはなにを知っているのか？　十一号基地の残骸《ざんがい》にはなにが残っているのか？　行政部の書類を見られたか？　親衛隊長が面白がってつけた〝ニーベルンゲン〟の意味を突きとめられてしまったか？

最悪なのは、ニーベルンゲン作戦のあちら半分を形成しているスペイン系ユダヤ人の存在を知られてしまうことだった。すべてはその男のために手配されているのだ。

レップはパンの残りを荷物に詰めこむと、ふたたび歩きはじめた。

16

リーツは多くの問題を抱えていた。レップを捕まえそこねていたし、彼がいまどこへむかっているのかも見当がつかなかった。さらに悪いことに、リーツ自身がこれからどこへむかえばいいのかも、さっぱりわかっていなかった。十一号基地の残骸を考古学者のように掘り起こしてみたものの、なにも出てこなかった——燃えつきたファイルと壊れて黒こげになった機材をのぞいては。それと、死体だ。つぎの一歩をどちらに踏みだせばいいかを示唆《しさ》してくれるようなものは、破片ひとつ見つからなかった。手がかりはゼロだった。

いまや幸運が転がりこんでくるのを待ちわびるところまで追いつめられていた。リーツは基地内にある仮設テーブルのまえにひとりですわっていた。テーブルの上には、落下傘兵たちが撤収するまえに拾い集めていった何千という七・九二ミリ短小弾の空薬莢《からやっきょう》があった。

リーツはそのひとつを手にとり、ひどく滑稽《こっけい》なシャーロック・ホームズ風の拡大鏡でじっくりしらべた。汚れた巨大な指にはさまれた空薬莢は、純金のように輝いていた。それをまわして、斑点《はんてん》のついたのっぺりとした表面を見ていく。リーツが探しているのは再装塡《そうてん》のときにつく溝や割れ目だった。それを見れば、レップがアメリカ軍の偵察隊を片づけるときにつかった長距離用に改造された手作りの弾丸とおなじものかどうかがわかるはずだった。弾は——すくなくともリーツにとっては——レップがここにいたという証拠になった。そして、自分が狂いかけているのではないという証拠に。だめだ。この弾丸に秘密は隠されていない。うんざりしてリーツはそれを足もとの空薬莢の山に投げ捨て、つぎのをつかんだ。もう何時間もこの作業をつづけていた。陸軍将校がするような仕事とはいえなかったが、誰かがやらなくてはならなかった。

はじめはロジャーの担当だったのだが、彼はちょくちょく姿をくらますようになり、やがてもどってきたときには個別命令を手にしていた。そして、それを恥ずかしげもなくリーツに見せた。偉大なるテニス選手のビル・フィールディングがパリで負傷兵の慰問という名目でエキジビション・マッチをおこなうことになり、ロジャーはその戦意高揚イベントにうまいこともぐりこんだのである。戦略事務局のハーヴァード学閥はこの試合に自分たちの代表を送りこみたがっており、ロジャーは彼らのチャンピオンというわけだった。彼はもうすぐ出発することになっており、なんの役にも立たなかった。おそらく、いまもどこかでラケットをふりまわしているのだろう。

おかげでリーツは、ひとりで頭痛を抱え、テーブルいっぱいの空薬莢をまえにして、調査はいきどまりだという気の滅入るような確信とむきあうはめになっていた。季節は春まっさかりで、もうすぐ五月だった。シュヴァルツヴァルトの森は緑に萌《も》え、灰の匂《にお》いがまだ鼻をつくものの、空気はすがすがしかった。リーツはつぎの空薬莢を手にとった。これが終わったらいったいなにをすればいいのかわからなかったので、作業はゆっくりと進められた。

テーブルの上を影が横切り、もどってきて止まった。リーツが空薬莢の山から顔をあげると、そこにはユダヤ人のシュムエルが立っていた。

「リーツ大尉《たいい》？」と、シュムエルがいった。アメリカ軍の制服がまったく似合っていなかった。淡緑褐色のウールのシャツの胸もとから白いコットンのアンダーシャツがのぞいている。気がひけて、リーツは相手がアンダーシャツをうしろまえに着ていることを指摘できなかった。

「気になることがあって。役に立つかどうかはわからないが」

シュムエルが自分から行動を起こしたのは、これがはじめてだった。病院でなにを血迷ったかパラシュート降下に参加すると言い張ったときはべつだが、いまはしっかりと落ちついていた。数週間ほどアメリカ人とおなじ食事をして体重が増えたせいで、そう見えるだけかもしれなかったが。

「聞かせてくれ」と、リーッはいった。いまだに相手をなんと呼べばいいのか、よくわからなかった。

「死体をおぼえているだろう? 親衛隊の連中の? 埋葬用の穴に集められるまえの?」

「ああ」と、リーッはいった。忘れるのはむずかしかった。

「なにかひっかかっていたんだが、いまになってそれがわかった。夢でひらめいたんだ」

「なるほど」と、リーッはいった。

「上着だ、斑点模様のついた」

「ティーガー・コートのことだな。親衛隊の標準支給品だ。ヨーロッパのあちこちでお目にかかれる」

「それだ。興味をひかれたのは、どれも新品だったという点だ。一着のこらず。だから死体があんなに色鮮やかに見えたんだ。一月のときは、コートはぼろぼろで色あせていた。つぎがあててあった」

リーッはどう答えていいのかわからずに、長いこと黙っていた。「それで?」と、ようやくいってから、白状する。「よくわからないんだが」

「それで、べつになんでもない。わたしにもわからない。ただ、なんとなくおかしな気がしただけで。いまもしている」

「そうだな。ドイツ人どもがあたらしいコートを大量に受けとった。どういうことだ？　ふーむ」リーツはじっくり考えた。ユダヤ人のむこうのなにもない空間をにらみつけながら、この奇妙な情報からなにかをひきだそうとする。トラックに積まれた百着以上のジャケット。そうとうな重さだ。平地から泥道をつかって基地まで運びあげてきたとは考えにくい。もちろん、補給のためにトラックはしょっちゅう基地にきていたはずだが、あれだけのコートとなると……。

「ありがとう」と、しばらくしてからリーツはいった。「いろいろ検討してみないことには、それがなにを意味するのかはよくわからないが」

考えれば考えるほど、好奇心をかきたてられた。戦争が終わりにちかづき、第三帝国が、その補給システムが、システム全体がいままさに崩壊しようとしているときに、彼らはあたらしい制服を輸送していた。

いや、制服は基地に運ばれてきたと考えるより、増援用の髑髏《どくろ》師団がどこかへいき、そこでコートを手にいれてきたと考えるほうが筋がとおっている。どこか制服が山のようにあるところだ。彼らが着ていたのは一九四四年三月モデルで、上着ではなくコートだった。迷彩柄がほどこされ、スナップ・ボタン式のポケットが四つあり、狙撃《そげき》用に肩の部分が補強されたコート。ドイツの戦闘服の最新コレクションだ。

「さっぱりわけがわからん」と、リーツは声に出していった。

ユダヤ人はまだそこにいた。「このコートについて、たまたま知ってることがある」という。「ちょっとだけ。大したことではない」

「知ってること？」と、リーツはたずねた。

「仲間の囚人のひとりがコートを作ったことがあると話してくれた。工場で働いていたときに。彼は仕立て屋だったので、親衛隊によって工場に送りこまれた。作業場だ。そこならコートがたくさんあるだろう。ここからそう遠くないところだ。列車をつかう必要もないくらい」

「どこだ？」と、リーツはたずねた。

「ナチのダッハウ強制収容所」と、シュムエルはいった。

17

なかなか見事なトネリコの木だった――ロープにぶらさがって重たそうにゆっくり揺れている逃亡兵の死体さえなければ。死体の顔は青く、首はグロテスクな角度に曲がっていた。所持品もブーツも奪いとられており、〈同志を見捨てたブタ野郎！〉という標識がでかでかとつけられていた。

「かわいそうに」と、レップの隣にいた男がいった。「親衛隊の人でなしどもに捕まったんだな」

レップはどっちつかずのうなり声をあげた。数マイル手前でこの移動中の工兵小隊に合流し、彼らといっしょにシュヴァーベン・ジュラの南に位置するバイエルンの高原を横断してきていた。

「連中に捕まって、書類がすこしでもおかしければ――」レンツがふざけて輪縄で首を締めつけられる真似《まね》をした。

ときおり、埃《ほこり》っぽい道路を車がやってきた。半装軌車が一台、オペルのトラックが二台、最後は後部座席にふたりの大佐をのせた参謀用の車だった。

「あいつらは車、俺たちは歩きだ」と、レンツがいった。「いつだってそうさ。あいつらは逃げおおせて、こっちは戦争捕虜収容所行きだ。さもなきゃ、シベリアか。お決まりのパターンさ。雑魚《ざこ》は捕まって――」

「レンツ、黙れ」と、ゲルンゴスという太ったオーストリア人の小隊軍曹がふり返っていった。

小隊はなにもない景色のなかをとおって、道路沿いに進みつづけた。アメリカ軍がくるまえに橋を爆破するため、数キロ先のトゥットリンゲンという町にむかっていることになっていたが、それが口実にすぎないことをレップは知っていた。実際には動きまわって時間をつぶし、アメ公どもがあらわれて降伏できるようになるのを待っているのだ。髑髏師団の若者たちとは大違いだった。

レップはおしゃべりに耳をふさいで、黙々と歩きつづけた。レヒ川の西、ボーデン湖のちかくのこのあたりは耕作地帯で、土地はだいぶなだらかだった。遠く南にアルプス――とくに、標高九千フィートのツークシュピッツェ――がはっきりと見えていた。九月とか十月でないことを考えると、めずらしかった。西にはレップが逃げだしてきたシュヴァルツヴァルトの大山塊が、地平線のむこうにうっすらと浮かびあがっていた。

「爆撃機が狩りをするのにうってつけの天気だな。あいつらときたら、ハエみたいに群がってきやがる」と、レンツがいった。

「ああ、くそっ」と、誰かがいった。

レップは顔をあげた。

ひき返したり畑に身を隠すには、もう手遅れだった。カーブを曲がったところにある木立に、巨大な対戦車自走砲が陣取っていた。鋲《びょう》打ちされた灰褐色の肉体を持つ、キャタピラー踏板にのったドラゴンだ。そのまわりには迷彩柄の上着を着た親衛隊の連中が突撃銃を肩にかけ、ぶらぶらしていた。着色記章から、彼らが親衛隊帝国《ダス・ライヒ》師団の野戦警察連隊のものであることがレップにはわかった。

「みんな、ふるまいには注意しろ」と、先頭をいくゲルンゴスが小声でいった。「馬鹿《ばか》な真似はするなよ。厄介な連中だからな」

砲台のあけっぱなしの操縦席にいた若い将校が身を乗りだし、わざとらしい笑みを浮かべていった。「おまえら、スイスにいくところだな？」浮き彫りの鷲《わし》の紋章がついた金属製のプレートをチェーンで首にかけ、中世の鎧《よろい》の胸当てのように胸もとに垂らしていた。

「利《き》いた風な口ききやがって」と、レンツがつぶやいた。

「いえ、ちがいます」と、ゲルンゴスがこたえた。さり気ない声をだそうとしていたが、口のなかが乾いて声がかすれていた。「仕事にむかっているところです」

「ほう、そうか」と、若い将校は愛想良くいったが、目は冷たい光を帯びていた。「で、それはどこかな？」別の親衛隊員が砲台から降りてきて、肩からライフルをはずした。

「われわれは工兵です、中尉」と、ゲルンゴスは説明した。突然、声が高くなっていた。「トゥットリンゲンにいく途中です。アメリカ軍がくるまえに、そこの橋を爆破するために。それから、ミュンヘンの南で部隊に再合流します。第十八自動車化工兵大隊第三旅団です。ここに命令書があります」ゲルンゴスは命令書を差しだした。手が震えていた。

「そいつを持ってこい、でぶっちょ軍曹」と中尉がいった。

ゲルンゴスは落ちつかない様子でよろよろとちかづいていった。装甲車のかげで、命令書を中尉に手渡す。

「この命令書は五月一日付けになってる。二日前だ。それによると、トラックで移動しているはずだが」

「そうです」と、ゲルンゴスがいった。弱々しい笑みが口もとで揺れていた。「きのう、爆撃機に攻撃されたんです。さんざんな一日でした。トラックは破壊され、仲間は何人か負傷し、野戦病院をさがさなくては――」

「俺が思うに、おまえらは時間稼ぎをしてるんだ」親衛隊の中尉は笑みを浮かべた。「わざとゆっくり移動して、戦争が終わるのを待っている」そういって、自分のまえにあるMG－42に腕をかける。レップは目の隅で、別の親衛隊員が突撃銃をかまえて右側にまわりこもうとしているのをとらえた。

「くそっ」と、レップの隣でレンツが張りつめた声でつぶやいた。

「サ、サー」と、ゲルンゴスがいった。「わ、われわれは仕事をしようとしているだけです。義務をはたそうと」その声は、これだけの大男から発せられるにしてはやけに小さかった。

「どうやら」と、中尉がいった。「おまえはユダヤのブタ野郎らしいな。逃亡兵だ。おまえみたいなブタ野郎のせいで、われわれは戦争に負けたんだ。デブのオーストリアのクソ野郎が。故郷に帰ってユダヤの雌ブタと一発やり、ウィーンのカフェでボルシェヴィキといっしょにペストリーを食うのを待ちきれないんだろう」

「ちがいます、ちがいます」と、ゲルンゴスが哀れっぽく訴えた。

「いけ。さっさとここから消え失《う》せろ。おまえも、おまえの仲間の国防軍のクズ野郎どもも。ほんとうなら、おまえら全員、縛り首にしてやるべきなんだ」中尉は侮蔑《ぶべつ》と怒りをこめていった。「その太ったケツをここからどかせ」

「はい、わかりました」と、ゲルンゴスは口のなかでもごもごといい、よろめくようにしてうしろにさがった。

「助かった」と、レンツがつぶやいた。「ああ、神さま、ありがとうございます」小隊はむっつりした親衛隊員たちに見つめられながら、足をひきずっておずおずと進みはじめた。

「ああ、ちょっと待ってもらえるかな」と、砲塔にいた中尉が笑みを浮かべて声をかけてきた。「おまえ、最後から三人目のおまえだ。そこの痩《や》せてるやつ」

レップは、話しかけられているのが自分だということに気がついた。

「中尉？」と、従順な口調でいう。

「そう、いま気づいたんだが、おまえの襟のひも飾りは白だな」にやにや笑いながら、中尉がいった。じつに楽しそうだった。「白——歩兵だ。ほかの連中のは黒い——工兵だ」

「こいつはわれわれの仲間じゃありません」と、レンツがすばやくレップから離れながらいった。「きのう合流してきたはぐれものです」

「自分の部隊をさがしているところだ、といってました」と、ゲルンゴスがいった。

「第十一歩兵師団第二大隊です。眉唾《まゆつば》ものに聞こえましたが」

「書類があります」と、レップはいった。いつの間にか、ひとりで道路に立っていた。

「持ってこい。さっさとしろ」

レップは書類を差しあげて、足早にちかづいていった。中尉がそれを受けとった。目をとおしていくうちに、眉があがった。色白でそばかすのある二十歳くらいの若者だった。ブロンドの髪がすこしヘルメットからこぼれ落ちていた。

「部隊からはぐれたんです」と、レップはいった。「猛攻撃を受けて。アメリカ機がやってきて、爆撃されました。ロシアよりもひどかった」

若い中尉は笑みを浮かべた。

「残念ながら、この書類には意味がない。武装親衛隊の野戦条例により、ドイツ国防軍最高司令部の書式はすべて無効となった。五月一日付けのナチス親衛隊長のお達しでな。軍の規律を守るためだ。おまえは令状五三〇四、すなわち現在通用する証印を持っていない。戦場のIDだ。そいつを三日おきに押してもらわなくてはならないんだ」中尉の笑みが大きくなった。「逃亡兵が忠実な兵士にまぎれこむのを防ぐための処置だ」

「そういう連中は、たいていじっとして動きません。アメリカ軍がくるのを待ってます。わたしは先に進みました。部隊に再合流するために。ロシアで負傷したことがありますし、騎士十字章も受けています」

「口からでまかせを」と、中尉がいった。

「大尉からの一筆もあります。そのなかにあるはずです」

「おまえは逃亡兵だ。ブタ野郎だ。おまえみたいな輩《やから》には何人も会ってきた。おまえもやつらとおなじところへ送ってやる。空中で踊るんだな。よし、こいつを捕まえろ」

レップはうしろから突撃銃の銃口を押しつけられ、同時に背中からライフルをもぎとられるのを感じた。誰かに突き飛ばされて、でくのぼうのように地面に転がった。

「このクズのできそこないが」と、うしろで十代の若者が悪態をつくのが聞こえた。「舌が青くなるまでぶらさげてやるから覚悟しとけよ」若者がライフルの床尾でレップの腰骨のあたりを殴った。痺《しび》れるような痛みだった。レップは悲鳴をあげ、うつ伏せに倒れた。そのまま厚地の大外套《がいとう》ごしに殴られた箇所をさする。

若い兵士は乱暴にレップの腕をつかむと、嫌悪感《けんおかん》もあらわにひっぱって立たせようとした。一瞬、突撃銃の銃口が下がった。レップはふりむきざまにP－38の銃身を若者の喉《のど》にあて、引き金をひいた。若者が倒れるまえに冷静にむきを変え、反対の手を床尾に添えて、狙《ねら》いを定める。中尉の顔が砕け散った。自走砲の上で凍りついているほかのふたりを片づけてから、レップは拳銃《けんじゅう》を捨てた。立ちあがって、最初に撃った兵士の固く握りしめられた指から突撃銃をもぎとる。兵士は朦朧《もうろう》とした目であおむけに横たわり、昏睡《こんすい》状態に陥りかけていた。血液不足で喉が痙攣《けいれん》していた。長くはもたないだろう。

レップは指でトリガー・ガードのすぐ上にある突撃銃のファイア・セレクターを見つけると、フル・オートマチックにして、手のひらでボルトをもどした。さらに三人の親衛隊員が装甲車のうしろから駆けてきた。なにも考えずに、弾倉を半分つかいきるまで腰だめで撃ちまくる。三人とも土煙のなかに倒れた。念のため、転がっている死体にむかってもう一度連射する。地面から土埃があがった。

レップは手をやすめた。突撃銃が熱くなっていた。全部で五秒とかかっていなかった。

すこしでも動くものがあったら撃とうと待ちかまえていたが、なにもなかった。

なんという浪費だ！　自分の務めをはたそうとしたりっぱで忠実な男たちが、戦場における偶発的な事故で命を落としたのだ。レップはひどく気が滅入《めい》った。

そこいらじゅう血だらけだった。自走砲に飛び散った血がジグザグに流れ落ち、フェンダーに黒くたまっていた。巨大な装甲車のまえに横たわるふたりの男の制服は血に染まり、最後に倒した三人の男のまわりの地面には血だまりができていた。レップはむきなおった。喉を撃ち抜かれた若者が、かすれた呼吸音を立てていた。

レップはひざまずき、若者の頭をそっと持ちあげた。喉の傷口から勢いよく血が流れだし、上着の襟の奥に消えていった。若者は死にかけており、目がうつろだった。顔は灰色で、落ちついていた。

「父さん。父さん、お願いだ」という。

レップは若者の手をとり、死ぬまで握りつづけていた。

それから、立ちあがった。むかついていた。道路には彼ひとりしかいなかった。工兵たちは逃げだしていた。

ちくしょう！　ちくしょう！

気分が悪くなった。吐きたかった。

やつらに償わせてやる。あのユダヤ人どもに。血と金で。

18

うわっ！

ロジャーはA級軍装に身をつつみ、リッツ・ホテルのテラスにすわっていた。目のまえには、つい最近のニューヨークの《ヘラルド・トリビューン》があった。一面を飾っているのは、第二十二連隊——自動車化されたやり手ども——といっしょにダッハウの強制収容所に乗りこんだマーガレット・ヒギンスという女性の署名記事だった。

ロジャーはむせかけた。ゴミのように山積みにされた死体、だらりと垂れさがった皮膚、むきだしの肋骨《ろっこつ》。パリの街は、まぢかに迫ったヨーロッパ戦勝記念日にそなえてわきかえり、そこいらじゅうに女の子があふれていた。そんなパリのヴァンドーム広場にあるリッツ・ホテルとダッハウの強制収容所では、あまりにもちがいすぎた。とても耐えられそうになかった。

リーツとアウスウェイスはそこまで出向いて調査をつづけていた。ロジャーも、あと一日か二日で仕事にもどらなくてはならない。

だが、彼は心に決めていた。自分はもどらないぞ。もどるものか。

　なにがあろうと。

　ダッハウのおぞましさを考えると、身体《からだ》に震えが走った。悪臭を想像して、ふたたび身震いする。

「寒いのかね？」

「え？　ああ！」

　顔をあげたロジャーの目に、史上もっとも有名なテニス選手の顔が飛びこんできた。

「エヴァンスだな？」と、ビル・フィールディングがたずねてきた。

「へっ」ロジャーは奇声を発すると、泡を食って立ちあがった。「は、はい、そうです。ロジャー・エヴァンス、ハーヴァード四七年卒です。ちょっとした邪魔がはいったので、四九年卒ってことになるかもしれませんが。ハ、ハ、ハ。一年生のときにシングルスでナンバー・ワンになりました」

　ビル・フィールディングはロジャーよりも頭ひとつ背が高かった。あいかわらず氷柱《つらら》のように痩せており、服装を白で統一していたので、日焼けした肌が磨かれた樫《オーク》よりも黒ぐろとして見えた。四十代後半だったが、三十五歳といっても楽にとおった。みんな、混みあったテラスの動きがすべて止まっていることに、ロジャーは気づいた。

ビル・フィールディングを見ているのだ。将軍も、新聞記者も、美しい女性たちも、貴族も、ギャングも。フィールディングは、リッツにやってくるような特別な連中にとってもスターなのだ。そして、彼らはロジャーのことも見ていた。

「では、手順を話しておこうか。ローラン・ギャロスでプレーしたことは?」

「いえ、ありません」

「そうか。当然のことながら、われわれはセンター・コートを使用する――」

当然だ、とロジャーは思った。

「――クレイ・コートで、円形の屋外競技場になっている。約八千名の負傷兵とお決まりの高級将校たちがくるそうだ。大観衆のまえでプレーした経験は? びびったりするようなことは?」

ロジャー・エヴァンスが? びびる?

「いいえ、大丈夫です」と、ロジャーはいった。「アイヴィリーグの決勝戦でプレーしたことがありますし、四四年のフォレスト・ヒルズでは二回戦までいきました」

フィールディングが感銘をうけた様子はなかった。

「そうか、ならいい。ところで、わたしは観客のまえでいつもちょっと話をすることにしている。フランクに実演させて、ゲームの基本を教えるんだ。第一の目的は哀れな負傷兵たちを楽しませることだが、同時に彼らにテニスを売りこみたいとも考えている。

あらたなファンを獲得するのに、もってこいの機会だからな」

あらたなファンね、とロジャーは考えた。彼らのほとんどは戦闘でタマを吹っ飛ばされなかったことをただ喜んでるだけなのに。だが、ロジャーは熱心にうなずいてみせた。

「そのあとで、きみとフランクで二セット・マッチをおこなう。きみのプレーしだいでは、三セットになるかもしれないが」この件で生け贄《にえ》のヤギとなるのは自分のほうだと決めつけられて、ロジャーは面白くなかった。「つづいて、きみとわたし、フランクと連絡将校のマイルス少佐がそれぞれペアを組んで、ダブルスを一セットやる。ダブルスがどういうものかを観客に紹介するためにな。かまわないかな?」

「もちろんです、ミスタ・フィールディング。ところで、三一年にフォレスト・ヒルズであなたの試合を拝見しました。まだほんの子供のころで――」おっと、口が滑った。フィールディングは渋い顔になった。「わたしにとっては、あまりいいトーナメントではなかった」

「準決勝でした。相手はモーリス・マクローリンです」

遠いむかしの試合を思いだして、フィールディングの表情が明るくなった。すでに全盛期はすこしすぎていたものの、随所ですばらしいプレーを見せていた。「ああ、そうだ、モーリスが相手だった。やつのパワーは強烈だったが、いかんせん……。たしか三－〇ではなかったかな?」

おぼえているのか？

「そのとおりです」

「そうか、きみがあのモーリスよりもましな選手であることを願っているよ」と、フィールディングが吐き捨てるようにいった。

「えー、精一杯がんばります」と、ロジャーはいった。フィールディングが歯に衣着《きぬ》せぬ男であるのはまちがいなかった。

「よろしい。オートゥイユまでの足は確保してあると思うが」

「はい。福祉隊に車があるので――」

フィールディングは細かい点に興味はなかった。「けっこう、軍曹、では一時にまた」そういうと、くるりとむきを変え、力強く大股《おおまた》で立ち去りはじめた。その存在感に圧倒されて、まわりの人垣がさっとふたつに割れた。

「あの、ミスタ・フィールディング」と、あとを追いかけながらロジャーは声をかけた。心臓がどきどきいっていたが、コートに出たら、もう二度とチャンスはないだろう。

「なにかね？」と、フィールディングがすこしうるさそうにいった。長い鼻がライフルの銃身のように上からロジャーを見おろしていた。薄いブルーの目で、相手をじっと見据える。

「フランク・ベンソンはかなりの腕前だと聞いています」

「わたしの弟子だ。未来の世界チャンピオンに育てたいと思っている。それでは、このへんでかまわなければ――」

「自分のほうが上です」と、ロジャーはだしぬけにいった。やった。ついにいったぞ。フィールディングの顔が蔑《さげす》みでゆがんだ。日焼けの下で、顔色が紫に変わりつつあるように見えた。彼は無能なもの、集中力に欠けるもの、腰抜け、身のほど知らず、グズ、のみこみの悪いもの、きびきびしていないもの、やる気のないものに対して烈火のごとく怒ることで知られていた。ロジャーは勇気を奮い起こして笑みを浮かべ、まえに突き進んだ。ここで足をとめるのは、コート上でと同様、命取りになるとわかっていた。攻撃あるのみだ。ネットにつめて、必殺のボレーを決めるんだ。

「自分は彼をやっつけられます。きょうの午後、そうしてみせます。それで、ひとつ考えて欲しいことがあるんです。このツアーを二番目にうまい選手といっしょにまわるのでは、楽しみが減るんじゃありませんか」

耐え難いほどの沈黙。

ロジャーは先をつづけた。「わたしが彼を葬《ほうむ》ったら、叩《たた》きのめしたら、ぶちのめしたら――」ロジャーは相手を打ちのめすことを意味する威勢のいい隠喩《いんゆ》をもっとつづける用意があったが、途中でフィールディングにさえぎられた。

「なにが望みだ？」

「簡単なことです。参加させてください。いますぐ」

「ツアーにということか？」

「そうです」

フィールディングの顔に怪訝《けげん》そうな表情が浮かんだ。「戦争は終わりかけている。なのに、どうして藪《やぶ》から棒にそんなことを？」

ロジャーは、ダッハウの死体のこと、ウジ虫のわいた死体が山積みになっている光景を、とても説明できなかった――もしかすると、自分自身に対してさえ。

「ただもう、うんざりしたんです。あなた同様、わたしもテニス・ボールを打つためにこの世に生まれてきました。それ以外のことは、時間の浪費にほかならない。わたしは自分の務めをはたしました。実際、わたしの所属している部隊は、おそらく欧州戦域で最後となる空挺《くうてい》作戦に参加したばかりです。夜間降下で、汚い言葉をつかわせてもらえば、そりゃもうクソみたいな体験でした」たしかに、コーヒーもドーナッツもない第八十二空挺師団の作戦室に陣取っていたのは、クソみたいな体験だった。ロジャーは謙虚さを装《よそお》うとした。「それに、もうひとつ」――フィールディングはおべんちゃらをいうやつに我慢がならないと聞いていたので、ここは慎重にいかなくてはならなかった――「ここにいるのがあなただからです。ビル・フィールディングという最高の人物の下で修行を積むチャンスだ。サーブするときはフラットでラインぎりぎりを狙って最高をめざすべきだ、というのがわたしの持論です。さもないと、一生後悔することになる」ロジャーは慎み深く――というか、自分では慎み深く見えるであろうと思う態度で――自分の落下傘《らっかさん》隊員用のブーツに目を落とした。

「きみは物怖《ものお》じしない男のようだな？」と、ようやくフィールディングがいった。

「はい」と、ロジャーは認めた。「自分を信じています。ここでも、そしてコートの上でも」ロジャーははっと気づいた。フィールディングは〝ノー〟とはいわなかった！

「試合のまえには、いくらでも好きなことがいえる。だから、わたしはなにもいったことがない。フランクはわたしの教え子だ。イギリスの空軍基地で見いだして以来、彼にはわたしとおなじく世界最高のプレーヤーになる素質がそなわっているとずっと信じてきた。きみもその仲間入りをしたいというんだな？　よかろう、きょうの午後、きみの腕前がそのエゴに見合うものかどうかを確かめてみようじゃないか。あるいは、その口に見合うものかを」

フィールディングはむきなおると、テラスから去っていった。

ロジャーは頭のなかでつぶやいた。あと一歩だ。

だが、ロジャーがダッハウを彼の〝いかずにすんだ場所〟のファイルに葬り去るためには、そのまえにベンソンと戦わなくては――いや、ベンソンを叩きのめさなくては

(まえむきに考えろ)——ならなかった。そして、それが容易なことではないのを、ロジャーは知っていた。ベンソンについて、ちょっとしらべていたのだ。ベンソンは三九年と四〇年にスタンフォードでナンバー・ワンとなり、四一年のフォレスト・ヒルズでは三回戦まで進出していた。カリフォルニア出身で、西海岸育ちの選手らしいゲームをした。堅いコンクリートのコートでプレーしていたので、サーブ・アンド・ボレーでつねに攻撃してくる、いわばパットン流のテニスだ。だが、陸軍航空隊に入ってから、テニスとは四年間ご無沙汰《ぶさた》していた。B-17の爆撃手として二十三回ドイツに出撃しており(空戦殊勲十字章までもらっていた! リーツのようなヒーローがここにもまたひとりだ)、シュヴァインフルト上空の修羅場を二度生きのびていた。テニスを再開したのは、リラックスして心を静めるためだった。兵役期間が終わりにちかづき、反射神経がおとろえ、神経がささくれ立ち、心に小鬼やセイレーンやフラックパフといった恐ろしい魔物が住むようになっていたのである。四四年の秋にフィールディングがツアーの最初の訪問地である空軍基地にやってきたとき、ベンソンは彼と対戦させられた。それは、ひと目ぼれ《ラブ・アット・ファースト・サイト》といってよかった。六-〇《ラブ》、六-〇《ラブ》で、ベンソンが勝ったのだ。絶頂期をすぎたとはいえ、それほど力が衰えていたわけではないフィールディングは、このすらりとして動きのすばやいカリフォルニア人のなかに素晴らしい素質を認めた。そして、ここに偉大なるプレーヤーとなる直前の二十年前の自分がいることを知った。

フィールディングはベンソンをすぐにでも手にいれたがった。そして、ベンソンが二十五回の出撃にあと二回足りないにもかかわらず、無理を押しとおした。

ベンソンは長身で痩せていて、しなやかなブロンドの髪に落ちついた灰色の目をしていた。きれいなフォームで、すばやくゆっくりと動いた。つまり、優雅にやすやすと動くので、決して突進したりもたついているようには見えないのだ。白いフランネルを着て、コートのなかを滑るように動いた。おかしなことに、彼は二〇年代から三〇年代はじめのフランネルのタックつきの長ズボンに固執していた。一方、もっと流行に敏感なロジャーは、子供のころからリグスやバッジのようなショーツをはいていた。ベンソンは思いきりトップスピンをかけて、跳ねあがる球を打った。ローラン・ギャロスのセンター・コートは球足のすごく遅い――アンツーカーほどではないが――クレイであるにもかかわらず、球はうなりをあげて飛んでいった。トーストの上でプレーしているような感じで、西海岸仕込みのベンソンのフォアハンドのドライブは、その表面でいくらか勢いをそがれていた。それでも、ウォーミング・アップで打ちあうロジャーには、相手がほっそりした身長七フィートの白い死に神に見えた。整然として動じることなく、誰にも止めることのできない相手だ。

だが、ロジャーの十八番は自信だった。そして、その自信はけさフィールディングと出会ってから、すこしも衰えていなかった。まえにも強打を打つ相手とは対戦したことがあった。肝心なのは、辛抱強く、狡賢く、ずぶとくプレーすることだ。大切なポイントでミスをせず、試合の重圧に押しつぶされないようにする。相手のいちばん得意な球をしのいでいれば、強打する選手はやがて癇癪《かんしゃく》を起こして、しだいに激しく、狂ったようにプレーしはじめる。そういう例を、ロジャーはこれまで何度も見てきていた。動揺し、あきらめてしまうのだ。こうした連中は、つねに勝利をもたらしてくれる厳しく非情な独善さを持ちあわせていなかった。

ローラン・ギャロスのセンター・コートを囲む傾斜のきついセメントの観客席は、いまや制服姿の人間であふれ返っていた。お偉いさんの陣取るボックス席の下のコート脇《わき》には花壇があり、春を迎えて明るく華やいだ花が咲き誇っていた。占領期間にここでプレーしていた整頓《せいとん》好きのドイツ人将校たちが、そのまま手入れをつづけていたのだ。ラコスト、ボロトラ、コシェの三選手は、かつてこの茶色い砂の敷かれたやわらかいコートを情け容赦なく支配していた。全盛期には〝三銃士〟と呼ばれ、ここで彼らに対抗できたのはパワーとコントロールと根性（これがいちばん重要だった）のあるフィールディングしかいなかった。したがって、ロジャーはたんなる選手というだけでなく、歴史や伝統の一部でもあるわけだった。彼はそれにどっぷり浸《つ》かり、魅了され、興奮していた。球はいまにも縫い目の部分で弾《はじ》け飛びそうに見えた。気のせいか、負傷した若者たちもしだいに熱狂しつつあるように感じられた。小旗が風にたなびき、影がはっきりしてきた。まっすぐきれいに伸びたコートのライン。真っ白な球。ロジャーは自信満々だった。ここそ彼のいるべき場所だった。

「オーケイ、それくらいでいいだろう」といって、フィールディングが肩慣らしをしていたロジャーとベンソンを呼び寄せた。

ふたりが腰をおろしてタオルで汗を拭《ふ》いているあいだに、フィールディングがコートの中央に出ていった。歓声がじょじょに高まり、すぐに熱狂的になった。フィールディングはマイクを手に観客とむきあい、サメのような笑みを浮かべた。

「やあ、みんな」声が拡大されて響きわたった。

「ビル、ビル、ビル」と、観客が連呼した。とはいえ、そのほとんどは若すぎて、フィールディングが神のようにテニス界に――そして、それよりもっと広い世界に――君臨していた二七年から二九年にかけての三年間について、はっきりと記憶してはいないはずだった。

「みんな」と、フィールディングははじめた。「きみたちのなかにはテニスについてほとんど知らないものがいることは承知している」中西部のトウモロコシ栽培地帯の訛《なまり》のせいで、プリンストンを出たフィールディングの声は平板に聞こえた。「だから、単刀直入にいおう。テニスは技術と根性と忍耐力のスポーツだ。戦争のようなものだな……ただし、こちらのほうがずっと厳しいが」

兵士たちは大声で笑った。ロジャーはうねるような活気にすっかり魅入られていた。ひとつの巨大な集団がスターのカリスマによって沸き立ち、操られていた。

「では、きょうはここで選手がどのようにプレーするのかをお見せしよう。ジョー・ディマジオとテッド・ウィリアムズを見たことがあるかな？　きみたちがこれから目にするのは、テニス界のディマジオとウィリアムズだ」

フィールディングは手慣れた調子で十分間しゃべりつづけ、ルールを説明し、まったく非の打ち所のないフランク・ベンソンとストロークのデモンストレーションをおこない、愉快な逸話をいくつか披露し、テニスをほかのスポーツと較《くら》べて持ちあげてみせ、スタミナとパワーと勇気の必要性、戦いの激しさ、精神面での駆け引きについて強調した。

それで話はおしまいだった。

「では、みんな」と、歓声に気を良くしてフィールディングがいった。「選手を紹介しよう。フランク・ベンソン大尉、スタンフォード大四一年卒、アメリカ合衆国第八航空軍所属、ドイツに出撃すること二十三回。もうひとりは、ロジャー・エヴァンス三等技術軍曹、ハーヴァード大四六年卒、アメリカ合衆国陸軍所属、戦略事務局付き、後方戦線での任務を何度か体験している――」

ただし、戦線といっても味方のだが。リーツがここにいてこの小さな嘘《うそ》を聞くことができないのは、ロジャーにとって幸いだった。

「——それでは」フィールディングはアメリカの国民的スポーツの伝統を茶化してつづけた。「プレーボール！」

すでに硬貨投げでベンソンが勝ち、サーブをえらんでいた。だが、それでも彼はネットのそばにきて、ロジャーが予想していたとおり、対戦相手と目をあわそうとした。

「がんばれよ、軍曹」と、ベンソンはロジャーにいった。

「そちらも、ボス」と、ロジャーはいった。

ロジャーはすばらしいテニス・プレーヤーだった。国内有数のプレーヤーといってもよかった。陸軍にはいってからはそれほど熱を入れて定期的にプレーしてはいなかったが、それでも腕が鈍らないように努力していた。対戦相手が見つからないときは基礎体力づくりに励み、コンディションを整え、限られた条件のなかで精一杯やっていた。だが、試合がはじまるとすぐに、自分が実力で相手に圧倒されていることを悟った。天才と努力家の差だった。ベンソンはどんな球でも強烈に打ち返してきた。白い球はベースラインにちかづいたところで回転がスピードに打ち勝ち、すとんと落ちた。そして、すごい勢いで跳ねたかと思うと、ロジャーにむかってとんでもないスピードで飛んできた。ベンソンのフォアハンドからくりだされる球はとくに威力があり、白煙をあげているような感じがした。早めにそれに気づいたロジャーがバックハンドに深い球を送りこむと、今度はスライスで返してきた。ベースラインで打ちあっていたのでは相手にならなかった。そこで、運良くかろうじて自分のサービス・ゲームを守り（ベンソンは真剣に攻撃してこなかった）、ゲーム・カウントが一－一になったところで、ロジャーはコーナーを狙って角度のあるドロップショットを打ち、まえに出ることにした（現在ではアプローチショットと呼ばれているが、当時のテニス用語では〝フォーシングショット〟といった）。結果はさんざんだった。球に相手を押しこむだけの力強さが欠けていたので、ロジャーがネットに駆け寄ると、ベンソンは見事に球筋を読んで、どのドロップショットもきれいに打ち返してきた。そして、その球はロジャーがボレーしようと飛びついたラケットのすぐ先をすり抜けていった。

十五分後、ロジャーは三－三で踏ん張っていたが、それはひとえに、ようやくサーブの調子が出てきたのと、トーストのようなコートで球が毛羽立ち、球足が重くゆっくりとなっていたせいだった。そのおかげで、ロジャーはふたつの大切なポイントで、ふつうのコートだったら――アメリカのコートだったら――決して届かないであろう球に追いつき、どちらの場合も見事にエースを奪うことができたのである。この試合のベストショットだった。

だが、均衡状態がいつまでもつづくはずはなく、そのことをいちばんよく知っているのはロジャー自身だった。彼は自信がしだいに揺らぐのを感じた。自己憐憫《れんびん》が押し寄せてこようとしているのがわかった。

あたらしい球になって最初のサービス・ゲームで、ロジャーはまず二ポイントを失った。ベンソンがロケットみたいなリターンをバックハンドで打ち返してきたのだ。スコアは〇－三〇で、心臓はあばら骨の奥で激しく鼓動していた。

一本目のサーブはフォールトだった。強いスライスがかかっていて、サービスラインをわずかにオーバーしたのだ。

ロジャーはあたりをちらりと見まわした。良くない徴候だった。集中力が途切れかけているのだ。大勢の兵士たちの注目を一身に浴びているような気がした。美人の看護婦が意地悪く冷たい表情を浮かべていた。審判席のすぐうしろのローンチェアに腰掛けているフィールディングは、まったくの無表情だった。

ロジャーは身体の両側から万力で締めつけられるのを感じた。ほとんど息ができなかった。

結局、ダブルフォールトで一ポイント失い、さらにつづけてダブルフォールトを犯して、自分のサービス・ゲームを失った。

ロジャーはコート・チェンジのあいだベンチにすわって汗を拭きながら、吐き気と戦っていた。この先には屈辱が待ち受けていた。自分が負けそうなのを悟って、コート上で気分が悪くなっていた。おまえは負けて当然の犬、ブタ、スカンク、クソ野郎だ。自己嫌悪《けんお》が薬物のように全身にいきわたり、世界がぐるぐるとまわってぼやけて見えた。泣きたかった。疲れがどっとこみあげてきた。

ちかくに誰かいたが、どうでもよかった。頭のなかは不公平だという思いでいっぱいだった。観客席、コート、ネット——なにもかもが怒りのあまり揺れていた。その怒りのむこうから、低く執拗《しつよう》な声が聞こえてきた。はじめはジミー・クリケットのような自分のなかの良心の声かと思ったが……。

「おい」と、声がささやいた。「あそこはおまえのいるべき場所じゃない。俺がもちこたえさせてやってるんだ」

すぐそばでベンソンが靴の紐《ひも》を結ぶふりをしながら、低い声でしゃべっていた。顔を伏せ、観衆からは見えないようにしている。

「ほんとうなら一ゲームも失わずに、いまごろ試合は終わっていたはずだ」

ロジャーはなにもいわなかった。じっとまえを見つめ、相手のあざけりに黙って耐えた。シャツの下を汗が流れ落ちていくのがわかった。ベンソンの言葉が真実であるのを、彼は知っていた。

「だが、今年はクリスマスが早くくる」と、ベンソンがいった。

その遠まわしな言葉がプレゼントを意味していたことが、やがてあきらかになった。

試合だ。

ロジャーはつづく三ゲームを連取して、第一セットを取った。ベンソンは競り合いを演じていたが、肝心なポイントでミスを犯した。ラインの一インチ内側に打ちこむだけでなく、逆に一インチ外側に打つこともできたのだ。第二セットにはいってロジャーは五ゲームを連取し、そこであいかわらず間抜けなプレーをしていたベンソンが一ゲームをブレークしたものの、第七ゲームをロジャーが取って、第二セットを――そして、試合を――ものにした。観衆の歓声と拍手が波のように押し寄せてきて、ロジャーを包みこんだ。だが、これがジョーク、悪ふざけにすぎず、自分にはそれを受ける資格がないことを、ロジャーは知っていた。妙に恥ずかしかった。

「おめでとう」と、ベンソンがいった。その落ちついた灰色の目には悪意と皮肉がこめられていた。「ボレーを習得するまでは、カリフォルニアには足を踏みいれないことだ」いかにも誠実そうに謙虚な笑みを浮かべていう。「それから、あたらしいお友だちと大いに楽しむんだな」

え？　いったいどういう――？

ベンソンは目を伏せて、押しのけるようにしてフィールディングの脇をとおりすぎた。

「フランキー、フランキー」と、かつてのスターが懇願口調でいった。

ベンソンは胸がむかつくといった感じで腰をおろした。

フィールディングがむきなおった。土色に日焼けした顔は、ロジャーにむけられた満面の笑みでしわだらけになっていた。目が踊っている。黄色い目に貪欲《どんよく》な唇を持つ、ぬめりとしたおぞましい老トカゲだ。

「きみ！」と、フィールディングはいった。「やったな。やったじゃないか」腕をロジャーの肩にまわして、ぎゅっとつかむ。五本の指が皮膚の下の筋肉をなれなれしくつかみ、こねくりまわし、支配しようとしているのを、ロジャーは感じることができた。

「きみはチャンピオンになるんだ」と、フィールディングはいった。「わたしのスターに」ロジャーの耳もとでしゃがれた声がささやきかけてきた。

ああ、勘弁してくれ、とロジャーは頭のなかでうめいた。

19

ここはシュムエルの縄張りといってもいい場所だったので、彼が先頭に立っていた。

敷地の周囲にはりめぐらされた有刺鉄線と濠《ほり》を通過するには、警衛所をとおっていくしかなかった。その結果、有名なドイツのスローガンの下をぐることになった――〝労働は自由を作る〟。

「ドイツ人はスローガン好きでね」と、シュムエルが説明した。

警衛所の先には点呼広場があった。足早にそこを突っ切り、収容所の中央路を歩いていく。両側に兵舎がたちならんでいた。全部で十五棟。それにくわえて、囚人病舎、死体保管所、そして刑罰ブロックがあった。収容所が解放されたとき、それぞれのブロックには二千人の囚人が押しこめられており、いたるところに死体が転がっていた。現在では衛生に気をつかうアメリカ軍の管理のもとで死体は一カ所に集められていたものの、臭《にお》いはあいかわらず凄《すさ》まじかった。リーツはシュムエルやアウスウェイスといっしょに道路を歩きながら、ひたすらまえだけを見るようにしていた。囚人たちがうろついていた。骸骨《がいこつ》のように痩《や》せこけた身体《からだ》に、囚人用のぼろぼろの亜麻布をまとっている。死体とほとんど変わりなかった。大量の食料と医療品が運びこまれていたが、それらはまだ囚人たちに大きな変化をもたらしてはいなかった。

ようやく目的地にたどりついた。右側の十一番目の兵舎。そこには、死を目前にしながら生きのび、いまではだいぶ回復してきているアイスナーという男がいた。シュムエルは初日にひとりで兵舎に入っていき、彼を見つけてきた。アイスナーは重要人物だった。仕立て屋だったからである。収容所のすぐ先にある作業場で、親衛隊の制服を仕立てていたことがあった。親衛隊のティーガー・ジャケットについて知っているのは、彼しかいなかった。アイスナーだけが、十一号基地に最後に出荷された制服の謎《なぞ》を解く手がかりを握っているかもしれないのだ。

リーツたちは兵舎のなかに入り、アイスナーを見つけた。楽しい仕事とはとてもいえなかった。悪臭ただよう兵舎から収容所の外にある親衛隊の管理部建物のなかのオフィスまで、アイスナーを連れていく。

きょうのアイスナーはいくらか調子が良さそうだった。わずかな体重をすこしは自分の脚で支えられるようになっていたし、動作にもぼうっとしたスローモーションのようなところがなくなっていた。ふたたび言葉をとりもどし、しゃべれるくらいまで体力が回復していた。

だが、彼はダッハウにも、ティーガーガー・コートにも、一九四五年という年にも、あまり関心を示さなかった。〝水晶の夜〟が起きるまえの一九三八年のハイデルベルク、素敵な店と妻と三人の子供がいた時代のことを話すほうを好んだ。妻と子供たちは東部に送られていた。

「つまり、死んだということです」と、シュムエルが説明した。

リーツはうなずいた。今回の件で、彼はまったく言葉を失っていた。強制収容所にきて三日がたち、ようやくここにもすこし馴《な》れつつあった。着いたその日は、もうすこしで頭がおかしくなりそうだった。いまでも、そのときのことは考えないようにしていた。

シュムエルは忍耐強く、ゆっくりとはじめた。すでにリーツとアウスウェイスは彼から警告されていた。「この男の信頼を勝ち得るのは、ひじょうにむずかしいでしょう。彼はあらゆるものを、あらゆる人間を恐れている。戦争が終わりかけていることさえ、よくわかっていない」

「それでも、つづけてくれ」と、リーツはいった。「われわれには彼しかいないんだ」

シュムエルはイディッシュ語でしゃべり、やりとりが一段落つくたびに英語に訳した。

「ミスタ・アイスナー、あなたはドイツ兵のための制服を作ってましたね？」

老人はまばたきした。ほうけたように三人を見つめる。唾《つば》を飲みこんだ。その目は焦点があっていないように見えた。

「とても怯《おび》えている」と、シュムエルがいった。老人は震えていた。

「コートです」と、シュムエルはいった。「コート。衣類。ドイツ兵のための。森のような色のコートです」

「コート？」と、アイスナーがくり返した。

いまや老人ははた目にもはっきりわかるくらい激しく震えていた。リーツは煙草《たばこ》に火をつけ、それを老人に渡した。老人は受けとったものの、リーツと目をあわせようとはしなかった。

「ミスタ・アイスナー、思いだしてもらえませんか。そのコートのことを」シュムエルはふたたびたずねた。

アイスナーがなにかつぶやいた。

「間違ったことはなにもしていない、申しわけありません、といっています。上の人間に自分が後悔していることを伝えて欲しい、と」と、シュムエルは通訳した。

「すくなくとも彼はしゃべってる」と、リーツはいった。きのうは、黙って彼らを見つめるだけだったのだ。

「これを見てもらえますか」と、シュムエルがアイスナーにいった。作業ジャケットから親衛隊のコートの素材となった迷彩柄の布地をとりだしていた。

だが、アイスナーは別の惑星からきたものであるかのように、それを見つめるだけだった。

シュムエルも最初のうちはこんな風だったことを、リーツは思いだした。シュムエルがうなり声以上のものを発するようになったのは、数週間後のことだった。そして、シュムエルはこの老人よりも若く、たくましく、おそらくは頭もよかったのだ。タフなのはいうまでもなく。

この状態が何時間もつづいたような気がした。シュムエルがそっと探りを入れ、老人がそれに抵抗する。そのあいだじゅう、老人はずっと怯えているように見えた。

「これじゃ埒《らち》があかない」と、リーツはいった。

「たしかに」と、シュムエルがいった。「こう制服姿の屈強な男がたくさんいては。異教徒が」

「散歩にいってこい、といわれているようだな」と、アウスウェイスがいった。「実際、悪くないアイデアだ。ふたりだけにしておこう」

「わかりました」と、リーツはいった。「けっこうだ。ただし、忘れないでもらいたい。記録だ。われわれが求めているのは記録だ。きっと書類かなにかがあるはずだ。命令書とか、積荷目録とか、よくわからないが、とにかくそういったものが――」

「わかってます」と、シュムエルがいった。

アウスウェイスはＪＡＡＴＩＣに提出する報告書があるということで、リーツはダッハウにひとりで取り残された。どうしようか？　いらついていて、街にある宿舎にもどっても眠れそうになかったので、倉庫と作業場のある建物にいくことにした。仕立て職人たちの作業場だ。収容所の外にある建物のあいだを抜けていく。このあたりは、むさくるしさとはまったく無縁だった。ふつうの軍事施設となんら変わりはなかった。薄汚れた煉瓦《れんが》造りの建物。殺風景な眺め。ほとんど人はおらず、あちこちで衛兵の姿を見かけるだけだった。瓦礫《がれき》が散らばっていた。

しばらくいくと、目的の場所に着いた。そこは当然のことながら、立入禁止になっていた。解放軍はすぐに、このような場所が記念品をあさる連中の格好の標的になると見抜いていたのだ。実際、すでにいくらか略奪がおこなわれていた。だが、リーツは必要な通行許可書を持っており、それを提示して、建物の外でカービン銃を手にして立っているむっつりした歩哨《ほしょう》の脇《わき》をとおりすぎた。

ここはガス室や火葬場や死体の積み重なった穴や身の毛がよだつような人体実験がおこなわれていた研究室とならんで、ダッハウの見学ツアーの人気スポットだった。ふだんは地獄をひと目見ようとやってきて——実際には他人の地獄だ——口をぽかんとあけている佐官級の将校、報道関係者、さまざまなＶＩＰで混みあっているのだが、きょうは誰もいなかった。リーツは黙って作業場の端に立った。薄暗くて細長い室内には、鏡がずらりとならんでいた。最高級の灰緑色の布地が何巻も床にころがっている。旗や横断幕につかうシルクの束、刺繍《ししゅう》用の金の紐のかたまり、さまざまな色の玉縁のリール、金の糸のリール。解放されたときの狂乱状態のなかで倒された仕立て用のマネキンが、そこいらじゅうに横たわっていた。その姿態は、外にある腐りかけた死体をあざけっているようにも見えた。かび臭かった――厚地のウールが、埃《ほこり》や鼻をつく血の独特な匂いを吸収していたのだ。静まりかえっていて、まるで霊廟《れいびょう》のような雰囲気がただよっていた。

リーツはここにくるたびに心をかき乱された。仕立て職人たちの作業場は、ものものしいイデオロギーや疑似宗教の壮麗さであふれかえっていた。鉤《かぎ》十字、親衛隊の洒落《しゃれ》た襟章、旗、鮮やかな色の部隊の袖章《そでしょう》、肩章《けんしょう》の上で翼をひろげて獲物を狙《ねら》っているアール・デコ風に様式化されたナチの鷲《わし》。リーツはいらだたしげに博物館のなかを歩きまわり、教訓を学びとろうとしたが、無駄だった。途中で、箱いっぱいの銀の髑髏《どくろ》のバッジを見つけた。親衛隊の帽子についているやつだ。箱に手を突っこむと、丈夫でなめらかで冷たい感触のものが指のあいだをすり抜けていった。実際、二十五セント硬貨のような感じだった。そのうちのひとつを手にとり、しげしげと眺める。頭蓋骨《ずがいこつ》はわざとらしい狡猾《こうかつ》な目つきでこちらを見ていた。肉食獣を思わせるぞっとするような笑みを浮かべている。だが、頭蓋骨のマークはナチの発明ではなかった。ドイツで誕生したものでさえなかった。イギリスの第十七槍騎兵《そうきへい》が十九世紀にバラクラヴァでロシアの大砲に突撃していったときに身につけていたのがはじまりだ。

仕立て職人たちが最後の日に仕上げていたものが、作業台にそのまま放りっぱなしになっていた。正装用軍服につけるスリーブ・バンドだ。細長い厚地の黒いフェルトに、手間ひまかけて太い金の糸で見事な刺繍がほどこされている。一インチほどの大きさのゴシック体の文字で、さまざまなナチ関係の有名人やもっとむかしのゲルマン民族の英雄の名前が綴《つづ》られていた。英雄や語りぐさになっている出来事を師団の名前につけて記念に残すのが、ドイツのやり方だった。ラインハルト・ハイドリヒ、テーオドーア・アイケ、フローリアン・ガイアー、警察師団、ダンマルクなどなど。最高の職人芸だった。だが、この細かい作業がユダヤ人の手でおこなわれたというのは、歴史のなんともいえない皮肉のひとつだった。ユダヤ人たちは生きのびるため、自分たちを殺す連中のために針仕事をおこなっていたのだ。そして、アイスナーのように実際に生きのびたものは、わずかしかいなかった。

リーツは最後の証拠物件にむかった――長い洋服掛けにぶら下がっている、積み込みを待つばかりの五着の制服。これらの制服を着ることになっていた人間が、もはやこの世からいなくなっていればいいのだが。それにしても、ドイツ人が制服好きなのはまちがいなかった。それが学ぶべき教訓、この件の核心なのかもしれなかった。制服は国家社会主義《ナチズム》の象徴ではなく、ナチズムそのものなのだ。リーツはこの思いつきに足をとめ、しばらく考えこんだ。装飾とメロドラマからなる宗教、劇的効果、過剰なまでの演出、壮大さ。だが、すべては上っ面《つら》だけで、深みも意味もなかった。五着のうち四着は、灰緑色の武装親衛隊の礼服だった。基本的には国防軍とおなじ上着とズボンで、区別をつけるために、すこしばかりはでに飾り立ててある。五着目は国家保安本部の恐るべき若者たちが着ている漆黒の制服だった。ヒムラーお気に入りの独特の制服で、優雅でぴったりした仕立てになっていた。乗馬ズボンのような感じだ。それを着てぴかぴかのブーツをはき、腕章をつければ、ナチズムという神学のもっとも根源的な部分が姿をあらわすはずだった。あるおぞましい一点について、ヒトラーは正しかった。あるいは頭のなかでだけかもしれないが、この制服は千年間にわたって生き残りつづけるだろう。リーツはなりふりかまわず見るものを虜にしようとする、しびれるような力を感じた。自分でも決まり悪いくらい、魅了されていた。洋服掛けにぶらさがっている制服から、目が離せなかった。

だが、この制服はナチズムのひとつの顔でしかなかった。リーツは別の場所で、それ以外の顔も目にしていた。この制服とは切っても切り離せない関係にある光景を。薄暗くて風通しの悪い部屋で黒い制服をまえにひとりで立ちながら、リーツはそのときのことを思いだした。

三日前のことだった。寒さがぶり返した日だったが、きょうとのちがいは気温だけではなかった。地質年代くらい大きな隔たりがあった。

彼らは屋根なしのジープに乗っていた。シュムエルといっしょに後部座席にすわっていたリーツは、作業ジャケットをさらにきつく身体に巻きつけた。アウスウェイスは助手席にいて、本来ならロジャーがいるべき運転席では第七軍団から借りてきたむっつりした若者がハンドルを握っていた。この世に誕生してから千年がたつダッハウの街の混雑した通りを通過してきたところだった。ダッハウは古風で趣のある街で、アメリカの車とドイツの魅力であふれていた。王石敷きの道路、高い屋根の石造りの家、金色の金属細工、花壇、小さな教会。民間人にまじって、アメリカ兵がいた。降伏したドイツ兵の集団も。

街を抜けてしばらくいったところで、ジープが止まった。唐突な止まり方だったので、リーツは顔をあげた。

「おい、どうした?」と、たずねる。

「ダッハウ強制収容所へ、ようこそ」と、シュムエルがいった。

集積場のようなところだった。有刺鉄線で囲まれた汚らしい場所で、あちこちにゴミの山があり、天まで届きそうな悪臭がしていた。トイレが詰まったのだろうか? わけがわからなかった。ドイツ人はきれい好きのはずだが。

操車場か? そうだ。線路があって、有蓋車と長物車が見捨てられて止まっていた。

貨物は略奪されたのだろう。干し草とか、麦わらとか……貨車に詰めこんであるように見えるのはなんだ？　丸太？　木片？　〝人形〟という単語が、ふと頭に浮かんできた。なかには小柄な人間そっくりの形をしたものがあったからだ。

そのとき、リーツはようやく気がついた。ずっとまえ、ロンドンでスーザンに無理やり見せられた写真では、ぼやけてはっきりしていなかった。だが、ここではなにもかもが鮮明だった。ほとんどの死体は裸で、無惨《むざん》なくらい痩せこけていた。だが、慎み深さとか栄養といったものは、この操車場で無視されている文明の法則のほんの一例にすぎなかった。死体は無数にあるように思われた。あらゆるところからはみだしていた。もつれあい、からまりあって、ひとつの巨大な織物を作りあげていた。リーツは喉《のど》もとにこみあげてきた食事をどうにか押し戻した。一瞬、息がつまった。腐敗臭と排泄物《はいせつぶつ》の匂いが混ざりあった強烈な悪臭で、空気がかすんで見えた。死と糞——ゲルマン民族の想像力をつかさどるふたつの重要な構成要素だ。

「まさかこれほどとは」と、アウスウェイスがいった。

運転手はジープからおりて、タイヤのそばで吐いていた。すすり泣きが聞こえた。

リーツはなだめようとした。「大丈夫、大丈夫だ」

「ちくしょう、ちくしょう、ちくしょう」と、若者はいった。

「大丈夫だ」と、リーツはいった。だが、彼自身も泣きたかった。連中のやっていたことが、いままさに目のまえにあった。写真で見たときには、目をそむければすべては消え去った。だが、ここでは目をそむけようにも、できなかった。

仕立て職人たちの作業場で、リーツは手をのばして黒い制服にふれた。これはただの服にすぎない。

「ジム?」

リーツはふり返った。

スーザンがいた。

20

まぶたにあたる日の光で、レップは目をさました。突然のまぶしさに、頭が混乱した。藁《わら》がちくちくと肌を刺しているということしかわからなかった。ためしに脚を動かしてみると、抗議するような甲高い声があがった。なま暖かい生き物がすぐそばを駆けていく。ネズミだ。

レップはぞっとして、すばやく横に転がった。温もりにひかれてレップの下にもぐりこんだネズミが、荷物のなかまで入りこんでいたのだ。レップはネズミを見つめた。神出鬼没で恐れを知らない、あつかましくてふざけた生き物だ。ネズミは一歩も引かず、うしろ脚で立ちあがっていた。知性をうかがわせる目をきらきらと輝かせ、ひげで空中から情報を収集し、ピンク色の舌をちょろちょろと動かしている。ロシアにもネズミはいた。牛くらいでかいやつが。だが、いま目のまえにいる洗練された生き物はシュヴァーベンの生まれで、抜け目がなく、こちらをあざけっていた。レップはライフルを投げつけた。外れたが、音に驚いたネズミは納屋《なや》の奥にあわてて逃げていった。

レップは藁から出て、所持品を集めた。ネズミはキャンバス地を食い破って、パンまで到達していた。まだひとかけら残っていたが、パンは濡《ぬ》れていて、細菌だらけだった。とても口にできるような代物《しろもの》ではなかった。胸がむかついて、レップはそれを納屋の隅に投げ捨てた。

ここは昨夜遅く、たまたま見つけた場所だった。からっぽの農場で、畑は荒れ放題、家には人の姿も家具もなく、家畜は消えていた。だが、アメリカ軍がとおったことをしめす地面の焼けこげた痕《あと》はどこにもなかった。レップはひどく疲れていたので、ここの納屋で休むことにした。

ここ数日は、野山を突っ切るように移動していた。親衛隊帝国《ダス・ライヒ》師団との不愉快な接触があった現場からできるだけ遠くに離れるまでは、道路は避けたほうが無難だった。人里離れたところにあるぬかるんだ農道をいけば、それだけ捕まる危険は小さくなった。親衛隊にも、アメリカ軍にも。

アメリカ軍のことを考えて、レップは不安になった。やつらはどこまできているのか？　自分はどれくらい寝ていたのか？　腕時計を見ると、まだ七時まえだった。外に目をやる。静かな田舎の景色以外、なにも見えなかった。昨夜は日が落ちたあとで、大砲の音を耳にし、閃光《せんこう》を目にしていた。敵はすぐそばまできているにちがいなかった。

レップは農家の庭に出てコンパスで現在地を確かめてから、南へむけて出発した。すでにハイゲーロッホのそばまできているのはわかっていたが、どれくらいちかいのかはさだかでなかった。だが、南へ進めばドナウ川という自然の大きな障壁にぶつかるはずで、それをたどってトゥットリンゲンという小さな工業都市へいき、そこで川を渡るつもりだった。とはいえ、橋を渡るというのもレップにとっては脅威だった。なぜなら、橋は当然のことながら、親衛隊がチェックポイントを設けていそうな場所だったからである。

人気のない畑には明るい陽射《ひざ》しがふりそそいでいたが、空気はまだひんやりしていた。植え付けはされておらず、なだらかな起伏のきちんと区分された農地は黒くぬかるんでいた。レップは歩きつづけた。あたりには誰もいなかったが、警戒は怠らなかった。途中で地平線の彼方《かなた》からふたつの物体が低空をすばやくちかづいてくるのに気づいた。レップは姿を見られるまえに、木立に身を隠した。春の朝に獲物をさがして飛びまわっている二機の巨大なアメリカの戦闘爆撃機だった。轟音《ごうおん》とともに頭上を飛んでいくとき、白い星が光って見えた。しばらくすると、数マイル東のほうから急降下する音が聞こえてきて、つづいて攻撃が成功した証《あかし》である煙がゆっくりと立ちのぼるのが見えた。

レップはそれを無視して歩きつづけた。午後遅くなるまで、誰の姿も見かけなかった。突然、南にむかうコンクリートの道路に出た。一瞬、足をとめる。地図があれば助かるのだが。道路標識はなかった。なにもない平らな土地が広がっている。レップは迷った。

ぬかるみのなかを歩いてきたので、あまり距離を稼げていないような気がした。どちらにしろ、道路に人影はない。結局、数マイルほど危険をおかして、道路を進んでいくことにした。危険な徴候をちょっとでも目にしたら、すぐに道路からそれて姿を隠せるように身構えていればいい。

このいまいましい任務のおかげで、すっかり臆病者《おくびようもの》になってしまったな。

舗装道路の上でレップは解放感を味わった。ブーツにこびりついて足を重たくしていたぬかるみのあとでは、固く締まった路面は天国のように感じられた。先を急がなくては。

小型軍用車の音を耳にして、レップはふり返った。驚いたことに、灰褐色の小型車がすぐそばまで迫ってきていた。

いったいどこからあらわれたんだ？

いまから隠れても間にあわなかった。すでに姿を見られていた。だが、車がさらにちかづいてくると、そこにはみじめな表情を浮かべた正規兵がぎっしり詰めこまれているのがわかった。彼らの顔は身にまとっている厚地の外套《がいとう》とおなじ灰色だった。

車はスピードを落とす気配さえ見せなかった。レップのすぐ脇をさっと追い抜いていく。むっつりした積み荷は、またぞろあらわれた逃亡兵にまったく関心をしめさなかった。それに勇気づけられて、レップはそのまま舗装道路を進みつづけた。さらに何台かの車が彼を追い越していった。なかには将校のいる車もあったが、とにかくどれも男たちでいっぱいだった。レップを乗せようにも、場所がなかった。彼らは全員が正規兵で、親衛隊員はひとりもいなかった。

一台の車がスピードを落とした。

「休まずに歩きつづけたほうがいいぞ。アメリカ軍がすぐそばまできてるからな」

「こっちは大丈夫だ、ありがとう」と、レップはいった。

「そうだな。降伏します、って全身に書いてある。とにかく、幸運を祈る。わがほうは全面敗北だ」

車はスピードをあげ、去っていった。

ちょうど日が暮れようとするころ、レップは懐《なつ》かしい友人たちと再会した。ゲルンゴス軍曹と泣き言たれのレンツ、それに工兵小隊のほかのメンバーたちが道路脇で彼を待っていたのだ。

彼らは木立の枝から整然とぶら下がっていた。ゲルンゴスはとくに激しく怒っているように見えた。体重でいまにも折れそうなくらい枝がたわんでいる。顔は紫色で、白い唾《つば》が唇のまわりにたまっていた。目は大きく見開かれ、眼球が太った顔から飛びだしそうになっていた。身体にかけられた標識には、〈クズ野郎はこうなる〉と書いてあった。

そばにいるレンツは、ひたすら哀《かな》しそうだった。

この光景にひきよせられて、ほかの落伍兵《らくごへい》たちの小さな人垣ができていた。彼らは呆《ぼう》然《ぜん》と死体を見上げていた。

「親衛隊のやつらがやったんだ」と、誰かが説明した。「あの太った男は最後まで抵抗してた。親衛隊の連中によると、ハイゲーロッホのちかくで仲間が撃たれたんだとか」

「犯人は工兵小隊だってことしかわかっていなかった。そこへちょうど、こいつらがとおりがかったってわけさ」

レップはその場をそっと立ち去った。頭のなかは、すでにつぎに待ち受けている問題のことでいっぱいだった。橋だ。このあたりは、ドナウ川のかなり上流にあたっていた。源流は西へ五十キロもいかないドナウエシンゲンの街で、シュヴァルツヴァルトの二本の川――ブレーク川とブリガッハ川――が合流している地点だった。切り立った崖《がけ》に囲まれた美しい峡谷をいく流れはかなりはやく、この時期に泳いで渡るのは不可能だった。雪解け水で増水しているからだ。ボートをさがしている時間もないだろう。レップは道路を歩きつづけて、ドナウ川を挟んでトゥットリンゲンの反対岸にある数軒の家からなる名もない小村に立ち寄った。裏庭を突っ切って石壁を乗りこえると、その先に道路と木立があった。木立を抜けると、すぐそこにはなにもない空間が大きく口をあけていた。崖っぷちに出たのだ。双眼鏡が欲しいところだった。

とはいえ、双眼鏡がなくても川の流れははっきりとわかった。黒くのっぺりした川面《かわも》は、六つのアーチを持つ石橋によってきれいに分断されていた。橋までつうじる道路が崖についていた。薄れゆく光のなかで目を凝らすと、橋の脇に二台の四号戦車が配置されているのが見えた。まだら模様の小型軍用車と数台のオートバイがそばにならんでいる。橋の反対側では、男たちが防御陣地を掘っているようだった。そして、中央のアーチにもやってあるのは、筏《いかだ》ではないか？ それに乗って、ふたりの兵士が爆発物を取り付けようと四苦八苦していた。レップはその理由にすぐに思いあたった。あたりまえだ。橋を爆破するために南に派遣されてきた工兵たちは、親衛隊の手で処刑されてしまったのだから。

もしもあやふやな話と出し遅れの証文みたいな書類を持ってあそこにおりていけば、その場で逃亡兵とみなされて撃ち殺されるか、防衛境界線に配置されるかのどちらかだろう。あの若者たちは、アメリカ人が到着したときにひと騒動起こすつもりにちがいなかった。対戦車用兵器ですこし楽しんでから、橋を渡って撤退し、アメリカ人どもの目のまえでそれを粉々に爆破しようというのだ。そういう任務をおびている彼らが、レップはうらやましかった。それこそ、自分がいまやっているようなゲームではなく、本物の戦争だった。一瞬、自分のことを考えてみる。用意周到なベテラン、火急の際にも決してあわてることのない男だ。レップはその男の幸運を祈った。だが、それは彼の本来の仕事ではなかった。彼の仕事は、川を渡ってさらに南へと移動しつづけることだった。

だが、どうやって渡るか？

レップは時間が差し迫っているのを感じた。アメリカ軍がやってくるまで、あとどれくらいあるだろう？　やつらが姿をあらわすまえに、なんとしても向こう岸にいかなくては。アメリカ軍の攻撃を受けるのは、一度でたくさんだった。とはいえ、川沿いに東へむかっても、なんの解決にもならなかった。どちらかといえば、川はさらに大きな障壁となるだけだ。別の橋で、別の戦闘が待ち受けているにちがいない。

レップは崖っぷちにしゃがみこんで、考えこんでいた。

「景色を楽しんでるのかな？」と、耳ざわりな声がたずねてきた。

レップはふり返った。男が音もなく忍び寄ってきていた。こういうことに心得があるのだろう。薄れゆく光のなかで、相手がタフそうな顔立ちと非情な目をしているのがわかった。親衛隊の軍曹だ。迷彩柄の上着を着て、突撃銃を抱えて、目のまえに立っている。軍曹の肩越しに、木立のむこうの道路にとまっている半装軌車が見えていた。荷台には大勢の兵士たちがいた。

「はい、軍曹」と、レップはこたえた。手はすでに用心深く上着のなかにすべりこませてあった。

「おまえもふらふらしている連中のひとりらしいな。部隊からはぐれて、再合流しようとしている、だろ？」男の目にはひどく面白がっているような光があった。

「書類があります」と、レップは説明した。

「書類なんてクソ食らえだ。そいつでケツでも拭《ふ》いてろ！　おまえを任務から解く総統直筆の手紙を持っていようと、かまうものか。われわれはあの橋でアメリカ人を歓迎するために、ちょっとしたお祭り騒ぎを計画している。おまえも喜んで参加してくれるだろうな。みんな招待されてるんだ。もう一度、戦ってもらおう。しかも、今度は親衛隊の一員として。さもなければ、こいつを味わうことになるが」突撃銃をしめしてみせる。

レップは立ちあがった。この男を撃つべきか？　そうしたところで、逃げ道は下しかなかった。五十メートルの崖だ。

「はい、わかりました」と、レップはしぶしぶいった。

ちくしょう！　今度はなんだ？

レップはライフルを拾いあげようとした。

「そいつは放っておけ」と、軍曹が死刑を宣告するときのようなやさしい口調でいった。「戦車が相手では役に立たないし、今夜のメニューにのってるのはその戦車なんだ。それとも、なにか？　俺がおまえに背中をむけて、そいつでみすみす撃たれるとでも思っているのか？」

「いいえ、軍曹」

「ブフナー少佐に人手を集めてこいといわれたが、こうしてきてみると、いるわいるわ。

性根の腐った臆病者どもばかりなのが玉に瑕《きず》だが、人手に変わりはないからな。さあ、さっさといけ」そういって軍曹はレップの戦闘服をつかむと、軽蔑《けいべつ》したようにまえに投げ飛ばした。

レップは地面に転んで、肘《ひじ》をすりむいた。起きあがりかけたところで尻《しり》を蹴飛《けと》ばされ、ふたたび道化師みたいにはいつくばる。レップは痛む肘をさすりながら立ちあがり――半装軌車で男たちが笑っていた――懸命に走った。うしろから軍曹がはやしたてながら追いかけてきた。

「ほら、走れ、やせっぽち。アメリカ軍がやってくるぞ」

レップは小走りで半装軌車にちかづいた。何本かの手にひっぱりあげられ、気がつくと、武装解除されたみじめな国防軍の兵士たちのなかにいた。全部で十人くらいだろう。そのむこうに、短機関銃を手にした親衛隊の伍長がふたり、君主のように一段高いところにすわっていた。

「また志願兵だ」と、軍曹が運転席に乗りこみながらいった。「さあ、いくぞ」

ふたたび捕らえられ、自殺行為と変わらない攻撃に参加させられるのも気がかりだったが、さしあたってレップがもっと心配していたのは、ブフナー少佐のことだった。彼の名前がウィルヘルムだとするならば、そいつはレップがクルスクでいっしょに戦ったことのある男だった。

「よし、みんな」坂をおりたところで半装軌車がとまると、軍曹が叫んだ。「夕食のために働く時間だ」それから、「サー」と誰かに呼びかけた。「さらに十名、怠け者ばかりですが、ぜひともわれわれに合流したいそうです」

「そうか。まだ地雷の設置が終わってなくてな」前方の暗闇《くらやみ》から大きな声が聞こえてきた。ウィルヘルム・ブフナーの声だろうか？　「そいつらには穴掘りをさせろ。もうすぐお友だちがやってくるのはまちがいないからな」男の声は上のほうからしているような感じがした。目が夜の闇に慣れてくるにつれて、将校が戦車の砲台の上に立っているのが見えてきた。

将校は、橋の上に車でしつらえた間に合わせのバリケードのまわりにたむろする部下たちにむきなおった。「みんな、日が昇るまえにお楽しみが待ってるぞ。パーティの景品やらなにやらが」将校のまわりではいっせいに笑い声があがったが、レップのそばにいた男はこうつぶやいた。「ちくしょう、ここにもまた頭のいかれた英雄がいやがる」

「ほら」と、誰かがレップに対する敵意を隠そうともせずにいった。「こいつが今夜のおまえの武器だ」シャベルだった。

「よし、お嬢さんがた、さっさと働け。おまえたちはいまや親衛隊の一員だ。そして、親衛隊はいつでも忙しく働いてるんだ」レップをふくめた新参者たちは、橋への接近路へ連れていかれた。そこではすでにほかの連中が、短機関銃を持った親衛隊の装甲擲弾兵たちに見張られながら、穴掘りをしていた。

「俺だったら、いわれたとおりに穴を掘るぞ。アメリカ兵がでっかい緑色の戦車にのってやってきたときに、隠れる場所が欲しいからな」

レップは一瞬にして、計画の概要を見てとった。親衛隊員たちはバリケードがわりに配置された車のまわりで待機して、より大型の武器をあつかう。二台の戦車のほかに、七十五ミリ砲と数挺《ちょう》のMG-42をレップは見かけていた。残りの連中、すなわち銃口を突きつけられて無理やり連れてこられた新兵たちは、このなにもないところに掘られた穴に陣取る。最後の瞬間になって、彼らは武器を渡されるだろう。おそらく、対戦車ロケット砲のパンツァーファウストだ。だが、彼らのおもな仕事は犬死にすることだ。敵の銃撃をひきつけ、戦車を一台か二台吹き飛ばし、相手を攪乱《かくらん》し、前進を食い止める。そのあいだに親衛隊の連中は狙いをさだめ、戦車と七十五ミリ砲で相手を攻撃する。それから、徴集兵が稼いでくれた時間を利用して橋を渡って撤退し、橋を爆破し、トゥットリンゲンで戦争が終わるのを待つ。国防軍の兵士たちに退却の道は用意されていなかった。彼らには第二のスターリングラードが待っているだけなのだ。

「軍曹殿」と、レップの横にいた男が抗議の声をあげた。「これはなにかのまちがいです。休暇書類ならそろってます。ほら、ここに。シュトゥットガルトちかくの第九野戦病院に入院していて、アメリカ軍がくる直前に退院したんです。自分はもう使い物になりません。ロシアで二度——」

「黙れ」と、親衛隊の男がいった。「書類なんて知ったことか。おまえはいまここにいる。そして、ここにとどまるんだ。その舌とおなじくらい、パンツァーファウストのあつかいが達者だといいがな」軍曹は大股《おおまた》で去っていった。

「こんなのってないぜ」と、男はレップの隣で穴を掘ろうと上体をかがめながらいった。「こっちには書類があるんだ。おつとめをはたして、お役ご免になったんだ。頭がひどく痛むんだよ。ずっとつづいてる。どうやってもそれが治まらなくてさ。ときどき、小便もまともにできないくらいひどく震えることもある」

「いまは黙って掘ることだ」と、レップは忠告した。「いくらいったって、あいつらには通用しないさ。アメリカ兵に刃向かうのとおなじで、問答無用で撃ち殺されるのがおちだ。途中で、やつらに吊《つる》された味方の工兵たちを見かけた」

「とにかく、こいつはまちがってる。俺は戦争から完全に抜けたんだ。ロシアから生きて帰れるとは思わなかったが——」

「声をおさえろ」と、レップはささやいた。「さっきの軍曹がちらりとこちらを見たぞ」

レップは穴掘りに専念した。

「これがどういうことか、わかるか？」と、男がいった。

「さあね。わかっているのは、銃を持った男に掘れと命令されたってことだけだ。だから、掘るんだ」

「こいつは戦争とはなんの関係もない。戦争は終わったんだ。うわさじゃ、大物連中はユダヤ人の黄金を持ってとんずらしたそうだ。そうさ、ユダヤ人から盗んだ黄金をすべて持って逃げたんだ。だが、アメリカ人もそいつを欲しがってる。ユダヤ人の黄金を狙《ねら》ってるんだ。ユダヤ人がいなくなったいま、誰もがそれに目をつけてる。ところが俺たちときたら、こんなことに巻きこまれて——」

「文句をたれるのもいい加減にしろよ、教授」と、レップはいった。「自動拳銃《けんじゅう》を手にした男にはさからえないだろ」

彼らはしばらく黙って穴を掘りつづけた。レップは懸命に働いた。肉体労働で気分がすっきりしていた。自分の担当部分を四角く掘り、土をふちに積みあげて壁を作って、そこに射撃用のV字型の切り込みをいれる。土に食いこむシャベルの音と、観念した男たちの小さなうなり声が聞こえてきた。親衛隊の装甲擲弾兵たちが、そのあいだを見まわっていた。後方の橋に配置された車のまわりでは、ほかの親衛隊員たちが砂袋をならべたり武器を調整したり弾薬を木枠からとりだしたりしていた。ときおり遠くのほうで散発的な爆発音がした。一度、自動火器を連射する音が響きわたった。

「手榴弾《しゅりゅうだん》トラップを作っておいたほうがいいな」と、レップは汗びっしょりになりながらいった。冷たい夜気のなかで、肌が火照《ほて》っていた。狙撃《そげき》に悪影響をあたえるかもしれない手の水膨れがすこし気になったが、その可能性をあまり真剣に考えることはできなかった。今夜をどうにかして生きのびなければ、狙撃する機会は訪れないのだ。

「そうだな」と、教授がいった。「アメリカ人どもがすぐちかくまできたときのために」

ふたりは穴の底にしゃがみこみ、水平方向に穴を掘って、爆風が逃げだしてこないように手榴弾を奥に蹴りこんだ。いきなり教授がレップの耳もとでささやいた。「ここから逃げだそうぜ。いまじゃなくて、穴がすべて掘り終わって、親衛隊の連中が戦車のところへもどったときに。川沿いに戦闘現場から離れていくんだ。アメリカ軍がこいつらを片づけたら――」

「無理だ」と、レップはいった。「旋回砲塔にいる男は機関銃を持ってる。最新鋭のジェット機みたいに飛べるんでなければ、俺たちはすぐにやられる。着いてすぐに考えたんだ」

「ちくしょう！　いちかばちかだ。ここにいたって死ぬだけだぞ。そのために俺たちは連れてこられたんだ――死ぬために。連中は俺たちのことなんてこれっぽっちも気にかけちゃいない。実際、これまで一度だってそんなことはなかった。やつらはあと何人かアメリカ兵を道連れにしたいだけなのさ――」

だが、レップは軍曹に話しかける将校の声のほうに耳をかたむけていた。ブフナーだろうか？　かもしれない。「運転手と機関銃手を用意してくれ。小型軍用車で崖の上にいき、敵がなにを手間取ってるのか見てくる」

「サー、部下をいかせて――」

「自分でいく」と、将校がいった。まちがいない、こいつはブフナーだ。いかにもブフナーらしい。東部戦線で、彼は必要以上に戦火に身をさらす男という評判をすぐにとっていた。

「もどってくるときにはライトを点滅させる。わかったな？」

「はい、少佐殿」

それから、少佐は去っていった。レップは教授といっしょに塹壕《ざんごう》のなかでじっとしていた。

「戦闘がはじまるまで待ってられないぞ。そうなったら、絶対に逃げられないからな。怒り狂ったアメリカ兵どもに吹っ飛ばされちまう」と、教授がいった。「あいつらは黄金の匂《にお》いを嗅《か》ぎつけたんだ」

激しい銃声が前方から聞こえてきた。アメリカ軍の縦隊が村で抵抗にあっているのだろう。崖の上の村に残された連中はかなりがんばっていた。

「俺たちはあの機関銃の真正面にいる」と、レップはこたえた。「ずたずたにされるのがおちだ。ソーセージみたいにされるだろう。無駄だ。とりあえずリラックスしろよ。煙草《たばこ》を持ってるか？」

「吸わないんだ。喉《のど》を撃たれてから、吸いたくなくなってね」

「よし、おまえら」と、軍曹が大きな声でいった。「警戒態勢にはいれ。いつショーがはじまるかわからないからな」

「なにも見えやしないぜ」と、教授がいった。「あいつらは本気で黄金を狙ってるんだな。ふつうは、暗くなると前進したがらないのに」

「みんな、興奮するなよ」と、軍曹が後方の車のほうから低くやさしい声でいった。

「落ちつくんだ」

「俺たちには武器がなんにもないぜ」と、ちかくで誰かが叫んだ。

「もちろん、国防軍の兵士諸君のことも忘れてはいないさ」

MP-40のボルトをロックする音が聞こえてきた。爆音が轟《とどろ》き、レップはぎくりとしかけた。戦車の一台が息を吹き返し、旋回砲台に動力を送りこみはじめた。もう一台もそれにつづき、排気ガスの匂いが漂ってきた。エンジン音越しに、もっと太いうめき声がしていた。旋回砲塔が回転して、その長い七十五ミリ砲の砲身を橋への接近路にむけようとしているのだ。

突然、穴のふちから男がレップたちをのぞきこんだ。

「ほら」と、男がいった。気温が下がっていたので、息が霧のように白くたなびいて見えた。「対戦車ロケット砲をつかったことは？　リア・サイトをのぞいて、弾頭のピンを目標にあわせるんだ。引き金は上についてる。そのレバーを手前にもどすと、発射準備完了だ。押せば発射される。すごい勢いで砲弾が飛びだして、アメ公の作ったものをなんでも木っ端《こぱ》みじんにしてくれる」

「冗談じゃないぜ」と、教授がうめいた。「武器って、これだけか？　パンツァーファウストだけ？」

「すまんな。こっちもいわれたことを伝えてるだけでね。第一目標は戦車だ。つぎが半装軌車。けど、半装軌車だからって油断するなよ。ただの部隊輸送用の車じゃないからな。なかには四十五インチの機関銃をワイヤーでとめてる車もある。とんでもない代物だ。それから、少佐が命令するまで発砲はなしだ。忘れるなよ」

男は別の穴にもぐりこんだ。

「もうダメだ」と、教授がいった。「こいつは自殺と変わりない」パンツァーファウストを持ちあげてみせる。三十二インチの筒の片端に五インチの丸いふくらみがついていた。「一発撃って、それでおしまいだ」

前方の銃声が激しさを増し、夜の闇《やみ》に閃光《せんこう》が走った。

「ちくしょう。アメリカの戦車と親衛隊の戦車にはさまれた穴のなかでくたばるとはな。

あんなに苦労して生きのびてきたってのによ」教授は小さな声で泣きはじめた。塹壕のへりに腕をのせ、そこに顔を埋める。

銃声がやんだ。

「よし」と、レップが静かにいった。「やつらがくるぞ。用意するんだ」

教授は塹壕のうしろの壁にもたれかかった。頬に涙の痕《あと》が残っていたが、どうやらいくらか自分と折り合いがついたようだった。すくなくとも、あきらめの表情を浮かべていた。

「とりあえず逃げようとしてみるべきだったんだ」と、教授はいった。「こんな風に、ただ死んでいくなんて。しかも、なんの意味もない。まったくアホらしいったらないぜ」

「たぶん、あれだ」と、レップは前方を見据えながらいった。引き金のアームをうしろにひいて対戦車ロケット砲をいつでも撃てる状態にし、肩にのせる。まえのほうが重かったが、自分でこしらえた塁壁の切れ込みにはさんで、しっかり固定した。照準は原始的なものだった。金属製の輪が弾頭についているピンと一直線になるようにする。

「きたぞ」と、レップは平板な声でいった。

「おい、よせよ。あれは少佐だぜ。いまライトが点滅した」

「みんな、あわてるな。あれは少佐だ」と、軍曹が叫んだ。

「きた」と、レップはいった。すっかり集中していた。右手の二本の指を発射ボタンにかける。

「気でもちがったのか？」と、教授が興奮した口調でささやいた。「あれは少佐だぞ」

「よし、きた」と、レップはいった。いまでは、こちらにむかって土埃《つちぼこり》を立てながら疾走してくる小型軍用車がはっきりと見えていた。暗闇のなかで薄い黄色と砂色の迷彩柄がうっすらと浮かびあがっていた。ライトがふたたび点滅した。ウィルヘルム・ブフナーが自分の船のコックピットにいるヨット愛好家のように両手でフロントガラスの枠をつかみ、髪の毛をなびかせて、退屈そうな表情を浮かべて立っていた。

レップは発射した。

小型軍用車は閃光とともに炸裂《さくれつ》し、強烈な衝撃が走った。車は横転して止まり、ガソリンタンクに炎が引火した。

「なんてこった」と、教授がそのあとにつづいた沈黙を破っていった。「あれは――」

「どこのどいつが撃った！　ぶっ殺してやる！」と、軍曹が怒鳴った。だが、それをきっかけに、みんながいっせいに発砲をはじめた。対戦車ロケット砲がさらに二、三発発射され、爆発音がとどろいた。後方のバリケードで機関銃がうなりをあげはじめ、あちこちでライフルの音がした。さらには戦車の七十五ミリ砲が轟音《ごうおん》を立て、砲身から長い炎が飛びだした。

レップは教授を乱暴につかむと、自分のほうに引き寄せた。

「いくぞ！　いまがチャンスだ。そばについてろ。そしたら、助かるかもしれない」

レップは教授を突き放すと、低い姿勢で塹壕のふちから外に出た。橋にむかって、這《は》いはじめる。銃声はますます激しくなっており、軍曹がそれに負けじと怒鳴る声が聞こえてきた。「ちくしょう、アホどもが、撃つのをやめろ！」

混乱に乗じて、レップはバリケードまでたどり着いた。すぐうしろから教授があわててついてきているのがわかった。レップは大胆に立ちあがると、小型軍用車とオートバイのあいだをとおって橋の上に出ていった。

銃声がやんだ。

「誰が撃った？　どこのどいつだ？　ちくしょう、あれはブフナー少佐だったんだぞ」と、軍曹が正面で叫んでいた。「ちくしょう、犯人をいわなければ、おまえらブタどもを全員殺してやる！」

レップは頭を動かして「ついてこい」と合図し、親衛隊長のように堂々と大股でまえに進みでた。

暗闇のなかから装甲擲弾兵があらわれた。ライフルをレップの腹にむけている。

「どこへいくつもりだ？」

レップは手にしていたパンツァーファウストの発射管で相手の頭を横殴りになぐった。

ヘルメットのすぐ下を狙った必殺の一撃だった。衝撃が腕に伝わり、兵士はどさりと音を立てて横に倒れた。装備が橋にあたってがちゃがちゃいった。

「走れ」と、レップは教授をつかんで橋のほうへ押しやるようにしながらささやいた。

「もたもたするな！」

教授は呆然《ぼうぜん》としながらも走りだし、そのままかなりのところまでいけそうに見えた。

「あそこだ！　あそこに犯人がいるぞ！」と、レップは叫んだ。

そのころには、すでにほかの兵士たちも教授の姿を目にしており、すぐに銃撃がはじまった。

教授が逃げていった方角に銃弾が雨あられと降りそそぐなか、レップはゆっくりと橋の下の斜面をおりて、川岸にたどり着いた。

臨時の爆破作業員たちが残していった筏が杭《くい》に結びつけてあった。レップはそれに荷物とヘルメットを投げこむと、冷たい水のなかにはいって、筏にしがみつきながら暗闇のなかに泳ぎだしていった。ほとんど川を渡りきったところでアメリカ軍が到着し、戦闘がはじまった。レップが疲れきって震えながら水からあがったときには、アメリカ軍の戦車は距離を詰めて、バリケードを徹底的に破壊しはじめていた。

レップは土手を這いあがった。後方ではいくつもの小さな太陽がピンク色のかすみにつつまれながら沈んでいき、曳光弾《えいこうだん》が川の上を飛びまわっていた。だが、レップは自分が射程外にいることを知っていた。
そして、まだスケジュールどおりに進んでいることも。

21

「こんなところでなにしてるんだ？」それしかリーツはいうことを思いつかなかった。

「働いてるのよ。野戦病院で」

「ああ、スーザン。じゃあ、見たんだな。すべて」

「忘れてるんじゃない。あたしはすべて知ってた」

「だが、われわれは信じなかった」

「もちろん、もう手遅れだけど」

「そうだな。どうしてここへくることに？」

「罰よ。騒ぎを起こしたことへの。はでに騒ぎ立てた結果、あたしは公式にシオニストとして認定されたの。そのうち、フィシェルソンが亡《な》くなって、センターも閉鎖された。イギリス側から文句が出て、あたしは難民収容所の野戦病院にまわされた。あいつらが手をまわしたのよ。ロンドンのありがたみがわかってない、ってことらしいわ。そのとき、ベルゼンの強制収容所のことを耳にして、そこへいかせてもらおうとした。でも、そこはイギリスの支配地帯だったから、受け入れてもらえなかった。それから、ダッハウの強制収容所のことがあきらかになった。アメリカの支配地帯よ。難民収容所の医師はあたしを高く評価してくれていて、あたしにとってそれがいかに重要なことかを知っていた。それで、ここへこられるように手配してくれたの。わかった？　きちんとしたコネさえ持っていれば、簡単なことよ」

「ここはひどいな」

「ひどい――あまりじゅうぶんな言葉とはいえないわね。でも、ええ、たしかにひどいわ。そして、ダッハウなんてベルゼンに較《くら》べればなんでもない。ベルゼンはソビボルに較べればなんでもないし、ソビボルはトレブリンカに較べればなんでもない。そして、トレブリンカはアウシュヴィッツに較べればなんでもない」

リーツがはじめて耳にする地名ばかりだった。

「聞いたことのない地名だな。どうやら、きちんと新聞に目をとおしていなかったらしい」

「みたいね」

「シュムエルとは会ったかい？　いっしょなんだ。元気にしてるよ。いっただろ、彼なら大丈夫だって」

「聞いたわ。戦略事務局の分遣隊にアメリカ軍の制服を着たユダヤ人がいるって。それでわかった」

「例のドイツ人をまだ追いかけてるんだ。そのためにここへきた」

「ひとりのドイツ人を追って？」

「ああ。特別な男なんだ。特別な任務を――」

「ジム、やつらは何千人といるのよ。何千人と。ひとり増えようが減ろうが、それがなんだっていうの？」

「いや、こいつはちがうんだ」

「いいえ、みんなおなじよ」

アウスウェイスはＪＡＡＴＩＣに出す報告書をまとめているのではなかった。先ほどようやく転送されてきた兄からの手紙に対して、返事を書いていた。

〝親愛なるランドルフ〟と、アウスウェイスははじめた。

手紙をどうもありがとう。リスボンが興味深いところで、プリシラが元気だというのは、なによりです。

うわさはどれも信じないでください。どうかご心配なく。ちかごろの自分の行動がまわりの人間には理解しがたく、一部でいろいろ取りざたされているにちがいないことは承知しています。わたしはアメリカ人に降伏したわけでも、同胞を見捨てたわけでもありません。自分をロバート・グレーヴズだとは考えていませんし、頭がおかしくなったわけでもありません（手紙にはっきりそう書かれていたわけではありませんが、兄さんの外務省らしい言い回しの下にそういうほのめかしがあるように感じられたので）。

わたしのほうはまずまずです。完全に復調しました。いいえ、つきあっている女性はいません。つきあうべきなのかもしれませんが。古くからの友人たちにも会っていません。わたしのいくらか天《あま》の邪鬼《じゃく》な好みからすると、彼らはすこし親切すぎるのです。わたしはみずから進んでアメリカ人のなかに身を置いています。なぜなら、アメリカ人はみんな愚か者で、自分たちのことしかしゃべらないからです。子供と変わりありません。自分のこと、出身地のこと、祖国のこと、過去のこと、未来のことを絶えず話している。おかげでオフィスは騒音の洪水です。彼らは自分のことにしか興味がなく、わたしは説明しなくてすみます。同情のこもった悲しげな目でじっと見つめられることもない。あのあとで調子はどうかと気づかってたずねてくるものは、ひとりもいないのです……。

親愛なるランドルフ、爆撃で妻や子供をなくしたものは、ほかにも大勢います。ジェニファーとティムの一件は、すっかり乗り越えました。それを受け入れ、ほとんど思いだすこともありません。いまでも自分を責めているというのは、兄さんの考えすぎです。いまこちらはとても活気づいています。恐ろしいドイツ人を追いかけているところで、戦争でこれほど楽しい思いをしたことは一度も……

アウスウェイスはそこで書くのをやめた。また泣きそうになるのを感じた。書きかけの手紙をまるめて部屋の隅に放り投げると、椅子《いす》の背にもたれて鼻柱をつまんだ。痛みは消えなかった。この先も、はたして消えることはあるのだろうか。なにかひと口飲《や》れたらいいのだが。だが、ここにはなにもなかった。すこし眠っておこうか、とアウスウェイスは考えた。リーツはどこだろう？　オフィスに残してきたふたりのユダヤ人のところにもどるべきだろうか？　なにかせずにはいられなかった。それだけは、はっきりしていた。

シュムエルは簡易寝台に横たわる老人を見つめていた。眠りながら、ときおり身じろぎしている——内面の苦痛に突き動かされているのだろう。呼吸は浅くかすれていて、喉がぜいぜいと音を立てていた。半開きの口の片隅で、よだれの泡がふくらんだ。乳白色の肌はたるんでいて染《し》みがあり、細かな青い血管でおおわれていた。毛布を祈禱《きとう》用の肩掛けのように身体《からだ》に巻きつけているせいで、脚がはみだして簡易寝台からこぼれ落ちていた。この老人はどういうわけか生きのびた。シュムエルとおなじ、意味のない例外、変わり種だ。その唯一《ゆいいつ》の役割は、地上から抹殺されたもっと大勢の同胞のため、その数の大きさの物差しとなることだった。

どうしてアメリカ人はでっぷり太った親衛隊の将校たちを捕まえられなかったのだろう？　熱心な協力者、冷笑家、裏切り者を？　それに、あと一日はやければ、倉庫の資料を処分されずにすんだだろうに。そう、ここでもレップはついていた。あとにはなにも残されておらず、彼らは仕立て屋のアイスナーの苦痛に満ちたあやふやな記憶に頼るしかなかった。

「忘れないでくれ。記録だ」と、リーツはいっていた。

だが、シュムエルは自分がはじめてリーツとアウスウェイスに尋問されたときのことを思いだしていた。こわもてで洒落《しゃれ》た身なりをした異教徒がふたり。無表情な目と冷淡な顔をした制服姿の男たちだ。彼らとドイツ人と、どこがちがうというのか？　銃を携帯し、任務をおび、人間の感情が入りこむ余地などないこわもての男たち。世界中が制服を着ていた。ユダヤ人をのぞいては。いや、ユダヤ人にも制服があった。ぼろぼろの汚れた星が胸についている青と白の縦縞《たてじま》模様のやつだ。それがアイスナーの制服だった。シュムエルにいわせれば、いま着ているやつよりも、そちらのほうがまだまし――

シュムエルははっとして、自分の服に目をやった。アメリカ軍のブーツに野戦用のズボン、それにウールの淡緑褐色のシャツ。アイスナーの目には、自分はアメリカ人だと映ったことだろう。おなじ言葉がしゃべれるかどうかは関係なかった。

簡易寝台でうとうとしているアイスナーをあとに残して、シュムエルはそっとオフィスを抜けだした。遠くまでいくわけではなかった。倉庫には二種類あった。略奪されつくしているものと、厳重に警備されているものだ。後者は兵士の姿で、前者は壊れたドアと散らばっている残骸《ざんがい》で、それとわかった。シュムエルはすぐにこの規則にあてはまらない唯一の建物を見つけた。衛兵もいなければ略奪されてもいない、煉瓦《れんが》造りの建物だ。

なかに足を踏みいれると、かび臭さと暗闇が襲いかかってきた。シュムエルは立ちどまり、闇に目が慣れるのを待った。星のように無数にあいた天井の小さな隙間《すきま》から光が射《さ》しこんでおり、しだいにものの形が浮かびあがってきた。いかにもゲルマン人の倉庫らしく几帳面《きちょうめん》に積み上げられ、何列にもならべられた、青と白の囚人服だった。

「いや。この男はちがうんだ。どこがどうとはいえないが、とにかくちがう。剛勇と悪が奇妙に混ざりあってるというのか。すごく勇敢だ。とてつもなく。ぼくなんかおよびもつかないくらい。でも、同時に——」リーツは適当な言葉をさがして口ごもった。

スーザンは助け船を出そうとはしなかった。

「あいつらのなかから、どうしてこんな男があらわれてきたのかは、わからない」と、リーツはいった。「あいつらはみんな臆病者《おくびょうもの》なんだと思っていた。あるいは、変質者か狂人みたいな連中だと」だが、われわれとまったく変わらないとしたら？　なかには、われわれより優れたものがいるとしたら？　もっと勇敢で、もっとタフなやつがいるとしたら？　英雄だっているかもしれない。信じられないような英雄が」

「あなたは芝居がかった見方をしているだけよ。あたしは彼らのしでかしたことを見てきた。あいつらは冷酷でさもしいケチな殺し屋よ。それ以外のなにものでもないわ。魅力なんてかけらもない。彼らは何百万という人間を殺した。男、女、子供。とくに、子供を。アウシュヴィッツでは、最後のほうになると子供を生きたまま焼却炉に放りこんでいたのよ」

「この件について、アウスウェイスに質問してみた。知ってのとおり、とても切れる男だからね。その彼がなんていったかわかるかい？　〝そんなことで頭を悩ますのはやめたまえ、きみ《チャム》。われわれがここにいるのは、このブタ野郎を殺すためにすぎない〟。でも、それだけじゃだめなんだ。わからないかな？」

「あなたはこの男にとりつかれているのよ。あたしにわかっているのは、それだけ。それに、この男はなんでもないわ。どんな概念とも関係ないし、なにかの象徴でもない。銃を手にした、ただの人でなしよ。銃があるから特別な存在になっているにすぎないわ」

オフィスにもどると、シュムエルはすばやく囚人服に着替えた。なにも感じなかった。長いこと倉庫にあったせいでかすかにかび臭くなっている、ただの服にすぎなかった。シュムエルはもう一本煙草を吸って、アイスナーが目覚めるか、リーツかアウスウェイスがもどってくるのを待った。アイスナーを無理やり起こさないほうがいいのはわかっていた。それにしても、リーツとアウスウェイスはどこへいったのだろう？　もっとも、彼らがなかなかもどってこないのは、かえって好都合かもしれなかった。そのあいだに、ようやくアイスナーと心をかよわすことができるかもしれない。

待つうちに、奇妙なことが起こりはじめた。未来はほんとうにある、という考えが頭に浮かんできたのだ。数年ぶりに、シュムエルは未来について考えることを自分に許した。強制収容所における囚人たちの信条のひとつは、希望を来年ではなく翌日までにとどめておく、というものだった。だが、こうして突然、自由な時間を手に入れたいま、シュムエルはあたらしい人生について考えはじめていた。もちろん、ヨーロッパにとどまるつもりはなかった。キリスト教徒は彼を殺そうとした。ヨーロッパには、もはやユダヤ人になにも残されていなかった。誰がナチだったのか、わかったものではない。みんな、自分はそうじゃなかったというだろう。だが、ドイツ人の声を聞くたびに、ある種の厳しいまなざしに出会うたびに、有蓋車《ゆうがいしゃ》や煙を見るたびに、不安がこみあげてくるにちがいなかった。シオニストたちはいつもパレスチナについて語っていた。シュムエルは一度も耳をかたむけたことがなかった。考えることがありすぎて、どこかの砂漠やアラブ人や無花果《イチジク》について夢見ているひまなどなかったのだ。まったく馬鹿《ばか》げた考えに思われた。だが、いまは——そう、いくとしたら、そこかアメリカだ。

老人が身動きした。

「気分はどうですか、ミスタ・アイスナー？」

「悪くない」と、アイスナーがいった。「ましになった」それから、シュムエルを見た。「囚人服？　それは誰のかな？」

「信じられないかもしれませんが、わたしのです。わたしもこういう服を着てました。東部の強制収容所で。アウシュヴィッツです」

「ひどいところだと聞いている。それにしても、驚いたな」

「ほんとうの話です」

「あんたは異教徒の仲間かと思っていた」

「そう、仲間です。完全にではありませんが。とにかく、彼らは親切です。ドイツ人とちがって」

「異教徒は、みんな恐ろしくてな」

「だから、いまこうしてひとりできてるんです」

「まだ記録を探しているのかな？　いろいろあったから、おぼえていてもよさそうなものなんだが。いいか、記録については、なにも知らない。民間人のコールという男が記録を管理してた。ドイツ人だ」

「コールですね？」シュムエルは書きとめた。

「フェルディナント・コール。綴《つづ》りもわかるぞ。もっとも、それがわかったところでどうにもならないが。やつは死んだ。悪い男じゃなかったが、世の中そういうもんだ。収容所が解放された日に囚人たちに捕まって、撲殺された。だが、ここにはほかにも悲しみがたくさんあって――」そういって、胸を指さす。「――やつの入る余地がなくてな」

「わたしの心も悲しみでいっぱいです」と、シュムエルはいった。

「だが、コートのことならおぼえてるぞ。戦闘用のコートだ。森林向けの。すごく凝っていて、何千着と作った」

「いつのことです？」

「何年ものあいだ。四年間だ。それから去年、模様が変わった。はじめは上っ張りみたいな上着で、そのあとで本物のコートを作るようになった」

「特別な注文は？　まとまった注文です。そう、百着から百二十五着くらいの。記憶にありませんか？」

「わたしはボタンを縫いつけてただけだ。一日、百五十着のコートに。ボタンを縫いつけるくらい、どんなアホにだってできる」

「でも、特別な注文はなかった？」

「ああ。ただ――いや、なんでもない」

「ただ、なんなんです？」シュムエルは間をおいた。「お願いです。もしかしたら役に立つことかもしれない」

「たしか四月のはじめだったと思うが、コールが大物連中の特権についてこぼしていた。ドイツの英雄が対戦車戦の特別訓練を受けさせるために部下たちをここへ寄越し、ぼろぼろになった彼らのコートの再支給を要求したんだ」

「英雄。その男の名前は？」

「聞いたかもしれないが、忘れた。忘れたことはたくさんある。息子の名前がデイヴィッドで、ふたりの娘がシュリとレベッカだというのはおぼえているが。デイヴィッドの髪はブロンドだった。信じられるか？娘たちとその母親は死んだ。東部へ送られたものは、みんな殺される。だが、デイヴィッドだけは髪の毛の色のおかげでその運命をまぬがれたかもしれない。われわれはブロンドの髪が災いのもとになるかもしれないと考えた。ドイツ人に連れていかれるんじゃないかと。だが、もしかすると天の恵みだったのかもしれないな。だろう？　そんなこと、誰にわかる？　博識なラビならば説明できるかもしれないが――」

「ミスタ・アイスナー。コートについて聞かせてください。その英雄のことを」

「ああ、そうだった。すまない。考えるのをやめられなくて、細かい点をなかなか思いだせないんだ」

「コール。ミスタ・コールはコートを渡したくなかった」

「コール。そうだ、彼は悪い男ではなかった。公明正大だった。要求を断ろうとした。上着を必要としているのは前線にいる若者たちだ。後方梯団《ていだん》のろくでなしどもではなく。だが、例の英雄が押し切った。最高ランクの命令書を持っていたんだ。コールはお笑いぐさだと考えていた。オペラからとったんだ。ランツ軍曹にそう話すのが聞こえた。オペラの英雄どもが自分の作業場にくちばしをいれてきて困るって。デイヴィッドはたくましく育つだろう。どこか田舎の農場で。まだ三歳だった。なんの教育も受けてなかった。自分がユダヤ人だと知ることもないだろう。そのほうがいいのかもしれない。この世界でユダヤ人として生きていくには、知らずにいるのがいちばんなのかも。いまでは六歳になる。きっとどこか田舎の農場で元気いっぱいに暮らしているのだろう」

シュムエルは話が尽きるまで、辛抱強く耳をかたむけていた。話し終えた老人の目が涙で光っているのがわかった。と同時に、相手がそれほど年老いていないことにも気がついた。まだ若かった。自分の子供たちのためになにもしてやれなかった父親だ。彼にとっては、死んだほうがましだったのかもしれない。そうすれば、頭のなかの亡霊たちに責められながら生きていかずにすんだだろうから。ドイツ人は彼らに自己嫌悪《けんお》をもたらしていた。弱すぎて戦わなかった自分、文明人ぶって仕返しをしなかった自分に対する嫌悪感を。

「オペラですか?」と、シュムエルはしばらくしてからいった。「そこのところがよくわからなかったのですが」

「例の英雄がそう呼んでたんだ。自分の計画のことを。異教徒はなんにでも名前をつける。そうせずにはいられないんだ。こいつにはワーグナーのオペラからとった名前がついていた。コールはワーグナーが大嫌いだった。尻《しり》がむずむずしてくる、とランツにいってた」

「どんな名前です?」と、シュムエルは慎重にたずねた。

「ニーベルンゲン作戦」と、それほど年老いていない男はこたえた。

シュムエルはそれを書きとめた。

「おかしなもんだな。ここにこうして、ふたりでいるなんて」と、リーツはいった。

スーザンは煙草に火をつけていた。すでにあたりは暗くなっており、鏡とぶら下がった制服のならぶ静まりかえった細長い部屋のなかで、オレンジ色の輝きが浮かびあがっていた。

「どうしてだ?」と、リーツはたずねた。「どうしてぼくを探してここへ? ドイツの悪にかんするぼくの仮説を聞きにきたわけじゃないだろ」

「ええ。あることをいっておきたかっただけよ」

「オーケイ。聞かせてくれ。なんでもこいだ」

「フィルと離婚するわ」

「本気かい?」

「手紙を書いたの。中東にいきたいって。そしたら、こういう返事がきたわ――〝頭がおかしくなったのか? このいまいましいおんぼろ駆逐艦に乗って長いこと勤務してきたのは、どこかの砂漠で暮らすためじゃない〟。それで決まりよ。もう二度と彼には会わない」

「残念だよ」

「やめて。フィシェルソンが亡くなったことは、さっきいったわよね?」

「それで?」

「お金がなくなったの。すべてはハーシュゾヴィッチという百万長者がはじめたことだった。でも、そのお金も尽きてしまった。もともと大してなかったのよ。ほとんどが戦争がはじまってすぐにどこかへ消えてしまったから。だから、もうロンドンにはなにもない。アメリカにも。残っているのは、肉なしの生活がどんなにつらかったかをこぼしてまわる連中だけ」

「やけに辛辣《しんらつ》だな」

「そんなことないわ。あたしはパレスチナにいくつもりよ。そこにはユダヤ人しかいない。世界中でユダヤ人が歓迎される唯一の場所。そこへいくの」

「スーザン」

「あたしたちはみんな、そこへいくしかないのよ」と、スーザンはいった。

　煙草が消され、いまや部屋はすっかり闇につつまれていた。リーツの耳に彼女の声だけが届いた。

「彼にも話してみるわ。あのユダヤ人のシュムエルにも。彼がワルシャワでは名の知れた物書きだったって知ってた？　この話を聞いたら、きっと彼もいくはずよ。ほかにいくところはないんだから」

「それだけかい？」

「ええ。それと、あなたを憎んではいない、といっておきたかったの。あなたには死んで欲しくない。そう願ったことは、一度もないわ。いつかの呪《のろ》いは取り消しよ。例のドイツ人を捕まえられるといいわね」

「ああ、そうするつもりだ」と、リーツはいった。「さもなければ、一生悔いが残るだろう」

老人は疲れていた。シュムエルはこのままオフィスで寝るように勧めたが、老人は拒んだ。

「昼寝するならここでも悪くないが、夜はちょっとな。悪夢を見て、目が覚めるんだ。そのとき、自分がどこにいるのかわかっていたほうがいい。それに、いまでは兵舎もそれほどひどくはない。病人をよそに移したんで。そう聞いてる」

「わかりました。わたしはかまいません。歩けますか？」

「はやくは歩けないが、目的地にはたどり着けるさ」

シュムエルは老人を立たせると、寒くないように毛布をか細い肩に巻きつけてやった。ふたりは薄闇《うすやみ》につつまれた道路を収容所のほうに歩いていった。暖かい晩で毛布などいらないくらいだったが、老人はそれでも静脈の浮きでた手で毛布をしっかりつかんでいた。シュムエルに寄りかかり、弱々しい足どりでゆっくりと進んでいく。がりがりに痩《や》せた胸の奥から心臓の鼓動がシュムエルに伝わってきた。

ユダヤ人か、とシュムエルは思った。生きているヨーロッパのユダヤ人と話をしたのは、数カ月ぶりだ。それに気づいて、シュムエルはショックを受けた。そんなに長いこと異教徒のなかで暮らしていたのだ。彼らはドイツ人ではないが、異教徒であることに変わりはなかった。ユダヤ人のことをなにもわかっていなかったし、理解できてもいなかった。誠実で、弁解がましくて、有能な男たち。親切で、知性もある連中だったが、その頭蓋骨のなかにはユダヤ人とはまったく異なる種類の頭脳がおさまっているような気がした。彼らは木の十字架に両手を串刺《くしざ》しにされた男を崇拝していた。苦痛と血のまわりに形作られた信仰だ。シュムエルはそれよりも、いまここで自分にもたれかかり、収容所の入口にある警衛所にちかづいていく、哀れだが品位ある永遠の受難者のほうが好ましかった。

警衛所に着くと、アメリカ軍の歩哨《ほしょう》が懐中電灯の光でふたりを照らした。光は縦縞模様の囚人服の上で止まると、それでじゅうぶんだというように消えた。

「いってよし」という声が聞こえてきた。

シュムエルと老人は馴染み深い場所をとおっていった。点呼広場を突っ切って、兵舎のあいだを歩いていく。

「あそこだ」と、老人が指さしながらいった。

「わかってます」と、シュムエルはいった。

老人を支えながら、その建物まで付き添っていく。

「なかまでこなくても大丈夫だ」

「いいえ、あなたはわたしを助けてくれました。今度はわたしが助ける番です。それが当然のことです」

「きみはりっぱな教育を受けたユダヤの若者だ。彼らがドイツ人と戦うのに手を貸しているのかね？」

「ちょっとだけです。大したことはなにも。彼らには機械と銃がある。ほんとうは、わたしなんて必要ないんです。でも、わたしにもすこしは手助けできる」

「いいことだ。われわれも戦うべきだった。だが、そんなこと誰にわかった？」

「誰にもわからなかったことです。まさかこんなことになるとは」

「かもしれないな」と、老人がいった。「かもしれない」

ふたりは兵舎に入っていった。いくつもの顔が段になった簡易寝台から突きだされ、建物のなかがざわついた。強烈な匂《にお》いだった。シュムエルは目に涙がこみあげてくるのを感じながら、その匂いを思いだしていた。老人の簡易寝台はストーブのそばにあった。そこまで老人を連れていき、手を貸して横にならせる。老人は軽くてかさかさしており、すぐに静かになった。だが、そのとき手をのばしてきて、シュムエルの手首をつかんだ。

老人の呼吸が落ちついて規則正しくなるのを待ってから、シュムエルは手をひっこめた。一ダースほどのやつれた顔――デスマスクだ――が自分を見おろしているのに気づいた。あまりいい気分はしなかった。つい最近、シラミ駆除のためにつかわれたＤＤＴの匂いが閉めきった空間のなかで粉っぽくよどんでおり、鼻を刺激した。

シュムエルはドアへいき、外に出た。甘くかぐわしい冷気が彼をつつみこむ。頭上には数多《あまた》の星が、簡易寝台にいる男たちの目のように幾重にも重なりあっていた。簡易寝台にいる男たちの目のように——強制収容所からとってきた隠喩《いんゆ》だ。空いっぱいに広がる無数のぼやけた星の帯を見て死にかけた男たちの白い目を連想するのは、ユダヤ人だけだろう。自分はこれからも強制収容所を隠喩としてつかいつづけるのだろうか？　それほど、そこでの体験が身に染みついてしまったのだろうか？　ドイツ人もこうした想像力の虜となり、その微妙だが決定的な力のせいで、彼のように永遠にほかの人間から隔離され、生ける屍《マサルマン》として生きていくことになるのだろうか？

残念ながら、答えは〝イエス〟だった。だが、これは精神の問題であると同時に、文学の問題でもあった。文学！　シュムエルは数年ぶりに自分がふたたび文学について考えていることに気づいた。強制収容所について書くべきだ、と彼は思った。一年くらいして、熱意を優秀さと、情熱をすばらしさと混同しなくなるくらい冷静になったら。そのときには、ほんとうに取り組めるかもしれない。他人に読ませるためではなく、自分のためだけにでも。

静まりかえった兵舎のあいだを歩いていきながら、シュムエルは自分がいまなにげなく思いついた作業がいかに大変なものかを悟った。もしかすると、実現不可能なことかもしれない。さまざまな意味で、それはけた外れだった。これほど大きな悲劇から物語を紡《つむ》ぎだす権利を持つ人間など、この世に存在するのだろうか？　著者の意図を無視して、刺激だけを求めてこうした描写を読もうとする心根の腐った連中は、どうすればいいのか？　死んだもの、失われたもの、消息の知れないもの、忘れられたものに対する芸術家の責任は？　それに、ある意味では想像力そのものも永遠に変わってしまっていた。悪の定義が地平線のはるか彼方《かなた》まで押し広げられた一方で、人殺しを意図する国家に耐え、それに勝利する個人の能力もまた大きく押し広げられていた。あたらしい形式を見つけなくてはならないだろう。このあらたに拡張された領域を網羅し、なおかつ人殺しという行為の無限の広がりを伝えることのできる形式を。残虐《ざんぎゃく》さをへてきた世界をとらえるための、あらたなる美意識だ。ここでふたたび、隠喩の問題がシュムエルのまえにあらわれた。強制収容所では、いたるところに隠喩があった。生も死も、隠喩だった。すでにこれだけたくさんの根本的なシンボリズムに満ちあふれている現実から、どうやって芸術を生みだせるというのか？　ドイツ人が心血を注いでこの地上に出現させた地獄絵を、どうやったら芸術にできるのか？　まがまがしい火の粉、炎、悪臭、紐《ひも》をひっぱる犬たち、ぎらぎらした牙《きば》。とても芸術家の手には負えないかもしれない。

そう、もっと小さなものに集中すべきだった。寓話《ぐうわ》にするのだ。全景では理解できないから、ひとりの男にしぼりこむ。時代の制約のなかで精いっぱいの威厳をもって生きた男の生と死を描く。その死には意味がないのかもしれない。灰だらけの風に舞うひと握りの灰にすぎないのかもしれない。だが、彼の人生にはなにかしら意味があったと確信させてくれるような死だ。

だめだ、とシュムエルは思った。とても自分には書けない。そんな筆力はない。現実を直視しろ。おまえは大した物書きではなかった。もはや存在しない街のとうのむかしに忘れられたイディッシュ語の雑誌に、いくつかくだらない評論を発表しただけだ。自分がなにを攻撃し、なにを援護していたのかさえ、よくおぼえていなかった。

自分はなんだったのだろう？　マルクス主義者？　詩人？　歴史家？　小説家？　哲学者？　シオニスト？　シオニストでなかったのは確かだ。戦争がはじまる直前の一九三九年のあの暑い八月の時点でさえ……。当時、シオニズムは伝染病のようにユダヤ人街に燃え広がり、異教徒にいちばん同化していた富裕層でさえ、そのビジョンに酔いしれていた。だが、それはとてつもない夢だった。問題はいくらでもあった。来年はエルサレムだって？　馬鹿馬鹿しい！　イギリス人のこと、アラブ人のこと、ここから何千マイルも離れていることを考えてみろ。シュムエルはとても賛同できなかった。夢見るユダヤ人がまたしても墓穴を掘ろうとしているだけだ。

だが、いまではその夢もあながち突拍子もないこととは思えなくなっていた。それは現実にどうしても必要なものだった。ほかにどこへいけばいいというのか？　エリッツ・イズラエル、イスラエルの地。ユダヤ人の故郷。すばらしいではないか？　きっとそれだけの価値はある——。

シュムエルは強烈な喜びで全身が満たされるのを感じた。おい、見てくれ。またものを考えてる！

彼らがすぐそばにくるまで、シュムエルはその存在に気がつかなかった。驚きをあらわすひまさえなかった。彼らはどこからともなくあらわれたような気がした。もっとも、シュムエルはすぐに悟っていた。彼らの姿が見えなかったのは、警衛所の黒い影にまぎれていたからだ、と。彼らにはどこか見覚えがあった。むかしの恐怖が見慣れた格好であらわれたような感じだ。おかしなことに、シュムエルは恐怖を感じていなかった。そして、つづいて起きた出来事に救いがあるとするならば、それはこの点だった。シュムエルは人影が駆け寄ってきて自分を押さえつけたとき、恐怖を感じてはいなかった。「親衛隊のクソ野郎め」と、ポーランド語でののしる声が聞こえた。「親衛隊のクソ野郎」

「ちがう――」と、シュムエルはいいかけた。だが、そのときなにか巨大なものが頭蓋骨に叩《たた》きこまれた。痛みで頭が破裂しそうになり、天からふりそそいできた無数の星に押しつぶされたのかと思った。それはえんえんとつづいた。

22

レップはライン橋をすんなり渡れるとは考えておらず、数百ヤード手前の道路脇《わき》にある木立に隠れていた。橋で陽射しを浴びながらぶらぶらしている衛兵たちは、武装親衛隊のメンバーではなく、国防軍の兵士のようだった。レップはしばらくまえから彼らを観察していた。双眼鏡があれば、手順や雰囲気を見てとることができたのだが。レップは心を落ちつかせ、雑念を払おうとした。あの橋と哨所と三人のだらけた兵士さえ通過してしまえば、安全なところへいき着けるのだ。そこから先は、市街を数ブロックほどいけばいいだけだった。

レップは橋が混雑しているのではないかと危惧《きぐ》していた。難民が押し寄せ、家具を山のように積んだ農夫の荷馬車がずらりとならび、怯《おび》えた子供たちがうろうろし、参謀用の車が警笛を鳴らし、負傷者が必死に戦車のうしろにしがみつき、冷酷な親衛隊の男たちが脱走兵をさがしてパトロールしているのではないかと。だが、実際には橋のまわりはおだやかに静まりかえっていた。往来はほとんどなかった。ときおりトラックがやってきて、セダンも一台とおったが、たいていは農夫の荷馬車――家具ではなく、干し草を積んでいた――か歩行者だった。レップのいる場所からは、橋の欄干越しにボーデン湖もよく見えていた。五月の太陽の下できらきらと輝き、水平線がかすみでぼやけている。別名コンスタンツ湖といって、正真正銘の内海だ。ここには戦争の気配がまったく感じられなかった。遅すぎたのだろうか？　トゥットリンゲンを出て以来、レップはおもに夜だけ移動するようにして、大きな道路を避けながら南に進んできた。ひたすら南を目指して、畑を突っ切り、まばらな森を抜けてきた。ひとりきりで行動し、敵だけでなく、味方とも接触しないように心がけていた。

哨所にいる軍曹は、レップがちかづいてくるのを黙って眺めていた。レップはこの手の男を知っていた。くたびれた古参兵で、無口で動きに無駄がなく、顔には経験をあらわすしわが刻みこまれている。レップがすでにこちらにむかっているのだから叫ぶ必要はない、というわけだ。

「やあ」と、軍曹がストゥールからゆっくり立ちあがりながら、ようやく口をひらいた。手慣れた動作で短機関銃の負い紐をつかみ、持ちあげる。「どこへむかおうとしているのかな？　どうやらスイスみたいだが、あそこは大物連中のいくところで、おまえさんや俺みたいな雑魚《ざこ》には用がないって知らないのか？」

レップは弱々しい笑みを浮かべた。「知りませんでした」という。

「おまえさんのお涙ちょうだいの話を聞かせてもらおうか。どこかへ逃げてくところか、それともどこかから逃げてきたのか？」

レップは書類を渡した。

「部隊からはぐれたんです」と、書類に目をとおす軍曹にむかって説明する。「大がかりなアメリカ軍の攻撃があって。ロシアにいたときよりひどかった」

「部隊がこの橋の反対側にいると考えてるわけだな？」と、軍曹がたずねた。

レップは返事に窮した。しばらくして、いった。「いいえ、サー。でも、母がいます」

「それじゃ、家にいこうと思ったわけだ？」

「母と会ったら、その足で将校のもとに出頭します」と、レップはいった。

軍曹はくすくす笑った。「しらふの将校が残っているかどうか怪しいもんだがな。それに、将校を見つけても、はたしてそいつがおまえさんのことを気にかけるかな。さあ、いけよ。母親のところへ。そして、息子が戦争から帰ってきたといってやれ」

レップは冷たい空気を大きく吸いこみ、あわてないようにしながら、巨大なロマネスク様式の橋を歩いて渡った。橋はコンスタンツ湖のふたつの湖——東の大きなボーデン湖と、急斜面の木立に囲まれたさらに風光明媚《めいび》な西のウンター湖——にはさまれていた。

橋を渡りきって中世の塔の下をくぐり抜けると、そこには古い街並みが広がっていた。観光客向けの街で、通りには丸石が敷かれ、古風な趣をかもしだしている。レップが嫌いなタイプの場所だ。カジノや観光船ツアーや緑あふれる湖畔の公園で楽しみをあたえる以外、なんの目的もない。街は一度も爆撃されたことがなく、いきなり軍事的な役割を負わされて、風変わりな衣装を着せられたみたいに居心地が悪そうだった。狭い通りに群れている兵士たちは、丸石やアーチや小塔や木材や尖塔《せんとう》のなかでひどく場違いに見えた。レップは彼らのなかにまぎれこんだ。彼に注意を払うものはひとりもいなかった。みんな女たちにむかって叫ぶか、ミュンスター広場の教会堂のまえを酔っぱらってうろついていた。将校たちも、あまり代わり映えしなかった。不機嫌そうにむっつりしている。あきらかに、彼らはすでに降伏していた。小型軍用車やトラックが広場のまわりに乗り捨てられ、その真ん中にライフルが積み上げてあった。レップは彼らを押しのけて進みながら、怒りがこみあげてくるのを感じた。だが、それを押し隠すようにして、落《らく》伍者《ごしゃ》の群れに溶けこんだ。

ミュンスター広場を出て、ヴェッセンベルゲル通りをいく。このあたりの住宅地に兵士の姿はなく、ときおり老人を見かけるだけだった。彼らの探るような目を避けながらノイ通りに折れると、家はさらにみすぼらしくなっていった。十四番地をさがす。すぐに見つかった。二階建ての薄汚れた化粧漆喰《しっくい》の建物で、鎧戸《よろいど》は閉まっていた。似たような家がたちならぶ通りを見まわすことなく、すばやくためらわずにノックする。

しばらくして、ドアがわずかにあいた。

「はい？」と、女の声がこたえる。

影になっていて相手の姿は見えなかったが、レップはその声をよく知っていた。疲れているような声だった。以前とちがって。

「わたしだ」

ドアが閉まって、チェーンの外される音がした。ドアがあいた。

レップは薄暗い玄関に足を踏みいれたが、彼女はそこにはいなかった。奥のリビングルームに入っていく。彼女は闇につつまれた壁ぎわに立っていた。

「ようやく着いたよ」と、レップはいった。

「そのようね。彼らは〝男だ〟とだけいってた。気づいて然《しか》るべきだったわ」

「そうか」と、レップはたどたどしくいった。実際、すこし心もとなく感じていた。

「すわって。どうぞ」と、彼女が勧めた。

「汚れてるから。納屋《なや》で寝たり、川で泳いだりしてきたんで。風呂《ふろ》にはいりたい」

「変わってないわね。潔癖で」

「風呂を――いいかな」

「ええ、もちろん」彼女は先に立って、わびしいリビングルームを抜けていった。厚地のカーテンと鎧戸で室内は静まりかえり、壁紙には汚れた花が咲いていた。がたがたの階段をのぼっていく。かびと消毒液の匂いがかすかにした。

「ひどいところで、ごめんなさい。でも、どうしても一軒家を用意しろというから。これしかなかったのよ。家賃はとんでもなく高いわ。コンスタンツでいちばんの金持ちといわれている未亡人から借りてるの。彼女はユダヤ人だってうわさもあるわ。でも、そんなはずないわよね？　ユダヤ人はとうのむかしに全員が連れていかれたはずですもの」

「そのとおりだ」と、レップは肯定した。「書類は？」

「用意してあるわ。なにもかも。心配しなくても大丈夫。スイス行きのチケットよ」

ふたりはみじかい廊下をとおって浴室に入った。浴槽が獣のように四つのかぎつめ型の脚で踏ん張っていた。灰色の壁は漆喰がはがれ落ち、配水管からは悪臭がただよってきている。鏡はぼろぼろで、天井には染《し》みができていた。

「グランド・ホテルとは大違いだな？」と、レップはいった。

だが、彼女はおぼえていないようだった。「ええ」

ここにくるまで彼女はずっとレップに背中をむけていたが、この灰色の浴室ではじめてむきなおり、レップと正面からむかいあった。

ショックの色をさがして、レップの目をのぞきこんでいる。

レップはそれを押し隠した。

「それで？」と、ようやくいう。「なにかいわなくてはいけないのかな？」

「だいぶ顔が変わったでしょ？」と、彼女がたずねた。

「ああ。だが、むかしとおなじものなんてひとつもない」

目もとの内側から口のそばをとおって顎《あご》まで、生なましい傷痕《きずあと》が走っていた。赤い組織が筋になっている。

「東部では、もっとひどい傷痕を見てきた」と、レップはいった。「戦争が終わったら、きれいになおしてもらえる。また美しくなるんだ。まえよりもっと美人に。いまだって、とても魅力的だ」

「気をつかってくれてるのね？」

だが、レップの目に映る彼女は、いまでもとびきりの美人だった。これまで出会ったなかで、最高に美しい女性だ。ブロンドの髪はみじかくなっていたが、身体《からだ》の線はむかしと変わらずふくよかで優雅だった。すらりとしていて、理想のアーリア人女性となるには腰が細すぎた。これでは出産が大変だろう。だが、そもそもレップは子供に興味がなかった。ピンストライプの灰色のスカートと花柄のブラウスを着て、黒いストッキングに――きっとすごくむかしのものにちがいない――ハイヒールをはいている。首は長く、すきとおるような肌の下で青い血管が脈打つのがわかった。顔は磁器かそれとおなじくらい繊細なものでできているような感じがした。いかにももろそうだったが、その目は力強く、きりっとしていた。

「お湯が出るはずよ」と、彼女がいった。「それから、民間人の服が寝室のたんすにはいってるわ」

「どうやらきみは今回の件をあまり喜んではいないようだな、マルガレータ」

「食事を作るわ。お腹《なか》がすいてるでしょうから」

ふたりは気まずい沈黙のなかで食事をした。キッチンは狭くて薄暗かったが、彼女が作った料理――卵料理と黒パンとチーズ――はとても美味《おい》しかった。レップは風呂にはいって、ずっと気分が良くなっていた。

「こんなにうまい食事にありついたのは、ひさしぶりだ」

「お金をたっぷり渡されてるの。あなたのお仲間から。ここの闇市はとても盛んなのよ」

「そうだろうな。スイスにこれだけちかければ」

「豚肉が手にはいることもあるわ。ときには牛肉や子牛肉まで。ソーセージはもちろんのこと」

「まるで戦争など起こってないみたいだ」

「ええ。でも、戦争を完全に忘れることはできないわ。兵士がいるからじゃなくて、音楽がないからよ。ほんとうの音楽が。ラジオでときどきワーグナーがかかるわ。それに、あのひどいコルンゴルトも。でも、ショパンやヒンデミットやマーラーはなし。どうしてマーラーがいけないのかしら。たくさんいる作曲家のなかでも、彼の作品はいちばん戦闘の音にちかいのに。それがお偉方の好みなんでしょ？　どうしてか知ってる？　なぜマーラーがだめなのか？」

知らない、とレップはこたえた。だが、彼女が生き生きとしゃべるのを見ているのは楽しかった。たとえ、音楽のことはなにもわからなくても。

「ショパンは大好きなのに」と、彼女がいった。

「ショパンはいい」と、レップは同意した。

「蓄音機を持参すればよかった。それかピアノを。でも、ひどく急《せ》かされてたから。蓄音機を持ってくるひまさえなかった。もちろん、ピアノは問題外よ。それくらい、わたしにでもわかった」

レップはなにもいわなかった。

しばらくして、彼女がいった。「最近、誰かと会った？　バウム将軍とは？　彼にはいつも笑わせてもらったわ」

「たしか亡《な》くなったはずだ。ハンガリーで」

「まあ、残念ね。〝冷静公〟の異名をとった大佐は？　あの感じのいい人」

「消息不明だ。ロシアで。たぶん死んだんだろう。それか捕虜になったか」

「それじゃ——こんなことつづけてもむだね。ほとんどの人は亡くなってるもの。そうでしょ?」

「ああ。多大な犠牲が払われたんだ」

「ときどき自分が幽霊にでもなったような気がするわ。ひとりだけとり残された幽霊に。そんな風に感じることはない?」

「ないな」

「悲しすぎるわ。あの若者たち。みんなとてもハンサムだった。一九三八年の七月祭をおぼえてる? そこではじめてあなたを見かけたの。おぼえていないわよね。ちょうどピアノをあきらめたばかりのときだった。とにかく、部屋には美しい若者が大勢いた。みんなで歌って、踊ったわ。すごく楽しかった。でも、そのときの若者の大半は、もうこの世にはいない。そうよね?」

「ああ、おそらく」

「それについて考えたことは?」

「いろいろと忙しくてね」

「そうだったわ。あのパーティであなたになにを感じたかわかる? 精神性よ。あなたには精神的なものがあった。最高の殺し屋になるためには、きっとそういうものが必要なのね」

殺し屋。その言葉にレップはがつんと殴られたような気がした。

「それがどれほど人を惹《ひ》きつけるか、知ってた？　あのパーティのあなたは若き聖職者のようだった。独身で、美しくて。すごく魅力があった。あなたには特別なものがあった。レップだ、レップはほかのやつとはちがう。みんな、そううわさしてたわ。女性のなかにはあなたに熱をあげてた人もいた。気がついてた？」

「そういうことは、なんとなく感じでわかるものだ」

「ああ、レップ、わたしたちは二羽の変わった小鳥なのかもしれないわね。あなたが生き残るであろうことは、むかしからわかってた。あなたにはそういうところもあったのよ。あのころから」

「もっと楽しかったときのことを話したいな」

「ベルリンの一九四二年のシーズンは？　あなたは時の人だった」

「満喫したよ」

「わたしと寝たいのね」

「ああ。きみは尼僧《にそう》にでもなるつもりか？　むかしはすごく積極的だったじゃないか。淫《みだ》らといってもよかった。ルッター通りのレストランをおぼえてるだろ」

「〈ホルヒャァの店〉ね。ええ。とってもいけない子だった」彼女はテーブルの下でレップにふれ、耳もとで誘いの言葉をささやいたのだった。ふたりはグランド・ホテルにもどると、その言葉どおりのことをした。それがふたりのはじめてのときだった。激しい空襲がはじまってベルリンが瓦礫《がれき》の山と化し、彼女の顔がこうなるまえの話だ。

「でも、あのときみたいにはいかないわよ」と、彼女がいった。「わかるの。どうしてだかはわからないけど、それほど良くはないだろうって。でも、そうするのがわたしの義務なんでしょうね」

「義務なんかじゃない。これは任務とはまったく関係ないことだ」これには彼の面子《メンツ》がかかっていた。相手から求められなくては。

「憐《あわ》れみから寝るんでもない。そう断言できる？」

「もちろんだ。わたしには女は必要ない。必要なのは隠れ家だ。休息だ。この先には重要な任務が待っているのだから。だが、わたしはきみが欲しい。わかるか？」

「たぶん。それじゃ、いきましょう」

ふたりは寝室にあがっていった。レップは激しく彼女を愛し、しばらくすると彼女も反応しはじめた。しばらくは、むかしとおなじくらいすばらしかった。レップはたいていのことを器用にこなしたが、これも例外ではなかった。彼女がひらき、受け入れてくれるのがわかった。自分の渇望の強さに、レップは驚いた。まるで外から、どこか遠くのほうからわきあがってくるような感じだった。

レップはウールとフランネルのズボンをはき、白いシャツを着て、先のまるまった茶色い靴をはいた。誰のものだろう？　それから、ここまで着てきた兵士の制服と装備を持って、裏庭にいった。手早く、すべてを埋める。上着、ブーツ、ズボン、コート、そしてライフル。埋め終わると一歩さがって、土の乱れた四角い一画を見おろした。その下に、兵士としての自分が眠っていた。なんともおかしな感じがした。制服を着ていないのは、いつ以来だろう？　何年かぶりだ。すくなくとも、ダッハウで髑髏《どくろ》師団に入った一九三六年以来だ。

「髪を伸ばしたほうがいいわね。耳のまわりが短すぎるわ」と、キッチンにもどると彼女が淡々といった。「もっとも、あなたの書類はきちんとしてるから、たとえ総統そっくりでも、スイス側は気にしないでしょうけど」

「放送は何時からだ？」

「六時よ。そろそろね。むかしは音楽ばかりだった。いまじゃお知らせだけ」

「もうすぐまた音楽が流れるようになる。心配しなくてもいい。ユダヤ人がふたたび音楽をかけるだろう」

「知ってるかしら。東部に強制収容所があって、われわれがユダヤ人を殺してるってうわさがあるの。男や女や子供たちを殺してるって。ガスかなにかをつかって何百万人と殺したあとで、死体を焼くの。そんなこと、想像できる？」

レップは否定しなかった。「連中はなにをされても当然さ。なにもかも彼らがはじめたことなんだから」

「それが事実ならよかったんだけど。うわさが本当だったら。そしたら、なにも恥じることがなくなるわ。結局、世界に善行をほどこしたことになるんですもの」

「だが、やつらはいつだってもっといる。どれだけ東部で始末しようと、まだいくらでも残っているんだ」

「ベルリンからお伝えします。ベルリンからお伝えします」ラジオの声はひび割れていた。レップはダイヤルをいじって感度をあげようとしたが、雑音は消えなかった。「大ドイツ帝国の英雄たちは、あらゆるものへの脅威である国際的なユダヤ人勢力との戦いを依然として継続中。北方面軍は赤軍をバルト海まで押し戻し、ハンガリーでは忠実なる親衛隊部隊が一歩もひかずに領土を死守しています。われらが指導者のご逝去以来――」

レップはラジオの音をしぼった。

「総統は死んだのか?」

「ええ。数日前に発表があったわ。知らないなんて、いったいどこにいたの?」

納屋に隠れていた。勇敢な男たちを撃ち殺していた。人を殺していた。ウィルヘルム・ブフナーを吹き飛ばしていた。

「ここにくるまで、いろいろ大変だったんだ」

「でも、まだつづきそうね。この戦争は。永遠につづいているような気がするわ。これが終わるだなんて、いまだに信じられない」

レップはふたたびラジオのボリュームをあげた。「――南部ではミュンヘンが必死に耐え、ウィーンでは依然として――」

「うそつけ！」と、レップは怒って叫んだ。「ミュンヘンは数日前にアメリカ軍の手に落ちた。どうしてほんとうのことを伝えないんだ？」

「真実はおぞましいからよ」と、マルガレータがいった。


また一日がすぎた。レップはずっと屋内にこもっていて、一度だけ、昼ごろに庭に出た。いい天気だったが、まだすこし寒かった。五月にはいって蕾《つぼみ》がほころびはじめ、太陽が燦々《さんさん》と照っていた。だが、レップはそれらを楽しめなかった。両隣に住んでいるのは引退した食料品商と未亡人で、どちらも無害だ、と彼女から聞かされていたものの、不安が消えなかった。むさくるしい兵士が脚をひきずりながらノイ通りをやってきてベルリンからきた女性の家に入っていくところを、どちらかの住民に目撃されたかもしれない。こうした偶然は自分ではどうしようもなく、それだけにいちばんいらだたしかった。ここまでくるのに、数多くの難問を解決しなくてはならなかった。吸血鬼《ヴァムピーア》にはじまって、アメリカ軍の攻撃にさらされながらの脱出、十一号基地からコンスタンツまでの危険に満ちた自然のなかの百キロの道のり、スイスとの国境から半キロと離れていない街での待ち合わせ。それなのに、好奇心の強い隣人のおしゃべりといったつまらないことで計画全体が失敗に終わるなどということは、あってはならなかった。

「きょうのあなたは虎《とら》ね」と、彼女がいった。「檻《おり》に閉じこめられてるみたいに、うろうろして。リラックスできないの？」

「むずかしいな」と、レップはいった。

「だったら、出かけましょう。市民公園へいけばいいわ。すごくきれいなところよ。貸しボートはもうやってないけど、白鳥がもどってきてるわ。カモも。いまは五月で、季節は春なんだから」

「わたしの写真は《ズィグナール》や《ダス・シュヴェルツェ・コーァ》や《イルストゥリーテル・ベオーバハタァ》に載ったことがある。誰かに正体を感づかれるかもしれない」

「たぶん、大丈夫よ」

「たぶんだろうと、気にくわないな。そんな危険をおかすわけにはいかない。もういいから、ほっといてくれないか？」

「ごめんなさい」

レップは寝室にあがっていった。彼女のいうことも、ひとつだけあたっていた。待っていると、気が狂いそうだった。コンスタンツ郊外のわびしい小さな家に閉じこめられた彼の世界は、二階の窓からのぞける通りと、ぶらぶらする狭い裏庭、それに灰に埋もれて死にかけているベルリンから届くラジオ放送だけにかぎられていた。

レップは恐怖を感じることに馴《な》れていなかった。突然、自分がいま怯えているのがわかった。戦場や戦闘の最中にはつねに不安を感じていたが、とくに怖いと思ったことは一度もなかった。だが、いまは武装親衛隊の運命がすべて自分の双肩《そうけん》にかかっており、そう考えると恐怖をおぼえた。彼らを落胆させるつもりはなかったが、それでも今回の作戦はあまりにも先が長く、むだなことのように思われた。わたしは期待を裏切らないと誓います――誓約の文句はそうはじまっていた。だが、そこで誓っている相手はアドルフ・ヒトラーだった。そのヒトラーが亡くなったいま、誓いの言葉にどんな意味があるというのか？　それはたんなる言葉ではないのか？　誓った相手が死ぬと同時に、誓いも消滅するのでは？

そんなことはない、とレップは知っていた。それに、こんな風に考えるのが自分にとって良くないことも。疑念や不安、純粋なる行動への意思以外のものが、勝手にあばれはじめていた。男はその行動であらわされる。なにに服従するかで。

レップは考えるのをやめて鏡台にむかい、引き出しをあけて、スイスのパスポートをとりだした。念入りに偽造されたパスポートで、使い古され、十数個のスタンプが押してあった。彼の名前はドクター・エーリヒ・ペーターズといい、ドイツ語をしゃべるベルン市民の弁護士ということになっていた。完璧《かんぺき》だ。問題は作り話のほうだった。レップはそれを俳優のように何度も練習し、アクセントをマスターしようとした。ふだんよりもすこしやわらかい口調で、ゆっくりとしゃべる。「ええ、トゥットリンゲンで法律問題が持ちあがりまして。依頼人が遺書で腹違いの弟を遺言執行者に指定したので、代理人としての権限を委任してもらうために、その腹違いの弟の署名が必要となったんです。彼はこちらにくることができなかったもので！」これはジョークのつもりだった。面接の緊張を笑いでほぐすのだ。「ひどいものです。爆撃で完全に破壊されて。ほんとうにめちゃめちゃでした」

これでうまくいくはずだった。

レップは鏡のなかの自分を見て、エーリヒ・ペーターズの姿をさがした。黒のダブルのスーツが威力を発揮してくれるだろう。それに、ネクタイとフェルト帽とブリーフケースが。だが、鏡のなかから見返してくる男は、やつれて捨て鉢になっていた。頬がこけており、とても過去七年の厳しい時代に飽食でのうのうと生きてきた弁護士には見えなかった。目には輝きがなく、肌は青白かった。国境を越えようとするときに、マルガレータのメーキャップで健康的な顔色を作ったほうがいいかもしれない。

決行はいつにする？　いつだ？

「レップ」と、マルガレータが怯えた声でうしろからいった。

「うん？」レップはむきなおった。

「彼らがきたわ」そういって、窓のほうを指さす。レップは外をのぞいた。小型のオープンカーが警戒怠りない四人の歩兵をのせて、ゆっくりと通りを走っていった。

「ちくしょう！」と、レップはいった。「やつらはこの街を通過するとにらんでいたんだが」

アメリカ軍に追いつかれたのは、これで三度目だった。

23

悼《いた》んでいる時間はなかった。だが、リーツはなにかすべきだと主張した。名前を木の幹に彫りつけるとか、石に刻みこむとかしたがった。

「そうすれば、彼は名もない人間として消えてしまわずにすむ。名前が、彼の本質が残るんだ。それを彼から奪うことは、レップにもできなかった」リーツは、シュムエルを殺したのがレップだと考えていた。もちろん、文字どおりの意味で殺したわけではない。だが、すくなくとも隠喩《いんゆ》的なレベルでは、それはレップのしわざといえた。暗闇《くらやみ》のなか、遠くから命を奪ったのだ。

アメリカ人の医師はそれほど芝居がかった考え方をしておらず、別の説明を用意していた。「強制収容所が解放される直前、逃げ遅れた数名の親衛隊員が倉庫に押しいって、囚人服に着替えた。囚人たちにまぎれこもうとしたんだ。だが、うまくいかなかった。顔つきがちがったんだよ。連中の顔は囚人みたいにげっそりとやつれていなかったんだ。すぐにばれて、殴り殺された。きみの友人は——われわれのあいだで暮らしていた。アメリカの肉とジャガイモを食って、栄養がついていた。そういう男が囚人服姿で収容所にいるのを見て、連中が彼のことを親衛隊員だと思いこんだからといって、誰を責められる？　よくある悲劇さ」

それを聞いて、リーツは感情が堰《せ》き止められるのを感じた。それを表に出すことができなかった。死体を見つめる。頭蓋骨《ずがいこつ》が陥没し、歯が欠けていた。死体が発見された点呼広場の地面は、真っ赤な血で染まっていた。

「それで気がすむのなら、穴でもどこでもいっしょに付き添ってやるといい」と、アウスウェイスが冷たくいった。「手を握って、顔にふれてやれ。だが、詰まるところ、彼は死んだ。それだけのことだ。死人なら、まえにも見たことがあるだろう」

リーツは死体のそばにひざまずいた。自分でもすこし馬鹿《ばか》げているように思えてきていた。実際に手をとる。冷たくて、こわばっていた。

スーザンに責められたときの記憶が、まざまざと蘇ってきた。

亡くなったユダヤ人のほうにむきなおる。

あんたはわれわれになにを期待してたんだ？　あんたたちユダヤ人の望みは、そもそもなんなんだ？　われわれは戦争に勝たなければならなかった。大局に立ってものごとを見なくてはならなかった。まさかこんなことになるなんて、思ってもいなかった。予想もしていなかった。わからなかった——。

リーツの指が、冷たい手に握られた紙片にふれた。乱暴に手をひらく。紙には鉛筆でなにやらヘブライ語が書かれていた。リーツはそれをポケットにしまった。しばらくして、ふたりのドイツ人が死体を運ぶために連れてこられた。リーツは彼らを憎みたかったが、どちらも年配の民間人――銀行家とパン屋――で、死体を持ちあげるのもやっとという男たちだった。弁解がましく担架を持ってきていた。死体はとても重たいし、われわれにはそれほど力がない。仕方がないんです。リーツは彼らの泣き言をもどかしい思いで聞いてから、作業にかかるように合図した。もの悲しい奮闘の末に、シュムエルの死体は埋葬地まで運ばれた。ブルドーザーで掘った巨大な穴だった。そのそばの地面に担架がおろされる。ドイツ人たちは大きな口をあけた底の浅い穴をのぞきこもうとはしなかった。大量の生石灰でいくらか抑えられてはいたものの、腐敗臭はまだ強烈で、無視することのできない現実だった。ふたりのドイツ人はそっと咳《せ》きこむと、白い粉に覆《おお》われて穴の底に積み重なっている何百という死体から目をそむけた。リーツは連中のケツを蹴《け》飛《と》ばしてやりたかった。

「いけよ。さっさとここから失《う》せろ！」と怒鳴りつける。ドイツ人たちは怯《おび》えて駆けていった。

リーツはぎこちなくシュムエルを担架から持ちあげた。腕に抱えてみると、担架を運んできた男たちの悪戦苦闘ぶりが嘘《うそ》みたいに軽かった。そのまま穴のなかにおりていく。

足もとで生石灰の粉が舞いあがり、ブーツが白くなった。薬品で目と鼻がちくちくする。そういえば、まわりにいる連中のほとんどがマスクをしていた。

「ねえ、大尉《たいい》、そこから出てください。これから土をかぶせるんで」と、別の将校が穴の反対側から声をかけてきた。エンジンのかかる音がして、ブルドーザーの輝く刃が穴のふちからゆっくりと顔をのぞかせた。その前方には、いまにも崩れそうな山盛りの土があった。

リーツはシュムエルをおろした。穴のなかなら、どこでもおなじだった。ほとんど肉のない死体の長い列のなかに安置する。リーツは穴から出ると身体をはたき、手をふって作業を進めるように合図した。ブルドーザーが土を押しだしはじめ、リーツはしばらくのあいだ土が死体の上にかかるのを見ていた。

「これだけ？　これでおしまいなの？」

リーツはふり返った。スーザンだった。

「スーザン、ぼくは――これは――」そこで言葉に詰まる。

スーザンは無表情にリーツを見つめていた。彼のうしろではブルドーザーががたがたと揺れながら走りまわって、やわらかい土をならしていた。

「事故だったんだ」と、リーツはいった。「とても残念だ」

スーザンは見つめつづけた。

「われわれにはどうしようもなかった。責任を感じている。彼はせっかくここまできたのに」

日の光の下で見ると、彼女の顔色が悪いのがわかった。ひどく睡眠が不足しているように見えた。死にかけたもの、犠牲となったものたちの世話をするのが、こたえているにちがいない。それに影響されているのだ。彼女自身が病人のようだった。上唇にうっすらと汗が光っていた。

「あなたがふれるものはすべて」と、スーザンがいった。「死んでしまう。ちがうかしら？」

リーツはなにもいえずに、そのまま彼女が去っていくのを見送っていた。

もちろん、彼にはメモがあった。

リーツはそれを忘れてはいなかった。だが、ヘブライ語を読める囚人をさがしだすのには、すこし時間がかかった。

リーツは頭痛がしていたし、アウスウェイスはいらついていた。そして、見つけだしてきた通訳――若くて聡明《そうめい》なポーランドの共産主義者――はメモを訳すまえに報酬としてふた箱のラッキー・ストライクを要求した。

「大したことないな」と、訳された言葉を聞いたリーツは騙《だま》されたような気分で煙草《たばこ》を渡しながらいった。

「こっちは質問されたことに答えたまでさ」と、若者はいった。

「命を落とすほどのものじゃない」

「彼はそのために命を落としたのではない。運悪く事故に巻きこまれたんだ。事故は戦争につきものだということが、わからないのかね？」と、アウスウェイスがいった。

「これはきっと暗号名のようなものにちがいない」

リーツは頭をすっきりさせようとした。彼らは尋問でつかったのとおなじオフィスにいた。死体であふれ返った操車場の光景が、まだ目に焼きついて離れなかった。殴り殺されて土の上に横たわるシュムエル。白い薬品の下でもつれあっている死体。看護婦の制服を着て非難の目で彼をにらみつけているスーザン。

リーツはふたたび紙に書かれた言葉に目をやった。なにか意味があるにちがいなかった。二重の意味が。ただのいたずら書きではない。

「〝ニーベルンゲン〟という親衛隊の師団がありませんでしたか？」

「第三十七師団」と、アウスウェイスが確認した。「機械化歩兵の部隊だ。できそこないの徴集兵からなる師団で、プロイセンのどこかでロシアと戦っている。だが、これはそれとはちがうな。この作戦には、はじめから髑髏師団がかかわっている。レップもその一員だし、十一号基地を守っていたのも彼らだ。髑髏師団はナチのなかでも古株で、武装親衛隊の結成当時からのエリートが集まっている。強制収容所をはじめとするすべてのことに最初からたずさわっている。彼らは第三十七師団みたいな落ちこぼれに用はないだろう」

「たしかに」

「実際のところ、〝ニーベルンゲン〟というのはドイツではきわめてありふれた名前だ。この麗《うるわ》しい場所とダッハウの街を結ぶ道路だって、ニーベルンゲン通りという。なかなか興味深いとは思わないかね？」

「もしかすると――」と、リーツはいいかけた。

「いや、それはただの偶然の一致で、今回の件とは関係ない。確かだよ。ここにはジョークがこめられているんだ。ドイツ流の大げさなユーモアが。洒落者《しゃれもの》、冗談好きのタッチが感じられる」

「わかりませんね」

「正直いって、すこし小賢《こざか》しすぎるきらいもあるが」と、アウスウェイスは指摘した。

リーツはわけがわからずに、はっきりした説明を求めた。「それで、オチはなんなんです？」

「オペラだよ」

「ああ、なるほど、ワーグナーですね？　すごい大作で、何時間もつづくという。たしか、指輪が関係していた」

「そう。『ニーベルンゲンの指輪』だ。ジークフリートという偉大な英雄が指輪をニーベルンゲンから盗む。それがジョークさ。レップはジークフリートなんだ」

「そのニーベルンゲンというのは？」と、リーツはたずねた。

「いまそれをいうところだ」アウスウェイスは笑みを浮かべた。「ニーベルンゲンとは、古い伝説に出てくるこびとの一族だ。地下に住み、宝物を守っている」

24

彼女はどこだ？

レップは腕時計を確かめた。二時間。出かけてから、もう二時間になる！

レップは二階にいた。窓のカーテンをめくって、隙間《すきま》からできるだけ遠くまで通りを見渡す。誰もいない。この数分間で何度もそれをくり返していたが、そのたびに結果はおなじだった。人影はなし。

じっとりと汗ばんでいるのがわかった。民間人の服はちっともくつろげなかった。靴もおなじくらい始末が悪かった。飾り革付きの先のまるいブルーチャーはなめし革で作られていたが、それにもかかわらず、左のかかとに靴ずれができていた。これでは足をひきずって歩かなくてはならない！　息が詰まりそうなこの小さな家に閉じこめられて、レップはおかしくなりそうだった。他人の服を着て、頭痛と消化不良といらだちとかかとの靴ずれに悩まされつつ、部屋のなかを歩きまわる。夜、冷や汗をかいて飛び起きたこともあった。ありもしない物音を聞いたり、影に驚いたりもした。

そもそも、こういう仕事にはむいていないのだ。戦火とは無縁の住宅街でおとなしく待っているような仕事には。

レップは椅子《いす》の背にもたれかかり、煙草の箱をとりだした。

ふたたび窓の外をのぞく。まだ数秒しかたっていなかった。

トラックが角を曲がってくるのが見えた。

軍用車だ。ノイ通りをゆっくりとこちらにむかってくる。大型の車で、オペル・ブリッツくらいあった。アメリカ軍の濃い緑に塗られ、ボンネットに白い星がくっきりと描かれている。荷台には兵士が大勢いるようだった。トラックががたがたと進むのにあわせて、ヘルメットが揺れていた。

レップは窓から離れると、P－38を手にした。

拳銃《けんじゅう》のスライドをひく……突然、心が落ちついた。大きな重荷が取り除かれたような感じだった。頭痛は消えていた。拳銃には弾が七発はいっていた。よし、むこうが六人でかかってきたら、六人とも片づけてやろうじゃないか。最後の一発は自分のためにとっておくつもりだった。一瞬、制服姿でないのが悔やまれた。こんな馬鹿げた服より、ずっとよかったのに。銀行家のはくようなズボンに白いシャツ、そして足にあわない靴――これではまるでそこいらのギャングだ。

呼吸が荒くなっていた。階段でしゃがみこむ。外からトラックの音が聞こえてきた。

あとすこしで、この家に着く。指で拳銃のグリップにある安全装置を外した。手のなかの拳銃は冷たく、大きく感じられた。心臓がどきどきいっていた。もうすぐトラックが止まって、裏口に駆けていく兵士たちの足音が聞こえてくるはずだ。準備はできていた。いつでもこいだ。

「民間人のみなさんに警告します。夜間外出禁止令は午後六時からです。夜間外出禁止令は午後六時からです。午後六時以降に外出しているところを見つかったものは、拘留されます」

トラックのスピーカーから流れてくる声は大砲のように馬鹿でかく、家にちかづくにつれて木を伝わり、窓ガラスをがたがたと震わせた。トラックはそのままとおりすぎ、声はしだいに小さくなって、やがて完全に聞こえなくなった。

25

それは、ぽつぽつとあらわれてきた。

「ほら、あったぞ」と、アウスウェイスが叫んだ。「食事の記録だ。三月十八日と十九日に、親衛隊の酒保で百三名が食事をしている。部隊名はなく、〝ニーベルンゲン〟とだけ記されている」

ニーベルンゲン。

四月十一日、ダッハウの中央貯蔵施設より補給――糧食、装備品、交換部品、燃料。

二月十三日、弾薬の調達要求――七・九二ミリ×33短小弾を二十五箱、七・九二ミリの弾帯を二十五箱、44型の手榴弾《しゆりゆうだん》を三箱。

三月七日、食料、有刺鉄線の追加調達要求。建築資材。

情報はどんどん増えていった。何百という断片が、ニーベルンゲン作戦の誕生とその発展をあらわしていた。この作戦にかんする指令はすべて、ゲハイメ・コマンドザッヘ――第三帝国の指令のなかでもっとも機密度と優先度の高いもの――とされていた。

「ロケット計画よりも重要視されていたんだ。すごいな」と、リーツはいった。

陸軍調査部がダッハウに設置した防諜《ぼうちょう》部隊の記録センターで一日じゅうファイルをあさりつづけたリーツとアウスウェイスは、いたるところで手がかりを見つけた。乱雑に積み重ねられた大量のファイルはまったく整理されていなかったが、淡黄褐色のフォルダーには分野に関係なく、ある文字がかならず押してあった。ニーベルンゲン。

「すごくついてましたね」と、リーツはいった。「シュムエルが老人から話を聞きだせたことも、それを書きとめておいたことも、わたしがその紙を見つけたことも——」

「はじめから運には恵まれていたさ。だが、いっこうに核心にちかづいてはいない。まったく、やっかいな一件だよ」

リーツがまた見つけた。「あったぞ」と、声をあげる。「〝建設・補給〟という名目で、用地準備のための最初の指令書が出されている。日付は一九四四年十一月十六日。これによると、建設大隊が実験目的の用地を準備することになっている。場所はシュヴァルツヴァルト。コードネームはニーベルンゲン。所轄はWVHAで、必要な資材の明細リストがついている」

「こちらにあるのは特別輸送指令書だ。固定式のテスト装置をベルリンちかくのクンメルスドルフにある陸軍兵器局の試験所から運ばせるためのものだ。壊れやすい機材なので、とくに慎重に取り扱うように、という指示がある。日付は一月四日だから、計画のごく初期のものだな」

「ついに突破口が見つかった」と、リーツは喜んだ。「これで、なにかつかめるぞ」

リーツはひきだしや金庫のなかのファイルにつぎつぎと目をとおしていった。昼食や夕食をとるのも忘れて、すばやく、だが徹底的にしらべた。なにもなければ、そのまま夜が更《ふ》けるまで第三帝国の書類の迷路のなかをさまよいつづけていたことだろう。だが、そのとき、彼の目のまえの書類に影が落ちて、びくついた声が聞こえてきた。自己非難で、すっかりへりくだっているような声だった。

「えーと、リーツ大尉？」

リーツは顔をあげて、煙草の煙のむこうを見た。

「なんだ、もどってきたのか」と、アウスウェイスがいった。

そこには、恥ずかしそうにロジャーが立っていた。

今度はロジャーも役に立った。パリのことはひと言も口にせず、その理由を説明しようともしなかった。試合や自分の活躍にかんする話はいっさい出なかった。一日かそこらは、リーツたちといっしょに懸命にファイルに目をとおしさえした。そして、直接関係のありそうな情報をいくつか見つけていた。ニーベルンゲンからブラウンシュヴァイクにある空軍研究所に対して、弾丸の飛び方にかんする風洞データの資料請求がおこなわれていた。また、三月中旬にダッハウでおこなわれた対戦車コースに参加した下士官兵の成績記録が残っており、そのなかに〝髑髏師団―ニーベルンゲン所属〟と書かれた百三名の名前があった。

だが、まだ目をとおさなくてはならない資料は大量に残っていた。リーツのいらだちは頭痛となってあらわれ、それは午後が深まるにつれてひどくなっていった。しばらくたってリーツがふと顔をあげて情報センターを見まわすと、あまり嬉《うれ》しくない光景が目に飛びこんできた。そこには彼ら三人しかいなかった。防諜部隊の兵士たちはすでに帰っており、ドイツ語の書類であふれ返った箱がそこいらじゅうに山積みになっていた。すべての出発点となった数カ月前のロンドンのオフィスにそっくりだ。その類似性から、リーツはひとつのメッセージを読みとった。あれ以来、われわれは問題の核心にまったく迫っていない。

ロジャーが外の世界から持ち帰ってきたニュースが、リーツのいらだちをいっそう募らせていた。戦争がついに終わろうとしていたのだ。すくなくとも最終段階にあるのはまちがいなく、それを考えるとリーツはいても立ってもいられなくなった。レップの行動はなんらかの形で終戦と結びついている、という結論に達していたからである。それは第三帝国の滅亡の過程の一部だった。ロシア兵はすでにベルリンにいるといわれており――ベルリンだ！――ドイツ軍はオランダ、ドイツ北東部、デンマークといった北部で降伏していた。一方、パットンはドイツ軍を一掃してチェコスロバキアまで攻めこんでおり、最新報告によるとピルゼンにいるとのことだった。

誰もが大きな成果をあげていた。もたついているのはリーツだけだった。

リーツは手にしていた書類を机に叩《たた》きつけた。ニーベルンゲンと記されたつまらない食事の受領書だった。食事の受領書だと！　ちくしょう、これだけ大量に書類を作成していて、よくもまあ第三帝国は一九四三年までに機能停止におちいらなかったものだ。歯車に書類が詰まって、なにもかも止まっていてもよさそうなものなのに。どうせならドイツ人は紙爆弾でも落とせばよかったのだ。その重さには、高性能爆弾とおなじくらいの威力があっただろう。彼らはなんでも三通ずつ複写していた。そして、彼らが記録すればするほどリーツたちのまえには証拠が集まってきたが、それと同時に、役に立ちそうなものを見つけるのがむずかしくなっていた。

「くそ。これじゃ埒《らち》が明かない」と、リーツは不平をもらした。

別のテーブルでおなじように書類の山に埋もれていたアウスウェイスが、顔をあげていった。「どこか道路封鎖をしているところへいって、そこで目を光らせていたいのかね？　それとも、トレンチコート姿の男たちといっしょにドアを一軒ずつノックしてまわるほうがいいかな？」

もちろん、そういうわけじゃない、とリーツは心のなかでつぶやいた。だが、この大量の書類をしらべるのに、もうちょっと人手があっても悪くはなかった。それでも、なにかつかめるかどうか。ニーベルンゲン作戦がダッハウを拠点として計画され、維持され、管理されていたのは、いまやあきらかだった。すべての書類がそれを裏づけていた。だが、そこで行き止まりだった。書類は十一号基地を指し示していたが、基地ならすでに手中におさめていた。いま必要なのは、別の方向、連鎖のなかのつぎの輪、梯子《はしご》のもう一段上へと導いてくれるものだった。それはベルリンにつうじているのかもしれなかった。オークの木の下《ウンター・デン・アイヒエン》にあるWVHAの本部に。だが、いまそこにはロシア人がいた。彼らは協力してくれるだろうか？ 協力をとりつけるのに、どれくらい時間がかかるだろう？ そもそも、WVHAのファイルはどういう状態にあるのか？

「アスピリンは？」と、リーツはたずねた。

「え？ ああ、バッグにあります。ちょっと待ってください」と、ロジャーがいった。

「〝シュスヴァンデ〟って、なんでしたっけ？ 銃創ですか？」

「そうだ」と、リーツはこたえた。それから、ロジャーが目をとおしているフォルダーに気づいた。「おい、それはなんだ？」と、怒鳴りつける。

それには〝デァ・フェァズーフ〟と書かれていた。

「えーと、いま読んでるファイルです」

〝デァ・フェァズーフ〟とは〝実験〟という意味だった。

ついに我慢できなくなった。頭痛はいっこうにおさまる気配がないし、ロジャーは時間をドブに捨てているし、スーザンは以前にもまして手の届かない存在になっていたし、シュムエルは死んだし、レップは刻一刻と標的にちかづきつつあった。

「この野郎、そのお上品なケツを蹴飛ばしてトレドまで飛ばしてやろうか。そんな書類は、いまわれわれが抱えている問題とはなんの関係もない。ここをなんだと思ってるんだ？ 読書室か？ それともくそったれハーヴァードの図書館か？」リーツは憎々しげに吐き捨てるようにいった。

ロジャーはぎょっとしてリーツを見上げた。アウスウェイスでさえ、リーツの言葉にこめられたどす黒い怒りに虚を突かれたようだった。

「あの、すみません、大尉」と、ロジャーがいった。「ぼくはただ――」

「ちょっといいかな。われわれはろくに睡眠をとらずに働いているし、この三日間はけっして愉快なものではなかった」と、アウスウェイスが指摘した。「きょうはもう店じまいしたほうがいいだろう」

「ぼくはかまいませんよ」と、ロジャーがむっつりといった。

「うーん」と、リーツは不満げに鼻を鳴らしたが、すぐにアウスウェイスのいうことはもっともだと気づいた。

ロジャーは立ちあがると、だらだらと自分の持ち物をまとめて、ひきだしにしまいはじめた。

だが、途中で手をとめた。「いいですか、ぼくの読みが正しければ、こいつはほんとにおかしいんです」

誰も聞いていなかった。リーツはまだアスピリンを飲んでいなかったし、アウスウェイスは片づけに専念していた。むかしから几帳面《きちょうめん》なタイプだったのだ。

ロジャーはめげずにつづけた。「すごくひどい話です」という。「このダッハウでは、いろんな実験がおこなわれてました。第五ブロックと呼ばれる本部があったんです。そこでは、ありとあらゆるおぞましい実験が――」

「要点をいえ」と、リーツは冷たくいった。

「わかりました」ロジャーはぶ厚いファイルを持ちあげた。「これは、凍らせたり、圧力室にいれたり、ガスをつかったり、注射したり、水を利用したりして人間を死にいたらしめた実験の資料です。人間がどのように死ぬのか。時間はどれくらいかかるのか。どんな徴候があらわれるのか。死んだあとの脳はどういう状態になるのか。写真とかそういったものです。ところがこれは――」

ロジャーはフォルダーをひっぱりだした。

「ほかとはちがってます。書類の形式がまったく異なるんです。第五ブロックでおこなわれた実験ではありません。〝シュスヴァンデ〟、すなわち銃創にかんする報告書で、全部で二十五名分あります。検死写真やらなにやらがすべてそろっていて、ここの親衛隊の主任医師であるドクター・ラウシャー宛《あて》に送られてきました。人間の死についての彼の研究に役立つだろうということで。日付は——それで、目にとまったんです——三月八日になってました。シュムエルが脱出してから二日後です」

「どれ、見せてみろ」と、リーツはいった。

フォルダーには、傷痕《しょうこん》にかんするタイプ報告書が数ページと、フラッシュを焚《た》きすぎた身の毛がよだつような写真が何枚かはいっていた。死体仮置き台に横たわる瘦《や》せた男たちの裸体は、胸に大きな穴があいていたり、頭の一部が吹き飛ばされていたり、目を撃ち抜かれたりしていた。足もとは汚れており、関節がごつごつしていた。リーツは目をそむけた。

「たしかに、これは十一号基地で実験台にされたユダヤ人たちかもしれない」と、リーツはいった。「しらべようがない。シュムエルがいれば確認できただろうが、それがわかったところでなんだというんだ？　おそらく、これはレップに撃たれたものたちの検死報告書だろう。重量を増した弾丸の威力をしらべ、彼の射撃の助けになるようなデータをもっと集めようとしたんだな。それから、そのデータを送った——どこかわれわれの知らないところへ。ＷＶＨＡか、ベルリンあたりの親衛隊本部か。そのあとで——」

リーツはうんざりして、ため息をついた。またしても行き止まりが見えてきたからである。「――今度はどこか上のほうの人間がそれをドクター・ラウシャーに送ってきた。彼の実験資料にくわえるために。そいつを、きみが発見したんだ。余計なところをしらべていて。だが、これにはなんの意味もない。連中が特別製の大型の銃を用意したことはすでにわかっているし――」

「だが、これにはニーベルンゲンと記されていない」と、アウスウェイスがいった。

「作戦とは直接なんの関係もないからですよ。たまたま興味深い情報があったから、それを役に立ちそうなところへ送ろうと考えただけだ。彼らにとって役に立ちそうなところへ」

「肝心な点を見逃してるぞ」と、アウスウェイスがいった。片づけをやめて、書類の山をかきわけながらロジャーの机にむかう。「ニーベルンゲンに分類されていないということは、最高機密扱いになっていないということだ。ゲハイメ・コマンドザッヘではない。つまり、徹底的にしらべられ、関係を消され、保安上の観点から検閲を受けていないことになる。なにも手をくわえられていない情報だ」

アウスウェイスがこれほど興奮している理由が、リーツにはよくわからなかった。

「それがなんだっていうんです？　最高機密扱いにするほどの情報じゃないってだけでしょう。そもそも、この二十五名がシュムエルといっしょにいた囚人たちかどうかさえわからない。別の強制収容所の犠牲者かもしれないんですよ」

「あの」と、ロジャーが隅のほうから一枚の紙を手にしていった。「ここに宛名札があります。いままで気がつかなかった。どうやら――」

リーツはそれを奪い取り、明かりのちかくに持っていった。

「これはファイル・レポートにすぎない」という。「この報告書が、どこの部局の誰のファイルからきたものかをあらわしているんだ。第Ⅳ局Ｂ４にいる聞いたこともない男だ。くそっ、こんな情報にはなんの価値もない。もううんざりだ――」

「黙れ」と、アウスウェイスがいった。

「でも、少佐、これは――」

「黙るんだ」と、アウスウェイスはいった。宛名札をじっと見ている。それから、リーツに、つづいてロジャーに目をやってから、ふたたびリーツに視線をもどした。

「ドイツ語の復習だ、大尉。ドイツ語で〝アイヒ〟とは？」

「は？」

「オークだ。オークだよ！」

アウスウェイスはいった。「〝オークの男〟というのを耳にしたのがシュムエルではなく、別の人間だったのをおぼえているだろう。イディッシュ語しか解さない田舎者のユダヤ人だ。その男はいくらかドイツ語を知っていた。日常的な単語を。だが、怯えていたので、注意して聞いていなかった。彼には〝オークの男《マン・オブ・オーク》〟と聞こえた。〝マン〟と

〝アイヒ〟だ」

アウスウェイスはつづけた。「それはオークの木の下《ウンター・デン・アイヒエン》という名前の通りとはまったく関係がなかった。われわれはまちがえたんだ。途中でやめて、とことんまで追究しなかった。あのユダヤ人は正しかった。それはほんとうに〝オークの男〟だったのさ」

リーツは名前に目をやった。

「そこにいるのが、きみが追い求めていた〝オークの男〟だ」と、アウスウェイスがいった。

宛名札にはこう書かれていた。〝ファイルの原本は第Ⅳ局B4のアイヒマン中佐が所蔵〟

26

「レップ？」レップは彼女が帰ってきた音に気づいていなかった。「レップ？　どこなの？」

「ここだ」と、レップは弱々しくいった。「どうしてこんなに時間がかかったんだ？」

彼女が階段をのぼって部屋に入ってきた。きょうは洒落《しゃれ》たブルーのスーツにベール付きの帽子をかぶっていた。

「まあ、どうしたの」と、彼女がいった。「病人みたいよ。大丈夫？」

「大丈夫だ」

「幽霊でも見たような顔して」

「なんでもない」

「なにか欲しいものは？　ブランデーは？　それならあるわよ」

「いや、いい。お願いだから、かまわないでくれ。それより、頼んだことを見てきてくれたか？」

「驚くようなものがあるの」

「マルガレータ。頭痛がするんだ。お遊びにつきあってるひまは――」

彼女は封を切っていないシベリアの箱を差しだした。「ほら、驚いたでしょ」という。

「いったいどこで手に入れた？」

「若者から。わたしがほほ笑みかけると、その魅力にまいって、これをくれたの。たぶん、東部にいたことがあるんじゃないかしら」

レップはむさぼるように箱の封を切り、煙草《たばこ》を一本とりだした。紙は古くなって茶色くなりかけていたし、急いで火をつけると、すっかりしけているのがわかった。それでも、美味《おい》しかった。

「ちなみに、フランス人よ」と、彼女がいった。

「うん？　なんのことだか――」

「フランス人。ここを占領したのはフランス人なの。アメリカ軍の装備を持ち、アメリカ軍の制服を着ているけれども、中身はフランス人よ」

「相手が誰だろうと、事情はおなじだ。いや、もっと悪いかもしれない。われわれはアメリカを占領したことはないが、フランスは一九四〇年にそうしたから」

「とても親切そうだったけど。広場にすわって、女性たちに口笛を吹いて、お酒を飲んで。将校たちは全員カフェにいたわ」

「わがほうの兵士たちは？」

「ライフルを引き渡して、まとめて連行されていったわ。まるで儀式のようだった。衛兵の交代ね。すごくなごやかな雰囲気のなかでおこなわれて、銃声が響くこともなかった。そもそも銃には弾さえこめられていなかったのよ」

「きみに頼んだことは見てきてくれたか？　やつらは何人くらいいた？　警備体制は？　民間人の通行をどう監視してた？　国境にチェックポイントは設けられていたか？　リストはあるのか？」

「リスト？」

「ああ。犯罪者のリストだ。わたしの名前はそこに載っているのか？」

「リストのことは、なにも知らない。見あたらなかったけど。人数はあまり多くなかった。標識を立ててたわ。規定を記した標識を。それによると、残っているドイツ軍兵士と軍関係者は明日の正午までにミュンスター広場に出頭しなくてはならないそうよ。党の制服、横断幕、旗、軍旗、記章、ナイフ――鉤《かぎ》十字のはいったものはすべて集められ、大きな山ができていた。〝脱ナチ化〟と彼らは称していたけれど、要するにおみやげが欲しいのね」

「国境は？　国境はどうだった？」

「わかってる。そこにもいってきたわ。べつにどうということはなかった。退屈そうな男たちが小型のオープンカーにすわっているだけで。トーチカさえつかっていなかった。われわれの側の国境警察の分遣隊はいなくなってたけれど。それに、たぶんフェンスのパトロールはおこなわれているはずよ」

「そうか。だが――」

「レップ、いまの彼らにとって国境はそれほど重要な関心事ではないわ。日光浴をして、女たちを目で追って、戦争が終わったらどうするかを考える――それが彼らにとっての最大の関心事よ」

「旅行規則は?」

「いいえ、まだなにも出ていなかった」

「それじゃ――」

「レップ、なにも変わってないの。きのうまでドイツの若者がいたミュンスター広場に、いまはフランス人兵士がすわっているというだけ。ドイツの若者だって、もうすぐ帰ってくる。いまにわかるわ。もうほとんど終わりかけてるのよ。先は長くないわ」

レップは椅子の背にもたれかかった。

「いいぞ」という。「はじめは第Ⅵ局Aの女性をつけられるところだったんだ。プロの女性を。だが、わたしはきみがいいと主張した。そうしておいてよかった。いまさら他人と組むのでは遅すぎる。他人といっしょにやるには、これはあまりにも重要な任務だ。

きみへの説得が功を奏したことを感謝しなくては」

「ドイツ人が親衛隊にノーというのは、むずかしいわ」

「ドイツ人が義務にノーというのは、むずかしい」

「レップ、話しあいたいことがあるんだけど」

「なんだい？」

「ほんとうにすばらしい思いつきよ。外出しているときにひらめいたの」

彼女はきのうよりも幸せそうに見えた。それほど疲れていなかったし、調子も良さそうだった。たんにつぎはぎの顔にレップが馴《な》れただけのことかもしれなかったが。

「思いつきって？」

「すごく単純なの。いまになってわかったわ。すべてはこうなるように仕組まれていたのよ。いかないで」

「えっ？」

「中止して。どんな計画かは知らないけれど、やらないで。ここまできたら、なにをしようと関係ないわ。もう手遅れなのよ。だから、ここにいて」間をおいてつづける。

「わたしといっしょに」

「ここにいる？」なんと馬鹿《ばか》なことを。だが、レップは驚いていた。

「ええ。デミヤンスクのあとの一九四二年のベルリンを思いだしてちょうだい。すばらしかったでしょ？　パーティ、オペラ。ティーアガルテンで乗馬をしたわね。ちょうどいまごろとおなじ春だった。あなたは英雄で、わたしは美しかった。ベルリンも美しかった。またあんな風になれるわ。考えてたの。ここでもベルリンみたいにできるって。それか、ここからそう遠くないチューリッヒで。お金ならあるわ。あなたには想像もつかないくらい。あなたにはパスポートがあるし、わたしも国境を越えられる。大丈夫、どうにかできるわ。なんだって可能なのよ。あなたさえ――」

「やめるんだ」と、レップはいった。「そんな話は聞きたくない」

彼女がこんなことをいいださないでくれればよかったのだが。だが、もはや手遅れだった。いまはその話をやめてくれることを願っていたが、彼女はあきらめようとはしなかった。

「あなたは死ぬわ。彼らに殺される。なんの意味もなく」と、彼女がいった。

「意味はある。大きな意味が」

「レップ、わたしはつまらない女よ。でも、生きのびた。そして、あなたも。ふたりでまたそこからはじめましょう。あなたがベルリンのかわいい愚か者を愛したみたいに、いまのわたしを愛してくれるとは思っていないわ。でも、それをいうなら、わたしもかつてのハンサムでちょっと鈍い若き将校を愛したみたいに、あなたを愛することはない。それでいいのよ。それで」

「マルガレータ――」

「もう誰も気にかけてやしない。ドイツの若者たちの顔を見て、わかったの。彼らは気にかけていない。終わったことを喜んでいる。みんないそいそと降伏してたわ。いま死ぬなんて、馬鹿げてる。兄も父も亡《な》くなった。わたしが愛した男たちは全員。その仲間入りをして、どうなるっていうの。それに、あなたは彼らが束になってもかなわないくらいの功績をあげてきた。そろそろ休みをとってもいいころよ」

「やめろ」

「フランス人はよさそうな人たちだったわ。ひどい連中じゃないってわかった。ユダヤ人でも、ユダヤ人のために働いてるのでもない。ただの男、ただの兵士よ。ドイツの若者たちとも、とてもうまくやってた。感動的な光景だったわ」

「中世の行列でも見てきたような口ぶりだな」

「戦争に負けたからといって、なにも恥じることはないのよ」

どうやったら彼女に説明できるだろう？　なんといえばいいのだろう？　たとえ誰の記憶にも残らず、認められることがなかろうとも、自分は聖戦の一部を担っているのだということを。いまや残されているのは彼しかいなかった。この聖戦のために命を捨てなくてはならないとしたら、喜んでそうするつもりだった。どうやったら伝えられるだろう？　自分が情け容赦がなく、誇り高い男だということを。これまでに廃墟《はいきょ》や雪に覆《おお》われた森やシラミと糞《くそ》だらけの塹壕《ざんごう》で、何千人という男を殺してきたということを。「歴史の一ページを失ったんだ」

「われわれは戦争に負けただけじゃない」と、レップはいった。「歴史の一ページを失ったんだ」

「すぎさったことを未練がましく考えるのはやめて」と、彼女はいった。「たしかに過去はすばらしかった。でも、もう忘れて。終わったことよ。未来に目をむけるの。それはいま、ここにある」

「これには選択の余地さえないんだ。まったく」

「レップ、わたしがフランス人のところへいくわ。そして、将校に説明する。デミヤンスクで偉大な英雄となったレップが家にいて、出頭したがっている、と。彼に保証してもらって――」

「彼に保証できるのは絞首刑《こうしゅけい》だけだ。わたしは縛り首さ。それがまだわからないのか? わたしがもう、あともどりできないということが? わたしはユダヤ人を殺してたんだ」

レップはテーブルのそばに腰をおろし、キッチンの隅に視線をさまよわせた。

「ああ、レップ」と、ようやく彼女がいった。「知らなかったわ」レップから離れるようにあとずさる。「なんてことなの。知らなかった。そんなおぞましい仕事を。さぞかしつらかったでしょうね。過酷な体験をさせられて」

彼女はレップにちかづくと、指先をそっと彼の唇にあて、目をのぞきこんだ。

「ああ、レップ」そういうと、彼女はレップにもたれかかって泣いた。「つらかったでしょうね」

27

ついに問題はひとつに絞られた。

「レップを捕まえるためには」と、リーッはいった。「このアイヒマンという男を見つけなくてはならない」

「でも、大尉《たいい》、いままでずっと親衛隊の中佐を見つけようとして失敗してきたのに、これから別の中佐をどうやって見つけようっていうんです？」と、ロジャーが質問した。

アウスウェイスもいった。「可能性はいくらでも考えられる。その男は死んでいるかもしれない。国外に脱出しているかもしれない。ドイツ空軍の対空砲兵大隊に一兵卒としてまぎれこんでいるかもしれない。ロシア側の捕虜になっているかもしれないし、ブエノス・アイレスにいるのかもしれない」

「そのうちのどれかだったら、あきらめるしかありません。しかし、捕虜になっているのだとすれば、見つけられるかもしれない。わずかな可能性ですが」

「それじゃ、その男がわれわれの手中にあると仮定して行動するわけですね」と、ロジヤーがいった。「それでも……」

「ほかに選択の余地はない」

「たとえ彼を見つけたとしても、口を割らせなくちゃなりませんよ」と、ロジャーがいった。

「それはわたしがやる」と、リーツがいった。「心配しなくても大丈夫だ」

だが、ロジャーは心配だった。そういったときのリーツの表情が、どうも気にくわなかった。

アイヒマンという男が捕虜になっているとすれば、その身柄は陸軍防諜《ぼうちょう》部隊が拘束しているはずだった。なぜなら、尋問による情報収集は防諜部隊の管轄《かんかつ》だったからである。そこで、翌朝早く、彼らはアウクスブルクに出発した。廃墟と化したアウクスブルクの街からすこしいったところに由緒ある屋敷があり、第七陸軍防諜部隊がそこを根城としていたからである。本館は陸軍本部に占拠されており、防諜部隊はなだらかな丘陵に点在する狩猟用バンガローのひとつをつかっていた。

防諜部隊の副部隊長であるミラー少佐と面会するには、長いこと待たなくてはならなかった。リーツにとって、これがいままでいちばんつらかった。十一号基地でドイツ軍の銃火のなかに飛びこんでいったり、アルフェルトで死後一週間たった死体を医師が切り開くのを見ていたときのほうが、まだましだった。そういうときには、すくなくとも自分でなにかすることができた。だが、いまはすわっているしかなかった。時間がのろのろとすぎていき、ふと気がつくと夜になっていた。闇《やみ》がおりてきて、窓の外の景色を隠した。

「ドイツ語で夜はなんでしたっけ？」と、リーツはアウスウェイスにたずねた。

「おいおい、きみ《チャム》。それくらい知ってるだろう」

「ええ、ナッハトです。ライフルの打ち金を起こしたときみたいな音だ」

やがて、ミラーがあらわれた。疲労困憊《こんぱい》しており、官給品のオーバーコートを着ていた。三十代後半のそばかすのある青白い顔をした男だった。

「遅くなって、ほんとうにすまなかった。どれくらい待った？」と、ミラーが挨拶《あいさつ》がわりにたずねてきた。

「何時間もです、サー」と、リーツはいった。「助けていただきたくて、ここまできました」

「わかった。話を聞こうじゃないか――」

「ドイツ人捕虜をさがしています。親衛隊で、少佐以上の位についていたものです。もっとはっきりいうと、第Ⅳ局Ｂ４という部局にいたアイヒマン中佐という男です」

「第Ⅳ局というと、ゲシュタポだな」

「ゲシュタポ？」と、リーツはいった。

「RSHA、すなわち国家保安本部に所属する部局だ。アイヒマンといったな？」

「ご存じですか？」

「いや。だが、ようやく国家保安本部の機構がわかりかけてきたところでね」

「それで、彼はどこにいると思われますか？　つまり、彼がわれわれの捕虜になっていた場合、どこを探せば見つかるでしょう？」

「ここから遠く離れたところにある城だな。申しわけないが、場所を教えるわけにはいかない」リーツは自分の口がぽかんとあくのがわかった。「面会したいのかね？」と、少佐がつづけた。「もちろん、そうだろうな。手配することはできる。上階にある戦略事務局にいって、第七陸軍防諜部隊宛のりっぱな手紙を書いてもらえば、一、二週間後には二十六人のお偉いさんたちの承認をへて、わたしのもとに届くだろう。そしたら――」

「少佐」と、リーツは途中でさえぎった。「この男には、今夜会わなくてはなりません。明日では遅すぎるかもしれない」

「なあ、きみたち、わたしもできることなら手を貸したいと思っている。だが、ほら、このとおり、わたしは無力でね」少佐は机の下から両手を出して上げて見せた。手首をあわせて、縛られたような格好をしている。それから、弱々しい笑みを浮かべていった。

「好き勝手なことはできないんだ。ドイツの将校たちは、ひじょうに貴重な情報源だ。

尋問センターに集められている。さっきもいったみたいに、とある城に。そのうち、統合尋問センターを設立しようという話もある。だが、いまのところ将校たちはわれわれが押さえている。彼らの多くは対ロシア活動に従事していた。ぶっちゃけた話、この戦争は終わって、つぎの戦争がはじまろうとしている。そして、連中はその先陣を切っていたんだ。彼らはロシアにかんするさまざまな情報をつかんでいる。ヨーロッパの抵抗運動における共産党支部や何百という情報作戦本部についての情報を。まさに宝物さ。体重分の黄金に匹敵するくらいの価値がある。つまりは――」

「少佐」と、リーツはきわめて穏やかな口調でいった。「ここにまだ現在進行中のドイツの作戦があります。いままさにおこなわれている作戦です。レップという将校がいます。武装親衛隊のメンバーで、ライフルの名手です。この男が誰かに銃弾を叩《たた》きこもうとしています。誰か重要人物に。これは第三帝国の遺書であり、レップはその遺言執行人なのです」

「狙《ねら》われているのは?」

「そこが問題なんです。われわれにはわかっていません。けれども、このアイヒマンという男ならきっと知ってるでしょう。ダッハウの管理センターにある重要ファイルに彼の名前が記されていましたから」

「すまない。助けたくても、できないんだ。手順が決まっていて、それを無視すれば、わたしがまずいことになる。正規のルートをとおしてもらわないと」

「いいですか、少佐、そんなひまはないかもしれないんです。われわれが書類に記入しているあいだに、誰かが眉間《みけん》を撃ち抜かれるかもしれない」

「リーツ大尉。いくらいわれても——」

「わかりました。では、この男をわれわれに引き渡すべきだという、ほんとうの理由をいいましょう。彼はわれわれのものだからです。われわれが見つけました。あなたたちではない。あなたたちはたまたま彼を手にいれただけで、相手がどういう人物かさえわかっていない。けれども、われわれは多くの命とひき換えに彼を見つけだしたんです。シュヴァルツヴァルトの作戦で三十四名の空挺《くうてい》部隊員が死に、その二倍の兵士が負傷しました。四月には第四十五師団の十一名が撃ち殺されました。そして、このレップという男の射撃練習で二十五名の強制収容所の囚人たちが亡くなっています。最後に、強制収容所を生きのび、わたしの作戦に参加していたもと囚人も命を落としました。彼はいまダッハウにいます。死体と石灰だらけの穴のなかに。もっとましな終わり方をして然《しか》るべき人物だったのに、そうはならなかった。だから、わたしは本気でいってるんです。このアイヒマンという男はわれわれのものだ、と。なにしろ、彼はレップへの手がかりとなる人物なんですから」

「死者の数は問題ではない。この戦争ではしょっちゅう人が死んでいる、大尉」——あんたらみたいな連中は別にしてな、とリーッは思った――「それでも、手順を曲げるわけにはいかない。どうしても……無理だ……馬鹿げてる。しかし――」そこで少佐はやめた。

「ええい、ちくしょう」と、ようやくいう。少佐は横をむくと、大きく深呼吸したように見えた。「きみはいくつだ？」と、しばらくしてからロジャーにむかっていう。

「十九歳です、サー」と、ロジャーがいった。

「空挺部隊員だな。ブーツでわかる」

「えー、はい、そうです」

「作戦地帯への落下傘《らっかさん》降下は？」

「六回です」と、ロジャーは嘘《うそ》をついた。

「若くて無謀、命知らずというわけだ。みんなからやめろといわれただろう」

「はい、サー」

「だが、それでも飛んだ。自分がタフだってことを証明してみせなきゃ気がすまなかったんだな？」

「そういったところです、サー」と、ロジャーはいった。「シチリア島のブート作戦。ノルマンディ上陸作戦。オランダでの大失敗に終わった作戦。バルジの戦いのバストーニュでの危険な作戦。あのときは、さんざんなクリスマスでした。そして最後に、ライン川での戦い。これはヴァーシティ作戦と呼ばれてました。三月のことです」

それじゃ五つしかないぞ、ロジャー、とリーツは心のなかでつぶやいた。それに、バストーニュでは誰も落下傘降下なんてしなかった。

「えー、それに、リーツ大尉とアウスウェイス少佐がおっしゃっていた降下があります、サー、例の――」

「すごい経歴だな。十九歳にして、作戦地帯への落下傘降下を六度も経験しているのか。どんな感じがするのかな？」

「えーと、その、恐ろしいです、サー。ほんとうに恐ろしいです。なかでも、ノルマンディは最悪でした。目標地帯から外れた地点に着地したんです。仲間の半分は水中に落ちました。ドイツ兵がそこいらじゅうにいて。あー、写真には写ってませんでしたが。それで、溺《おぼ》れたんです。とにかく、自分は運良く高台に降り立ちました。そのあとは、混乱状態です。照明弾や曳光弾《えいこうだん》が飛びかっていて、すごく明るかった。はでな爆音がして。ちょうど独立記念日の花火みたいな感じです。こっちのほうがずっと華やかで、危険でしたけど――」

かんべんしてくれ、とリーツは思った。

「――それから、われわれは集結して、移動しました。はじめてお目にかかったドイツ人は、体臭がわかりそうなくらいすぐちかくにいました。われわれの真上にいたんです。

自分は例のM‐3を持ってました。短機関銃ってやつです。そいつで、ダダダダダダダ！　とにかく撃ちまくりました。やつらはなにもわからないうちに昇天したはずです」

「そうか」と、少佐はいって、椅子《いす》の背にもたれかかった。ぼんやりと宙を見つめる。

「ときどき自分は戦争に参加していないんじゃないかと感じることがある。ほんとうの戦争にかかわっていないのではないかと。そのことを感謝すべきなんだろうが、十年後、二十年後に人びとがこの戦争について語り、質問するとき、自分はきっとなにもいえないだろう。ドイツ兵を見たとさえいえない。見たことがあるのは捕虜になった連中だけだし、彼らはごくふつうの人間だった。廃墟ならいくつか目にした。一度、誰かの双眼鏡を借りて、ルール地方の孤立地帯を見たことがある。本物の敵の占領地帯だ。だが、これまでは書類仕事やこまごました雑用や管理の仕事がほとんどだった。女性がいなくて、食事がまずくて、みんながおなじ格好をしていることをのぞけば、ふだんの生活となんら変わりはなかった」

「少佐――」と、リーツがいいかけた。

「わかってる、わかってる。きみの名前は、軍曹？」

「ロジャー・エヴァンスです」

「ロジャー。そうか、ロジャー、きみは十九年間でいろいろな経験を積んだな。おめでとう。とにかく、リーツ大尉、これがわたしの戦争だ。きみがそれを馬鹿にしているのはわかっている。けっこうだ。だが、誰かが書類仕事をやらなければならないのだよ。そこで、きみには理解できないし、尊敬もしてもらえないだろうが、わたしはこれからとても勇敢なことをする。実際のところ、防諜部隊のお偉方は、きみたち戦略事務局の連中を毛嫌いしている。理由はきかないでくれ。したがって、ドイツ人将校たちの居場所をきみに教えるのは、なかなか勇気がいることなのだよ。そう、たしかにそれは作戦地帯への落下傘降下とは較べものにならないだろうが、それでも大きな危険がともなう行為なんだ。その場所はポマースフェルデン城といって、バンベルク郊外にある。車で六十キロほどのところだ。ドイツ語でいうと〝シュロス・ポンメルスフェルテン〟だな。市の南の三号線沿いにある、とても壮麗な建物だ。わたしのほうからそちらに連絡を入れて、きみたちには認可がおりてるといっておこう。朝出発すれば、午後遅くには着けるはずだ。道路はひどい状態だ。戦車や人であふれ返っているし、捕虜も大勢いる。最悪だ」

「ありがとうございます、少佐。ということは――」

「ああ、もちろん、アイヒマンもいる。先週、オーストリアで捕まえた。やつからなにか聞きだせたら、御の字だ。われわれのほうでも尋問してみたが、〝自分は命令にしたがっただけだ〟というごりっぱな返事以外、なにもひきだせなかった。さあ、もうおひきとり願おうか。ぐずぐずせずに。わかったな？　まったく、このことがばれたら、いったいどうなることやら」

翌朝のドライブは、まさに悪夢だった。戦車だけでも邪魔くさいのに、おまけに自動車縦隊までいたのだ。二・五トントラックの途切れなくつづく列が、ときには横に二列になって、すごい勢いで進んでいく前線に追いつこうと懸命に南にむかっていた。だが、いちばんたちが悪いのは、ドイツ国防軍の捕虜たちだった。何千人という捕虜が、大隊規模の隊形のうしろについて行進——というか、だらだらと歩いていた。憲兵を一、二名のせたジープが、その前後について目を光らせていた。ドイツ人たちは、その立場を考えると驚くほど無礼で、横柄で、不機嫌だった。羊の群れのように道路をふさぎ、通行を妨害していた。ロジャーは何度も這《は》うような速度までジープのスピードを落とし、悪態をつきながら警笛を鳴らさなくてはならなかった。リーツは後部座席で立ちあがり、「どけ《ラオス》、どけ《ラオス》」と叫んで、狂ったように手をふりまわした。それでも彼らは、フェンダーに押されるまで道をあけようとはしなかった。途中でリーツは前部座席に斜めにとりつけてあるケースからトンプソン短機関銃をとりだし、ギャングみたいに芝居がかった動作でボルトをロックしてみせた。これに対しては、ドイツ人たちもすぐに反応した。

フォイヒトヴァンゲンをすぎると、ようやく捕虜の数が減ってきたらしく、ジープは快調に走れるようになった。だが、リーツの心はまだ晴れなかった。自分たちがまちがった方向に進んでいるのではないか、という懸念《けねん》を抱いていたからである。彼らの推測どおり、レップの標的がアメリカ軍の手のおよばない南にいるのだとすれば、北にむかっている彼らはすこしずつ現場から遠ざかっていることになった。

「これがまちがいでなければいいんですが」と、リーツは不安そうにアウスウェイスにいった。

このところ気むずかしくなっていたアウスウェイスは、うなり声を発しただけだった。

「ほかにどうしようもないですよね？」リーツは安心させてもらいたかった。

「そのとおりだ」と、アウスウェイスはいった。そして、そのままむっつりとまえを見つめていた。

ニュールンベルクの街は廃墟と化しており、大まわりして避けなくてはならなかった。それでさらに時間をとられた。ここ数カ月間爆撃されていなかったにもかかわらず、遠くに見える街は煙につつまれていた。それほどひどくやられていたわけではないが、それでも息をのむような光景だった。だが、リーツはまったく注意を払わなかった。ひたすらレップのことを考えていた。

「ひとりごとをいってるぞ」と、アウスウェイスがいった。

「え？　ああ。悪い癖です」

「何度もくり返し〝レップ〟といっていた」

そのとき、戦闘機のP－51が上空約百フィートの地点まで急降下してきたため、ジープはあやうく道路から飛びだしそうになった。すこし横滑りしたあとで、ロジャーがジープの態勢を立て直す。戦闘機はのんびりとらせん状に回転し、時速三百八十マイルでむきを変えた。白い星とすっきりした翼を陽光のなかで輝かせながら、ドイツの青い空で子供のようにはしゃぎまわっていた。

「ちくしょう、気でも狂ったのか」と、リーツは怒鳴った。

「地上掃射されるのかと思いましたよ」と、ロジャーも大声でいった。

「あの野郎、ぜったい報告してやる。あんな飛行をしやがって」と、リーツは義憤に駆られてつぶやいた。

「あっ、ここだ」と、ロジャーがいった。

「やれやれ、助かった」と、アウスウェイスがいった。

ジープはポマースフェルデン城の敷地に入っていった。

木立のあいだの長い道路を抜けていくと、その先に城があった。まわりにアメリカの軍用車――泥だらけではがれかけた星のついた薄汚れた緑の車――がとまっていたものの、いかにも十八世紀といった雰囲気はまったく損なわれていなかった。

「こりゃすごいや」と、ロジャーがあっけにとられていった。

リーツは認めたくなかったが、たしかにすごかった。夢物語に出てくる優雅な石造りのお菓子といった感じだ。ごてごてと華美に飾り立ててあって、それをまた誇らしげに見せていた。

ロジャーが車をとめると、リーツとアウスウェイスは急ぎ足でなかに入っていった。城内には舞台装置のような階段があって、地上四階の高さまでのびていた。アーケードのついた回廊、角灯を持った裸の少年の石像、天国までつづいていそうな幅広の大理石の階段、それらすべての上に覆いかぶさる絵の描かれた天井。

当番の一等兵にちかづいていくふたりのブーツの音が、タイルにあたって乾いた音を立てた。途中でとおりすぎたたくさんのドアのまえには、かならず自動火器で武装した憲兵が立っていた。

「戦略事務局のリーツだ」リーツは身分証明書をさがした。「こちらは特殊作戦局のアウスウェイス少佐。第七陸軍防諜部隊のミラー少佐の話では、こちらに連絡を入れて、ここに拘留されているゲストと話ができるように手配しておくとのことだったが」

「はい、サー。アイヒマンですね」

「そうだ」

電話がかけられ、A級軍装姿の大尉があらわれた。ふたりを見ていう。

「アイヒマンだな？」

「そうです」

「さっぱりわけがわからん。たいていの連中はカナリアみたいにぺちゃくちゃしゃべりまくる。あたらしい仕事に応募するみたいに。ところが、こいつはスフィンクスのように黙りこんだままだ」

「わたしには口をひらきますよ」と、リーツはいった。

大尉はふたりを二階に案内して、廊下を歩いていった。壁にはタペストリーや肖像画——三百年前のひどく風変わりな服に身をつつんだ、いかにもドイツ人らしいふくよかで色艶《いろつや》のいい顔をした男や女の絵——がずらりとならんでいた。廊下の端のほうにあるドアまできて、ようやくなかに入った。部屋にはテーブルと三脚の椅子しかなかった。

「やつは拘留用の翼にいて、すぐにくる。いいかな、ミラーはわたしの友人で、こいつが非公式な用件だということは承知している。手を貸すのはいっこうにかまわないが、荒っぽい真似《まね》はよしてくれ。リーツ、きみのさっきの言葉が気になったもんでね」

「髪の毛一本、傷つけやしませんよ」と、リーツはいった。「アウスウェイス少佐もおなじです」

「われわれイギリス人は穏やかな国民でね。知らなかったかな?」と、アウスウェイスがいった。

突然、轟音《ごうおん》がちかづいてきて、窓ががたがたと震えはじめた。

轟音が消えると、大尉がいった。「この半時間で五度目だ。連中ときたら、きょうはやけに元気が良くてね。ここからそう遠くないところに、ニュールンベルクの軍用飛行場がある。モスキートの飛行中隊もそこにいるから、おかしくなってるのはアメリカ人パイロットだけじゃないってことだ、少佐」

「それを聞いて安心したよ」と、アウスウェイスはいった。「われわれはなにごとにおいても遅れをとるまいと心がけているのでね」

ドアがあき、短機関銃を手にして中帽をかぶったふたりの憲兵が、三人目の男をあいだに挟んで部屋に入ってきた。なんて印象の薄い男だ、というのがリーツの第一印象だった。虫けらみたいな小男で、顔は青白く、目は涙ぐんでいた。髪の毛が薄く、三十代後半といったところか。眼鏡がかたむき、薄い唇はかさかさに乾いていた。瘦《や》せており、大きなアメリカの囚人服はぶかぶかだった。

「諸君」と、大尉がいった。「ベルリン市クアフュルステンダム通り百十六番地、ゲシュタポの第Ⅳ局B4に所属していたカール・アドルフ・アイヒマン中佐を紹介しよう。ヘル・アイヒマン」大尉が完璧《かんぺき》なドイツ語に切り換えていった。「彼らはあなたと話がしたいそうだ」

〝オークの男〟はむかいに腰をおろした。まっすぐまえを見つめている。かすかに不快な匂《にお》いがした。

「煙草《たばこ》は、中佐？」と、リーツはたずねた。

ドイツ人はほとんどわからないくらいかすかに首を横にふると、テーブルの上で両手を組んだ。大きな手で、甲にそばかすがあった。

リーツは煙草に火をつけた。

「聞くところによると、中佐」と、ゆっくりしたドイツ語でいう。「あんたはこちら側に非協力的だとか」

「わたしの務めは、決められた仕事をこなすことだ。指示に従っただけで、それ以外のことはなにもしていない。いうことは、それだけだ」と、ドイツ人はいった。

リーツはポケットに手をいれ、なにかをとりだした。指をひねって、テーブルの上でドレイデルをまわしはじめる。勢いよく回転しながら、それはゆっくりと木の上を移動していった。ドイツ人がその動きを目で追うのを、リーツは見守った。

「あんたのお仲間のレップが、こいつを十一号基地に残していった。それじゃ、ニーベルンゲン作戦について話してもらおうか。いつはじまったのか、どこで実行されるのか、標的は誰なのか。とくに、最後の質問の答えを聞かせてもらいたい。さもなければ、自分で答えを見つけて、レップを捕まえるまでだ。そのときには、やつにちょっとした嘘をつくつもりだ。アイヒマンがおまえを裏切った、と。それから、やつを逃がしてやる。そうなったら、中佐、あんたは死んだも同然だな。レップが裏切り者を許しておくはずがない」

ロジャーは城のまえに停めたジープのフェンダーにもたれかかり――城？　城というより、ごてごてと飾り立てた馬鹿でかい家だ！――しばしの自由を楽しんだ。神経をぴりぴりさせた上官をふたり乗せてここまでドライブしてくるのは、ちっとも楽しくなかった。彼らはジープがまだ止まりきらないうちに飛びおりて、まっすぐ巨大な扉にむかっていった。まるで、そのむこうにはドイツ野郎ではなく、賞金が待ち受けているかのように。

ロジャーはハッカのガムを口に放りこんだ。彼には未来の夢も、過去の記憶もなかった。いまこの瞬間を精いっぱい楽しむことに決めていた。やわらかくなるまでガムを嚙《か》む。外に出るにはもってこいの日だ。ラケットをコンチネンタル・グリップで握る真似をして、ゆっくりした動作で十回ほど相手のコーナーにトップスピンのアプローチショットを打ちこむ。大切なのは頭を下げたまま、ラケットを上まで振り切ることだ。この先、世界中のフランク・ベンソン級の選手と互角に戦いたければ、こいつをしっかり身につける必要があった。

そのとき、女性の姿が目に飛びこんできた。

一瞬、窓に影があらわれただけだった。うしろに別の窓だかドアだかがあって、逆光になっていたのだ。ぼやけた横顔は城の翼どうしを結ぶ廊下を進んでいき、すぐに見えなくなった。

女性！　こんなところに？　ロンドンを離れてから何週間もたっており、パリでの出会いも大した成果をあげてはいなかった。女性。ロジャーはこの件を多方面から検討した。女性がこんなところでなにをしているのか？　ここは刑務所のようなところではないのか？

だが、あれはまちがいなく——

なんだ！

押しつぶされそうな轟音がとどろき渡った。ロジャーは思わずあとずさり、なにごとかと空を見上げた。五十フィートほど上空をP－47が通過していった。時速四百マイル以上で飛んでいたので、ほとんど影しかわからなかった。プロペラ後流が木立を巻きこみ、大量の葉を落としていく。戦闘機は華麗に回転しながら、ぐいと機首を持ちあげた。いかれた野郎め。あんな操縦をしてたら、いつか大変なことになるぞ。ロジャーは心のなかでそうつぶやきながら、戦闘機が上昇していくのを目で追った。

あっけにとられた。空は飛行機で埋めつくされていた。飛行機雲にはそのまえから気づいていたが、ヨーロッパではたまに晴れると、空にたくさんの飛行機雲が出現するのはめずらしいことではなかった。いま彼の目のまえでは、それらがごちゃごちゃにからまりあっていた。らせん型、樽《たる》型、輪っか、インメルマン反転したもの、失速してできたもの。飛行機本体の姿も確認できた。ほとんどが戦闘機で、ふわふわの白い航跡の先頭にある黒い点がそれだ。全部で五、六十機はいそうだった。すごいショーだ。

最後の大がかりな空中戦がおこなわれているのだろうか？　ドイツ軍は空中のバルジ決戦にそなえて兵器を蓄え、いまそれを放出しているのかもしれない。ジェット機、ロケット、メッサーシュミット、フォッケウルフ、残っていたスツーカ、それに彼らが開発中だとうわさされていた試作品の数々。上空二万五千フィートを舞台にした最終決戦だ。銃を撃ちまくり、第八航空軍を全滅させるのだ。神々のたそがれか、はたまた日本人みたいに敵に体当たりする神風攻撃をもくろんでいるのか。

だが、戦闘なら、上空で火花が散ったり、被弾した戦闘機から黒煙がたなびいていたりするのではないか？　それに、墜落した飛行機から立ちのぼる煙が地平線に見えるのでは？

そう、そのはずだ。

これは――楽しんでいるのだ！

別の戦闘機――エンジンを二基搭載したイギリス機――が頭上をかすめていった。先ほどの〝ジャグ〟よりもやや高いところを飛んでいたが、おなじくらいうるさかった。ロジャーは首をすくめた。

いったい、なにが起きてるんだ？

ロジャーはあたりを見まわした。屋敷には誰もいなかった。衛兵も、将校も、見あたらない。小道が屋敷の脇《わき》の木立のほうにのびていたので、裏にまわって、そこで誰かをさがすことにした。小道はすぐに歩道のようなものに変わった。細かくて粒ぞろいの小石が敷かれており、両側に金属の柵《さく》があった。すごく洒落《しゃれ》ていて、ロジャーはニューポートでこれとそっくりなものを見たのを思いだした。それをたどって何度か折れ曲がっていくと、ようやく庭とおぼしきところに出た。春のめざめの気配を見せている花壇のまわりに、低い生け垣が幾何学模様に配置してあった。その先には広びろとした芝生がなだらかにつづいており、さらにむこうには背の高い細い木々に守られた城が見えていた。だが、ロジャーはそれよりも興味深いものをさっそく見つけていた。ベンチの横の芝生に立ち、こちらに背中をむけて空中サーカスを見上げている若い女性。陸軍婦人部隊員かなにかだろう。

相手が将校かもしれないので、ロジャーは用心深くちかづいていった。たしかに着ているのは制服だが、襟になにもついていないから、将校ではない。ロジャーはまえに進みでた。

「あの、失礼ですが、お嬢さん、なにが起きてるのかご存じですか？」

若い女性がふり返った。いかにも中西部人らしい、汚《け》れ《が》のない率直そうな顔だった。

大きなブルーの瞳《ひとみ》、こまっしゃくれた鼻、それにそばかすまであった。イチゴを思わせるピンク色がかった肌が、無垢《むく》で新鮮な印象をあたえていた。

こいつをモノにしない手はないぞ！

そのとき、ロジャーは相手が泣いていることに気づいた。

「どうしたんです？　悪い知らせでも？」

娘はロジャーの腕のなかに飛びこんでくると――彼は強運の持ち主として知られていたが、ここまでくると信じられなかった――肩に顔を埋めて泣きじゃくりはじめた。ロジャーは彼女をしっかり抱きしめ、「さあ、さあ」と耳もとでささやきながら髪をなでた。

彼女が顔をあげた。すべすべした肌。潤んだ瞳。相手がキスを望んでいるような気がしたので、ロジャーは唇を押しつけた。


ようやくアイヒマンが口をひらいた。

「どのような保証をしてもらえるのかな？　レップはたいへん危険な男だ。やつを裏切らなければ、きみはわたしをやつに売るという。だが、それなりの保証をしてもらわないと、やつを裏切るわけにはいかない」

「われわれは友人を見捨てたりしない。そういう評判を耳にしたことはないかな？　その評判に偽りがないことを証明してみせようじゃないか。いまいえるのは、それだけだ」

「わたしは姿を消す必要がでてくる。もちろん、恐ろしいのはアメリカ人じゃない。レップだ」

「わかっている」と、リーツはいった。「いいだろう。そうなるように手をつくそう」

「では、取引成立だな。アイヒマンとレップを交換する？」

「手をつくすといったはずだが」

「アイヒマンとレップの交換か。やつはさぞかしむかつくだろうな」アイヒマンは笑った。

「ヘル・アイヒマン」と、アウスウェイスがリーツよりも流暢《りゅうちょう》なドイツ語でいった。「話を先に進めようじゃないか」

　ドレイデルはエネルギーが尽きてゆっくりと止まり、テーブルの上に斜めに転がった。アイヒマンはそれを太くてみじかい指でつまみあげると――痩せているのに手だけが異様にでかいというのは、解剖学的にどう見てもおかしかった――しゃべりはじめた。

「ニーベルンゲン作戦。わたしは最初からそれにかかわっていた。実際にはポールの発案だった。ＷＶＨＡ、すなわち経済・行政本部にいたポールという男だ。彼から話を持ちかけられ、ふたりで親衛隊長に売りこんだ。ユダヤ人の件にかんしては、個人的に彼らがどうこうというわけではなかった。そこのところを、わかってもらいたい。あれはわれわれの方針、われわれの仕事だったんだ。そうするしかなかった。いちばん上で政策が決定され、われわれはそれに従うしか――」

「話が横道にそれてるぞ」と、リーッは注意した。

「ニーベルンゲン作戦だったな。作戦の最終目的は〝特別行為〟だ」

「〝特別行為〟?」

「ライフルをもちいた」

「つまり、殺しということだな」

「なんとでも好きなように呼ぶがいい。だが、これは世界の歴史から見ても道徳的に正当化される――」

「相手は?」と、リーッはいった。何カ月もその答えを追い求めて苦労してきたというのに、自分でも驚くくらい投げやりな口調だった。

「理解しておいてもらいたいのだが、わたしはユダヤ人に対してふくむところはなにもない。彼らを理解し、尊敬もしている。わたし自身、シオニストだ。自分の国を持つのが彼らにとっていちばんいいことだと信じている。これはあくまでも上官に押しつけられたことであって――」

「相手は誰だ? いつ決行する?」

「いつ決行するのかは知らない。最終的な詰めがおこなわれるまえに計画から外されて、特別緊急任務のためにハンガリーに飛ばされたので。だが、もうすぐだ。まだ実行されていないとすれば」

リーツはいった。「標的は誰だ、アイヒマン中佐？　最後にもう一度だけ訊《き》く。誰なんだ？」

リーツの怒鳴り声に、アイヒマンはぎょっとしたようだった。

「怒鳴る必要はない、大尉《たいい》。これからいうところだ」

「誰だ？」

「子供だ」と、アイヒマンはいった。「六歳の少年で、名前はマイケル・ハーシュゾヴイッチ。やはり煙草を一本もらおうかな」

ロジャーは唇のすきまから舌の先をいれようとした。

平手打ちが飛んできた。

「なにするんだ？」と、ロジャーはいった。「わけがわからないな」

「ずうずうしい人」

「きみがキスしてきたんじゃないか！　屋敷をまわってきたら、そこにこの唇があった」

「キスを不潔なものにして。おかげで台無しよ」

「ごめん、あやまるよ」ロジャーはすっかり彼女にまいっていた。恋に落ちていた。とりあえず、半分落ちかけていた。

「なあ、嫌がるようなことをするつもりはなかったんだ。親しみをこめた行為というだけで」

「舌をいれるのは親しい以上の行為だわ」と、彼女がいった。

「ああ、つい夢中になっちゃって。ロジャーだ。ロジャー・エヴァンス。きみは？」

「ノラよ」

「そうか、ノラ、はじめまして。ところで、テニスはするのかな？　学校はどこへ？」

「プレーリー・ビューー」

「プレーリー・ビューか。聞いたことあるような気がするな。カリフォルニアかどこか西のほうの女子校じゃなかったっけ？　すごくいい学校だってうわさだ」

「デモインのハイスクールよ。あなたが聞いたことがあるとは思えないわね。まだカレッジにもいってないの」

「ああ、そうか、カレッジなんて時間の無駄さ。ぼくのかよってるハーヴァードでさえ、真面目《まじめ》な学生には物足りないくらいだ。きみは陸軍婦人部隊員かい？」

「赤十字婦人支援部隊よ」

「民間人なの？」

「そう。でも、将校に対しては〝サー〟をつけなくてはならないけど」

「きっとすごく面白い仕事なんだろうな」と、ロジャーはいった。

「大嫌い。最低よ。いつでも見張られてて、なにもできやしない」

「まあ、それが役務ってものさ。ところで、今夜はなにか予定がはいってるのかい？」

デートの約束をまずとりつけて、それからリーツとアウスウェイスを追い払う算段をすればいい。「このあたりは不案内でね。OSS——戦略事務局にいるんだ。ハイレベルの情報をあつかったりしている。つねに危険と隣りあわせだ。もしよかったら、きみに——」

「こ、こ、こんな日に、よくそんなこと考えられるわね？」

「こんな日って？」と、ようやくロジャーはその質問を口にした。

アイヒマンは煙草を吸いながら説明した。

「戦争がはじまる直前に、異教徒に同化していたワルシャワの金持ちのユダヤ人がシオニズムに転向した。ジョゼフ・ハーシュゾヴィッチという男だ。当然のことながら、その行為はさまざまな波紋をよんだ」

リーツはそのうちのひとつのことを考えていた。ロンドンのわびしい小さなオフィス、フィシェルソンという老人、めそめそと暗い顔で泣きつづける女たち。そして、そこで魂を失った――あるいは、見つけたのかもしれない――メリーランド州ボルティモア出身のスーザン・アイザックソンというアメリカ人女性。

「われわれはこの事態に懸念を抱いた。第一に、ハーシュゾヴィッチの財産は生物学的に優生なわれわれのものだと考えていたからだ。第二に、この男が所有していたくらい莫大《ばくだい》な富になると、ほかに影響をあたえずにいられないからだ。そんな大金がシオニズムの扇動者や無政府主義者や社会主義者や共産主義者の手に落ちてみろ。われわれにとって大きな障害となるだろう。偶然だが、少佐、この点にかんしては、われわれはきみたちの政府とそれほど変わらない立場をとっているのだよ。とりあえず、中東にかんしては。世界に広がるユダヤ人の陰謀は――」

「余計なことはいわなくていい」と、アウスウェイスがいった。

「それゆえ、このハーシュゾヴィッチという男とその家族、および相続人を、特別な扱いを必要とするワルシャワの知識人のリストにのせるのは避けられないことだった。そして、実際そうなった」アイヒマンは婉曲《えんきょく》な言いまわしで、ほんとうの意味を理解するのは聞き手の想像力にまかせた。

「ところが、われわれは驚きと落胆を味わうこととなった」ここでドイツ人は、取り澄ましたむかつくような笑みを浮かべてみせた。「われわれの会計士はハーシュゾヴィッチの銀行口座から金がすっかり消えていることを発見したのだ。消えた！　跡形もなく！　十億ズロチ、五億ライヒスマルクが」

一億ドルだ、とリーツは考えた。

「ひそかに調査がおこなわれた。もちろん、それほどの大金が忽然《こつぜん》と消えてしまうなどあり得ない。さまざまなうわさが検証され、数かぎりない尋問がおこなわれた。ポール大将みずからが特別に調査にあたった。彼は財政問題にくわしく、その富の持つ力を理解していた。強制収容所を管理するあいまに時間を見つけては、ヨーロッパをしらみつぶしにしらべていった。そして、ついに発見した。一九四四年のなかごろに、チューリッヒの情報源が証拠を持ってきたのだ。ハーシュゾヴィッチが財産をスイスに移し、スイス銀行に預けたという証拠を。ユダヤ人は、ほかにもあるものを国外に持ちだしていた」

「少年だな。相続人だ」と、アウスウェイスがいった。

「答えはイエスであり、ノーだ。この点でもハーシュゾヴィッチはじつに頭が良かった。少年は相続人ではなかった。もちろん、いくらか財産はあたえられるが、その大部分は別のところへいくことになっていた」

「受取人は？」と、リーツはたずねた。

「ユダヤ人だ」と、アイヒマンはいった。

「ユダヤ人？」

「そう。この男はシオニストだといっただろう。彼は、ユダヤ民族が救われる唯一《ゆいいつ》の道はユダヤ人国家、すなわちイスラエルの建国にあると考えた。個人的には、わたしも同意見だ。それゆえ、金はいくつかのグループの第三者寄託にされていた。シオニストのグループ。難民のグループ。プロパガンダ組織。どれも、あたらしい国の建設をめざすグループばかりだ」

「なるほど」

「だが、このユダヤ人は頭が良すぎた。あまりにも。もちろん、彼は息子のことを心配していた」

「父親なら当然だ」

「そこで、若き熱烈なシオニストのひとりと取り決めを結んだ。息子はシオニストとして、第一世代のイスラエル人として育てられること。財産についてはなにも知らされないこと。だが、息子の身を案じた父親は、金の譲渡に際してある特別な条件をつけくわえた。ぎりぎりになって、感情に押し流されたのだ。おそらくそれは、ユダヤ人の〝ピディオン・ハーベン〟という習わしにならったものではないかと考えられる。第一子の贖《あがな》いというやつだよ。煙草をもう一本もらえるかな？　どうも。これはなんというんだ？　ラッキー・ストライク？　わたしを見つけたのも、まさに僥倖《ラッキー・ストライク》といえるんじゃないかな？」

「先をつづけろ」

「その条件を満たすには、少年が戦争を生きのびることが必要だった。銀行に本人があらわれ、そこで指紋によって身元の確認がなされてはじめて、金の譲渡がおこなわれることになっていたのだ。これは無理な注文ではなかった。なぜなら、少年は戦場から遠く離れたパレスチナで育てられることになっていたから。この条件は、少年がどさくさにまぎれて消息不明になってしまわないようにするための予防措置にすぎなかった」

「ところが、戦争が勃発《ぼっぱつ》してしまった」と、リーツはつづけた。自分たちの未来の鍵《かぎ》を握る少年といっしょにナチスの領土に囲まれたスイスで足止めを食わされたシオニストたちの姿が、目に浮かぶようだった。「そこで、シオニストたちは少年をスイスに残していった」

「飲みこみがはやいな」

「少年を殺せば、ユダヤ人に金が渡ることはない」

「そうだ。そこで、わたしが呼ばれた。わたしはユダヤ人探しの達人とみなされていたのでね」

「なるほど」

「わたしは捜索チームを指揮した。楽な仕事ではなかった。じつに大変だった。フェリックスという諜報員《ちょうほういん》が、直属の部下として活躍してくれた。われわれは苦労して、さまざまなうわさや嘘《うそ》や消えた手がかりを追っていった」

「そして、ここでも成功をおさめた」

「フェリックスが、スイス北東部のアルプス山麓《さんろく》にあるアッペンツェル州の修道院のことを聞きつけてきた。聖テレサ修道会の修道院で、そこにはユダヤ人がかくまわれているといわれていた。両親によってどうにか国外に脱出させられたユダヤ人の子供たちだ。だが、修道女たちはひじょうに恐れていて、口が堅かった。そのため、何週間もかかった……これを入手するまでには」

アイヒマンはドレイデルを持ちあげてみせた。

「フェリックスははした金とひきかえに、これをアル中の年老いた管理人から手にいれた。ひじょうに古くて、この世にふたつとない品物だ。何世代にも渡って、父から子へと譲られてきたものだ。アウシュヴィッツの強制収容所の囚人にハーシュゾヴィッチ家のもと使用人がいて、そいつがハーシュゾヴィッチ家のものだと確認した。問題の少年が修道院にいるという証拠だった。これにより、作戦が成功する可能性は大いに高まった。両方において」

「両方？」と、リーツは胃が冷たくなるのを感じながらいった。この作戦には、こちらが考えてもいなかった一面が存在しているのだろうか？　まったく気づいていなかった部分が、いままさに動きだそうとしているのだろうか？

「スペインにもうひとり、わが方の諜報員がいる。長期潜入者だ。この男はすばらしい身分証明書を持っていてね。本物の証明書で、ほかにも彼の身元を保証する隣人やりっぱな照会先がそろっている。彼がステパン・ハーシュゾヴィッチであることを証明するありとあらゆるものが。ステパン・ハーシュゾヴィッチ。長いこと消息不明になっていた従兄弟《いとこ》だ。書類はマウトハウゼンの強制収容所で死亡したステパン・ハーシュゾヴィッチ本人が持っていたものだから、まちがいない」

リーツはようやくわかった。これが最後のひねりなのだ。

「その男をつうじて、金を手にいれようというんだな」

「そのとおり。はじめの計画では、金はそのまま第三帝国に持ってくることになっていた。単純な移送で、なんの問題もない。ところが、そのうちに敗戦の色が濃くなってきた。これは親衛隊長のアイデアでね。じつにすばらしい。汚れていない、手つかずの金。第三帝国が所有していたことも、関係していたこともない金。戦争が終わればそれが役に立つであろうことを、親衛隊長は見抜いていた。ありとあらゆる使い道が考えられた。国外に脱出したり隠れたりしている親衛隊員のためのさまざまな用途が。またとないチャンスだった。見逃すことなどできない」

この計画が彼らにとっていかに重要なものかを、リーツは理解した。滅亡しかけた近代国家が国力をあげてひとりの子供を殺そうとした理由が、よくわかった。無理もなかった。リーツは拍子抜けすることも落胆することもなかった。父のジョゼフから息子のマイケルへ。父親の愛情の象徴だ。おまえにやれるのは、これだけだ。ほかにはなにもない。おまえの命を救うためならなんでも差しだすところだが、わたしにはこれしかないんだ。それが管理人の手に渡り、そこから殺人者たちのところへいった。つづいて、フェリックスから、いま目のまえにいる調子のいいごますり野郎に。チーズ野郎のヒムラーや、ポールのべとべとした小さな指もふれたことだろう。そして最後に、レップの冷たい手に落ちた。すばらしい奇跡が起きたのだ。

「爆撃は確実性に欠ける」と、アウスウェイスがいった。「かといって、中立国で手のこんだ奇襲作戦を実行するのは困難だ。そこで、ひとりの男、ひとりの優秀な男にすべてを託すしかなかったのだな」

「それに、どうしてもレップでなくてはならない特別な事情があった」と、アイヒマンが淡々と説明した。「修道女は子供たちをつねに地下室に隠していた」

「夜には外に出すにちがいない」

「真夜中に三十分間、中庭にな……。壁に囲まれているが、山からならライフルで狙《ねら》うことができる」

「二十六人いるんだな？　全部で？」

「そうだ、大尉」

「それだと、弾の数から考えて、正しい標的をひとり選んで撃つ必要はない」

「そうだ、少佐。そこがこの計画のすばらしいところだ。レップは標的を確かめる必要がない。全員を始末するのだから」

「なんと呼んでいるんだ？　それにつかう銃のことだが」

「吸血鬼《ヴァムピーア》」

「ヴァンパイアか」と、リーツは英語でいった。

「問題は重量だった。フォルメルハウゼンが必死にその問題に取り組んだ。銃は軽くなくてはならなかった。レップがそれを持って、山のなかを歩きまわることになっていたのでね。道がないところを」

「どうやって解決した？」

「技術的なことにかんしては、よくわからない。たしか太陽を利用しているはずだ。プレートに日の光をあてると、光に反応する素子にエネルギーが蓄えられる。そうやって必要となるパワーを減らし、バッテリーを小型化したのだ。まさに天才のひらめきだよ」

「レップはいくら受け取る？」と、アウスウェイスがたずねた。

「どうしてそれを？」と、アイヒマンがいった。

「見くびってもらっては困るな。われわれもそこまで愚かではない。それだけの大金がかかわっている計画で、彼だけが純粋にイデオロギーのために自分の命を危険にさらすとは思えない」

「やつはもったいぶっていた。金になど興味がないふりをしていた。これは戦争で亡《な》くなったドイツ人の形見だとか称して。だから、親衛隊長が説得した。説得はそれほど大変ではなかったがね」

「いくらだ？」

「百万。アメリカ・ドルで。成功すれば、やつは世界を手にできる」

アイヒマンは椅子《いす》の背にもたれかかった。

「これですべてだ。わたしはレップを売った。これ以上は、なにもない」

「まだだ。いつ決行される？」

「知らないといったはずだが」

「いや、知ってるはずだ」と、リーッはいった。「作戦が実行に移されるときがわからなければ、いままでおまえがしゃべったことはすべて無意味だ」

「わたしはきょうの午後、これまでの誓いをすべて破った」

「おまえの誓いなど知ったことか。いつだ？　いつ決行される？」

「それは切り札だ。わたしが協力的だったということを書面にしてもらいたい。ここの司令官に宛《あ》てた書面に。すでに一部の連中は大きな捕虜収容所に送り返されている。彼らは機会がありしだい、釈放されるだろう。わたしはそこにいきたいだけだ。なにも悪いことはしてないのだから」

「最初からこれを狙ってたな。わざと実行のときだけ伏せて、ここまでひっぱってきたんだ」

アイヒマンはリーツの目をまっすぐ見つめた。「わたしも愚かではないのだよ」ペンと紙まで用意していた。

「わたしなら、やめておくがな」と、アウスウェイスがいった。「このふざけた男がなにをたくらんでいるのか、わかったものではない。どうせ、すぐにあきらかになることだ。どこかに記録があるはずで――」

だが、リーツは関係者各位に宛てて、このドイツ人が道徳的にたいへん優れた人物であるという内容のみじかい手紙を書いた。署名し、日付をいれて、相手に渡す。

「ありがとう」と、アイヒマンがいった。

「それで、いつなんだ?」

「彼が完全に自由に動きまわれる夜だ。対抗手段がとられることの決してない夜。誰も戦争のことなど考えない夜」

リーツはアイヒマンを見つめた。

そのとき、ロジャーがなにやらわめきながら部屋に飛びこんできた。踊るような足どりでちかづいてくると、ドイツ人を横に突き飛ばし、リーツを立ちあがらせ、スクエアダンスをはじめた。かすれた声で、空が飛行機で埋めつくされていること、酒がふるまわれていること、笑いが起こっていることをしゃべりまくる。

「リームズです、リームズ」と、ロジャーがわめいた。

リームズ？　紙の量をあらわす〝連《リーム》〟のことか？　リーツは混乱していた。

「デートの約束をとりつけました」と、ロジャーが叫んだ。「すごくかわいい子と」

「ロジャー」と、リーツは怒鳴った。

「終わりです。このくそったれ第二次世界大戦は終わりました。ドイツがランス《リームズ》で降伏文書に署名したんです。われわれが車を飛ばしているあいだに」

リーツはロジャーのむこうにすわっているアイヒマンを見た。にこりともせずに、落ちつきはらっている。その先のドアの外に目をやると、壁に窓がついていた。そばにいたアウスウェイスがすばやく立ちあがり、ドイツ人を連れていくように憲兵に命じていた。ロジャーは「恋をしました」とうわごとのようにくり返していた。そして、窓の外では太陽が沈み、ドイツに夜が訪れようとしていた。

28

レップははっと目をさました。銃声だ。

ベッドから転がり出て、すばやく窓にちかづく。腕時計に一瞥《いちべつ》をくれると、まだ九時まえだった。マルガレータが上掛けの下でむずかるように身じろぎした。ブロンドの髪はくしゃくしゃに乱れ、ほっそりした脚が上掛けからはみだしていた。

明るい陽射《ひざ》しのなかには、なにも見えなかった。ふたたび耳ざわりな銃声がした。不規則な連射だ。戦闘か？　きょうがドイツ兵の出頭する日だということをレップは思いだした。何人かがもっと名誉ある行動をとることに決め、ついにコンスタンツにも戦争が訪れたのかもしれない。そのとき、レップは事態を悟った。一瞬、冷たい指で心臓をぎゅっとつかまれたような気がした。

ラジオをつける。ドイツ放送では、なにもやってなかった。お昼になるまで、放送がはじまらないのだ。ダイヤルをいじくりまわしているうちに英語とイタリア語で興奮気味にしゃべる声が飛びこんできたが、レップには理解できなかった。

ようやくフランス語の放送を見つけた。レップが一九四〇年にはじめて知った文句が聞こえてきた。壁にチョークで書かれているのを見かけたのだが、当時、それは夢であり、幻想だった。

ア・ヌ・ラ・ヴィクトワール。

勝利を我らに。

彼らは〈ラ・マルセイエーズ〉を流していた。レップはラジオを切った。マルガレータが頭をあげた。まだ眠たそうな顔をしていた。起きあがった拍子に、上掛けから先端がピンク色の丸みをおびた乳房がこぼれ落ちた。

「どうしたの？」と、彼女がたずねた。

「出発する時間だ」と、レップはいった。

彼はリーツよりも八時間先んじていた。

レップはもう一度鏡を確認した。鏡のなかから見つめ返してくるのは、成功をおさめた身なりのいい民間人だった。風呂《ふろ》にはいり、ひげを剃《そ》ったばかりで、頭髪用香油で髪の毛をうしろになでつけている。胸ポケットには鮮やかな深紅のハンカチが挿してあり、光沢のある白いシャツに洒落《しゃれ》たネクタイ、そして仕上げは最高級仕立てのコートだった。とても自分とは思えなかった。頬はバラ色に輝き、目は血色のいい穏やかな顔のなかにしっくりおさまっていた。

「映画スターみたいね」と、彼女がいった。「こんなにハンサムだなんて、気がつかなかった」

だが、レップは自分の額が汗で光っているのに気づいていた。もうすぐ悪夢のような国境越えなのだ。

「レップ。最後にもう一度だけいわせて」と、彼女がいった。「いかないで。それか、国境を越えて、どこか安全なところへ逃げて。でも、いちばんの望みは、ここにわたしと残ることよ。ここには未来があるわ。わかるの。子供を作ったっていいじゃない」

レップはベッドに腰をおろした。疲れきっていた。執拗《しつよう》に詮索《せんさく》してくる国境の警備兵や容赦ない尋問のイメージを頭から追い払おうとする。手が震えていた。トイレにいく必要があった。

「お願い、レップ。もう終わったのよ。なにもかもおしまい。けりがついたのよ」

「わかった」と、レップは弱々しくいった。

「残ってくれるのね？」と、彼女がいった。

「もう耐えられない。この種のことにはむいてないんだ。他人を演じるなんて。わたしは兵士であって、俳優じゃない」

「ああ、レップ。すごく嬉《うれ》しい」

「落ちつくんだ」と、レップはいった。

「なんて勇敢なの。あなたたちの世代は、ほんとうにりっぱだわ。責任感が強くて、それを誇りにしている。ああ、神さま。また涙がでてきそう。でも、同時に笑いだしたい気分よ。なにもかも良くなる。わかるの。すべていいほうにむかうだろうって」

「同感だ、マルガレータ」と、レップはいった。「もちろん、同感だ。すべて良くなるはずだ」

レップは彼女のそばにいった。

「きみに知っておいてもらいたいことがある」という。「すばらしいこと、そう、自分の人生でもっともすばらしいことだ――きみを愛している」

マルガレータは泣きながら笑みを浮かべた。

あふれでる涙を拭《ぬぐ》う。

「ひどい格好ね。顔はぐしょ濡《ぬ》れで、髪はぼさぼさ。でも、すごく感動したものだから。お化粧を直してくるわ。こんな顔、あなたに見られたくないから」

「きれいだよ」

「ちょっと失礼するわ」そういって彼女はむきなおると、ドアのほうにむかった。

レップは首のつけ根を撃った。彼女の身体《からだ》がまえのめりに廊下に倒れる。最低の気分だった。だが、これでも思いやりをしめしたつもりだった。

彼女は気づかなかった、とレップは自分にいいきかせた。最後まで、まったく気づかなかった。

これで手がかりはすべて消えた。レップと兵士とエーリヒ・ペーターズを結びつけるものは、なにひとつなかった。

レップは彼女をベッドまで運ぶと、その上にシーツをそっと掛けた。それから、拳銃《けんじゅう》を地下室に投げこみ、手を洗った。腕時計に目をやる。もうすぐ九時だった。

太陽のまぶしさに目をしばたたかせながら、レップは思いきって外に出た。

フランス人兵士はむっつりしていた。仲間がコンスタンツの街なかで酔っぱらって銃をぶっ放しているのに、自分はここで勤務につかされていたからだ。レップにパスポートの呈示を求める。レップは相手が不機嫌で、おそらく頭もあまり良くないことを見てとった。したがって、ミスを犯しやすくなっているはずだった。レップは穏やかな笑みを浮かべて、パスポートを差しだした。兵士はレップをゲートのそばで待たせたまま、軍曹がすわっているテーブルへとひき返していった。国境のドイツ側の設備は、かなり大がかりだった。コンクリートのトーチカに、砲床と砂嚢《さのう》が備えつけてある。だが、この本格的な軍事施設も、ドイツの国境警察の小隊のかわりに数人のフランス人が詰めているだけのいまとなっては、すこし馬鹿《ばか》げて見えた。

「マイン・ヘル？」

レップは顔をあげた。目のまえにフランス人将校が立っていた。

「はい？　なんでしょう？」と、レップはたずねた。

「こちらへきてもらえますか？」と、男が下手くそなドイツ語でいった。

「なにか問題でも？」

「こちらへ」

レップは深呼吸してから、将校のあとについていった。

「列車に乗らなくてはならないんです。チューリッヒ行きの正午の列車に」と、レップはいった。

「時間はとらせません」

「わたしはスイス市民です。そこにパスポートがあります」

「ええ。はじめて見ました。ドイツへはどういったご用件で？」

「わたしは弁護士です。書類にある人物の署名が必要でした。トゥットリンゲンにいる男の」

「トゥットリンゲンはどうでした？」

「うるさかった。アメリカ軍がやってきて、戦闘がありました」

「橋で衝突したんです」

「とても恐ろしかった」

「コンスタンツからトゥットリンゲンまでは、どうやって？」

「車を雇って」

「ガソリンを調達するのは不可能にちかいと思ってましたが」

「その点にかんしては、雇った男がどうにかしました。大金を支払わされましたが、詳しいことはなにも知りません」

「どうしてそわそわしてるんです？」

レップは自分がうまくやっていないことを悟った。心臓が胸のなかで破裂するかつぶれそうな気がした。唾《つば》を飲みこんだりまばたきをしないように努力した。

「列車に乗り遅れたくないので、大尉《ハオプトマン》」

「フランス語でお願いします。大尉《カピテン》です」

レップはたどたどしくそのフランス語を口にした。

「そうです、どうも」

先ほどレップは、もうすこしで親衛隊の大尉をあらわす〝ハオプトシュトゥルムフューラァ〟という単語をつかいそうになっていた。

「もういいですか？」

「急ぐ理由でも？　はやいところスイスのすばらしい山に登りたいとか？」

「この季節には雪崩《なだれ》があります、大尉」

大尉が笑みを浮かべた。「あとひとつ。あなたのパスポートに面白いしるしを見つけました。スイスのパスポートに目をとおすのは、これがはじめてでね。ほら、ここです。〝R‐A〟。どういう意味です？」

レップは唾を飲みこんだ。「行政上の分類です。わたしはなにも知らない」

「〝人種《レース》‐アーリア人〟ということでは？」

「ええ」

「あなたがたスイス人もこうしたことをおこなっているとは知りませんでした」

「われわれは強国の隣にある小さな国です。お隣さんの機嫌を損ねないようにしなくては」

「そうですな。その強国も、ちかごろではあまり機嫌が良くなさそうだが」

いったい、い、いつまでつづくんだ？

「だが、スイスはご機嫌だ。どの戦争でも勝利をおさめるから。ちがいますか？」

「たぶん」と、レップがいった。口のなかが酸《す》っぱくなっていた。

「いけ。アホらしい。さっさとここから失《う》せろ」

「わかりました」レップはそういって、そそくさと立ち去った。

突然、おとぎの国に放りこまれたような気がした。人びとは陽気で潑剌《はつらつ》としており、そこいらじゅうにあふれていた。栄養がいきとどいていて、しあわせそうだった。ほんの数マイル手前にはフェンスがあり、ゲートを熱心に守る意地悪な将校がいたというのに、ここは――コンスタンツのスイス側にあるクロイツリンゲンの町は――まったくの別世界だった。レップはこの危険な陶酔感に必死で抵抗した。自分の奥深く根づいた義心を呼びさまそうとし、罪の意識がわいてくるのを待った。だが、この表面的な魅力はあまりにも強力だった。ショーウィンドーに飾られた色鮮やかな包装の品物、チョコレートやさまざまな食料品、美しく着飾って堂々としている女性たち、太った子供たち、窓から垂れさがっている国旗、通りを走りまわる民間用の車。お祭り気分が充満していた。一風変わったスイスの祝祭に迷いこんでしまったのだろうか？

いや、スイス人も戦争の終結を祝っているのだ。レップはそれに気づいて、気分が暗くなった。子供をふたり連れた太った母親が、歩道の群衆のなかからいきなりあらわれた。

「すばらしいとは思いませんか、マイン・ヘル？　もう殺しあいはないんです。戦争がついに終わって」

「ええ、すばらしいですね」と、レップは同意した。

だが、こいつらには祝う資格などなかった。戦争に参加していなかったのだから。勝利をおさめたわけでも、敗北を喫したわけでもない。たんに利益をあげただけだ。そう考えると、レップは吐き気をおぼえた。自分がのけ者になったように感じながら、人混みをかきわけていく。中央通りを数ブロックいくと、クロイツリンゲンの繁華街に出た。そこから駅につうじているバーンホーフ通りに入る。前方に駅が見えた。戦前のベルリン駅やミュンヘン駅ほど巨大な建物ではなかったが、それでもなかなか壮観だった。屋根にガラスがはまっていた。

ガラス！

割れていないガラスが何エーカーにもわたって鉄骨のあいだで白く輝いていた。レップは馬鹿みたいに目をしばたたかせた。あそこにはほんとうに、空から死をもたらそうと急降下してくるアメリカやイギリスのならず者どもの心配をせずに静かな田舎を走っていく列車が止まっているのだろうか？　その疑問にこたえるかのように、甲高い警笛が鳴り響き、白い煙が立ちのぼった。

駅の一ブロック手前で、レップはオープン・カフェに入った。カフェ・ミュンヘン。昼までには、この名前も変えられていることだろう。

空いているテーブルがいくつかあり、レップはそのうちのひとつを選んですわった。ウェイターがあらわれた。白い仕事着に身をつつみ、なにひとつ見逃さないといった目をしていた。「マイン・ヘル？」

「あー」と、レップはすこし驚いていった。「コーヒーを頼む」もうすこしで〝本物のコーヒー〟といいそうになった。ウェイターはさっといなくなると、湯気をたてた小さなカップを持ってすぐにもどってきた。

レップはカップに口もつけずに、そのまますわっていた。いま感じている不安が消えてくれるといいのだが。これ以上、マルガレータのことを考えたくなかった。困難な仕事はすべて終わったというのに、どうしてリラックスできないのだろう？　とにかく落ちつかなかった。しっくりこないことが多すぎた。スイス人は太っていて陽気だったし、彼らの通りは清潔だったし、車はぴかぴかだった。大金を手にしたら自分もこういった世界の一部になるのだとは、とても信じられなかった。黒塗りのぴかぴかの車を所有し、いま着ているみたいなスーツに身をつつみ、白いシャツを何千着と持てるようになるのだ。何十個ものフェルト帽、何百本ものネクタイ、田舎の一軒家。すべて手に入る。そのまえに立ちはだかるのは、作戦の核心部分だけ。そして、そこで待っているのは彼がもっとも得意とする行為だった。

レップは〝あと〟のことを考えまいとした。それは、ときがくれば自然にむこうからやってくる。あまり先に目をやりすぎるのは、面倒のもとだ。レップは経験から、そのことを学んでいた。いまは作戦だけに集中すべきだった。

通りのむかいに小さな公園があった。楡《にれ》の木に頭上を覆《おお》われた緑あふれる公園で、べンチと子供向けの運動器具が設置されていた。この季節にこれほど緑が鮮やかなのはおかしかった。だが、〝この季節〟とはいったいいつなのか？　いまは何月何日なのか？　レップは降伏のことに気をとられていて、日付をすっかり失念していた。懸命に考える。橋を渡ってコンスタンツに着いたのが、五月四日。それからマルガレータと家にこもって——どれくらい、そうしていたのだろう？　ひと月にも感じられた。いや、たった三日だ。だとすると、きょうは五月七日だ。だが、すでに弱々しい陽光に誘われて木の芽が顔をのぞかせていたし、芝生には日溜《ひだ》まりができていた。芝生もこれまでの藁葺《わらぶ》きのような状態から緑に変わっていた。

公園では金髪の子供がふたり、シーソーで遊んでいた。その様子をぼんやりと眺める。ふたりともスイス人にちがいなかったが、一瞬、ドイツ人に見えた。めずらしくレップは気分が落ちこみ、子供に対して感傷的になっていた。よりにもよって、きょうという日に。だが、無理もなかった。このふたりの美しい子供たち——ぽっちゃりして頬の赤い本物のアーリア人種——は、レップにとって実現していたかもしれない未来を象徴していたのだ。われわれはきみたちにきれいで完璧《かんぺき》な世界を残そうとしたんだ、とレップは心のなかで子供たちに語りかけた。その重大な責務——大がかりな絶滅作戦——は、彼の世代が負うこととなった。つらく、困難な仕事だった。だが、必要なことでもあった。そして、ほんとうにあと一歩のところまでいった！　レップの胸は苦々しさでいっぱいになった。あれだけのことを成し遂げたというのに、一瞬にしてすべての努力が水の泡だ。結局は、大物ユダヤ人たちによって阻止されてしまったのだろう。レップは泣きそうになった。

「かわいい子供たちですな、ヘル・ペーターズ？」

レップはふり返った。この男がフェリックスなのか？　だが、男は合い言葉を口にしていなかった。レップは自分と同年配の男を見た。あばた面《づら》で、ピンストライプのスーツを着ている。フェリックスか？　そうだ。ベルリンで見せられた写真の男とおなじだ。フェリックスは暗号名にすぎず、本名はエルンスト・ドルフマン少佐といって、保安防《ぼう》諜部《ちょうぶ》外国局の第Ⅵ局Aに所属していた。

「『ヘンゼルとグレーテル』のようだ」と、フェリックスがいった。「おとぎ話の」

「そう、たしかにかわいらしい」と、レップは同意した。

「すわっても？」

レップは冷たくうなずいた。

「ああ、忘れてました。トゥットリンゲンでは署名をもらえましたか？」

「なんの問題もなく」

「すばらしい」フェリックスは笑みを浮かべてから、小声でいった。「馬鹿げたゲームだとは思いませんか？　小説みたいだ。ベルリンでは、こうしたことが重要だと考えられているんです」フェリックスの冷静な目には、面白がっているような色が浮かんでいた。だが、その無頓着な態度がレップの気にさわった。「それで、旅はどうでしたか？」

「こちらは、問題なしとはいかなかった」

「それにしては、はやく着きましたね」

「スケジュールは最大限の余裕をもって組んであった。わたしはそれを最小限の時間でこなした」

「女性は？」

「申し分なかった」

「きっとふたりで楽しいときをすごされたんでしょうな。一度、あの女性を遠くから拝見したことがあります。あなたのような一流人は、いつでも最高のものを求める。ちがいますか？」

「車は？」と、レップはたずねた。

「やけに張り切ってますね。まだ親衛隊の大佐《シュタンダルテンフューラァ》の地位でも狙《ねら》ってるんですか？　いいでしょう、こちらです」

レップは公《おおやけ》の場で交わされる会話で〝シュタンダルテンフューラァ〟という単語が無造作に発されたのが気に入らなかったが、実際、テーブルのまわりにはそれを耳にする可能性のある客はひとりもいなかった。レップはフェリックスといっしょに立ちあがり、ポケットから金をとりだした。だが、いくら払えばいいのか見当もつかなかった。

「二フランでじゅうぶんでしょう、ヘル・ペーターズ」と、フェリックスがいった。

レップは手のなかの見慣れない硬貨を馬鹿みたいに見つめた。かまうものか。大きい硬貨を二枚テーブルに置いて、フェリックスのあとにつづく。

「すごいチップでしたね、ヘル・ペーターズ」と、フェリックスがいった。「ウェイターはあれで息子を士官学校へやれますよ」

ふたりは通りを渡って店のまえを何軒かとおりすぎてから、もっと狭い通りに折れた。戦前に製造された黒いオペルのエンジンがかかった。ふたりがちかづいていくと、運転手がふり返った。

レップは後部座席に乗りこんだ。

「ヘル・ペーターズ、助手のヘル・シュルツです」

シュルツは二十代はじめの若者で、熱心な目とあけっぴろげな笑みをしていた。

「やあ、よろしく」と、レップはいった。

「サー、わたしは負傷するまえにロシアで親衛隊ヴィーキング師団にいました。あなたのお噂《うわさ》は、みんなに知れ渡っていました」

「どうも」と、レップはいった。「アッペンツェルまでは、どれくらいかかる？」

「三時間です。余裕はたっぷりあります。どうかくつろいでいてください」

車は縁石から離れると、すぐに街の外に出た。十三号線をとおって、ボーデン湖沿いに南にむかう。左手に広がる湖面は輝いており、水平線はかすんで見えなかった。右側は整然とした農地で、なだらかに起伏する土地がずっと遠くまでつづいていた。ときおり、葡萄園《ぶどうえん》やきちんと手入れされた果樹園が目にとまった。湖畔の小さな町をいくつかとおりすぎた。ベネディクト会の女子修道院があるミュンスターリンゲン、フェリーの発着場と艇庫があるやや大きめのロマンスホルン。そこを抜けると、青くそびえるアッペンツェル・アルプスがよく見えるようになった。それから、城とはでな装飾の古い教会で有名なアルボンをとおって――

「スイス人もアウトバーンを造ればいいものを」と、フェリックスがいった。

「うん？」と、レップはまばたきしながらいった。

「アウトバーンです。ここの道路は狭すぎる。おかしなことに、スイス人は必要に迫られないかぎり、一ペニーだって使おうとしない。巨大な公共建築物は皆無です。政治にも哲学にも、まったく関心がない」

「スイス人が通りで踊っているのを見かけたが」と、レップはいった。「戦争が終わったということで」

「それは市場が再開されるからでしょう」と、フェリックスがいった。「そしてふたたび、彼らは世界の手形交換所となることができる。彼らが信じるものはフランだけです。

われわれのような理想主義者とはちがう」

「こんな風にピアノの演奏会のあとのレセプションにいるみたいにおしゃべりしていられるのは、必要な準備がすべて整っているからだと思うが」と、レップはいった。

「もちろんです、ヘル・ペーターズ」と、フェリックスがいった。

「武器は――」

「梱包《こんぽう》されたままです。あけてません。指示どおりに」

「きみの正体はイギリスやアメリカの情報部に知られていないのか？」

「いや、知られてますよ。スイスでは誰もがおたがいの正体を知っている。しかし、先月の三十日をもって、わたしは彼らにとって興味のない存在となりました。彼らは、わたしがおとなしく自分の頭に銃弾を撃ちこむことを期待してるんです。いまはあたらしい敵のロシア人のほうが気になっていて、彼らの活動はそちらに集中しています。したがって、わたしは自由に動きまわれるというわけだ」

「だが、それでも注意は怠りないんだろうな？」

「中佐、不注意なものは、この世界では長つづきしません。あなたの仕事とおなじで。わたしは一九三五年から活動しています。スイス、リスボン、内戦中のマドリード、ダブリン、ブエノス・アイレス。かなりのやり手なんですよ。細かい点を確認したいんですか？　今回の作戦を準備するにあたって、わたしのほうは暗号通信を一切つかいませんでした。すべて手渡しで指示を送りました。しかも、毎回ちがうルート、ちがう使者をつかって。最近では暗号装置もあてになりませんから。それから、チューリッヒを先週の土曜日に発《た》つブエノス・アイレス行きのチケットを用意しました。実際、それでリスボンまでいってから、別の諜報員に代わってもらい、自分は飛行機でイタリアにもどって、そこから列車でブレンナー峠を越えました。チューリッヒを離れてから、一週間ちかくがたっています。そのあいだ、われわれはあなたとおなじようにスイスのパスポートをつかって、クロイツリンゲンのホテル・ヘルヴェティアに滞在していました。これでどうです?」

「疑って悪かった」と、レップはいった。

レップは煙草《たばこ》に火をつけた。車はすでに湖畔から内陸のほうに入っていた。もはや湖面はどこにも見えず、フロントガラスのむこうには壮麗なアルプスがそびえていた。はじめて目にしたときより、だいぶちかづいていた。

「先ほど通過した町がロールシャッハです、ヘル・ペーターーズ」と、若い運転手がいった。「これからザンクト・ガレンにむかって、その先がアッペンツェルになります」

「なるほど」と、レップはいった。

「美しい山なみじゃありませんか?」と、フェリックスがいった。

「そうだな。だが、わたしは山岳地帯の出身ではないので、森のほうが好きだ。あとどれくらいかかる？」

「二時間です、サー」と、運転手がいった。若者は興奮した目で、ミラー越しにレップのほうをうかがっていた。

「すこし寝ておくとするか。今夜は長くなりそうだから」

「それがいい」と、フェリックスがいった。だが、すでにレップは夢も見ずにぐっすり眠りこんでいた。

「中佐、中佐」

レップははっと目をさました。運転手が彼の身体を揺さぶっていた。どこか屋内に車が止まっているのがわかった。

「着きました。ここです」

レップは完全に目がさめた。ずっと気分が良くなっていた。

車は納屋《なや》のなかだった。干し草と牛と肥料の匂《にお》いがする。フェリックスが隅のほうで、なにか運ぼうとしていた。トランクのようだった。

「ヴァムピーアか？」

「そうです」

「けっこう」

レップはわずかにあいている納屋の扉にちかづいていき、外を見た。そこは山の中腹で、耕作地のいちばん上のほうに位置していた。見おろすと、きちんと耕された畑と牧草地、それに数マイル先の幹線道路が見えた。

「まわりにはなにもなさそうだな」と、レップはいった。

「ええ、年老いた夫婦が所有してました。すごい大金を払って買いあげたんです。これほど予算のある作戦ははじめてですよ。かつてはペーパークリップ一個買うのにも書類が必要だったのに、いまは農場が必要となれば、すぐに買いとれ、ときた！　誰かさんは、よっぽどこのユダヤのガキどもに死んでもらいたいんですね」

レップは納屋を出て裏手にまわり、斜面をのぼっていった。数百メートルいったところでいきなり畑が途絶え、森になった。木々が残りの山を覆いつくし、その険しさと大きさをぼかしていた。だが、レップにはかなりきつい行程になるとわかっていた。航空測量写真によると、いまいる地点からアッペンツェルの修道院のある谷までは約二十キロあり、ずっと山林のなかのごつごつした斜面をいかなくてはならなかった。いったんのぼって、しばらく横に移動してから、反対側の斜面をおりていくのだ。レップは手首を返して腕時計を見た。午後二時三十五分。日が落ちるまで、あと六、七時間だ。

レップはこわばった身体を動かして、感覚をとりもどした。これからヴァムピーアをかついで、かなりの距離を歩かなくてはならなかった。すくなくとも五時間は歩くことになるだろう。それで、夕暮れまでには射撃位置に着けるはずだった。太陽が沈むまえに着くことが肝心だった。ひと目でいいから明るい光のなかで建物を見ておく必要があった。そうやって、環境に適応し、射界を計算し、射止められる範囲を見極めるのだ。

レップは煙草を消すと、なかにもどっていった。

ネクタイを外して車のなかに放り投げ、上着を脱いできちんと畳む。それから、マウンテン・ブーツ、緑の綾織《あやお》りの教練用ズボン、カーキ色のシャツに着替えた。ダッハウで作られた新品のティーガー・ジャケットを羽織る。濃淡の異なる緑の細かい模様が、茶色と黒の地の上に斑点《はんてん》状に散らばっていた。だが、レップにも虚栄心があった。規則に反して、彼は武装親衛隊の伝統のひとつにしたがい、左の袖《そで》にドイツの鷲《わし》と鉤《かぎ》十字を縫いつけていた。

規則に反して？　いったい誰の規則だ？　いまやレップは武装親衛隊を代表しているだけでなく、武装親衛隊そのものだった。彼は三十八の師団と五十万人ちかい男たちの最後の生き残りだった。マックス・ゼーラやパンツァ・マイヤーやマックス・ジーモンやフリッツ・クリステンやゼップ・ディートリヒやテーオドーア・アイケといった英雄たち、そして髑髏《どくろ》師団や帝国師団や警察師団やアドルフ・ヒトラー親衛連隊やヴィーキング師団やゲルマン軍団やホーエンシュタウフェン師団やノルト師団やプリンツオイゲン師団やフランツベルク師団やヒトラー・ユーゲント師団やその他の師団の代表だ。みんな、いなくなってしまった。土の下に埋もれているか、監獄のなかでロシア人やアメリカ人に処刑されるのを待っているかのどちらかだ。この聖戦に参加したもののなかで残っているのは、レップだけだった。彼は頂点にいた。将校団の、情報部の、兵站《へいたん》業務の、そして——もっとも重要なことに——死んだ男たちの頂点に。その遺産はとてつもなく大きかったが、レップは責任の重さを楽しんでいた。たいていのものより、自分のほうがうまくやれるとわかっていた。彼には自信があった。ここまできたら、あとは楽勝だ。現場までいって、撃つだけでいい。ロシアの体験のあとでは、どんなことでもたやすく思えた。この最後の任務は、なかでもいちばん簡単なものになるだろう。

「中佐」と、若い運転手が最後のボタンをとめているレップを見ながらいった。

「なんだ?」

「民間人の格好で移動したほうが安全ではありませんか? ハイキングの服装で? そうすれば——」

「なにを着ていようと関係ない。わたしはあいつをかついでるんだ」レップはテーブルを指さしてみせた。そこには、フェリックスがならべた兵器の部品がオイルで光っていた。「あんなものを持ち歩いているハイカーはいないだろう。それに、誰かに会うとは思えない。登山ルートからもハイキング・コースからも遠く離れた、山奥の鬱蒼《うっそう》とした森のなかをいくのだから。きょうは祝いの日だ。みんな踊って、酒を飲んで、愛を交わしている。外をぶらついてる人間などいないさ」

「しかし、彼のいうことにも一理ある」と、フェリックスがいった。「結局のところ――」

「それから、最後にもうひとつ。これは保安防諜部の作戦ではない。武装親衛隊髑髏師団の最後の仕事だ。わたしは人殺しをする暗殺者とはちがう。将校であり、兵士なのだ。そして、これは戦闘だ。したがって、制服を着用する」

「そうですか」と、フェリックスがうんざりした口調でいった。「これはあなたの葬式であって、われわれのではない」

「それはちがうな」と、レップはいった。「わたしの葬式にもならない」

レップはテーブルにちかづいていった。ライフルの冷たく光る金属の部品にフェリックスの指紋がついているのが見えた。なぜか、それが気にさわった。

「もちろん、トランクはいまはじめてあけたんだろうな？」

フェリックスが運転手のほうに〝信じられない〟といった表情を浮かべるであろうことは、想像がついていた。だが、聞こえてきた声は、大きかったものの確信に欠けていた。「指示はきちんと守ってます」

レップはすばやくライフルを組み立てていった。ガス・ピストンとオペレーティング・ハンドルとスプリング・ガイドをレシーバーに装着し、ボルト・カミングとロッキング・ユニットを挿入し、ピンをトリガー・ユニット・ピボットのヒンジ部分に押しこんで、全体を固定する。数秒で終わった。それから、淡々とした手つきで六つの弾倉に三十発ずつ弾薬を込めていった。丸い弾頭の特別製の亜音速の弾薬だ。つぎに、ライフルと挿弾子を脇《わき》に置くと、電子光学装置の接続と配線をチェックした。丁寧にしらべてなにも問題がないことを確認してから、ようやく特別なレンチをつかって赤外線ランプ付きの暗視装置をＳｔＧ－44のレシーバーのｚｆ４マウントに取り付ける。かさばる武器を横にむけ、レップは弾倉をハウジングに入れた。トレランスにはまる感触が伝わってきた。つづいて、手のひらのつけ根で弾倉を奥まで叩《たた》きこむと、スプリングのはまる音がした。

「手術の準備をする医者のようだ」と、フェリックスがいった。

「これは道具にすぎない。ただの改造したライフルだ」と、レップは相手が畏怖《いふ》のまなざしで装置を見ているのに気づいて、とまどいながらいった。「それじゃ、こいつをかつぐのを手伝ってくれ」

レップは水筒と弾倉入れのついた戦闘用ハーネスを身につけ、その上から装置用のラックを背負った。フェリックスと若者が装置を持ちあげ、レップがコートを着せてもらう要領でそのまえにすべりこんで、紐《ひも》をきつく締める。まえに踏みだすと、重量がすべてかかってきた。

「馬鹿に重たい装置だな。歩けますか？」と、フェリックスがたずねた。

「歩いてみせるとも」と、レップはライフルの吊《つ》り革を肩に掛けながら厳しい口調でいった。最後にもう一度、腕時計に目をやる。午後二時四十五分だった。

「サー?」と、運転手がいった。なにか光るものを差しだしていた。「持っていってください。あとのために」

レップはそれを受けとった。緑のホイルに包まれたスイスのチョコレートだった。

「ありがとう。朝食だな。気がきくじゃないか」レップはそれをティーガー・コートのポケットにいれてから、テーブルを離れて、はじめてライフルの全重量をひとりで支えた。顔から血の気がひくのがわかった。肩に手がふれた。

「大丈夫ですか?」と、フェリックスがたずねた。

「大丈夫じゃなかったら、きみがいってくれるのか?」と、レップはいった。「いや、大丈夫だ。この重さに慣れる必要があるだけだ。このところ軟弱な生活を送っていたのでね」

「女遊びがすぎたわけだ」と、いちいち人の気にさわるフェリックスがいった。

レップは納屋を出て、まばたきしながら陽射しのなかに足を踏みだした。すでに身体《からだ》が重さに慣れてきているのがわかった。

すぐにレップは木立のなかにまぎれこんだ。決然とした足どりで、ゆっくりと大またで歩いていく。すでに紐が肩に食いこんでいた。汗がどっと吹きだした。筋肉が温まって、動きがなめらかになってきた。不屈の精神で頑張り、切羽詰まった状態で精神を集中させていると、人は苦痛を感じなくなる段階に達することを、レップはロシアでの経験から学んでいた。そこまでいくと、驚くほどの忍耐力とスタミナが湧《わ》いてくるのだ。きょうの彼は最高の力を発揮することが求められていた。持てる以上の力をださなくてはならなかった。そして、彼はそうする準備ができていた。いまの気分は最高だった。自信に満ちあふれており、試練は望むところだった。気持ちが張りつめ、満足感をおぼえていた。

レップはふり返らずに、下生えのなかをどんどん歩いていった。高所へいくほど空気は薄くなり、楡《にれ》や樫《オーク》といった木が鬱蒼と生い茂る若い森は、シュヴァルツヴァルトの奥地によく似た古《いにしえ》の松の原生林に取って代わられるはずだった。そこまでのぼれば、まえに進むのはずっと楽になるだろう。陰気な木立のあいだを一歩いくたびに松葉の粉がもうもうと立ちのぼり、斜めに差しこむ陽射《ひざ》しのなかに浮かびあがる……。だが、それはまだ何時間も先の話だった。いまは樹液や樹脂でべとべとする密集した緑の木立があるだけで、それが彼の足をひっぱっていた。スクリーンやカーテンのあいだを歩いているような感じだった。つぎつぎとあたらしい幕があらわれて、視界がさえぎられる。空気は湿っぽく、圧迫感があった。葉はどれも濡《ぬ》れており、あちこちで蒸気があがっていた。

まるでジャングルだ。だが、ひたすら羅針盤に従い、ときおり出会う小道を無視していれば、なにも問題はなかった。小道の誘惑をしりぞけ、それを突っ切るたびに、レップは気分がすっきりするのを感じた。尾根に到達したら、しばらくそれに沿って歩きつづけてから、反対側におりていく予定になっていた。高木限界の五千フィート以上の地点にある険しい山頂よりもだいぶ手前で、下山をはじめるのだ。

きつくなる傾斜に手こずりながらも前進をつづけていると、行く手を岩の塊がさえぎるようになりはじめた。避けられるところは大まわりして、そうできないところは乗り越えていく。斜面をのぼるうちに、森の様子がじょじょに変わってきた。レップはほとんどまわりが目にはいっておらず、気がつくと、周囲は一変していた。それとも、たんに頭上の雲が太陽を隠したせいで、そう見えるだけか。とにかく、いつの間にかあたりはジャングルのようではなくなっていた。これまでよりも大きな木が、間隔をあけて生えている。ごちゃごちゃした感じが消えて、薄暗い空間を遠くまで見とおすことができた。熱帯を思わせる緑の光線は、暗い帳《とばり》に変わっていた。地下室にいるような感じで、トンネルか地下通路みたいにひんやりとじめついている。ぼんやりした影が重なりあい、闇《やみ》がぽっかりと黒い口をあけ、枝の隙間《すきま》からは気まぐれに日が射しこんでいた。大きく育った木はふしくれだらけだ。下生えはここにもあったが、それが地上に顔をのぞかせるには腐敗してぐちょぐちょになった落ち葉の層を突き破らなくてはならなかった。この薄暗い風景にもそれなりの美しさがあったが、レップはそれを楽しむような精神状態ではなかった。ひたすら足を動かすことだけに神経を集中していた。とはいえ、ときおり山がひと息つくような感じで傾斜がなだらかになる箇所があり、そういうところにくるとレップもほっとした。

そうした場所のひとつで、レップはしばらく休みをとった。ほかには誰もいなかった。薄暗いなかで苦しそうにあえいでいる自分の息づかいが聞こえた。不快なほど身体が火照っていた。松林はまだ先で、あたりには見慣れない風景が広がっていた。森はいくつも見てきたが、こんなのははじめてだった。鳥のさえずりとか動物の鳴き声とか、なにか生き物の気配が欲しかった。前方に目を走らせたが、どこまでもつづく樹幹と、そのあいだに突きだしている白や灰色の苔《こけ》むしたり丸みをおびたりした岩が見えるだけだった。物音はまったくしなかった。肩にかけたライフルの吊り革がぴんと張っており、装置用のラックの紐が肉に食いこんでいた。ほかにも小さな痛みをあちこちに感じていたが——かすり傷、ひねった足首、関節の痛み、こむら返りの徴候——レップはそれらを無視した。だが、肩に食いこむ紐だけはどうしても気になった。もっとも、いまそれをいじくるのはまちがいだとわかっていた。前屈《まえかが》みになって装置をもっと上にずらし、重さを肩ではなく身体全体で受けとめるようにする。つらい作業だったが、もうすこしでこの荷物が五十キロ以上になるところだったことを思いだすと、いくらか元気がでてきた。それだったら、いまごろ完全にへばっていただろう。あの妙ちくりんな小男のフォルメルハウゼンは、自分の務めを見事にはたしていた。勲章に価《あたい》する働きだった。いまこの瞬間、彼はレップにとって、誰よりも偉大な英雄だった。ドイツ人があああいう優秀な人材を生みだせたことを神に感謝しなくては。

レップはへとへとになりながらも、ふたたび歩きはじめた。このあたりまでくると岩がかなり厄介な障害物になっていて、隙間をとおったり滑りやすい急な斜面をのぼっていかなくてはならなかった。途中で木立が途切れ、遠くを望むことができた。地平線は青い霞《かすみ》のむこうに隠れていた。北向きだったので、視界が良ければドイツが見えていたかもしれなかった。だが、だったらどうだというのだ？　レップは先を急いだ。前方には木立と落ち葉と低木の茂みとアザミに覆《おお》われたのぼり斜面がひたすらつづいていた。歩くのが楽な松林は、まだ先だった。レップは時間が足りなくなることを心配していた。喉《のど》がからからに渇いていたが、立ちどまって水を飲む時間さえ惜しかった。不安定な足場でときおりブーツが滑り、一度ひどく膝《ひざ》を石にぶつけた。その箇所がずきずきと疼《うず》いていたし、熱があるかと思われるくらい身体が熱かった。このあたりはもっと涼しいとにらんでいたのに、どうしてこんなに暖かいのだろう？

自分はどこへむかっているのか？　それがきちんとわかっているのか？　そう、しっかりわかっていた。われわれはユダヤ人を叩きのめすためにポーランドへいく《ヴィーア・ファーレン・ナーハ・ポーレン・ウム・ユーデン・ツー・フェアシュレン》。彼はユダヤ人を叩きのめすためにポーランドへいく。この文句を目にしたのは、一九三九年のことだった。軍用列車の脇にチョークでそう書かれていたのだ。その隣には、いかにもユダヤ人といった感じのグロテスクな横顔が描かれていた。尖《とが》った鼻、原始人のような顎《あご》。魚を連想させられるおぞましいイメージだ。彼はユダヤ人を叩きのめすためにスイスへいく。これもおなじことだ。おなじやり方、おなじ戦争。彼はユダヤ人を叩きのめしにいく。

肩の痛みがひどくなっていた。ペースを落とすか休むかすべきだったが、それができないことをレップは知っていた。薄れゆく光が気になって仕方がなかった。暗くなるまえに現場に到着しなければ、こちらの負けなのだ。

ユダヤ人を叩きのめしにいく。

ユダヤ人。

そう、おまえは彼らを殺した。汚《けが》らわしくて嫌な仕事だった。誰もやりたがらなかった。喜んでやるものも少数いたが、ベルリンでは賢明にも、そういった連中を前線に送りださないようにしていた。それは未来に対する責任感、信頼、献身がなければできない仕事だった。

レップはその特別な仕事をみずから買って出た。

彼はデミヤンスクのあとで負傷していた。傷は大したことはなかったものの——大腿《だいたい》部《ぶ》にかすり傷を負っただけで、すぐに完治した――血球数が低かったため、上層部は彼をそれほどきつくない仕事につけたがった。だが、レップは別の方面でおこなわれているもうひとつの戦争に参加したいと考えた。それは簡単な仕事だった。ほかから強制されたわけでも、楽しんでやったわけでもなかった。たんに仕事の一部というだけだった。不快な部分だが、誰かがそういうことをやらなければならないのだ。

そのとき、一九四二年十月のことが頭に浮かんできた。占領地区のヴァルヒニア県にあったダブノ空港での出来事だ。どうしてこの日なのか？　ほかの日と大してちがいはないのに。煙草と少女のせいかもしれない。正確には、煙草と少女の奇妙な相互作用のせいだ。

レップはシベリアを吸っていた。すばらしい味がして、彼の頭は快適なざわめきで満たされていた。そのころレップは、燃えている村のような味がして、ちょっとめまいがする、このきついロシア煙草の味をちょうどおぼえたところだった。良く晴れた涼しい日で、彼は穴のふちにすわっていた。誰もが思いやりに満ちていた。なぜなら、この仕事は一歩まちがうと手に負えなくなり、誰にとってもつらいことになる可能性があったからである。だが、この日はきわめて順調にいっていた。あたりには大勢の人がいた。民間人、くつろいでいる兵士たち、カメラを持っているもの、笑みを浮かべているもの、秘密警察の連中。

レップの膝の上にはMP－34と命名されたステアー＝ゾーロトゥルンがのっていた。これは古くからあるすぐれた銃で、重量はあるが美しかった。上質な木材で作られた銃床、穴のあいた銃身、水平挿入式の弾倉。レップの大のお気に入りだった。短機関銃のメルセデス・ベンツだ。戦時に生産するには、あまりにも優美で精巧すぎた。銃身がようやく冷えたところで、レップは黒い制服を着た秘密警察の男にうなずきかけた。男は穴から掘りだされた土で築かれた堡塁《ほうるい》のうしろに姿を消した。一瞬、レップは午前中にこなした仕事とともに、ひとり取り残された。すでに五百体はあるにちがいなく、穴の半分ちかくが埋まっていた。ほとんどが息絶えていたが、ときおり泣き声があがった。見た目はそれほどひどくなかった。レップは東部戦線でもっとひどい状態の死体を数多く見ていた。内臓が飛びだし、糞《くそ》と脚とつぶれた頭蓋骨《ずがいこつ》がそこいらじゅうに転がっているところを。ここにいる連中は大量の血にまみれていたものの、きちんとした姿で横たわっていた。

秘密警察の連中に追いたてられて、別のグループが穴のなかに入っていった。子供連れの老人。両親とその子供たち。母親は子供たちをあやしていたが、父親はあまり助けにはならなさそうだった。ひどく怯《おび》えていて、ほとんどまともに歩けなかった。子供たちは困惑していた。例の不愉快な言語でなにやらしゃべっている。ドイツ語の方言にちかいが、ひどくゆがめられていた。そう、連中はいつだってドイツのものを醜く変えてしまうのだ。だが、レップは彼らを憎むことができなかった。まるで足を汚したくないとでもいうように泥のなかにいやいや入っていく裸の女や男や子供たちを。ほかにも女が数人いた。最後尾にいるのはまだ二十代の若い娘で、肌が浅黒く、とてもきれいだった。

レップが銃を持ってだるそうに立ちあがったとき、その若い娘が誰にともなくこういった。「二十三歳」

なんという発言だ！　レップはあとになって考えた。興味深かった。彼女はどういうつもりでいったのだろう？　死ぬには若すぎるとでも？　お嬢さん、誰でも死ぬときは若すぎるんだよ。

レップはボルトをロックして短機関銃をしっかり脇腹に押しつけると、引き金をひいた。弾丸が裸の背中にきれいに命中し、彼らは震えながら倒れた。ひとりかふたり、横になってもまだ痙攣《けいれん》していた。おかしなものだった。弾丸があたったり血が吹きだしたりするところは見えないのに、彼らが動かなくなるころには傷痕《きずあと》から流れだす血で全身が赤く染まっているのだ。子供がふたたび身じろぎし、うめき声をあげた。レップは指で切り換えスイッチを単発にもどし、頭蓋骨に一発撃ちこんだ。頭が吹き飛んだ。

それから、弾倉を交換した。

レップが担当すると、誰もが喜んだ。彼は手早く、効率的だった。ほかの射手のようにミスを犯したり、しばらくして陰気になることがなかった。これはユダヤ人にとっても最善のことだ、とさえレップは考えるようになっていた。その日、あとでコーヒーを飲みながら、レップはこういった。「どこかの下手くそなやつにやられるより、わたしに撃たれるほうがいいはずだ」

前方に光が見えてきた。と同時に、レップはこれまでとはちがうことに気がついた。足もとがすっきりして平坦《へいたん》になり、まえに進みやすくなっている。山の上のほうの原生林に到達したのだ。レップは急ぎ足で光をめざした。松や樅《もみ》の木に囲まれた尾根に立つ。涼しかった。あたりを見まわすと、尾根の彼方《かなた》に岩だらけの山頂があった。そのむこうには木立で輪郭のぼやけたほかの山々が見えており、さらに先には雪に覆われた雄々しい本物のアルプスがそびえていた。

だが、レップの視線は下のほうに吸い寄せられていた。木立のつづく山の斜面をずっと見おろしていく。数千フィート先には碁盤目模様の耕作地があったが、それ以外はほとんど緑一色だった。アッペンツェル州のジッテル谷だ。町は影も形もなかったが——それは谷の別のところにあった——修道院は見えていた。中世に建てられた屋根の高い教会で、ドーム型の尖塔《せんとう》がふたつあり、そのほかに付属の建物がごちゃごちゃとくっついていた。外の世界とは壁で隔離されていたが、いまいる地点からだと中庭も見ることができた。

レップは急いでひざまずくと、肩からライフルを外した。それを二脚架に設置してから、立ちあがってひと息いれる。ようやく重荷の一部から解放されたのだ。もちろん、かさばる装置はまだ背中にあり、紐が肩に食いこんで痛かったが。ふたたびひざまずいて、ヴァムピーアについている蓋《ふた》をあけ、不透明な面をあらわにする。ディスクに光があたって輝き、生命をおびたように見えたのは、気のせいだろうか？

なにはともあれ、レップは笑みを浮かべた。まだ先は長かったが、ここからは下りで、松の原生林をいくことになっていた。この調子なら、暗くなるまえに余裕をもって射撃位置につけるはずだった。

29

「やつはすでに現地にいる」と、アウスウェイスがいった。「修道院を見おろす山のなかに。ヴァムピーアを持って」

「そうです」と、リーツは疲れた口調でいった。椅子《いす》の背にもたれてテーブルに足をのせ、二本の指で目もとをつまむ。「くそっ、頭痛だ」

遠くから聞こえてくる音楽が大きくなった。軍放送が流しているアメリカのポピュラー音楽だ。笑い声もしていた。女性の声だ。女性？　こんなところで？　きっと大もてにちがいない。

「スイスの警察に電話すればいいじゃないですか」と、ロジャーが明るくいった。「彼らに人を派遣してもらって、警告すれば――」

「線が切れてる」と、アウスウェイスがいった。「戦争中ではな。戦争が終わっていようと、おなじことだ。受話器をあげて、交換手を呼びだすというわけにはいかないんだ」

「オーケイ、わかりました」と、ロジャーがすばやくいった。「それじゃ、こういうのはどうです。無線でベルンかチューリッヒの戦略事務局に連絡をとるんです。彼らのほうからスイスの警察に接触してもらえばいい。もしかしたら――」

「無駄だ」と、リーツはいった。「われわれはいま三千年を超すヨーロッパの歴史のなかでも最大のお祝いのまっただなかにいる。ドイツ側は最初からそれを計算にいれてたんだ」

「われわれの失敗は言い訳がきくのではないかな」と、アウスウェイスがいった。「これはわれわれとはまったく関係のない事件だ、と主張すればいい。中立国にいるひとりのドイツ人犯罪者といくあてのないユダヤ人たちの問題にすぎない、と。われわれは懸命に努力した。それを否定することは誰にもできないはずだ」

「誰かアスピリンを持ってないのか?」と、リーツはむっつりとたずねた。「ちくしょう、どうやら外では盛大なパーティがひらかれてるみたいじゃないか。さっきから女性の声がしている。外には女性がいるのか、ロジャー?」

「赤十字の女の子たちです」と、ロジャーがいった。「ねえ、もうひとつ手があります。公使館をつかうんです。きっと夜勤の武官がいるはずですから――」

「女と寝るのも悪くないな」と、リーツはいった。「いつからご無沙汰《ぶさた》してるか――」

声がしだいに小さくなった。

「もちろん、政治的な側面も考慮しなくてはならない」と、アウスウェイスがいった。「金はすべてシオニストのところへいく。そのうちの一部が王と国家のためにならないところへいきつく可能性は大いにあり得る、ちがうかな？　仕事はもう切り上げて、ビールを探しにいき、われわれもお祝いに参加しようじゃないか」

「大尉《たいい》——」

「わかってる、ロジャー」

「大尉、われわれはまだ——」

「そのとおりだ、ロジャー」と、リーツはいった。「ああ、頭が割れそうに痛い。こうなることはわかってたんだ。最初から予感がしてた。こういう展開になるとな。ちきしょうめ」

「どうやら、わたしもおなじらしい」と、アウスウェイスがだるそうに立ちあがりながらいった。「ほんとうに暗くなるのがはやいな？」

「ふたりとも、なんの話をしてるんです？」と、ロジャーがたずねた。返事を聞くのが怖かった。

「ロジャー、ジープをとってくるんだ」と、アウスウェイスがいった。「それから、頼むから、この陰気な建物のどこに電話があるのか教えてくれ」

「ねえ、いったいどういう——」

「ロジャー」といって、リーツはようやく説明した。「われわれがやるんだ。きみと、わたしと、トニーで。それしかない。さあ、ジープをとってこい」

「車じゃ、あそこまでたどり着けやしませんよ」と、ロジャーがいった。「何百マイルも離れてるんです。もう八時ちかい。そんな短時間では——」

「おそらくニュールンベルクまでは二時間でいきつけるだろう。そこから運が良ければ、すごくついていれば、飛行機をつかえる。そうすれば——」

「まったく、なにをいってるんです？　夢でも見てるんですか？　着陸許可とかビザをとらなきゃならないんですよ。スイス側の認可が必要です。それに、むこうに着いたら別の車を用意しなくちゃならない。そこから、どこでしたっけ？　アップルウェルだかどこだかまでドライブしてから、問題の修道院を見つけだす。しかも、真夜中までに。これまででいちばん無茶な——」

「ちがう」と、リーツはいった。「車も、ビザも、地図もいらないんだ。われわれは落《らっ》下傘《かさん》降下する。ノルマンディやヴァーシティ作戦や十一号基地のときみたいに」

「くそいまいましい電話はどこだ？」と、アウスウェイスがいった。

　アウスウェイスは電話を見つけた——というか、実際に見つけたのは、電話の端末がずらりとならんだ無人の交換台だった。それはポマースフェルデン城の中心をなす巨大な階段吹き抜けにあったが、吹き抜けにはしだいに人が集まりはじめていた。オフィスや宿舎、それに明るい光に誘われて道路から、人びとが吸い寄せられてきたのだ。今夜はめったにない夜だった。誰もひとりではいたがらなかった。暗く落ちこんで不機嫌なものはひとりもいなかった。たったいま、みんなの未来の扉がひらかれたのだ。

女たちがあらわれはじめた。どこからきたのだろう？　ここは監獄のような場所ではないのか？　赤十字の女の子たち、新聞社の記者たち、陸軍婦人部隊員たち、イギリス人看護婦が数名、ドイツ人女性までいた。階段吹き抜けは人であふれかえっており、みんな押し合いへし合いしていた。城のどこかから略奪してきた酒が大量にふるまわれた。グラスで飲むものなどいなかった。埃《ほこり》をかぶった黒い瓶にはいった百年もののライン・ワインを、アメリカ兵たちがコカコーラのようにがぶ飲みしていた。ラジオからは音楽が流れていた。歩兵と将校が肩をならべて女性たちのまわりに群がっていた。リーツの耳に、留置場がわりとなっている翼でドイツ人将校たちが歌っているのが聞こえたような気がした。ラジオでかかっているビッグバンドのにぎやかな曲とは対照的な、ひどくもの悲しい曲だった。

若い娘がリーツにキスしてきた。乳房が胸に押しつけられる。娘は酒臭い舌を耳に突っこみ、なにやら思わせぶりなことをささやきながらリーツをひっぱりはじめたが、しばらくして誰かにさらわれていった。

そんななかで、アウスウェイスは電話をかけようとしていた。リーツの耳には自然とその声が入ってきた。

「そうだ」アウスウェイスの口調はまさしく舞台に出ているデヴィッド・ニーヴンそっくりだった。「イギリス陸軍フュージリア連隊のアウスウェイス少佐だ。もしもし、もしもし。ニュールンベルクの通信隊か？ もうすこし大きな声でしゃべってもらえるかな。そう、ずっと良くなった。そちらにはイギリスのモスキート飛行隊がいるはずだが。もちろん、軍用飛行場にだ。そこへつないでもらえるだろうか。そう、年配で、指揮をとっている空軍将官クラスの男でないと困る。いや、ちがう。イギリス人だ。わたしみたいにおかしなしゃべり方をする。そう、イギリス野郎だ。最低でも空軍大佐《グループ・キャプテン》を頼む。そちらでいう大佐《カーネル》だな。だいぶ盛りあがってるようじゃないか。ああ、こちらもよろしくやってる。それでは、そのマンヴィルというイギリス空軍大佐を起こしてもらえるかな？ ああ、たしかに残念だ。それで、その男につないでもらいたいんだが。そう、イギリス空軍の男だ。ああ。もしもし、もしもし、聞こえるか？ マンヴィル空軍大佐か？ そう、おなじイギリス人だ。アウスウェイス。MI6にいる。正確には特殊作戦局だ。きみはサラ・フィンチレイの従兄弟《いとこ》じゃないかね？ やっぱり。そうだと思った。一九三七年にヘンリー国際ボートレース大会で見かけた気がする。そう、あの競技会だ。きみは二番艇のコックスで、たしかすばらしい活躍を見せた。モードリン学寮だったな？　サッカーもやってただろう。思ったとおりだ。いや。モードリン学寮ではなく、クライスト・チャーチだ。一九三〇年に語学を。それでこの諜報《ちようほう》活動のほうにまわされた。そう、たしかに楽な仕事なのは認めよう。何度か、フランスで。だが、かすり傷程度だ。ああ、終わって最高だな。だが、つぎの総選挙では労働党が勝ちそうだと聞いたが。かわいそうに、ウィンストンは叩《たた》きだされるわけだ。ああ、すごい酒飲みだとは聞いたことがある。軍にとどまるかって？　戦争が終わったのに？　お務めははたしたから、そろそろもとの生活にもどるころあいだ。もちろん、まえとおなじというわけにはいかないだろうが。細かいことがいろいろと悪いほうに変わっていくだろう。だが、一年か、十年か、二十年かわからないが、とにかくそれくらいたってからふり返ると、この時代がすごく楽しかったと思えるようになってるんじゃないかな。人生最良の日々だったと。ああ、たしかにいまは殺伐とした印象しかないが。そう、ある意味では終わって寂しいな。すさまじい日々だったからな。だろう？　ところで、サラは？　ほんとうに？　あの下品で小柄なウェールズ人のジョーンズと？　アイヴス、そう、アイヴスだったな。両脚とも？　それでもやつと結婚した？　そいつはすばらしい。小説みたいじゃないか。アルネムか。聞いた話では、最後までどっちに転ぶかわからなかったとか。パラシュート連隊か。彼らは勇敢だからな。それに較《くら》べると、われわれはみんなへなちょこだ。すごいな、そいつはすごい。フロストの副官？　それでジョニーは？　きっといまごろ自由になってせいせいしてるだろう。ところで、マンヴィル大佐。トム、トムだな？　こちらはトニーだ。そう、アントニーの略だ。少佐だ。そう、われわれのように戦争の後方部門にいるものは、そう簡単に昇進させてもらえなくてね。除隊したあとも、それに足をひっぱられなければいいんだが。経歴がどれくらい意味を持ってくるのかわからないからな。ああ。それはともかく、トム、すこし困ったことがあってね。そうだ。それほど大したことではないが、時間が問題でね。飛行機がいる。そう、モスキートだ。すばらしい飛行機だな——」アウスウェイスはリーツを見上げると、送話口を手で押さえていった。「やっこさんはすっかりできあがってる」それから、間髪入れずにつづけた。「——すべて木造で。ああ、いつも不思議に思ってたんだ。それでどうやってドイツの対空砲に立ち向かえたのかと。砲火のあいだをくぐり抜けて。そいつはすごい。ところで、トム、トム、われわれはちょっと急ぎでスイスにいかなくてはならなくてね。ああ、たしかにこいつはキッチナー元帥《げんすい》がハルトゥームに到達して以来、最高のパーティだ。そうとも、われわれにはその権利がある。それで、すこし大変なことを頼みたい。いささか急を要する事態でね。自由にうろつきまわってるドイツ野郎を捕えなくてはならないんだ。時間は刻一刻とすぎていく。そう、上の連中に話をとおしてるひまはない。もちろん、アメリカ人は例によってロシア人とやりあうのに夢中で、われわれの話に耳を貸そうともしない。ああ、そのとおりだ。飛行機を都合してもらえると、とても助かる。この件の重要性を理解してもらえてよかった。そうだ、トム、そう、そう、二時間くらいだ。ああ、わかった。そうだな、もちろんだ。サラによろしく。それからお相手のジョーンズにも。おっと、失礼、アイヴスだったな。アイヴスだ。すばらしい女性だ。勇気があって。それじゃ」そういって、ようやくアウスウェイスは受話器を置いた。

「断られたんですか？」

「いや、オーケイだ。たぶん。相手はひどく酔っぱらっていて、まともにしゃべれない状態だったし、音楽ががんがんかかっていたからな。とにかく、グロースロイトの飛行場に十時にモスキートが準備されているはずだ。よし」アウスウェイスは立ちあがった。

リーツとアウスウェイスはお祝いしている連中を押しのけて夜のなかに出ていった。ロジャーがジープとトンプソン短機関銃を用意して待っていた。

レップは目標ゾーンから四百メートル離れた地点にいた。角度は約三十度。これがぎりぎりのところだった。自信を持って命中させられるくらいちかく、なおかつ壁が邪魔にならないくらいの高さがある。いまは土から露出した岩のうしろで半屈《はんかが》みになっていた。ヴァムピーアを装備したライフルは、目のまえの岩の上の二脚架にのせてある。かさばった照準器が片側に斜めに飛びだしていた。射撃の妨げにならないように、重たい装置はすでに背中からおろし、ライフルの隣に置いてあった。

あたりはまだじゅうぶん明るく、レップははるか眼下の建物をじっくり観察することができた。五百年前に熱心なイエズス会士によって建てられた建物は壁で囲まれており、今世紀初頭に聖テレサ修道会がそれをひきついで修道院にしたとき、いくらか近代化されていた。監獄のような建物だった。いちばん古いのが礼拝堂だが、あまり大したことはなかった。いかにもローマカトリック教の記念碑といった感じのミュンヘンの聖母教会と較べると、雲泥の差だ。実用本位の石造りの建物で、屋根はとがっており、ふたつのドーム型の尖塔の先端には厳《いか》めしい小さな十字架がついていた。だが、レップの双眼鏡は別のもっと大きな建物にむけられていた。中庭に面している修道会の居住部分だ。レップは薄れゆく光のなかで辛抱強くそこに目を走らせ、ついに目立たない木の扉を見つけた。階段とりっぱなアーチのついた中央の出入口のちかくにあり、しっかりと閂《かんぬき》がかかっていた。子供たちはそこから飛びだしてくるものと思われた。

子供は全部で二十六人いるはずだった。そして、レップはその全員を片づけなくてはならなかった。二十四人でも、たとえ二十五人でも、じゅうぶんではないのだ。保安防諜部の報告書によると、子供たちは毎晩、真夜中に出てきて、中庭で四十分ほど遊ぶという。扉からあらわれてしばらくは、彼らは射止められる範囲にかたまっているだろう、とレップは踏んでいた。まだそれほど散らばっていないから、五秒ほどできれいに始末できる。最後のひとりが扉から出てきたところで、撃ちはじめるつもりだった。むずかしい射撃だが、彼の——そして、ヴァムピーアの——能力をもってすれば、そう大変なことではなかった。

標的が二十七人、二十八人、あるいは二十九人だったら？　つまり、監視や手伝いのために修道女か修練者がいっしょにあらわれたとしたら？　その可能性は高かった。まずそうだと考えてもかまわなかった。ベルリンはその点にかんしてあいまいで、および腰だった。もしかすると、何百万人という囚人を東部に送りこんだ親衛隊長ですら、彼にスイス人修道女を撃てと命じることにむかつきをおぼえたのかもしれない。だが、レップが選ばれたのはその技術だけでなく、精神的な強さを買われたからでもあった。彼はすでにこの困難な決断を下していた。ユダヤ人のいない世界を生みだすために修道女が死ななくてはならないのならば、そうするしかなかった。彼は望遠照準器にあらわれるものすべてを殺すつもりでいた。

レップは最後の光が消えゆくなかで双眼鏡を置いた。両手を軽く打ちあわせて、上着を身体《からだ》にきつく巻きつける。寒かった。疲労でいつもの切れが鈍るのではないかと心配だった。それに、妙に不安だった。ここまではすべてがあまりにも順調にきすぎていた。経験からいって、こういうときは気をつけたほうがいいことを知っていた。腕を動かして、時計に目をやる。九時ちかかった。

あと三時間。

九時ちかかった。

酔っぱらった中尉は説明をつづけていたが、すぐにまたくすくすと笑いはじめた。ロジャーを将校と勘違いしており、笑えばそれだけやっかいなことになると考えているようだったが、それでまたよけい笑いがひどくなるのだった。

「戦車運搬車です、サー。彼はギアを変えて、トラックをぬかるみから出そうとしました。そのつもりだったんです、サー。ところがバックさせちまって、それでトラックが道路に――」残りの部分は笑いの発作のなかに消えていった。中尉は、戦車の運搬用に設計された平台のトラックが前方の路上で斜めに止まっている理由を説明しようとしているところだった。トラックはいくつもの紫色の照明弾に照らされており、まわりにはアメリカ兵が集まっていた。たまたまヨーロッパの戦勝記念日の夜に勤務にあたっていた連中で、すでに誰かが酒瓶を調達してきていた。彼らの任務がなんであれ、それが遂行される見込みは小さかった。

ポマースフェルデン城を出てから、ほとんどがずっとこんな調子だった。ニュールンベルクはまだ伝説の地キャメロットとおなじくらい彼方にあり、そこへいきつくまでには、これまで目にしてきたものをさらに何度か見せられる羽目になりそうだった。酔っぱらってはしゃいでいるさまざまな国籍の男たち、事故、鳴り響く警笛、照明弾、小火器の銃声。そして、女性。たったいま通過してきたフォルヒハイム——アメリカ兵の隠語では〝クソ食らえ《ファック・ヒム》〟——という小さな町では、敵国人と親しく交わってはいけないという規則が完全に無視されていた。もっとも大胆にそれを破っていたのは、若い将校たちだった。ほとんどが前線に出たことのない大学生たちで、彼らは町全体を友愛会のパーティかプロムナイトの会場に変えていた。リーツたちのジープは町はずれで渋滞の列にぶつかり、足止めを食らった。頭に血がのぼったリーツが列の先頭にいってみると、二台の将校用の車が軽い衝突事故を起こして重なりあっていた。どちらの後部座席でもカップルが夢中でネッキングしており、そのまわりでは憲兵たちが大声で怒鳴りあっていた。リーツはジープにもどると、列を離れて別のルートからいこうとした。もうすこしでペグニッツ川に突っこむところだった。実際、道に迷って、酩酊《めいてい》状態でやけに礼儀正しい近衛《このえ》師団のイギリス人少佐に正しい道を教えてもらわなくてはならなかった。

「なんてこった。トラックをどけるのにどれくらいかかる、中尉？」と、リーツはロジャーのまえに身を乗りだしてたずねた。その声の調子になにかはっとさせるものがあったらしく、中尉は急いで一歩さがると、無理にしらふを装《よそお》ってしゃべりはじめた。「ニュールンベルクの配車センターから整備車がこちらにむかっているところです、サー」

「くそっ」と、リーツはうんざりしていった。

ジープから降り、中尉を押しのけてトラックのほうにむかう。トラックは完全に動きがとれない状態になっていた。後部タイヤの二重車軸が道路から滑り落ちて暗渠《あんきょ》にはまりこみ、ひっかかっている。運転手は無事に脱出していた。それだけでなく、わざわざ巨大な平台をあげていたので、途中で止まってしまった跳ね橋のように台が空中に突きだして、道路を完全に塞《ふさ》いでいた。大型のレッカー車かクレーンを持ってこないと、とても動かせそうになかった。

前方で大きな声が飛び交っていた。リーツは照明弾のどぎついピンク色の光の輪のなかに目を転じた。ふたりの男がむかいあっていた。いまにもおたがいにパンチをくり出しそうな勢いだった。

「おい、どうした?」と、リーツは大声でいった。

「このアホがトラックを道のど真ん中に止めてどかそうとしないんで、俺がこいつをどかしてやるんだ」と、片方の男がいった。

「やれるもんならやってみろ、へなちょこ野郎」と、もうひとりがいった。

「よすんだ」と、リーツは命令した。

「ファック・ヒムには女がいる」と、最初の男がいった。「ぜったいありついてやるぞ」

「わかった」と、リーツはいった。

「このクソ野郎と仲間どもは――」

「やめろといってるんだ！」と、リーツは怒鳴った。

「大尉」と、ロジャーがいった。

「口をだすな、ロジャー。それでなくても――」

「大尉、連中にこちらのジープをつかわせてやりましょう。かわりに、われわれが彼らの車に乗っていく。八方まるくおさまります」

「車種はなんだ？」と、リーツはたずねた。

「将校用のフォードさ」と、男がむっつりといった。「こっちはタプロウ将軍の運転手をしてるんだ。だが、その車になにかあったら、えらいことになる」

「ファック・ヒムにいけば、これまで見たことがないくらいたくさんのプッシーにお目にかかれるぞ」と、ロジャーがいった。「ドイツ女のなかにはオッパイ丸出しで歩きまわってるのもいた」

「ああ、くそ」と、男が弱々しくいった。

「ハリー、俺たち面倒なことになるぞ」

「オッパイ丸出しか？」

「例のペースト状のものを塗りたくってるのもいた」

「ちくしょう、見逃せねえな」

「ハリー」

「なあ、車は大切にあつかってくれよ、いいか？」

「ニュールンベルクの空港は知ってるな？　グロースロイトの飛行場だ」

「もちろん」

「車はそこにとめておく。きちんとロックして」

「いいだろう」と、男はいった。「これで決まりだ」そのとき、ふと我に返った。「あー、あなたが将校だとは気づきませんでした、その、サー」

「いいさ。今夜は無礼講だ。規則といったら、それだけだ」

「わかりました、サー」

「少佐と荷物を頼む」と、リーツはロジャーにいった。ロジャーはすでに駆けだしていた。

ふたつのグループの男たちが、弱まりつつある照明弾の光のなかで一列になってすれちがった。酔っぱらったアメリカ兵のひとりがふと顔をあげて、反対側からくる三人の男たちの顔を見た。三人とも真剣で、すこしばかり厳めしく、不機嫌そうな表情を浮かべており、自動火器を手にしていた。「驚いたな」と、アメリカ兵がいった。「まだどこかで戦争をやってるのかい？」だが、返事はかえってこなかった。

リーツは将校用のフォードに乗りこむと、いやいや腕時計に目をやった。見たくなかったが、今夜はやりたくなくてもやらなければならないことが、ほかにもたくさんあった。そのなかでは、腕時計を見るのはいちばん簡単なことだった。

まもなく十時になろうとしていた。

まもなく十一時になろうとしていた。長いこと冷えこんだ岩場で待機していたので、レップは身体がこわばっているのを感じた。待つあいだ、彼はその並はずれた自制心で、心を無にしていた。不愉快な考え、疑念、後悔を頭から追い払い、心をひとつの大きな冷たく死に絶えた空間にしてから、その虚無のなかで心を浄化していた。この忘我の境で自分になにが起きているのかは、よくわからなかった。他人に打ち明けたこともなかった。とにかく、こうすると自分にとっていい影響があるらしいのだけは、わかっていた。こうした氷のような不気味な冷静さが、最高の射撃を生みだすもととなっているのだ。レップはそのことをロシアで学んでいた。

だが、そろそろ腰をあげて準備にとりかかる時間だった。レップは体操をはじめた。お決まりの準備運動だ。まず腹這《はらば》いになって首のうしろで手を組み、肘《ひじ》を横に突きだす。それから、ゆっくりと上半身を地面から持ちあげ、背筋をつかって顎《あご》を高く突きあげた。反り返った身体が揺れ、筋肉の緊張が高まるにつれて痛みが増していった。力を抜いて、楽にする。上げて、維持して、力を抜く。それを十回ずつ、三セットおこなった。つぎは、肩と胸の運動だった。これはむずかしかった。よくある腕立て伏せはやりたくなかった。手のひらに体重をかけて、微妙な感覚を損ないたくなかったのだ。そこで、レップは肘立て伏せを考案していた。肘を地面について目のまえでこぶしを作り、そのこぶしを押し下げて、肘を支点として身体を持ちあげるのだ。なかなかきつい運動で、すぐに肩と胸と上半身のまわりの筋肉が悲鳴をあげはじめた。だが、レップは我慢してそれをつづけた。全身から汗が吹きだし、熱気が上着の襟もとから洩《も》れてきた。

つぎに、あおむけに寝転がって、腕を上に突きだした。両腕をからめて時計回りの方向にねじってから、逆方向でおなじようにする。筋と筋肉に覆われた骨がこれ以上一ミリも動かないところまで、力一杯のばした。前腕がうずきはじめた。血が流れこんできて、血管をふくらませているのだ。これが自分のためだとわかっていたので、レップは痛みをこらえた。両手をすばやく開閉させてから、熱くなって震えてくるまで指を鉤爪《かぎづめ》のようにひろげた。

それが終わってから、ようやくレップは静かに横たわった。全身が温まって、リラックスしていた。しばらくすると力がもどってきて、動悸《どうき》がおさまるころには完璧《かんぺき》に落ちついているはずだった。樅《もみ》の枝のあいだから、夜空に冷たく輝く星を眺める。闇《やみ》をじっとのぞきこんだが、闇ははかり知れない謎《なぞ》を秘めたまま、どこまでもつづいていた。レップは森の音に耳を澄ませた。針葉樹のあいだを吹き抜け、かさかさと葉を揺らしていく風のざわめき。その瞬間、レップは特別なものを感じた。自分が夜の一部に、夜の力の一部になったような気がした。パワーがこみあげてきて、全身に自信がみなぎるのを感じた。いまや、なにものも彼を止めることはできなかった。これからの数分間を頭に思い描く。照準器をとおして見る建物は、冷たくのっぺりしていることだろう。それから、いきなりなにかが襲いかかってくるような感じで、一瞬、視界がぼやける。扉があいて、夜の冷気のなかに熱が放散されるせいだ。無数の粒子が渦を巻きながら広がっていく。虹色にきらめき、揺らめいている人影が、単細胞のように目のまえを横切っていく。まさに、黴菌(ばいきん)、バクテリア、生物学上の一個体だ。おなじものが、つぎつぎと転がりだしてくる。ヴァムピーアによって緑色のインクの染みのように見えている塊が、遠くのほうで動きまわり、群がり、震える。レップはそれを数えていく……三つ、四つ、五つ……親指で突撃銃の安全装置を外して、標的に狙(ねら)いをつける……十三、十四、十五……ヴァムピーアの照準は黒い十字線で、それを先頭の人影にあわせる……二十四、二十五、二十六……。

　そこで引き金をひく。

　飛行機の音がイメージをかき消した。レップは腹這いになると、ライフルのある岩まで這っていった。落ちついていて、迷いがなかった。自分のなかにある意志の力が感じられた。まだライフルをかまえるにははやすぎた。いまからかまえていると、ずいぶん長いこと射撃の姿勢をとりつづけなくてはならない。

飛行機の音が小さくなっていった。

腕時計にちらりと目をやる。

もうすぐ真夜中だった。

時間はたっぷりある。

もうすぐ真夜中だった。飛びたってから一時間ちかくがたっていた。ロジャーの人生でいまより不幸なときはあったかもしれないが、それがいつかは思いだせなかった。まず第一に、彼は怯《おび》えていた。こんなに恐怖を感じるのは、はじめてだった。これまで戦闘の場に落下傘降下したことがなかったからである。あまりにもこわくて、息をするのさえ苦痛だった。

恐怖のつぎに感じているのは、恨みだった。実際、それは恐怖を増幅させ、いっそう鋭いものにしていた。ロジャーはひどく苦々しい思いを噛《か》みしめていた。戦争は終わったんだ！　その事実にはつづきがあった。それなのに、自分は戦闘にむかおうとしている！

彼の不幸のリストをたどっていくと、つぎにくるのは居心地の悪さだった。ロジャーは時速約四百八マイルで飛行中のモスキートの機内でうずくまっていた。スピードと機動性に優れたこの爆撃機――エンジンを二基搭載――は三人乗りで、パイロットとアウスウェイスがてっぺんのドーム型コックピットを占め、リーツが透明なアクリル樹脂でできた機首の円錐部分にいるいま、彼は四番目の男として機首とコックピットを結ぶ通路に固定された小さな役立たずの椅子《いす》——いかにもイギリスらしいがらくただ——に黒人の靴磨きの少年よろしくしゃがみこむしかなかった。しかも、彼はパラシュートと十一ポンドもあるギャングご愛用のトンプソン短機関銃という重装備で固めていたため、ただでさえ狭い場所が耐えられないくらい窮屈に感じられた。最悪なのはハッチだった。もうすぐそこから飛びだしていくことになっているハッチはきちんと閉まらないらしく、わずか一フィート先でがたがた揺れながら冷たい空気を機内に送りこんでいた。だが、このおんぼろ飛行機でがたがた揺れていないものなどあるだろうか？ モスキートはほんとうに木で作られていた。ライト兄弟のデイトン・フライアーやスパッドとおなじように、ベニヤ板と糊《のり》とキャンバスで組み立てられていた。寒さの点でも、それらの飛行機と変わりないだろう。おまけにガソリンの匂《にお》いがしたし、快速哨戒《しょうかい》魚雷艇を動かせるくらいでっかいエンジン——ロールスロイスの一六八〇——が機体のすぐそばの両翼にぶらさがっており、そのすさまじい震動でロジャーは肝の冷える思いをしていた。頭痛がしたが、アスピリンはなかった。すこし気分が悪かった。ちょっとまえに六フィートしか離れていない通路の先にいるリーツのほうに目をやり、リーツの丸まった肩のむこうに白いものを発見していた。白いもの？ 雪に決まってるだろうが、間抜け。そのとき、機体がかたむき、降下するのが感じられた。一瞬、胃が浮きあがる。そして、ロジャーは自分たちがいま、アルプスにいることを悟ったのだった。アルプスのあいだを飛んでいるのだ。

突然、アウスウェイスが頭上にあらわれて、そばに降りてきた。ドームのなかの高座からお出ましになったのだ。邪魔なものでもどけるような感じでロジャーを乱暴に小突き、ハッチにちかづいていってあける。冷たい夜気が吹きこんできて、ロジャーのコートの下にもぐりこんだ。鳥肌が立ち、ロジャーは震えはじめた。

いったいなにがはじまるんだ？

ロジャーのいる最下等席にはインターコムの差込口さえなかった。三人のお偉いさんたちが道中ずっと楽しくおしゃべりしているあいだ、彼はひとり機体の奥深くのなにも見えない暗い通路にすわらされて、わけもわからず取り残されていたのだ。ハッチをあけたアウスウェイスが装備のチェックをしていた。きっと目的地を見つけたにちがいない。ロジャーはリーツがそばにいるのを感じた。通路を這ってきたのだ。リーツが激しい身ぶりでなにかを伝えようとしていた。ちょっと興奮しすぎのように見えた。ロジャーはというと、恐怖と嫌悪《けんお》と寒さでなにも感じなかった。ただだるいだけだった。

リーツがアウスウェイスのイヤホンをロジャーの耳に押しこみ、自分の口もとのマイクにむかってしゃべった。

「ロジャー、着いたぞ。もう一度もどって、目的地の西にある野原に降ろしてもらうことになっている。アウスウェイスが最初で、つぎがわたし、最後にきみだ。着地したら、壁のむこうに四階建ての凝った装飾の建物が——」

「めんどりからひなどりへ。めんどりからひなどりへ。あと三十秒で降下だ」と、パイロットがリーツの声にかぶさるようにいった。落ちついてしっかりした若い声だった。

「やつはむかいの山から中庭を狙って撃つつもりだろう。われわれはちょうどその反対側からちかづいていく。肝心なのは、子供たちが中庭に姿をあらわすまえに着くことだ。わかったな？」

ロジャーは弱々しくうなずいた。

「高度六百フィートで飛びだす。パラシュートの開き綱をひくのを忘れるなよ。これは自動索じゃないからな」

ロジャーは自分がまだ一度も開き綱をひいた経験がないことに気づいて、ぞっとした。たしかに落下傘降下の資格は持っていたが、パニックを起こしても代わりに綱をひいてくれる自動索がいつもついていたのだ。身体がこわばって動かなくなったら、どうする？

「あと十秒だ、ひなどり」

アウスウェイスがロジャーたちのほうを見た。顔はペイントで塗りたくられ、ウールの突撃隊員用防寒帽が耳までかぶさっていた。両手の親指を立ててみせる。いかにも第二次世界大戦といった感じの仕草だった。だが、第二次世界大戦は終わったのだ。

「いけ、ひなどり、飛ぶんだ！」

アウスウェイスがまえに飛びだした。リーツがそれにつづく。

ロジャーは腕時計にちらりと目をやった。まだ真夜中まえだった。一瞬、このまま腰をおろして、パイロットといっしょにニュールンベルクに帰ることもできる、という考えが頭をよぎった。だが、この甘美な代案を考えているあいだにも、彼の脚は勝手に英雄願望にとらわれたらしく、ロジャーを爆撃機の床にあいた穴のほうへと連れていった。

ロジャーは静寂のなかに落ちていった。

射撃の時間だった。

レップは落ちつき払っていた。いまみたいに自分とライフルだけという段階までくると、いつでもそうだった。森の香りのなかで、なじみ深いオイル臭がかすかに鼻をついた。安心感をおぼえる匂いだった。呼吸は安定していて、穏やかな音楽のようになめらかだった。滞りなく体内に酸素を送りこんでいる。活力に満ちあふれ、集中しているのを感じた。嬉《うれ》しさのあまり、神経がぴりぴりしていた。これでようやく待たずにすむようになる。

レップは腹這いになって肘をついた。腰を岩に押しあて、バランスをとるために脚をひらく。それから、ライフルを自分のほうに引き寄せた。肩に銃床をあて、手のひらでグリップを包みこむ。骨のように冷たい金属とプラスチックの塊は、彼の手のなかですぐに温もりをおびた。

二脚架にのったライフルを前後左右に動かし、自分の指示にすばやく反応するのを確かめた。まるで生きているかのようだった。従順なペットだ。レップは武器に対して特別な感情を抱いていた。彼の手にかかると、武器は生き生きと魔法にかかったようになった。反対の手をのばして、ヴァムピーアのレンズにかかっている覆《おお》いを取り外す。補助バッテリーのスイッチをいれ、人差し指で湾曲した引き金を探りあててから、指を離した。

レップはゆっくりとボルトを押した。ボルトはぎくしゃくとオイルの上をすべりながら、かすかに抵抗した。やがて、かちっと音がしたところで手を離し、ボルトがおさまるべきところにおさまるにまかせた。これで、亜音速の弾薬の一発目が弾倉から薬室へと送りこまれると同時に、銃尾のダスト・カバーがひらかれたことになった。システム全体がレップの意のままに動いていた——ガス・ピストン、オペレーティング・ロッドとオペレーティング・ハンドル、ボルト・カミング、ロッキング・ユニット。銃のなかでさまざまな部品が動き、調整しあっていた。そして、レップは部品が動き、はまり、固定されるのを見て、大いなる喜びをおぼえた。射撃の切り換えスイッチを確認する。セミ・オートマチックになっていた。レップは安全装置を外した。

親切な風がアウスウェイスをどんどん運んでいった。それに較《くら》べて、リーツのほうは自分が糖蜜《とうみつ》のなかを降りているような気がしていた。アウスウェイスの白い傘はすでに百フィート下を降下中で、三百フィート横手のほうで風に揺れていた。リーツに見えるのは、それだけだった。モスキートのエンジン音は、すでに過去のものとなっていた。重苦しい静寂のなかを落ちていく。地面まであと一分ほどのところで、アウスウェイスが着地してパラシュートがしぼむのが見えた。

リーツは、着地と同時に痛みに包みこまれた。衝撃で目の奥に閃光《せんこう》が走り、脚がうずきはじめた。脚をかばおうとして倒れこんだのがまちがいだった。それで尻《しり》と肩をしたたか地面に打ちつけ、しばらくはわけがわからないままそこに横たわっていた。アウスウェイスのパラシュートが自由気ままに野原をひらひらと横切っていくのが見えた。どうにか立ちあがる。脚は死ぬほど痛んだものの、大丈夫そうだった。ハーネスの索留めを外すと、締めつけがなくなった。ハーネスを脱ぎ捨てる。

すぐそばで地面に身体がぶつかるどさっという音がして、「くそっ！」という声があがった。目をやると、ロジャーがからまりつくパラシュートと格闘しながら立ちあがろうとしていた。

リーツはトンプソン短機関銃を肩からおろした。自分がいま谷間の牧草地にいるのがわかった。足首ほどの高さの草に覆われたなだらかな丘がつづいている。四分の一マイルほど先に、建物とそれを取り囲む壁が見えたような気がした。

「こっちだ」と、リーツはまだまごついているロジャーにむかって小声でいうと、痛みをおぼえながらゆっくりと走りはじめた。

アウスウェイスの姿はどこにもなかった。

アウスウェイスは走った。目的の場所にどんどんちかづいているような気がした。いくらか痛みを感じていたが、大したことはなかった。銃がどうなったのかは、わからなかった。着地したときになくしてしまったのだ。建物はまだかなり先にあるようだった。

ひたすら走りつづける。自分のなかにいる別の人間が苦しそうにあえいでいた。咳《せ》きこむか立ちどまるかしたかった。かけっこだ。ある種の紳士はなりふりかまわず野原を駆けたりしないということを、やつらは知らないのだろうか？　吐きそうになるまで、自分の汗で肌が燃えそうになるまで走ったりしないということを。紳士は汗をかかないものなのだ。ブーツがどうしようもなく重たく感じられた。草が足の動きをにぶらせた。頭のなかは完全に空っぽになっていた。

レップは照準器のスイッチを入れた。ついに最終段階まできた。空いているほうの手でレシーバーのすぐうしろの銃床をつかみ、射撃のときにつかう目を照準器のやわらかいゴム製ののぞき穴にあてる。

ヴァムピーアをとおして見る世界は緑色で、静寂につつまれていた。

レップはいくらでも待てそうな気がした。人助けをしているような気分になっていた。自分が歴史の一部でなく、歴史そのものになったように感じられた。夜の闇のなかから手をのばして現在を未来に変えていく、荒々しい力だ。それだけ見れば野蛮な行為かもしれないが、もっと長い目で見れば、これは〝善〟であり、〝正義〟であり、〝公正〟だった。

扉があいて、光の染みが照準器のなかを横切った。無数の渦巻く分子がこぼれ出してくる。

運命との約束に時間どおりあらわれたな。

人間とはわからないくらいぼやけた形の光の塊が、ちらつきながらあらわれた。またひとつ。

レップは照準器の十字線でその姿を追った。ほかの塊がぞろぞろとあとから出てきた。

「よし、よし、みんないい子だ。パパのところへおいで」と、レップはつぶやきはじめた。

リーツは疲れて死にそうだった。彼はランナーではなかった。草の上に倒れこみ、冷たい空気を思いきり吸いこみたかった。ロジャーが肩をならべて走っていた。あのくだらないテニスで脚を鍛えているおかげで、あとからでも追いついてきたのだ。リーツは抜かれまいと頑張った。まえの門のところにいるのはアウスウェイスではないのか？

門！

リーツは胸がむかついて、泣きそうになった。

どうやって門を突破すればいいんだ？

アウスウェイスは壁にしつらえられた門を叩《たた》いた。びくともしなかった。
十九、これで二十。
レップの指は引き金にかかっていた。力をいれて、あそびをなくしていく。
二十一、二十二。
リーツは門にたどり着こうと努力した。間にあわないだろう。つぎの数秒間に起きるであろう恐ろしい出来事が脳裏をよぎる。「トニー！」と、誰かが叫んだ。自分だった。

スコットランドでおこなわれた特殊作戦局の訓練のはじめのころに、昔のインベレイラー・ハウスのトリックを教わったことがあった。講師をつとめた男は香港の警察で警部をしていたことがあり、その手のトリックをすべて知っていた。そして、これもそのうちのひとつだった。

「もしもドアに鍵《かぎ》が掛かっていて、なかに急いで入りたいとする。そうだな、たとえばドイツ兵に追われていたりして。そしたら、ハリウッドの西部劇に出てくる連中みたいにリボルバーを取り出して撃つんだ――ただし、狙うのは錠前じゃない。映画はそこんところをまちがってる。それじゃ、跳ね返ってきた弾が自分の腹に命中するだけだ。そうではなく、角度をつけて木の部分に撃ちこむんだ。いまいましい錠前のうしろを狙って。そのでかい四五五口径なら、最高のレンチになってくれる」

紆《う》余《よ》曲折の五年間をへて、ちょうど必要なときにそれが蘇《よみがえ》ってくるとは、なんともおかしなものだった。

アウスウェイスは慎重にウェブリーの狙いをつけ、古い真鍮《しんちゅう》製の錠前の板から二インチ離れたところから斜めに撃った。白くまばゆい火花が散った。

二十五。あとすこしでも引き金に力をこめれば弾が飛びだすところまできていた。だが、あれはなんだ？

「子供たち《キンダア》」と、アウスウェイスは完璧なドイツ語で怒鳴った。「悪いやつは暗闇のなかでも見える。悪いやつは暗闇のなかでも見えるんだ」

白い顔が夜の闇のなかにくっきりと浮かびあがって見えた。そして、逃げだしていく子供たちの白い目も。幻影のようだった。あわてふためいて舗床を逃げまどう足音がする。悲鳴や甲高い叫び声も聞こえた。子供たちにとっては、彼こそが闇のなかでも見える悪いやつにちがいなかった。なにせ、顔を黒く塗り、大きな拳銃《けんじゅう》を片手に持ち、息せき切って庭を駆けてきたのだから。皮肉なものだ。

子供たちはあっという間に姿を消した。逃げるときに彼の脚をかすめていく子が何人かいたが、それもすぐにいなくなった。小動物のようにすばやく動いて、もはやひとりも見あたらなかった。

大人の女性の泣く声がした。怯えている。彼女にはわかっていないのだ。

われわれは善人なんですよ、マダム。そう説明したかった。

そのとき、リーツが叫ぶのが聞こえた。いったいなんの用だ？

レップは撃った。

リーツは門にたどり着いた。子供たちが悲鳴をあげ、駆けまわる音がしていた。闇のなかを暴走しているように見える人影に目を凝らす。誰かが泣いていた。恐怖のあまり抑えのきかなくなった甲高い声で、女性が叫んでいた。「ビッテ、ビッテ」お願い、お願い。

「どこかへいって、神さま、お願いです、どこかへいって」

アウスウェイスの頭はほとんど吹き飛ばされていた。中庭の中央に倒れていて、まわりの舗床に黒い血の海が広がりつつあった。

そのとき、ふたたびレップが彼を撃った。

第三部　最終解決《エンデレーズング》

一九四五年五月八日、夜明け

30

夜明けちかくになって、リーツはようやく正気をとりもどした。アウスウェイスがレップに撃たれてからしばらくは、ほんとうに気が狂ったみたいに山にむかって叫んでいた。弾倉をひとつ撃ちつくしたほどだった。あてもなく発射された曳光弾《えいこうだん》は、闇《やみ》に包まれた山の斜面に消えていった。リーツは両膝《りょうひざ》のうしろをロジャーに肩でタックルされ、悲鳴をあげて倒れた。ロジャーは開いた門のアーチの下でリーツを地面に押さえつけると、あらんかぎりの力で壁のかげにひきずりもどした。

「まったく」と、ロジャーが怒りにかられて叫んだ。「自殺するつもりですか？」

リーツはむっつりとロジャーを見た。その虹彩《こうさい》には、オオカミ男のような狂気の光、常軌を逸した確信の光が宿っていた。それに気づいたロジャーは、乱暴に手をふりほどいて銃に手をのばそうとするリーツの動きを読んでいた。テニスで鍛えた樫《かし》の枝くらい太い右の前腕で、リーツの首を思いきり殴る。リーツはびっくりして、あがくのをやめた。

「あそこに出ていけば、死ぬだけです」と、ロジャーはひどく立腹して怒鳴った。

つぎに、リーツは死体を回収すべきだと主張した。

「あのままあそこに残しておくわけにはいかない。アウスウェイスをあそこに放っておくわけにはは」

「ご冗談でしょう」と、ロジャーはいった。「彼は気にしやしません。わたしも、あの子供たちも、レップも気にしていない。いいですか、あなたは休暇かなにかが必要です。わからないんですか？　あなたは勝ったんだ！」

そう、リーツにはわからなかった。中庭のむこうに横たわるアウスウェイスを見る。何百という血の筋が、中庭の石の割れ目や隙間《すきま》に入りこんでいた。頭と顔は砕かれ、片方の目が飛びだし、ガスで膨らんだ内臓が地面にこぼれだしていた。レップは彼らしくもない激怒に駆られ、弾倉の弾をすべてアウスウェイスに撃ちこんでいた。それから、今度は狙《ねら》いを無生物にむけ、ヴァムピーアの薄気味悪い能力を見せつけるかのように、子供たちが逃げこんだ扉をずたずたにした。順番に窓を撃ち抜き、教会の壁龕《へきがん》にある漆喰《しっくい》の聖像をオートマチックでいっきに掃射した。最後に思いつきで、ふたつのドーム型の尖塔《せんとう》についている十字架を撃ち落とした。そうとう頭にきてるな、とロジャーは思った。

それから数時間がたち、冷えびえとした夜明けが東の地平線から顔をのぞかせようとしていた。リーツはじっと動かなかった。ついにあきらめたのだろう。ロジャーのほうは、銃火のもとで発揮された自分の冷静さに、いたく満足していた。友だちのアーネスト・ヘミングウェイも感心してくれるだろう。大尉《たいい》の命まで救ったのだ。自分の指揮官を救った。勲章かなにかもらえるんじゃないのか？　大尉にはどれくらいの価値があるのだろう？　銀星章か？　すくなくとも青銅星章の価値はあるはずだ。そう、青銅星章はまちがいない。

ロジャーがどの勲章をもらえるか——実際には、どの勲章を要求するか——を考えていると、リーツが落ちつきはらった口調でいった。「オーケイ、ロジャー。やつをしとめるとしよう」

レップは失敗を受けいれて生きていくことを学ばなくてはならなかった。これもまた意思と誓いに対する試練のひとつだ。そして、それをなし遂げるには、過去を容赦なく切り捨てるしかなかった。すべてを忘れるのだ。どうして失敗したかを考えるのは、あきらかに逆効果だった。

レップはこうしたことを、射撃を終えて夜の闇のなかで長いこと待ちながら、自分に説いて聞かせた。だが、苦々しさは拭《ぬぐ》いきれなかった。あと一歩だったのに。

「ひとり始末したのはわかっていた。問題は、あと何人残っているか、だ。それに、彼らは追ってくるのか？　ほかにも気になる問題がいくつかあった。彼らは何者なのか？　いまのうちに逃げだすべきか？

最後の点については、すでに否《いな》という答えが出ていた。現在のレップにとって有利な点のひとつは、ヴァムピーアにあった。そのパワーは尽きていたが、相手はそのことを知らなかった。彼らにわかっているのは、レップが暗闇のなかでも標的を撃つことができ、自分たちにはできない、ということだけだ。その有利な点を生かさずに暗闇のなかを逃げだすのは、馬鹿《ばか》げていた。急な斜面をのぼって、よく知らない森のなかを進まなくてはならないのだ。足もとをあやまれば大変なことになるし、下手をすると命取りにもなりかねなかった。

もちろん、暗闇のなかでは彼らは追ってこないだろう。たとえやってくるとしても、夜が明けて、こちらの姿を見られるようになってからだ。自分たちに勝ち目が出てきてからだ。

そう、やってくるとすれば。

彼らはくるだろうか？　本当の問題はそれだった。結局のところ、彼らは勝ったのだ。レップを阻止し、ユダヤのガキと金を救い、ひいてはユダヤ人全体を救った（ユダヤ人がまだ残っていればの話だが）。分別のあるプロならば、まずこないだろう。勝利をおさめたことで満足し、不必要な危険をおかそうとはしないはずだ。レップが彼らの立場にいれば、おなじ結論に達するだろう。世界でもっとも洗練された武器を持ち、どこかに姿を隠している狙撃兵《そげきへい》を追いかけて不案内な山のなかに入っていく？　馬鹿げている。愚かだ。頭がおかしい。非現実的だ。

そのとき、レップは彼らが追ってくるのがわかった。

レップは闇のなかで笑みを浮かべた。わくわくしていた。敵の心のなかをさぐりつくした彼は、すべてが終わり、親衛隊という人種がこの世から姿を消そうとしているいま、自分がどれほどこのアメリカ人を殺したがっているかを悟っていた。

ロジャーは二度まばたきした。口のなかがからからに乾いていた。

「ちょっと待ってください」という。

「これ以上のチャンスはない。できる。わたしが保証する」

「返金保証付きですか？」ロジャーはそれくらいしかいうことを思いつけなかった。

「返金保証付きだ」と、リーツは真面目《まじめ》くさっていった。

「か、か、彼はとっくのむかしにいなくなってますよ」くそっ、どもるんじゃない。

「いや。レップはそんな真似《まね》はしない。夜のあいだは自分が王様だと思っているはずだ」

「ぼくは英雄じゃありません」と、ロジャーは告白した。全身におののきが走った。

「英雄なんて、どこにいる？」と、リーツは訊《き》きかえした。「よく聞くんだ、いいな？」

ロジャーは黙っていた。

「やつは闇のなかでも見える、そうだな？」

「そう、やつにとっては、いまは昼間とおなじです」

「いや。ちがう。アイヒマンの話では、彼らはこのヴァムピーアという仕掛けを軽くする方法を考案しようとしていた。レップが持ち運べるように」

「ええ」

「そのために、太陽光線を利用した装置が考案された。動力の一部を太陽から得ようというわけだ」

「そうです」

「いまここに太陽が見えてるか？」

「いいえ」

「そいつはもう動力がないんだ。燃料切れ。空っぽだ。やつにはなにも見えていないのさ」

ああ、ちくしょう、とロジャーは思った。「それじゃ、ふたりして山のなかに入っていき——」

「ちがう」闇につつまれていたものの、ロジャーにはリーツがそばにいるのがわかった。熱気が伝わってきた。「きみが入っていくんだ」

レップにはなにも見えなかった。静まりかえった闇のなかでひとりでじっとしているのはかなりきつく、彼ほど優秀な男でなければ、逃げだすという誘惑に勝てなかったかもしれなかった。

レップの頭脳は直面している問題の複雑さに刺激されて、めまぐるしく回転していた。ヴァムピーアをどうするかというのは、大いなる悩みの種だった。エネルギーが切れたいま、それは重さ四十キロの無用の長物となっていた。射撃戦では、すべてがめまぐるしく展開する。すばやく動いて、引き金をひかなくてはならない。装置をとりはずすべきだろうか？

一方で、この装置はこの世にふたつとない代物《しろもの》だった。ある陣営にとっては大変な価値を持つかもしれなかった——もしかすると、アメリカ人にとってさえ。それにこれは、より確かな未来を約束してくれる可能性があった。

これから数時間のうちに追いつ追われつの銃撃戦がはじまるとするならば、レップが山じゅうを移動することも考えられた。ヴァムピーアをはずして隠した場合、二度と見つけられない恐れがあった。あるいは、撃たれて負傷し、もどってこれない恐れも。

あとはレップの自信にかかっていた。

レップはヴァムピーアをはずさないことに決めた。

「そうじゃない、ロジャー」と、リーツはくり返した。「きみだ。きみが山のなかに入っていくんだ」

「ぼくは、え――」

「計画は、こうだ。やつはこちらが何人いるのか知らない。だが、いちばん重要なのは、ヴァムピーアのエネルギーが切れているのをこちらが知っていることを、やつが知らないということだ。そこで、やつはこう考えるだろう。もしも敵が追ってくるとしても、夜が明けてからだ、と。そこで、二段階の作戦を考えた。第一段階では、きみがまずどんどん山をのぼっていく。夜明けまで、あと一時間ちかくある。そのあいだに、峡谷を避けながら、静かにのぼっていくんだ。変わったことはなにもしない。ただのぼっていくだけだ。十一号基地でおこなわれたテストの射程距離は四百メートルだった。したがって、こちらのトンプソン短機関銃の射程距離を考えると、最低でも二百メートルから二百五十メートルは斜面をのぼらなくてはならないことになる。わかるな？」

ロジャーは言葉が出てこなかった。

「第二段階では、午前七時半きっかりにわたしが姿を見せる。なにもない平らなところに」

一瞬、ロジャーは自分のことを考えるのを忘れた。

「あなたは死んだも同然だ」と、ロジャーはいった。「その場でいちころですよ。一歩踏みだしたとたん、やつに穴をあけられるでしょう」

「それを利用して、きみがやつを殺すんだ、ロジャー。きみはすぐそばにいるから、例の亜音速の弾が発射されたら、その位置を確認できる。きみがそこにいることを、やつは知らない。ここからが、この作戦のキーポイントだ。きみは待つ。ひたすら待つんだ！　じっとしているかぎり、きみは安全だ。動いたら、やられる。この手の連中は耐え忍んで仕事をするんだ。やつは撃ってから最低でも半時間、もしかすると一時間はじっとしてるだろう。つらいだろうが、ひたすら待て。そのうちに、やつは立ちあがる。ぎょっとするくらいちかくにいるかもしれない。やつはおそらく例の迷彩服を着てるだろう。茶色と緑色の斑点《はんてん》のついたやつだ。やつがあらわれたら、低めを狙って、銃身が持ちあがるのにさからわずに弾を撃ちこめ。弾薬が詰まったりしないように、五、六連発ずつ撃つようにしろ。やつが倒れても、そのまま撃ちつづけろ。最初の弾倉を撃ちつくしたら、別のを入れて、もう何発か撃ちこめ。手を抜くな。忘れずに何発か頭に撃ちこんでくれ。そこいらじゅうに中身をぶちまけてやるんだ」

ロジャーは小さな声をあげた。

リーツはロジャーの武器を手にとり、しらべていた。「トンプソン短機関銃を撃ったことはあるな？　オーケイ、ここにあるのは三十発入りの弾倉だ。フル・オートマチックにセットしておいたが、薬室には一発も入っていない。こいつは軍隊モデルのM－1だ。ボルトはギャング映画で見るやつとちがって、上ではなく横についてる。そいつをうしろにひくだけでロックされる。もう一度まえにやる必要はない。オープン・ボルトで発射するんだ」

リーツは銃をロジャーに返した。

「忘れるな。彼があらわれるのを待つんだ。そこがいちばん肝心な点だ。それから、やつの撃つ弾は、ふつうの弾とはちがう音を立てるだろう。それほど大きくなくて、もっと鈍い音だ。だが、音はするはずだ。そのあとで、待つんだ。ちくしょう、何度でもいってやるぞ。待て！　必要とあらば、一日中でも待て。わかったな？」

ロジャーは口をぽかんとあけてリーツを見つめていた。

「きみの出番だ、ロジャー。マッチ・ポイントがちかづいてるぞ」

俺にあの山のなかに入っていけだって？　ロジャーは恐怖のなかで考えた。この壁から山までは、かぎりなく遠く思われた。

「忘れるな、ロジャー。七時半に作戦開始だぞ」

リーツはロジャーの肩を叩くと、耳もとでささやいた。「さあ、いけ！」そして、若者を送りだした。

しだいに明るくなって、眼下のぼやけた灰色の世界から魔法のように修道院が姿をあらわした。修道院は静まりかえっていた、中庭に死体があるだけで、ほかに人影はなかった。

レップはマガジン・リリースのキャッチを押して、半分空になった弾倉を出した。弾薬入れに手を入れて弾薬の詰まった弾倉をとりだし、それをマガジン・ハウジングにはめこむ。

ライフルの撃鉄をひいて、その上に身をのりだし、木のあいだから斜面を見おろした。あたりは確実に明るさを増しつつあった。小鳥がさえずりはじめていた。森の匂《にお》いがした。冷たくて、湿っていた。

夜が終わろうとしていた。

敵がいるとしたら、もうすぐやってくるだろう。

レップは忍耐強く、冷静に待ちつづけた。

もうすぐ自分の出番だった。

リーツは修道院の壁のかげにしゃがみこみ、せわしい息づかいで、ここにとどまっているべき理由をあらたに考えだそうとしていた。かなり明るくなっていた。腕時計の秒針が容赦なく進みつづけて、長針と短針をまえに押しやっていった。ロジャーはすでに自分の務めをはたしていたが、いまはロジャーのことを考える余裕はなかった。頭にあるのは、木立に到達するまでに横切らなくてはならない百ヤードのことだけだった。足の速い男なら十二秒でいきつけるだろう。だが、リーツの足は速くなかった。すくなくとも十五秒はかかるはずだ。ワン・ミシシッピー、ツー・ミシシッピー、スリー・ミシシッピー……永遠に遮蔽物《しゃへいぶつ》なしでいることになる。フィフティーン・ミシシッピーなんて、永遠と変わらない。ミシシッピーと六度目か七度目につぶやいたところで、やられるにちがいない。

上着を脱いでシャツの袖《そで》をまくっていたが、それでもまだ暑かった。ブーツの紐《ひも》とストラップは確認してあった。ほどけてはいない。帽子は脇《わき》に投げ捨て、襟からは線章をもぎとっていた。ほかにやることは、あまり残っていなかった。

ふたたび腕時計に目をやる。時間がどんどんすぎていくような気がした。時が腕時計から草の上へとこぼれ落ちていく。もうすぐ起きるであろうことを、気楽に考えようとした。だが、かわりに胃の中身が喉《のど》の奥までこみあげてきているのがわかった。呼吸するのが苦しかったし、脚は冷たく、こわばっていた。口のなかはからからだった。あたりに一瞥《いちべつ》をくれる。気持ちのいい一日がはじまろうとしていた。弱々しい太陽が山の端から顔をのぞかせ、空は晴れ渡っていた。白くてふわふわした雲が、いくつか浮いていた。気をつけないと、一九五七年まで自然観察をつづけてしまいそうだった。ちくしょう、喉が渇いた。

ふたたび腕時計に目をやる。悪いニュースが待っていた。もうすぐ時間だった。あと数秒だ。

しゃがみこんだ姿勢になり、これで何度目になるかわからないが、トンプソン短機関銃を点検した。弾倉はロックされ、フル・オートマチックで、安全装置は外してあり、ボルトはロックしてあった。森ははるか彼方《かなた》にあった。

頼むからしくじるなよ、ロジャー。

それから、ふたたびスーザンのことを考えた。「あなたがふれるものはすべて死んでしまう」と、彼女はいった。スーザン、スーザン、きみを傷つけるつもりはなかった。ほんとうだ。リーツは彼女を憎んではいなかった。ここにいてくれたら、と思っていた。彼女と話ができれば、と。

つぎに、レップのことを考えた。木立のなかでライフルをのぞきこんでいる男のことを。

腕時計が時間だと告げていた。リーツは駆けだした。

レップはアメリカ人が壁から飛びだすのを眺めていた。その姿には数分前から気づいていた――あの愚か者は、外をのぞいてはひっこむという動作をくり返していたのだ。

決心がつかなかったのか、景色に魅了されていたのか。

どちらでもかまわなかった。レップはのんびりとその姿を追った。あまりにも簡単な標的だった。照星をわずかに上にむけ、進行方向にずらして、引き金をしぼっていく。大柄で健康そうな男だった。髪はもじゃもじゃで、制服を脱いでいる。こいつが過去数カ月間、自分を追っていたやつなのか？　男はよろめきながら走っていた。脚が悪いのかもしれない。

引き金のあそびがなくなった。

太ったアメリカ人は生かしておくことにした。気に入らなかったのだ。あまりにも簡単すぎる。あの体重オーバーで息を切らしている男なら、いつでもしとめることができた。思いのままに。まだこれから四百メートルも木立のなかの険しい斜面をのぼってこなくてはならないのだ。でかい図体《ずうたい》で必死になってバッファローよろしく下生えのなかをやかましく突進してくるさまが、目に浮かぶようだった。その途中で、いくらでも片づけられる。

だが、アメリカ人の姿を照星にとらえたまま撃つ機会をうかがっているうちに、ある考えが頭に浮かんできた。この数時間、レップにはなにも見えていなかった。そのあいだに、別のアメリカ人が木立のなかに移動していたら？　それは、彼らがヴァムピーアの欠陥を知っているという前提のもとに成り立つ推測だった。そして、これまでのところ、彼らはつねにこちらの予想よりもわずかながら多くのことを知っていた。となると、別の男がすでに木立にいると考えたほうがいいだろう。

この仮想の敵は、斜面のどこにいてもおかしくなかった。短機関銃の射程内、手榴弾《しゆりゆうだん》の射程内にいて、彼が撃つのを待っているのだ。ひとたび銃を発射すれば、こちらの位置は筒抜けだ。そこで、レップはふたたび我慢した。太ったアメリカ人が左側の斜面を懸命にのぼってきていたが、こちらはあとまわしでかまわなかった。

もうひとりの男のほうを見つけなくては。どこにいるのだろう？　実際にそういう男がいるのだとすれば、そいつと太った男はおたがいの火線に入らないように打ち合わせをしているはずだった。したがって、太ったやつが左側にいるということは、この仮想の敵は右側にいるのではないか？　太った男が危険なほどちかづいてくるまでに、あと四、五分はあった。

レップは入念に右側を探しはじめた。

さあ、これからどうする？　とロジャーは考えた。

相手は立ち去ったにちがいない。でなければ、まちがいなく大尉は穴だらけになっていたはずだ。

ロジャーがいまいるところからは、リーツがよたよたと走る姿がよく見えていた。リーツが壁から飛びだすのを目にしてすぐにふり返ったが、大して見るものはなかった。山の斜面をびっしり覆《おお》う木、地面から露出した岩、そして生い茂った下生え。リーツは例のドイツ人が撃ってくると、自信たっぷりにいっていた。だが、なにも起こらなかった。ロジャーは目のまえの抽象画のような景色を見渡した。汗が腕を流れ落ちていった。耳もとで虫が音を立てて飛んでいた。森を見つめるのは、星を数えようとするのと似ていた。すぐに頭がおかしくなってしまう。模様が目のまえでささやき、輝き、ちらちらと揺れているように感じられた。ものの輪郭がぼやけ、別の形をとった。想像の世界から途方もない怪物が飛びだしてきて、木立のなかにあらわれた。小石が肌に食いこみ、しだいに落ちつかなくなってきた。

動くべきか、このままじっとしているべきか？ リーツはなにもいってなかった。ひたすら待て、と指示されただけで、銃声がしなかった場合にどうするかについては、ひと言もなかった。たぶん、このままじっとしていたほうがいいのだろう。だが、リーツはなにもいってなかった。レップはおそらく逃げたのだろう。こんなところにぐずぐずとどまってるわけがないではないか？ やつは馬鹿じゃない。タフで抜け目のない男なのだ。

だが、暗闇のなかで切り札をすべて握っているときに、どうして逃げだしたりする？どうすればいいのかわからず、ロジャーは途方に暮れていた。

リーツは木立の奥深く、薄暗いところまできていた。幹のうしろにしゃがみこんで、すこし休む。このあたりの斜面はゆるやかだったが、その先は急なのぼりになっていた。足場は不安定そうだった。

しゃがみこんだまま、木立のむこうに目を凝らす。視界は数フィート先で閉ざされてしまうといっても過言ではなかった。からまりあった枝と木、斜面といくつかの岩しか見えなかった。

ロジャーが頭を働かせて、このまま動かずにいてくれるといいのだが。作戦は変わっていなかった。いまでも肝心なのは、リーツがおとりとなってレップに撃たせることだった。

馬鹿な真似《まね》はするなよ、ロジャー。

さもないと、やられるぞ。

リーツはふたたび力をかき集めた。力が残っているかどうかさだかでなかったが、どこかから調達してきた。斜面をのぼりはじめる。木から木、岩から岩へと突進し、腰をかがめて歩き、すべりこみ、必要以上に大きな音を立てた。

ロジャーはあたりを見まわした。頭上のもつれた枝のあいだから光の筋が何本か差しこんでいた。古い教会かなにかにいて、屋根の隙間から入りこんでくる光を眺めているような感じだった。あいかわらず、なにも見えなかった。レップがブエノス・アイレスのカフェにすわっている姿が脳裏に浮かんできた。

それなのに、こっちはこんなところにすわって、汗をかいているのだ。見えさえしたら！

どうすればいいのか、誰かに教えさえしてもらえれば！

ロジャーは慎重に、じりじりと斜面をのぼりはじめた。

もうひとりのアメリカ人は、斜面の約百五十メートル下にいた。影になかば包まれながら、盛りあがった地面のうしろから立ちあがったところだ。その動きを、レップの熟練した目は見逃さなかった。

とくに喜びを覚えるでもなく、レップは淡々とライフルを持ちあげると、位置を変えてふたたび二脚架の上にのせ、すばやく自分のほうに引き寄せた。

こちらのアメリカ人は、まだほんの子供だった——この距離からでも、相手の顔がまだ未成熟で固まっていないのが見てとれた。若さにあふれた、小麦色の顔だ。若者は臆《おく》病《びょう》な幼いトカゲのように立ちあがった。きょろきょろとあたりを見まわし、ひどく怯《おび》えながら、ためらいがちに動いている。

もうすぐ大柄な男が斜面をのぼってくるはずだった。下生えをかきわける音まで聞こえてきそうな気がした。アメリカ人たちの位置がたがいにこれほど離れていなければよかったのだが。ちかければ、二脚架をまったく動かさずに銃口を横になぎはらうだけで、どちらも片づけることができた。

レップは若者の胸に照星をあわせた。若者がひょいとしゃがみこんだ。

くそっ！

大柄なほうが射程距離内にくるまで、あと数秒しかなかった。

ほら、そこの若いの、立ちあがれ、ちくしょうめ。

銃を大柄な男のほうに動かすべきだろうか？

さあ、若いの、立ちあがれ！

ありがたいことに、若者がふたたび姿をあらわした。目の上に両手をかざして、間抜けなしかめ面《つら》で懸命に敵の姿を探している。若者はすでに固定してある照星のど真ん中におり、胸はぼやけた金属の楔《くさび》のうしろに隠れていた。

レップは撃った。

銃声を耳にした瞬間、リーツにはそれがなんだかわかった。トンプソン短機関銃を肩にあてて、さっと立ちあがる。ロジャーの姿が見えた。撃たれたのだ。自分も引き金をひいた。

もっと撃て、馬鹿野郎、とリーッは自分を叱《しか》りつけた。

挿弾子を撃ちつくす。銃はつぎつぎと弾を吐きだし、リーッはレップの銃声が聞こえてきたと思われる方向に狙いをさだめた。集中射撃した場所で土煙があがるのが見えた。弾が切れると、リーッはすばやく地面に身を伏せた。手が震え、胸は高鳴り、耳もとではまだ銃の轟音《ごうおん》が鳴り響いていた。ぎこちない手つきで弾倉を交換する。土煙だか煙だか、なにやらねっとりと熱いものが雲のようにたなびいて、あたりに充満していた。

だが、混乱にまぎれて、人影らしきものはまったく見あたらなかった。

リーッは、自分から攻撃しなくてはならないことを知っていた。みずからの銃火を盾にして、まえに突き進むのだ。斜面をはいのぼり、本能にしたがってやみくもに五発連射するときだけ足をとめた。乾燥した松の針状葉と枯れたシダの積もったゆるい地面で二度足を滑らせたが、姿勢を低く保ったまま進みつづけた。

オートマチックで連射される弾が頭上の枝をかすめていき、リーッは身を伏せた。上から木の破片が降ってきた。ふたたび短機関銃を持ちあげると、リーッは音のしたほうにむかって三発連射した。それから、軽やかに右側に転がった。大男にしては、すばやい動きだった。ドイツ人も、やはり音と光のしたほうにむかって弾を撃ちこんできた。地面がえぐりとられた。リーッは光が見えたような気がして、ふたたび銃床を肩にあてた。だが、引き金をひくまえに、それは消えていた。

それから数秒後、今度は左手の上のほうの絡まりあった松の枝のあいだから、人が動くのがちらりと見えた。だが、それもすぐに消えて、気がつくと、リーッは銃身越しに、緑の光と空中に舞う土煙以外なにもない空間を見つめていた。

だが、リーッはたしかに人の姿を目にしていた。ついに狙撃兵をこの目でとらえたのだ。

レップはすばやく弾倉を交換した。息づかいが荒かった。駆けて移動する途中で、転んでいた。顔の片側を血が流れていた。短機関銃の弾がちかくの岩にあたって、なにかが——ちっぽけな鉛のかけらか小石か岩の破片が——目の上にすごい勢いでぶつかったのだ。

こうなってくると、距離をとったほうが安全だった。レップが手にしているStG-44の有効射程距離は四百メートルあり、ギャングみたいに近距離で撃ちまくるのは馬鹿げていた。不確定要素が多すぎる。ちょっとしたはずみや偶然で、弾丸が岩にあたって跳ね返ってくるかもしれない。一瞬、レップは十一号基地にいたときに持っていたユダヤ人のおもちゃを思いだした。回転させて最後にとまると、どれか文字があらわれるというやつだ。なにをもってしても、あらわれる文字を変えることはできなかった。なにをもってしても。あれこそ、純然たる運だった。レップはそういうものと関わりを持ちたくなかった。

もっと高い場所へ移動して、遠くから相手を射止めよう。

レップはのぼっていった。

リーツもまた距離の重要性を認識していた。木立をかきわけ、どんどんのぼっていく。近距離なら、彼にもチャンスがあった。ヴァムピーアは重いので、それを持ってすばやく斜面をのぼっていくのは容易ではないはずだ。リーツとしては、できるだけレップから離されないようにして、はっきりと相手の姿をとらえられる瞬間がくることを願っていた。もしも距離がひらけば、レップは余裕をもってリーツを始末するだろう。

傾斜がかなりきつくなっていた。空いているほうの手で木をつかみ、ひたすらのぼりつづける。胃のなかでガラスの破片がぶつかりあい、汗が滝のように流れ落ちていくのを感じた。唇に土埃《つちぼこり》がはりついている気がした。脚がひどく痛んだ。何度かしゃがみこみ、レップの姿が見えないかと密集した枝のかげから見上げたが、動くものといったら緑にうねる木立だけだった。

ヴァムピーアはどうしようもなく重たかった。時間さえあれば背中からむしりとって、投げ捨てていただろう。だが、ライフルからこの照準器を取り外すには数分かかったし、いまのレップにそんな余裕はなかった。

レップは斜面で足をとめ、ふり返った。

なにも見えない。

やつはどこにいる？

あんな風にやつが突き進んでくるなんて、いったい誰が想像しただろう？　きっとスポーツをやっていたにちがいない。

レップは上のほうに目をやった。このあたりはひどく傾斜がきつかった。水が欲しかった。息が切れていたし、締めつけてくる紐のせいで上半身の感覚がなくなっていた。

このスイスの山のなかにいるのは、レップともうひとりの男だけだった。

そのときはじめて、自分は死ぬかもしれない、とレップは思った。

ちくしょう、ちくしょう、どうしてヴァムピーアを捨てなかったんだ？　こんなものクソ食らえだ。みんなクソ食らえだ。親衛隊長も、総統も、ユダヤのガキどもも、彼が殺したユダヤ人も、ロシア人も、アメリカ人も、イギリス人も、ポーランド人も。みんなくたばるがいい。レップは息もたえだえに、のぼりつづけた。

前方に露出した巨大な岩があった。リーツはそのちかくで足をとめた。危険な感じがした。岩かげから、そっと上のほうをうかがう。なにも見えなかった。進め、そのまま進みつづけろ。

岩にはりつき、もうすこしで乗り越えられるというところまで身体を持ちあげた。右脚で踏ん張って、あと数インチよじのぼろうとする。太った男が中立国で岩にのっかって、おまけに怖くてほとんど目をあけていられないときた。

右脚で稼いだ数インチは、すぐに帳消しとなった。まえまえから覚悟していたとおり、ついに脚が限界に達したのだ。医者の手でも出血によっても取り除くことのできなかったドイツの金属片のひとつが、神経にふれた。痛みが全身をつらぬき、リーツは倒れた。電気のような青い光を放つ痛みだった。バランスを崩しながら、悲鳴をかみ殺す。うしろに転がるときに、なにかにしがみつこうとしたが、手は宙をつかむだけだった。落ちながら身体をねじったので、肩から着地した。頭のなかで光が飛び散り、わけがわからなくなった。口のなかに土の味がした。無我夢中で転げまわり、手探りで武器を見つけようとしたが、それは転落した拍子にどこか遠くへ飛ばされていた。

短機関銃を見つけると同時に、レップの姿も目に飛びこんできた。

レップは二百メートル上にいて、彫像のように落ちつきはらっていた。どうやっても銃には届かないだろう。

だが、それでもリーッは起きあがると、トンプソン短機関銃に飛びついた。

レップは引き金をひくと、あとは興味を失った。あのアメリカ人のことなど、どうでもよかった。死んだのは確かで、そうなると、もはや関心の対象外だった。

ライフルを置いて、背中からヴァムピーアをおろす。

肩はずきずきしていたが、解放された喜びで歌っているようにも感じられた。自分が震えているのに気づいて、レップは驚いた。笑うか泣くかしたかった。最初の一発から最後の一発を撃つまで数秒しかたっていないような気がしたが、数分が経過していたのはまちがいなかった。

あぶないところだった。あの大男は雄牛のように突進してきた。あんたとわたしはドレイデルをまわして、わたしが勝ち、あんたが負けたんだ。だが、ほんとうにきわどかった。頭のそばの岩にあたった弾丸は、ほんの一インチくらいしか外れていなかったのではないか? そう考えると、おののきが走った。レップは傷口に手をやった。血は乾いて、かさぶたになっていた。その箇所をそっとなでる。

煙草《たばこ》を吸いたかったが、持っていないのであきらめるしかなかった。

チョコレートがある。

運転手がくれたチョコレートだ。

突然、自分が生き残れるかどうかは、それを見つけることにかかっているような気がしてきた。弾薬入れやポケットのなかに手をいれて、ようやくなにか小さくて固いものを探りあてた。取り出してみると、日の光を浴びて緑のホイルがきらりと輝いた。おかしなものだった。あれだけ走ったり斜面をのぼったり銃を撃ったりしていたのに、この小さな四角い緑のホイルにつつまれた品物はまったくの無傷だった。レップは包みをはがした。

うまかった。

すぐに気分が良くなってきた。落ちついて、ふたたび感情をコントロールできるようになった。ニーベルンゲン作戦が失敗に終わったのは残念だったが、なかには最初から成功しないと運命づけられているものもあるのだ。レップが失敗したわけではなかった。彼の技術は危機的な状況においても完璧《かんぺき》だった。

それに、満足すべき点もいくつかあった。射撃地点にいき着くまでの苦労や、そのあとの一睡もせずにすごした長い夜のことを考えると、先ほどの戦闘における彼はすばらしかった。みじかい戦いだったが、ひじょうに密度が濃かった。

そのときはじめて、レップは自分のいる場所を意識した。まわりには彼を讃《たた》えるかのようにアルプスがそびえていた。老人のごとき威厳をそなえ、表面には長年の雪が降り積もっている。静寂のなかで見ると、とりわけ厳《いか》めしく感じられた。はるか下のほうには、緑に生い茂る谷が広がっていた。

突然、レップは自分には未来があることに気がついた。それとむきあうのは、すこし怖かった。だが、彼にはスイスのパスポートと金とヴァムピーアがあった。これだけあれば、いろいろなことができた。

レップは笑みを浮かべて立ちあがった。最後の任務は、帰還することだった。ふたたび装置を背中にのせる。これまでほど痛みを感じなかった。フォルメルハウゼンが最後に減らした十キロのことを神に感謝しなくては。レップはライフルを肩にかけた。

それから数分間、レップは美しい景色や静寂を気にもとめずに、森のなかを進んでいった。しばらくいくと、木立を抜けてアルプスの高原に出た。数十エーカーの牧草地が太陽のもとで影ひとつなくなだらかに起伏していた。

頭上では雲がむくむくと重なりあい、ダイヤモンド・ブルーの空にくっきりと浮かびあがっていた。太陽の透明な光がふりそそぎ、涼しい風がレップの頬をなでた。

レップは草原を横断した。くしゃくしゃになった灰緑色の帽子を脱ぎ、熱さでちくちくしている額の汗をぼんやりと制服の袖で拭った。

そのまま歩きつづけていると、ようやく草原の反対端に着いた。草原が隆起して丘となり、その先はふたたび木立がつづいていた。丘は低い壁のようにレップのまえに立ちふさがっていた。アザミやワラビが生い茂り、黄色い野生の花もいくつか咲いていた。

レップは草原をふり返った。きれいさっぱり、なにもなかった。すっきりしていて、汚れをしっかりとこすり落としたような感じだ。すばらしい景色だった。まさに天国だ。そよ風で草が揺らいでいた。

ここが自分にとっての戦争の終着点だな、とレップは思った。

ここから先は松の原生林が数キロつづいており、それを抜けると、てっぺんの平坦《へいたん》な土地をしばらくいくことになっていた。そして最後に、薄暗くてあまり古くない木立のなかをふたたびおりていくのだ。

この苦労も、あと数時間だった。

レップはまえにむきなおり、とぼとぼと丘をのぼりはじめた。さらに何十、何百という黄色いつぼみが花開いて、レップのほうに顔をむけていた。レップは眩惑《げんわく》され、ふたたび足をとめた。花は空中から光をとりこみ、それを燃えるようなエネルギーに換えてレップに投げ返しているように思われた。時間がひっそりと歩みを止めた。あらゆる塵《ちり》、あらゆる花粉、あらゆる生命が、明るい空気のなかで凍りついた。空はあくまでも青く、そこに白く輝く巨大な積雲が浮かんでいた。レップはあまりの美しさに、めまいをおぼえた。甘く美しい和音の響きがいつまでも耳に残っているような感じだった。

不思議なエネルギーが解き放たれていた。その目には見えないエネルギーが彼のまわりでうねり、踊り、渦巻いていた。レップは自分が変わっていくのを感じた。宇宙の秩序と結びついているのを感じた。丘の上にある太陽に目をやり、その生命力に満ちた輝きのなかに確証を見いだそうとした。丘のむこうから光につつまれたふたつの人影があらわれたとき、レップはそれが自分が求めていた恩寵《おんちょう》だと考えた。

ふたりの姿はよく見えなかった。

レップは片手をかざして、陽射《ひざ》しをさえぎった。

大柄なほうの男は厳めしい顔でこちらを見ており、若いほうのハンサムな顔にはまったく表情がなかった。彼らの短機関銃は水平にかまえられていた。

レップは口をひらいてしゃべりかけたが、大柄な男にさえぎられた。

「ヘル・レップ」と、男は穏やかな声でいった。「あんたは標的を外した《ドゥー・ハスト・ダス・ツィール・ニッヒト・ゲトロッフェン》」まるで昔からの親しい友人にでも話しかけるように、なれなれしく〝ドゥー〟という二人称をつかっていた。「あんたは当て損なったんだ」

レップはようやく、自分が追いつめられたことを悟った。

ふたりの男が引き金をひいた。

ロジャーは弾倉を換えながら、ゆっくりと丘からおりていった。ドイツ人はあおむけに横たわり、黒目が見えていた。交差射撃で大きな傷痕《しょうこん》があいており、そこいらじゅう血だらけだった。解剖学の授業といってもおかしくなかった。それでもロジャーはしゃがみこむと、キスするような感じで短機関銃の銃口を頭蓋骨《ずがいこつ》にあて、五発連射で頭を吹き飛ばした。

「もう、それくらいでいいだろう」と、リーツが丘の上から声をかけた。

ロジャーは血と肉片にまみれて立ちあがった。

リーツは疲れた足どりで斜面をおりてくると、死体にちかづいた。

「おめでとうございます」と、ロジャーがいった。「両耳と尻尾《しっぽ》はあなたのものです」

リーツはまえかがみになり、死体をうつ伏せにひっくり返した。ライフルを肩から外し、吊《つ》り革を腕からひき抜く。背中の動力装置につうじているコードを切らないように注意した。

「ほら、これだ」と、リーツはいった。

「ブラボー」と、ロジャーがいった。

リーツはレシーバーのロックピンと引き金のハウジング・ピンを抜いた。銃尾を外し、アクションをひらき、銃身を太陽にむけて、なかをのぞいてみる。

「裸の女の子でも見えますか？」と、ロジャーがたずねた。

「見えるのは汚れだけだ。すごくきたない。やつが撃った弾のせいだな。あの純粋な鉛玉のせいだ。そいつが一発発射されるたびに、残留物が残されていった。溝が詰まっていて、銃身の内側はショットグラスみたいにつるつるだ」

「でも、こっちはもうすこしでやられるところでした」

「気のせいさ」と、リーツはいった。「最後のほうになると、弾は銃口を飛びだすや、めちゃくちゃな方向に飛んでたんだから。そう、そのころには、ヴァムピーア付きのライフルは使い物にならなくなってたんだ。役立たずってわけさ。けさの戦闘では、火打ち石式発火装置をそなえた銃を持ってたほうが、まだしもチャンスがあっただろう」

ロジャーは黙っていた。

だが、リーツにはまだ気にかかっていることがあった。「ひとつ、わからないことがある。どうしてフォルメルハウゼンはレップにいわなかったのだろう？　彼らは細かいことにかんして、ひじょうに優秀だ。細部について。なのに、どうしてフォルメルハウゼンは残留物のことをレップに注意しなかったのだろう？」

ロジャーは、リーツとおなじ困惑の表情を浮かべようと顔をしかめた。だが、彼にとっては、そんなことはどうでもよかった。そのとき、もっと大切な件が頭に浮かんだ。

「そうだ！」と、いきなり浮かれた調子になっていう。「あの、大尉《たいい》。サー？」

「なんだ？」

「その、ぼくはよくやりましたよね？」

「すばらしかったよ。英雄のような活躍だった」だが、リーツがこのとき頭に思い浮かべていたのは、別の英雄たち、死んだ英雄たちのことだった。ユダヤ人のシュムエルとオックスフォード大出身のトニー・アウスウェイスだ。彼らもこの瞬間を楽しんでいたかもしれなかった。いや、そんなことはないか。シュムエルは暴力を嫌っていたから、このことでなんの喜びも感じなかっただろう。そして、トニー。トニーのことは誰にわかる？　スーザンは？　いや、スーザンも喜ばないだろう。彼女の目には、第三者の血を全身に浴びたふたりの獣が映るだけだ。

「それじゃあ」と、ロジャーがにやにやしながらいった。「勲章をもらえますかね？」ひどく自信たっぷりだった。「つまり、なかなか勇敢な行為だったわけでしょ？　両親が大喜びすると思うんですけど」

考えておこう、とリーツはいった。

訳者あとがき

本書『魔弾』は、一九八〇年に発表されたスティーヴン・ハンターの処女作 *The Master Sniper* の邦訳である。

第二次世界大戦末期。ドイツ敗戦の色が濃くなるなか、ナチス親衛隊は持てる力のすべてを結集して、ある作戦を実行に移そうとしていた。そして、その実行者にえらばれたのが、〝狙撃《そげき》の名手〟として知られる武装親衛隊のレップ中佐だった。一方、作戦の存在を偶然察知したアメリカ軍の戦略事務局（ＯＳＳ）に属するリーツ大尉《たいい》とイギリス軍の特殊作戦局（ＳＯＥ）に属するアウスウェイス少佐は、その全容を明らかにしようと奔走する。レップが狙撃しようとしている相手は誰なのか？　作戦の目的はなんなのか？　そのあいだにも、レップは吸血鬼《ヴァムピーア》と呼ばれる秘密兵器を手に、着々と標的に迫りつつあった……。

処女作にはその作家のすべてがこめられている、とよくいわれるが、本書にもそれが強く感じられる。

自分の信念にしたがって行動する登場人物たち、巧みなストーリー展開、そしてもちろん、銃器へのこだわり。デミヤンスクでソ連軍に包囲されたレップがマンリヒャーシュナウアー銃を持ってひとりで塔に閉じこもり、迫力ある狙撃戦を展開する場面は、まさにハンターの真骨頂といっていいだろう。

本書は第二次世界大戦が舞台となっているため、銃器のほかにも赤外線暗視装置ヴァムピーアやV2号ロケット弾など、実際に存在したさまざまなドイツの秘密兵器が出てくる。こうした銃器や兵器の機能美を賛美しつつ、それがもたらす結果に目をむけることも忘れていないのがハンターらしいところで、そういった姿勢は、アメリカ人のリーツ大尉が強制収容所の作業場で親衛隊の制服の美しさと強烈な魅力を認めながら、その裏にある醜悪な虐殺《ぎゃくさつ》の現実に思いを馳《は》せるシーンにもよくあらわれている。

物語のなかでもうひとつ大きなウェイトを占めているのが、強制収容所とユダヤ人の問題である。

のちの作品で善と悪の微妙な重なりあいを描いているハンターは、ここでは強制収容所という巨大な悪をとりあげ、そこにかかわったものたちの心理を、被害者と加害者の両面からとらえている。おそらく、そのイメージの原形となっているのは、巻頭に引用されているユダヤ人の詩人パウル・ツェランの代表作『死のフーガ』だろう。一九二〇年にヨーロッパ東部で生まれたツェランは、第二次世界大戦中に強制収容所で両親や同胞を失い、みずからも労働収容所に送られた。そして戦後、収容所での体験をもとに書きあげたのが『死のフーガ』で、この詩に出てくるユダヤ人とドイツ人は、そのまま本書に登場するユダヤ人のシュムエルと武装親衛隊のレップに置き換えることができそうだ（詩のなかで、ドイツからきた〝名手〟は正確に鉛の弾丸を撃つだけでなく、夜になるとドイツにいる金色の髪のマルガレータに手紙を書く）。

また、あるインタビューのなかでハンターは、『魔弾』を書くにあたってはトマス・ピンチョンの『重力の虹《にじ》』にインスピレーションを受けた、とも語っている（『重力の虹』は、第二次世界大戦末期のＶ２号ロケット弾が降り注ぐロンドンから物語がはじまり、奇想天外な展開を見せる）。

題材が題材なだけに、強制収容所や戦闘の場面では生なましい描写が目につくが、それがたんなるセンセーショナリズムを追求したものでないことは、作品を読んでいただければ一目瞭然《りょうぜん》だろう。実際、作中でユダヤ人のシュムエルが、自分の収容所での体験を言葉であらわすにあたって、どうやったらグロテスクなだけでなく、芸術にまで昇華できるだろうか、と思い悩む場面がある。この真摯《しんし》さこそが、ハンターの作家としての矜持《きょうじ》なのではなかろうか。

最後に、著者について簡単にふれておく。スティーヴン・ハンターは一九四六年ミズーリ州カンザス・シティに生まれ、ノースウェスタン大学を一九六八年に卒業。一九六九年から七〇年にかけて二年間、ワシントンＤＣで儀仗兵《ぎじょうへい》としてアメリカ陸軍に勤務したあと、一九七一年から九六年まで《ボルティモア・サン》紙で映画評論家として活躍し、現在は《ワシントン・ポスト》紙で映画評論をつづけている。一九八〇年に『魔弾』で作家デビュー。その後、つぎつぎとスケールの大きな作品を発表し、本国アメリカのみならず、わが国でも高く評価されている。二〇〇〇年にアメリカで刊行された最新作 *Hot Springs* は『極大射程』をはじめとするボブ・リー・スワガーのサーガのひとつで、第二次世界大戦からもどってきたばかりのボブ・リー・スワガーの父親が賭博《とばく》の町ホット・スプリングスで悪と対峙《たいじ》するさまが、ギャングのベンジャミン・〝バグジー〟・シーゲルといった実在の人物とからめて描かれている。

（二〇〇〇年八月）

解説

関口苑生

ついに――と、ここはやはりこの言葉が相応《ふさわ》しいと思う。

ついに、スティーヴン・ハンター幻の処女長編が、日本の読者の前にその姿を現した。といきなりひとりで勝手に興奮しても、何のことやらさっぱりわからない読者もいるやもしれない。もちろん、こんなふうに意気込んでいるのにはわけがある。

本書の発表年や、内容については訳者あとがきに詳しいので、ここでは改めて繰り返すことはしないが、ちょっとだけおさらいをしておくと、ハンターの作品が日本で初紹介されたのは、一九八六年の『さらば、カタロニア戦線』(一九八五年)であった。スペイン内戦を舞台に、白熱のスパイ戦と凄絶《せいぜつ》な活劇を描いたこの作品によって、ハンターの名はまず一部冒険小説ファンに知られるところとなったものだ。ついで八九年の『真夜中のデッド・リミット』(一九八八年)で完全に読者の心を摑《つか》み、彼の地位は日本でも確立したかに一旦は思えた。ところが、その後なぜか九一年邦訳の『クルドの暗殺者』(一九八二年)が出てからはしばらくぱったりと音沙汰《おとさた》がなくなるのである。これはハンター自身の寡作《かさく》によることもあるが――何しろデビュー二十年で、長編が九作なのだ――それならばなぜ遡《さかのぼ》って、デビュー作が邦訳されないのか、これが長い間のファンにとっての疑問だったのだ。つまりは本書は、その書名のみが喧伝《けんでん》されていた、幻の作品でもあったのである。

ましで、近年の『極大射程』から『狩りのとき』にいたるボブ・リー・スワガー・シリーズにおけるハンター人気のほどを考えると、もっと早く本書が訳されたとしても、まったく不思議はなかった。とまあ、こういう事情があって、このたびの快挙にいささかの興奮を覚えたというわけだ。

しかしながら、今回ようやく本書を読むことができて、これまで感じていたいくつかの疑問が、ある程度までだが払拭《ふっしょく》できたようにも思う。そのひとつめは『極大射程』の解説にもあったが、「一作ごとに設定を変え、時代性を盛り込みながら書いてきたハンターが、なぜボブ・リー・スワガーとその周辺の人間たちの物語をシリーズ化したのだろうか?」ということがある。加えて、このシリーズを書くにあたって、前作との間には五年間の沈黙期間があある（『真夜中のデッド・リミット』と『極大射程』の間）。その沈黙は一体何を意味していたのかだ。

そこにわたしは、一人の作家の誕生と、成長の苦しみを見る。作家とは、第一作――デビューをはたしたというだけでは、決して誕生とは言えないものだろう。彼らは、たえず小説とは何かという問いをおのれの裡《うち》に発して、作品を積み重ね、あるとき初めて作家としての自分を得ることになる。処女作とは、その自分にとっての「小説とは何か」の問いを、真っ正直に全面的な形で発したものと考えていい。しかし、問題は二作目以降だ。小説とは何か、小説を書く行為とは何かを、たえず作品に向かって問い続けることのない作家は、およそ現代作家とは言いがたいと信ずるからだ。たとえエンターテインメントであっても、いや逆に娯楽小説であるからこそ、読者との距離を緊密にするためにそのことを考えていかなければならない。

だが、そこでまた再び道がいくつか枝分かれしていくのが普通だ。そのひとつは、以前とはまったく正反対の、あるいはむしろ対立する内容の作品に移行するもの。そしてもうひとつは——おそらくハンターがとった方法論はこちらのほうだと確信するが——同一の場所には立っているが、内容が異なってくるというものである。もっとも、この場合でも同一の場所に立脚した作品であっても、単にその内容を発展させるにとどまらず、質的な変化までをも求めていく場合と、同一の場所にいるだけで満足し、内容だけを先鋭化、深化させたものとではおのずと違いが出てくるのは言うまでもない。

譬《たと》えていえば、サルトルの『壁』から『嘔吐《おうと》』にいたる歩みは、最高度に成功した後者の例だろう。あるいは、もっともっと卑近な例をとるとすれば、最近のサイコ・スリラーにおける描写の先鋭化、過激化があげられるかもしれない。極度に病んだ現代社会の病理を暴《あば》き立てる手段のひとつとして、サイコ・スリラーを書く作家たちは、人間心理の奥深さを描こうとしていきながらも、一方でひたすら残虐《ざんぎゃく》描写に現代の〈状況〉を求めていった傾向がある。これでは、最終的には結局〝ドラゴンボール状態〟(常により強い敵が現れねばならず、しまいには主人公は神のごとき存在になる状態。個人的にはラドラムがこの罠《わな》に陥った作家だと思っている）にならざるを得ず、やはり限界があるように思う。

ハンターは、それを避けようとして苦しんでいたのではないか。同じくサルトルの例で言えば、『嘔吐』から『自由への道』へと移るときに、同一の場所に立ちながら劇的な質の変化を見せたように、ハンターも質的変化を求めて、自分にとっての「小説とは何か」の解答を考えあぐねていたのであろう。

とするならば、最初の四作を書いて、次の『極大射程』までの沈黙の意味がおぼろげながらにでも見えてくる。

処女作にはその作家のすべてがこめられている、と訳者あとがきにもあるが、本書には確かに彼が書きたかったであろうあらゆる要素が、無造作に全部詰め込まれている。もちろん銃器のことを筆頭に、銃器と人間の関係や戦争における兵士と幹部の視点の相違、恋愛、友情、憎悪……驚くべきことに、本書には成長小説の香りまで漂っている。

意外と見過ごされがちになると思うが、本書の主要登場人物たちはいずれもまだ年齢的には若い人物ばかりである。老獪《ろうかい》、辛辣《しんらつ》との印象が強いレップ中佐にしてからがまだ三十一歳という年齢なのだ。リーツ大尉《たいい》のサポート役になるロジャー軍曹にいたっては十九歳という若さ。その彼らが、自分の身に明日という日が本当に来るかどうかわからない状況下で、上司の命令に従いながらも、精一杯自分だけの時間を持とうと必死になって生きていく。その意味ではロジャー軍曹のテニス場面などは、全体の構成からみると著しくバランスを欠いているが、読後は不思議に爽快感《そうかいかん》を覚えさせるシーンとなっている。

この作品で、とりあえずありったけの感情を出したハンターが、続く作品で内容の発展を目指していったのは間違いない。

その結果が、数年間の沈黙を経て、ようやく完成の域に達したとわたしは見る。ハンターという作家の誠実さ、真面目《まじめ》さを痛感する経緯だ。

さて、ハンターの新作 *Hot Springs* であるが、一九四六年、硫黄島の戦功によってトルーマン大統領から、直々にホワイトハウスで名誉勲章を受け取るという場面から始まる(らしい)作品は、なんとアール・リー・スワガーが主人公だという。

ようやくハンターにエンジンがかかってきたか、と思わせる最近の仕事の充実ぶりだ。

(二〇〇〇年八月、文芸評論家)

スティーヴン・ハンター著作リスト

The Master Sniper（1980） 本書
The Second Saladin（1982）『クルドの暗殺者』染田屋茂訳／新潮文庫刊（現在品切れ）
The Spanish Gambit（1985）『さらば、カタロニア戦線』冬川亘訳／扶桑社ミステリー刊（現在品切れ）
The Day before Midnight（1988）『真夜中のデッド・リミット』染田屋茂訳／新潮文庫刊
Point of Impact（1993）＊『極大射程』佐藤和彦訳／新潮文庫刊
Dirty White Boys（1994）＊『ダーティホワイトボーイズ』公手成幸訳／扶桑社ミステリー刊
Violent Screen: A Critic's 13 Years on the Front Lines of Movie Mayhem（1995） 映画評論集
Black Light（1996）＊『ブラックライト』公手成幸訳／扶桑社ミステリー刊
Time to Hunt（1998）＊『狩りのとき』公手成幸訳／扶桑社ミステリー刊
Hot Springs（2000）＊ 扶桑社ミステリー近刊

（＊印はアール＆ボブ・リー・スワガーのシリーズ作品）

R・ラドラム
山本光伸訳
暗殺者（上・下）
僕はいったい誰なんだ？ 記憶を失った男は執拗に自分の過去を探るが、残された僅かな手掛りは、彼を恐ろしい事実へと導いてゆく。

R・ラドラム
山本光伸訳
陰謀の黙示録（上・下）
欧米を覆うネオナチの影。全世界をパニックに陥れる謎のテロ計画とは？ 戦慄の策謀が明かされた時、壮絶な闘いは始まった。

C・トーマス
田村源二訳
救出
野獣の感覚を持つ戦闘力抜群の男、元英情報部工作員ハイド。彼は肉体と精神を極限まで酷使して、命の恩人である友を救おうと闘う。

C・トーマス
田村源二訳
無法の正義
酷寒のシベリアの町で、米会社重役が射殺された。雪嵐の中、中年刑事ヴォロンツィエフらの凄絶なサバイバル・ゲームが始まった。

T・クランシー
田村源二訳
日米開戦（上・下）
大戦中米軍に肉親を奪われた男が企む必勝の復讐計画。大統領補佐官として祖国の危機に臨むライアン。待望の超大作、遂に日本上陸。

T・クランシー
村上博基訳
容赦なく（上・下）
一瞬にして家族を失った元海軍特殊部隊員に「一つの任務」が舞い込んだ。麻薬組織を潰し、捕虜救出作戦に向かう〝クラーク〟の活躍。

C・カッスラー
中山善之訳
死のサハラを脱出せよ
日本冒険小説協会大賞受賞（上・下）
サハラ砂漠の南、大西洋に大規模な赤潮が発生し、人類滅亡の危機が迫った――海洋のヒーロー、ピットが炎熱地獄の密謀に挑む。

C・カッスラー
中山善之訳
インカの黄金を追え
（上・下）
16世紀、インカの帝王が密かに移送のうえ保管させた財宝の行方は――？ 美術品窃盗団とゲリラを相手に、ピットの死闘が始まった。

C・カッスラー
中山善之訳
殺戮衝撃波を断て
（上・下）
富をほしいままにするオーストラリアのダイヤ王。その危険な採鉱技術を察知したピットは、娘のメーブとともに採鉱の阻止を図る。

C・カッスラー
C・ダーゴ
中山善之訳
沈んだ船を探り出せ
自らダーク・ピットとなってNUMAを設立し、非業の艦船を追いつづける著者――。全米第1位に輝いた迫真のノンフィクション。

C・カッスラー
中山善之訳
暴虐の奔流を止めろ
（上・下）
米中の首脳部と結託して野望の実現を企む中国人海運王にダーク・ピットが挑む。全米で爆発的セールスを記録したシリーズ第14弾！

C・カッスラー他
中山善之訳
コロンブスの呪縛を解け
（上・下）
ダーク・ピットの強力なライバル、初見参！カート・オースチンが歴史を塗り変える謎に迫る、NUMAファイル・シリーズ第1弾。

J・セイヤー
小梨直訳
地上50m/mの迎撃

ヴェトナム戦で抜群の成績を誇った伝説的スナイパーを狙う、もう一人の天才スナイパー。持てる限りの力と技を尽した二人の男の死闘。

J・セイヤー
安原和見訳
アメリカの刺客

「ジョンを脱走させよ」。敗戦間近のドイツの捕虜収容所に極秘指令が下った。そして首都に向ったというコマンドの正体は？

A・フォルサム
戸田裕之訳
狂気のコードネーム《明後日《ユーバーモルゲン》》（上・下）

28年前に父を殺害した男を発見した医師と、首なし死体の謎に挑む刑事——ふたりを待ち受ける戦慄の陰謀とは？　サスペンス巨編。

J・J・ナンス
飯島宏訳
着陸拒否

謎の病原体に感染した患者を運ぶクワンタム航空66便は緊急着陸を次々と拒否される。壮大なスケールで描く本格的航空パニック小説。

J・J・ナンス
飯島宏訳
メデューサの嵐（上・下）

熱核爆弾の爆発とともに強大な電磁パルスが発生し、合衆国のあらゆる電子回路を破壊する——運命の兵器を載せた727の絶望的飛行！

J・J・ナンス
飯島宏訳
最後の人質（上・下）

ハイジャック発生！　意外な犯人と追尾するFBI女性捜査官、人質たちが織り成す緊迫した高空のドラマ。迫真の航空パニック巨編。

魔《ま》　弾《だん》

新潮文庫　ハ－16－7

Published 2000 in Japan
by Shinchosha Company

平成十二年十月一日発行

訳者　玉《たま》木《き》亨《とおる》

発行者　佐藤隆信

発行所　株式会社　新潮社

郵便番号　一六二―八七一一
東京都新宿区矢来町七一
電話　編集部(〇三)三二六六―五四四〇
　　　読者係(〇三)三二六六―五一一一

価格はカバーに表示してあります。

乱丁・落丁本は、ご面倒ですが小社読者係宛ご送付ください。送料小社負担にてお取替えいたします。

印刷・二光印刷株式会社　製本・憲専堂製本株式会社

ISBN4-10-228607-1 C0197